Catherine Bybee
Küsse zum Frühstück

AF178708

Montlake
Romance

Das Buch

Lori Cumberland ist Scheidungsanwältin und kümmert sich um lukrative Trennungen. Eine luxuriöse Kreuzfahrt mit ihren Klientinnen ist genau ihr Ding: Auf erfolgreiche Scheidungen anstoßen, Sonne tanken und Spaß haben. Ein heißes Abenteuer mit einem Mann, der sie mehr interessiert, als ihr guttut, stand allerdings nicht auf dem Plan.

Der attraktive Reed Barlow ist Privatdetektiv und weiß, was er will: Beziehungen und Gefühle gehören definitiv nicht dazu. Bis er Lori Cumberland kennenlernt.

Weder Reed noch Lori spielen ihr aufregendes Spiel mit offenen Karten. Als Lori in einen finsteren Fall verstrickt wird, werden die Geheimnisse zwischen ihnen lebensgefährlich …

Die Autorin

New-York-Times-Bestsellerautorin Catherine Bybee wuchs im Bundesstaat Washington auf. Nach der Highschool zog sie nach Südkalifornien, um dort Schauspielerin zu werden. Bald aber hatte sie genug davon, sich den Lebensunterhalt als Kellnerin zu verdienen, und absolvierte eine Ausbildung zur Krankenschwester. Die meiste Zeit ihrer Karriere verbrachte sie in der Notaufnahme. Jetzt arbeitet sie hauptberuflich als Autorin. Zu ihren bekanntesten Werken zählen die Bücher aus der Brautserie »Bis Mittwoch unter der Haube«, »Ab Montag verheiratet«, »Jawort am Freitag«, »Single ab Samstag«, »Am Dienstag getraut« und »Bis Sonntag verführt« sowie die Bücher der Not-Quite-Serie »Fast ein Date«, »Fast mein Baby«, »Fast im Himmel«, »Fast für die Ewigkeit« und »Fast mein Traummann«. Catherine Bybee lebt mit ihren zwei Söhnen in Südkalifornien.

Catherine Bybee

Küsse zum Frühstück

Diesmal für immer

Roman

Aus dem Amerikanischen von
Stephanie von der Mark

Montlake
Romance

Die amerikanische Ausgabe erschien 2017 unter dem Titel »Fool Me Once«
bei Montlake Romance, Seattle.

Deutsche Erstveröffentlichung bei
Montlake Romance, Amazon Media EU S.à r.l.
5 Rue Plaetis, L-2338, Luxembourg
Oktober 2018
Copyright © der Originalausgabe 2017
By Catherine Bybee
All rights reserved.
Copyright © der deutschsprachigen Ausgabe 2018
By Stephanie von der Mark

Die Übersetzung dieses Buches wurde durch AmazonCrossing ermöglicht.

Umschlaggestaltung: bürosüd⁰ München, www.buerosued.de
Umschlagmotiv: © Ezra Bailey / Getty; © KuLouKu / Shutterstock:
© Preto Perola / Shutterstock; © bürosüd⁰ München, www.buerosued.de
Lektorat: Daphne Grossmann
Korrektorat: Verlag Lutz Garnies, Haar bei München, www.vlg.de
Gedruckt durch:
Amazon Distribution GmbH, Amazonstraße 1, 04347 Leipzig /
Canon Deutschland Business Services GmbH, Ferdinand-Jühlke-Str. 7,
99095 Erfurt /
CPI books GmbH, Birkstraße 10, 25917 Leck

ISBN 978-2-919-80354-5

www.montlake-romance.de

Für Tracy Brogan – aus offensichtlichem Grund.

KAPITEL 1

Kuchen, den es bei einer Scheidungsfeier gab, schmeckte viel besser als die meisten Hochzeitstorten. Vor allem wenn eine einunddreißig Jahre alte Frau damit ihre wiedererlangte Freiheit feierte und zu diesem Anlass eine Party gab.

Lori nahm ihr Cocktailglas und prostete Samantha Harrison zu, die auf der anderen Seite des Zimmers stand.

Wieder eine Vermittlung durch Alliance erfolgreich zu Ende gebracht.

Wieder würde bei beiden eine große Summe auf dem Konto landen.

Das Lachen von Avery Grant, der frisch Geschiedenen, konnte man sogar trotz der lauten Musik hören, die von teuren Lautsprechern durch das luxuriöse Loft schallte. Die Wohnung befand sich in demselben Gebäude, in dem auch Lori wohnte.

Avery hatte vor ihrem Einzug die meisten Wände entfernen lassen. Sie liebte offene Räume und den Blick auf Los Angeles, auf die Lichter der Stadt. Der Mann, mit dem sie sechzehn Monate verheiratet gewesen war, hatte ein Faible für Häuser im Kolonialstil gehabt. Häuser aus Zeiten des Bürgerkriegs mit quadratisch geschnittenen Räumen und dunklen Gängen. Kein

Wunder, dass Avery für sich selbst nun genau das Gegenteil gesucht hatte.

»Sie sind doch Averys Anwältin, oder?«

Es war Averys Mutter, Adeline, die sie ansprach.

Lori streckte ihr die Hand entgegen. »Das stimmt. Und Sie sind Mrs Grant, nicht wahr?«

»Hat Avery denn von mir erzählt?«

Hatte sie nicht. Aber Lori war vor eineinhalb Jahren auf der Hochzeit von Avery gewesen. Sie war nur zur Trauung gegangen, bis zum Empfang war sie nicht geblieben. Wenn eine Scheidungsanwältin bei der Hochzeitsfeier auftauchte, gab es Gerede. Und das vermieden Lori und Sam wie Socken auf frisch lackierten Zehennägeln.

»Avery hat mir Bilder von der Hochzeit gezeigt«, log Lori.

Mrs Grant hob das Kinn. »Das ist ja geschmacklos. Wer zeigt denn einer Scheidungsanwältin die Hochzeitsbilder von seiner gescheiterten Ehe?«

Sie blickten zu Avery, die sich mit dem Alkohol nicht gerade zurückhielt.

»Sie sind in Freundschaft auseinandergegangen.« Ein Zitat aus einem Klatschblatt, das Anfang der Woche die vollzogene Scheidung bekannt gegeben hatte.

»In Freundschaft oder nicht, es hätte einfach nicht passieren dürfen. Avery ist zu impulsiv und trifft dann die falschen Entscheidungen. Bernhard war perfekt für sie, so bodenständig, aus einer guten Familie.«

Und stinkreich!

»Er war ein bisschen älter als Ihre Tochter.« Und zwar genau achtzehn Jahre. Nicht zu vergessen, dass er auch eine Glatze hatte und nicht gerade groß gewachsen war. Avery hatte neben ihm immer flache Schuhe tragen müssen, weil sie ihn mit Absätzen überragte. Aber Bernie hatte das nicht gestört.

8

Er hatte ein Vorzeigeobjekt gewollt und mit Avery genau das bekommen.

Gelächter lenkte ihre Aufmerksamkeit in eine andere Richtung.

»Das ist alles geschmacklos. Wer feiert denn seine Scheidung?«

In Loris Branche taten das viele Frauen.

»Bitte entschuldigen Sie mich, Mrs Grant. Ich muss noch mit jemandem sprechen.«

Averys Mutter kniff die Lippen zusammen und ging zur Küche.

Lori nahm ihr Cocktailglas und gesellte sich zu Sam. »Prost.«

»Ihre Mutter scheint nicht sehr happy zu sein.«

»Stimmt.« Lori senkte die Stimme. »Wenn ich mich recht erinnere, haben Averys Eltern sie ständig genervt, dass sie doch endlich heiraten soll.« Sie hatten bekommen, was sie wollten, wenn auch die Ehe sehr bald wieder ein Ende gefunden hatte.

»Bin gespannt, wie lange es dauert, bis ihre Mutter wieder anfängt, sie damit zu nerven.«

»Lange bestimmt nicht.«

Sam stellte ihr halb volles Glas ab. »Na ja, wenigstens hat sie jetzt die Möglichkeit, ihren Eltern aus dem Weg zu gehen.«

»Ich habe noch nie erlebt, dass so bestimmende Eltern ihre Kinder irgendwann in Ruhe lassen.«

»Vielleicht schafft es Avery doch irgendwie.«

Die Frau, über die sie gerade sprachen, hopste wild zur Musik. »Auf jeden Fall lässt sie es heute ganz schön krachen.«

»Was trinkt sie denn da für Zeug?«

»Der Cocktail heißt *goldene Fessel*. Fireball mit Tequila.«

»Autsch, das wird morgen ziemlich wehtun.«

Die weiblichen Gäste redeten lauter, lachten und guckten zur Eingangstür. Ein großer, muskulöser junger Mann in

Polizeiuniform, die unechter nicht aussehen konnte, betrat die Wohnung.

Sam schüttelte den Kopf. »Wenn der Stripper kommt, ist es für mich immer Zeit, zu gehen.«

Lori machte eine scheuchende Geste. »Geh heim zu deinem heißen Mann. Ich bleibe noch und sehe zu, dass unsere Klientin nichts macht, was am nächsten Tag in der Klatschpresse steht.«

Sam verabschiedete sich mit einem Küsschen und bahnte sich den Weg zum Ausgang.

Irgendwer drückte Lori einen Teller mit Sahnetorte in die Hand.

Stripper und Zucker.

Es gab Schlimmeres.

* * *

Als ein Glas auf dem Boden zersplitterte, schreckte Lori hoch.

Sie sah alles nur verschwommen, das Licht blendete.

Averys Wohnung … der nackte Stripper. Langsam kam die Erinnerung zurück.

Ihr Nacken schmerzte. Sie suchte sich eine bequemere Position und schloss wieder die Augen.

Dann hörte sie ein Würgen.

Lori versuchte, das Geräusch einzuordnen.

Avery, Gott mochte ihr beistehen, hatte es gerade noch in das schicke Bad geschafft, bevor sie alles von sich gab, womit sie es am Vorabend übertrieben hatte.

Lori musste sich zusammenreißen, um es Avery nicht nachzutun. Sie stieg über die Scherben und eilte ins Bad, um Avery die Haare zurückzuhalten.

»Oh Gott.«

Lori war sich nicht sicher, ob sie oder Avery gerade dieses Stoßgebet von sich gegeben hatte.

»Alles ist gut«, sagte Lori und dachte intensiv an Regenbögen und Einhörner.

Gerade als Lori erleichtert glaubte, das Schlimmste sei überstanden, würgte Avery abermals ins edle weiße Porzellan.

»Verdammt.«

Lori atmete durch den Mund.

Erst als die Toilettenspülung in den Ohren dröhnte, öffnete Lori wieder die Augen. »Gehts besser?«

Erneutes Würgen.

Wohl nicht.

Sonst saß sie einfach am Schreibtisch und stellte ihren Mandanten fünfhundert Dollar pro Stunde in Rechnung. Heute bekam sie für ihre Dienste kein Geld.

Krankenschwestern, beschloss Lori in diesem Moment, bekommen ab sofort einen Rabatt von mir, wenn sie meine Dienste in Anspruch nehmen.

»Das war wohl ein Tequila zu viel.«

Dieser Kommentar entlockte Lori ein zartes Schmunzeln. »Oder fünf.«

Avery lehnte sich gegen die Badewanne, den Kopf in die Hände gestützt. »Du hast gesagt, die Scheidung wird kurz und schmerzlos über die Bühne gehen.«

Lachend antwortete Lori: »Deine Scheidung war schon vorbei, als Wachtmeister Dan seine Hüllen fallen ließ.«

Avery schielte sie mit einem Auge an. »Hieß der so?«

»Er hat sich mir nicht mit Namen vorgestellt.«

»Er war sehr knackig.«

Lori grinste bei dem Gedanken an den Polizeistripper. »Aber hallo. Und zwar überall!«

Trotz der widrigen Umstände lachte Avery jetzt mit.

»Hör auf, mich zum Lachen zu bringen. Aua.«

»Komm schon.« Lori half Avery auf die Beine und führte sie hinaus.

»Ich muss hier aufräumen.« Avery wandte angeekelt den Blick von den Partyresten ab.

»Ich helfe dir.« Oder vielleicht rief sie lieber eine Putztruppe an, die ein Heidengeld verlangen würde, um das Chaos zu beseitigen.

Nachdem sie Avery auf das Sofa gebettet hatte, ging Lori in die offene Küche.

»Kaffee.«

Avery stöhnte.

»Für mich. Du kriegst bis Mittag nur Zwieback und Eiswürfel.«

Zur Scheidung hatte Avery eine teure Kaffeemaschine von einer Freundin bekommen. Lori hatte nach Mitternacht die Verpackung geöffnet, um manch einem Gast vor dem Heimweg zu helfen, etwas nüchterner zu werden.

Die meisten Gäste hatten sich ein Privattaxi kommen lassen und hatten wahrscheinlich viel zu viel Trinkgeld gegeben.

»Die Party war echt geil.«

So wie sich Lori gerade fühlte, waren die Tage, die man als *geil* bezeichnen würde, schon längst vorbei. »Sie wird mir lange in Erinnerung bleiben.«

Duftender Cappuccino strömte in eine Kaffeetasse. Allein der Geruch half schon gegen die Kopfschmerzen.

»Bin ich jetzt so richtig geschieden?«, fragte Avery seufzend.

»Jawohl.«

»Und auf meinem Bankkonto sind fünf Millionen Dollar?«

»Jawohl.«

Avery gluckste leise und brach schließlich in schallendes Gelächter aus. Lori nahm den ersten Schluck ihres Wachmachergetränks.

»Bernie ist ja schon ein netter Mann, aber er bräuchte halt ...«

»Jemanden in seinem eigenen Alter?«

»Richtig.«

Lori hatte normalerweise mit ihren Mandantinnen während der Ehe keinen Kontakt, wenn es nicht irgendwelche juristischen Dinge zu klären gab. Meistens vertrat sie bei diesen arrangierten Ehen beide Parteien vom Ehevertrag vor der Hochzeit bis zum Tag der Scheidung. Da war es am besten, wenn man Abstand hielt.

Alliance war ein erfolgreiches Eheanbahnungsinstitut für reiche und berühmte Leute, die schnell und diskret einen Partner brauchten. Die Agentur war Sams Idee gewesen. Die Ehen waren für einen Zeitraum von zwölf bis vierundzwanzig Monaten angelegt, inklusive einer sechsmonatigen Nachfrist für die Scheidung. Sam kümmerte sich um die Zahlungsempfänger, meistens Frauen, während Lori sich mit den Zahlenden, meistens Männern, beschäftigte. Lori war nicht bei Alliance angestellt, aber sie wurde für den Entwurf der Eheverträge bezahlt und profitierte auch von der Durchführung der Scheidung.

Danach war Lori oft auch dafür zuständig, den geschiedenen Frauen beim Imagewechsel von »reich verheiratet« zur »verlassenen Ehefrau« zu helfen. Und ja, Sam zahlte auch für diesen Service sehr gut.

Es machte Lori nichts aus, dass sie für Alliance Dinge tat, die weit über den Kompetenzbereich einer Scheidungsanwältin hinausgingen. Lori sorgte dafür, dass über die Mandanten nichts in der Klatschpresse geschrieben wurde, und half ihnen, den Weg zu dem glücklichen Leben zu finden, das sie sich für die Zeit nach der falschen Ehe erhofften.

Die Ironie der ganzen Sache war, dass sehr oft die Ehe auf dem Papier, die Alliance arrangiert hatte, tatsächlich funktionierte. Da Sam den Hintergrund der infrage kommenden Paare eingehend prüfte und sehr sorgfältig den geeigneten Partner auswählte, geschah es gar nicht so selten, dass sich bei einem Paar eine körperliche Anziehungskraft entwickelte und daraus wahre Liebe wurde. Wenn man bedachte, dass die

Scheidungsrate in der normalen Welt bei fünfzig Prozent lag, dann war eine Erfolgsquote von achtundzwanzig Prozent schon recht bemerkenswert.

Genau diese Erfolgsgeschichten machten die Sache für Lori so interessant.

Auch wenn sie als Scheidungsanwältin, die selbst bereits einmal geschieden war, eigentlich abgeklärt war, faszinierte sie dennoch der Gedanke, dass es *glücklich bis ans Lebensende* tatsächlich geben könnte.

»War es echt so einfach? Mit dem Job als Bernies Ehefrau habe ich mehr als neuntausend Dollar pro Tag verdient.«

Für Kopfrechnen war es viel zu früh.

»Äh …«

»Fünf Millionen und die Wohnung.«

Richtig. Die Wohnung hatte Bernie zusammen mit den Umbaumaßnahmen fast zwei Millionen gekostet.

Jede Klientin war anders.

Jede Klientin verlangte ihren Preis für ein Jahr oder zwei ihrer Freiheit.

Nicht zu vergessen waren auch die Geschenke, die Bernie seiner Frau während der Ehe gemacht hatte. Alles zum Schein, damit nichts auffiel.

Jetzt war Bernie gerade dabei, mit einer Frau, die nur geringfügig älter war als Avery, eine Beziehung zu beginnen. Es sah tatsächlich nach Liebe aus. Vielleicht hatte es ihm geholfen, eine schöne Frau an seiner Seite zu haben und dadurch hatte er seine Ängste überwunden, die ihn zuvor davon abgehalten hatten, eine echte Beziehung einzugehen.

Es würde für Avery allerdings auch Nachteile geben. Sie hatte nicht daran denken wollen, als sie den Vertrag unterzeichnete. Es würde schwer werden, einen echten Partner zu finden, wenn man den Ruf hatte, nur dem Geld hinterher zu sein. Ganz zu schweigen von den Männern, die nur etwas mit ihr anfangen wollten, um an ihr gut gefülltes Konto ranzukommen. Lori und Sam versuchten auch, den Klientinnen zu helfen, dass sie nicht gleich die Millionen verprassten, für die die Frauen einen Teil ihres Lebens aufgegeben hatten. Und genau deshalb stand Lori gerade in Averys Wohnung, in der die Partygäste eine Spur der Verwüstung hinterlassen hatten. Avery hatte schon vorher großes Vertrauen zu ihr gehabt, aber jetzt, da Ehe und Scheidung vorbei waren, hoffte Lori, dass sich eine richtige Freundschaft entwickeln würde und Avery sie während der schwierigen Übergangzeit um Rat fragen würde.

»Wasser?«, bot Lori ihr an.

Avery schüttelte den Kopf.

Lori lehnte sich gegen die Küchentheke.

»Du musst nun anfangen, dich langsam aus der Schusslinie zu entfernen, damit die Paparazzi andere Leute verfolgen.«

Avery lachte mit halb geöffneten Augen.

»Avery?« Die etwas jüngere Frau blickte Lori an. »Es wird nicht leicht werden.«

»Ja, ja. Du hast mir schon gesagt, dass die Leute mich für eine geldsüchtige Schmarotzerin halten werden. Ich weiß schon.«

Avery Grant war von ihrer Familie verachtet worden, weil sie als Teenager keine Faltenröcke trug und als Erwachsene keine perfekte Stepford-Frau sein wollte. Ihre reichen Eltern, die an Elite-Unis studiert hatten, wussten nicht, wie sie mit ihrer wilden, rebellierenden Tochter umgehen sollten. Sie schickten sie von einem Internat zum nächsten, was zur Folge hatte, dass Avery nie langfristige Freundschaften schloss. Avery, die es nicht anders kannte, machte später in demselben Stil weiter, besuchte drei verschiedene Colleges, bis sie nach fünf Jahren schließlich ihr geisteswissenschaftliches Studium beendet hatte. Avery sagte immer, dass ihr nach ihrer Kindheit nichts mehr etwas anhaben konnte.

15

»Es ist ja nicht nur so, dass irgendwelche Dinge über dich behauptet werden«, sagte Lori.

»Das hast du mir schon mal gesagt, Lori. Ich werde damit klarkommen.«

Loris Telefon klingelte.

Sie folgte dem Geräusch, bis sie ihr Handy endlich am Ladekabel eingesteckt neben der Spüle fand.

Es war Sam.

»Guten Morgen.«

»Es wurde so richtig lustig, als du gegangen bist.« Wachtmeister Dan hatte sich seine dreihundert Dollar wahrlich verdient.

»Sitzt du?«

Sam klang kurz angebunden, ihr Ton vertrieb die letzten Spinnweben aus Loris Kopf.

»Nein.«

»Dann setz dich jetzt mal lieber.«

Lori nahm gegenüber von Avery Platz. »Jetzt sitze ich.« Ihr Herzschlag beschleunigte sich.

»Sie haben Bilder.«

Sie und *Bilder* klang nach keiner guten Kombination. »Von letzter Nacht?«

»Ja. Es ist ein Bild von Avery im Umlauf, auf dem sie gerade Schnaps aus Wachtmeister Dans Bauchnabel schlürft.« Sam erzählte von der Zeitung, die an Bilder des vergangenen Abends gelangt war.

»Das ist nicht gut.«

Sam seufzte.

Avery öffnete nun beide Augen, als sie die eine Hälfte der Unterhaltung mitbekam.

Lori setzte ein Lächeln auf. Diese Reaktion war bei ihr vorprogrammiert, sodass sie nicht zeigte, was in ihr vorging, obwohl gerade ihr Blutdruck in die Höhe schoss.

»Das ist nicht alles, es gibt noch etwas Schlimmeres.«

»Ich höre.«

»Fedor Petrov hat sich gestern einen Revolver an den Kopf gehalten und abgedrückt.«

Loris Magen drehte sich um. Sie musste schlucken. »Oh Gott, nein.«

»Es ist leider wahr.«

»Wo ist Trina?« Petrov war derjenige, der zahlte und Trina war die vorübergehende Ehefrau auf dem Papier. Die Hälfte des Zweijahresvertrags war bereits um.

»Bei Petrov zu Hause in den Hamptons.«

»Das ist ja furchtbar.« Lori schloss die Augen. Sie dachte an Trina. Als sie sie das letzte Mal gesehen hatte, war sie gerade dabei gewesen, nach den »Flitterwochen« ihr Apartment dichtzumachen, um in den Osten zurückzuziehen. »Wie hast du das erfahren?«

»Trina hat mich angerufen, sie war total hysterisch.«

»Oh Gott, wird sie klarkommen?«

»Nein. Mit so etwas kann man nicht klarkommen. Mein Flieger geht in zwei Stunden.«

»Ich komme mit.«

KAPITEL 2

Als Lori und Sam in den Hamptons ankamen, waren schon unzählige Journalisten, Revolverblattreporter und Möchtegern-Paparazzi vor Ort. Die Blitzlichter blendeten sie, während das Auto in die Einfahrt von Petrovs Anwesen bog.

Zum Glück hatte die Presse keine Ahnung, wer Lori war. Deshalb stieg sie als Erste aus. Aber als Sam zum Vorschein kam, blitzten erneut die Lichter der Kameras auf.

Lori fand Trina auf einer Chaiselongue im Schlafzimmer, eine leere Weinflasche stand davor.

Die schwarzhaarige, schöne Frau blickte auf, als sie hörte, dass Besuch kam.

Offensichtlich hatte sie geweint. Eine gebrochene Frau, ganz anders, als sie noch vor sechs Monaten gewirkt hatte.

Als sie Lori sah, begannen Trinas Tränen erneut zu fließen.

Lori nahm sie in die Arme. Als hätte sie Schluckauf, schluchzte Trina: »So stand das aber …« Lori klopfte ihr beruhigend auf den Rücken. »… nicht im Vertrag.«

»Psssst, schon gut, schon gut.«

Trina vergrub das Gesicht an Loris Schulter.

Nun kam auch Sam herein. Lori und Sam warfen sich schweigend Blicke zu.

»Ich hätte das doch irgendwie ahnen müssen«, murmelte Trina, als sich Sam neben sie setzte.

»Hat Fedor denn irgendetwas gesagt?«

»Nein, nichts.«

»Wie hättest du denn dann wissen sollen, dass so etwas passiert?«, fragte Lori.

»Ich bin seine Frau.«

Lori blickte auf die geschlossene Schlafzimmertür. »Aber nur auf dem Papier.«

»Man wird mir trotzdem Vorwürfe machen, weil ich es nicht irgendwie geahnt habe.«

Wahrscheinlich hatte sie recht. »Es ist aber nicht deine Schuld.«

»Das spielt keine Rolle. In den letzten paar Wochen hat er kaum geredet. Aber er war ja auch die meiste Zeit im Krankenhaus. Ich habe gedacht, er ist so komisch, weil es seiner Mutter schlecht geht. Wenn ich ihn darauf angesprochen habe, hat er nur gesagt, er komme schon klar. Aber offensichtlich ist er nicht klargekommen.« Wieder flossen die Tränen.

Fedor hatte sehr an seiner Mutter gehangen. Doch Alice Petrov hatte Krebs. Sie lag seit einiger Zeit im Sterben und Fedor hatte ihr, indem er heiratete, zum letzten Frieden verhelfen wollen.

Der Krebs zerfraß ihre Lungen, ein Schlaganfall fesselte sie an den Rollstuhl. Seit einem zweiten Schlaganfall in der letzten Woche war sie gar nicht mehr ansprechbar gewesen. Die Ärzte meinten, dass sie recht bald sterben werde.

Sam glaubte, dass Fedor Selbstmord begangen hatte, weil er den bevorstehenden Tod seiner Mutter nicht ausgehalten hätte. Nun, da Alice nichts mehr mitbekam, würde sie auch nichts vom Selbstmord des Sohnes erfahren.

»Hast du einen Abschiedsbrief gefunden?«, wollte Lori wissen.

»Nein, nichts dergleichen.«

»Wir helfen dir, das durchzustehen«, sagte Sam.

Trina trocknete sich die Augen. »In zwei Jahren hätte ich die finanziellen Möglichkeiten gehabt, meine eigene Firma zu gründen. Das war alles, was ich wollte.« Wieder stiegen ihr die Tränen auf. »Ich hätte nicht gedacht, dass er sich umbringt.«

Obwohl es für den unwahrscheinlichen Fall, dass einer der Ehegatten verstarb, extra einen Paragrafen im Vertrag gab, war das in der Vergangenheit von Alliance noch nie vorgekommen.

Ein Klopfen an der Tür. »Mrs Petrov?«

Es war eine der Haushälterinnen. »Ja?«

»Ihre Eltern sind hier.«

Trina versuchte, sich zu sammeln. »Einen Augenblick.«

Die Haushälterin nickte und schloss die Tür wieder hinter sich.

»Wissen sie die Wahrheit über deine Ehe?«, fragte Sam.

Trina schüttelte den Kopf. »Nein, ich habe es niemandem gesagt.«

Lori versuchte, Trina mit einem Lächeln aufzumuntern. »Dann lassen wir es besser auch so.«

»Okay.«

»Willst du, dass wir bleiben und mit deinen Eltern sprechen?«

Trina schloss die Augen. »Nein, ich rede lieber mit ihnen allein.«

»Gut, dann gehen wir.«

Trina riss erschrocken die Augen auf.

»Nur in ein anderes Zimmer«, beruhigte Sam sie.

»Okay. Bitte lasst mich nicht allein.«

Lori stand auf. »Keine Angst, wir sind für dich da, Trina. Wir helfen dir, das durchzustehen.«

Sam und Lori zogen sich leise in ein anderes Zimmer zurück. Dort überlegten sie sofort, was sie tun konnten. »Sie sieht furchtbar aus«, verkündete Lori ganz unverblümt.

»Es nimmt sie sehr mit.«

»Hat sie hier Freunde?«

»Keine, die ihr sehr nahestehen«, antwortete Sam.

Lori sah sich um. Das alte Anwesen wirkte düster und erdrückend. Die dunklen Wolken sorgten auch nicht gerade dafür, die Stimmung zu verbessern. »Wir müssen sie so schnell wie möglich von hier wegbringen.«

»Da hast du recht. Irgendwohin, wo es warm und sonnig ist. Und wo wir so weit weg sind, dass niemand sie erkennt.«

»Aber wo soll das sein?« Lori glaubte kaum, dass es so einen Ort überhaupt gab.

»Europa, auf dem Meer … Keine Ahnung. Jetzt helfen wir ihr erst mal, die Beerdigung zu überstehen und dann, ihr Lachen wiederzufinden.«

Lori lehnte sich gegen die Kommode. »Ich habe noch nie einer Mandantin nach dem Selbstmord ihres Ehegatten geholfen, ein neues Leben anzufangen.«

Sam stieß langsam die Luft aus. »Guter Zuspruch von uns beiden wird diesmal wohl kaum reichen.«

Lori dachte an die Mandantin, die sie gerade in Los Angeles zurückgelassen hatte. »Vielleicht könnten wir auch Avery einbeziehen. Die bringt jeden zum Lachen.«

»Die Idee gefällt mir. Wir könnten sie beide …« Sams Telefon vibrierte.

»Weißt du, wer noch gut wäre?«

Sam blickte aufs Display, entschied sich, nicht ranzugehen. »Wer?«

»Shannon.« Lori hatte ihr bei der Scheidung geholfen. Einer der profitabelsten Scheidungen überhaupt. Wenn irgendwer gut zuhören konnte, dann war es die ehemalige First Lady von Kalifornien. Sie war die einzige Alliance-Klientin, der Lori nach der Scheidung bisher noch nicht zu einem Neustart hatte verhelfen können. Aber Lori würde nicht aufgeben. »Vielleicht könnten alle drei davon profitieren. Ein Grüppchen und jeder weiß vom Ehegeheimnis der anderen.«

»Die Idee gefällt mir, Lori.«

Sie hörten Trinas Schluchzen aus der Ferne.

Loris Herz wurde schwer.

* * *

Die laute Stimme eines wütenden Mannes riss Lori nach einer sehr kurzen Nacht aus dem Schlaf.

Jetzt hörte sie, dass Trina laut zurückschrie.

Lori sprang aus dem Bett. Während sie die Treppe hinabeilte, zog sie sich hastig den Bademantel über.

Noch bevor sie unten angekommen war, sah sie schon Ruslan Petrov. Fedors Vater. Er drohte Trina, hielt ihr die Faust vors Gesicht. Lori kannte ihn von Fotos. Ein großer, unnachgiebiger Mann. Einer, dem man nicht im Dunkeln begegnen wollte.

»Das ist deine Schuld. Vor dir ist es meinem Sohn gut gegangen.«

Trina wich zurück.

Hinter Lori kam noch jemand die Treppe herunter und rannte sie dabei fast um. Es war Trinas Vater. Nur halb so groß wie Ruslan, versuchte er, sich zwischen die beiden zu drängen.

»Lassen Sie meine Tochter in Ruhe.«

Ruslan schimpfte irgendetwas auf Russisch. So wie er die Worte herausspuckte, war es eine Beleidigung, die Trinas Vater zum Kampf herausforderte.

Trina zuckte zusammen.

Lori stellte sich dazu.

»Mein Sohn ist tot.« Ruslan machte seine Schultern noch breiter, als sie ohnehin waren.

»Es war doch nicht meine Tochter, die geschossen hat.«

Ruslan sah zu der kleinen Gruppe, die sich hinter Lori an der Treppe versammelt hatte, dann zu Trina. »Ich werde herausfinden, warum er das gemacht hat. Und dann wird die verantwortliche Person dafür büßen!«

Wieder hielt er Trina die Faust vors Gesicht, sodass er allein für diese Drohgebärde schon hätte verhaftet werden können.

»Verschwinden Sie!« Trinas Vater zeigte zur Tür, an der zwei von Petrovs Bodyguards, so breit wie zwei Kleiderschränke, in schicken Anzügen standen.

»Das ist das Haus von meinem Sohn.«

Trina hob das Kinn. »Ein Haus, das Sie zuvor noch nie betreten haben.«

Ruslan sah sie wütend an.

»Mein Mann hat zwar wenig geredet, aber aus seiner Abneigung gegen Sie hat er keinen Hehl gemacht.«

»Es waren die Frauen. Die haben meinen Sohn kaputtgemacht.«

Lori merkte, wie die Spannung erneut anstieg, und stellte sich schützend neben Trina.

»Man hat Sie gebeten, zu gehen, Mr Petrov. Ich rate Ihnen, das jetzt zu tun, sonst rufen wir die Polizei.«

Er wurde rot vor Wut.

Wieder sagte er etwas Abfälliges auf Russisch, dann stürmte er hinaus.

Alle atmeten erleichtert auf.

Sam stützte Trina, die plötzlich sehr blass war. »Ich rufe Neil an. Wir brauchen Personenschutz.« Neil war der Leiter von Sams Sicherheitsdienst und wenn es einen gab, der es größenmäßig mit Ruslan aufnehmen konnte, war er das.

Lori nickte. Sie drehte sich zu den anderen Leuten um. Gut, dass sie Trinas Akte im Flugzeug durchgelesen hatte. »Mrs Mendez?«

Die Frau, die Mitte sechzig sein musste, sah Lori erstaunt an. »Kennen wir uns?«

Lori schüttelte den Kopf. »Nein. Könnten Sie vielleicht Ihrer Tochter helfen, sich fertig zu machen?« Dann wandte sich Lori an die schockierte Haushälterin. »Sie sind Cindy, nicht wahr?«

Diese nickte nur.

»Wir brauchen bitte Kaffee. Außerdem muss ich wissen, wie viele Räume für Gäste zur Verfügung stehen.« Es musste eine Beerdigung geplant werden und irgendwer musste sich schließlich darum kümmern.

»Jawohl, Ma'am.«

Lori ging nun zu Trina, legte ihr beruhigend die Hand auf die Wange. »Geh mal in Ruhe duschen. Ich werde mich um alles kümmern.«

Als das Adrenalin von Ruslans Auftritt, der alle wie eine Tsunamiwelle überrollt hatte, nachließ, war Trina wie gelähmt. Wie ein Zombie stand sie da und wusste nicht, in welche Richtung sie gehen sollte. »Okay … okay.«

Begleitet von ihren Eltern ging Trina die Treppe nach oben.

Eine knappe Woche später fand Fedor Petrov im Beisein von über vierhundert Gästen seine ewige Ruhe.

Zwei Tage danach nahm Alice Petrov ihren letzten Atemzug.

KAPITEL 3

Loris Arbeitsbelastung war deutlich geringer als die anderer Scheidungsanwälte, die ebenfalls reiche und berühmte Mandanten vertraten. Sie verbrachte wesentlich weniger Zeit im Gerichtssaal, um die Vermögensverhältnisse ihrer Mandanten zu klären. In ihrer Kanzlei arbeitete sie hauptsächlich mit Eheverträgen und Scheidungen, die bereits vor der Hochzeit festgelegt wurden. Das nahm mehr als die Hälfte ihrer Arbeitszeit in Anspruch und damit zahlte sie schneller in ihre Rentenfonds ein als die Mehrzahl ihrer Kollegen.

Wenn bei einem Mandanten plötzlich etwas Unvorhergesehenes geschah, wie nun bei Trina Mendez-Petrov, hatte sie trotzdem Zeit, sich ausgiebig um den Fall zu kümmern. Außerdem besaß sie genügend Einfluss, um etwaige Gerichtstermine so zu verschieben, wie sie es brauchte.

Mit riesiger Sonnenbrille und einem ausladenden Hut auf dem Kopf stand sie in der Lobby des äußerst luxuriösen und stilvollen Mandarin Oriental Hotels in Barcelona, das vor Geld nur so strotzte. An jeder Ecke stand ein Hotelangestellter mit gebügelter, makelloser Uniform und einem freundlichen Lächeln im Gesicht. Überall waren frische Blumen und exotische Pflanzen zu sehen, die Lori nicht benennen konnte. Sie blickte an den Goldverzierungen vorbei zur Glastür, vor der nun eine Limousine anhielt.

In einem weißen Overall, der nur bei wenigen Frauen so schick aussehen würde, stieg Shannon Redding, die Exfrau von Paul Wentworth, dem Gouverneur von Kalifornien, aus. Sie trug ebenfalls eine große Sonnenbrille. Shannon reichte dem Portier ihr schwarzes Reisegepäck und betrat die Lobby.

Die beiden Frauen umarmten sich. »Hallo, Shannon.«

»Wie schön, dich zu sehen.«

Lori hob die Sonnenbrille hoch. »Ich freue mich sehr, dass es geklappt hat.«

»Zwei Jahre Trübsal blasen reichen jetzt.« Doch in Shannons Gesicht lag immer noch ein Schatten.

Eine weitere Frauenstimme ertönte. »Lori?«

Lori blickte an Shannon vorbei. »Du bist ja viel früher hier als gedacht.«

Avery. Sie hatte die Haare zu einem Pferdeschwanz zusammengebunden und grinste, als habe sie den Getränkeservice im Flugzeug sehr genossen. »Meine Mutter hat mich verrückt gemacht. Deshalb habe ich einen Flieger früher genommen.«

Lori machte die beiden Frauen miteinander bekannt.

»Shannon, das ist Avery.«

Shannon stand aufrecht da und bedachte Avery mit einem steifen Lächeln. Avery dagegen war quirlig und schon voller Vorfreude. Die beiden Frauen hätten nicht unterschiedlicher sein können und doch hatten sie so viel gemeinsam.

Sie wussten, dass sie von Alliance vermittelt worden waren, aber über die Details würde man später in privater Atmosphäre sprechen.

»Ist die Vierte im Bunde schon hier?«, fragte Shannon, als sie zum Aufzug gingen.

»Ja, sie wartet auf uns.«

Sie unterhielten sich über die Reise und den wenigen Schlaf der letzten Nacht, bis sie schließlich vor der Doppeltür der Penthousesuite angekommen waren.

Lori bedachte den Portier mit einem großzügigen Trinkgeld und schloss die Tür hinter sich.

Jetzt erst setzte sie Sonnenbrille und Hut ab, warf beides auf das Tischchen im Eingang.

Avery zeigte mit dem Finger auf Shannon. »Sie sind doch die Frau des Gouverneurs.«

Shannon legte ebenfalls die Tasche ab und setzte sich. »Die Exfrau. Paul Wentworth war mein Mann.«

Averys Kinnlade klappte herunter. »War das etwa auch durch Alliance arrangiert?«

»Erwischt. Wer war denn Ihr Mann?«

»Bernie Fields.«

Shannon blickte nach oben, als ob das ihrem Gedächtnis nachhelfen würde.

»Hedge Fonds?«

Avery schmunzelte. »Richtig, genau der. Und seine Treuhandfonds sind auch nicht zu verachten.«

Shannon schmunzelte. »Ich kann mir Sie gar nicht mit ihm zusammen vorstellen.«

»Er wollte eine große Blondine.«

»Eine gut aussehende, offensichtlich.«

Averys Grinsen wurde noch breiter. »Danke.«

»Habe ich mir doch gedacht, dass ich jemanden höre.«

Trina kam aus einem der anderen Zimmer der Suite.

Shannon sog die Luft ein und Avery pfiff erstaunt. »Katrina Petrov?«

»Nennt mich einfach Trina.«

Shannon blickte nun zu Lori. »Als du gesagt hast, dass du eine Mandantin hast, die ein paar gute Freundinnen gebrauchen könnte, hast du keine Scherze gemacht.«

Trinas Desaster war auf den ersten Seiten der Boulevardpresse in mehr als einem Dutzend Ländern zu lesen gewesen.

Avery erhob sich, ging durch das große Wohnzimmer zur offenen Küche. »Ich glaube, wir brauchen etwas Starkes zu trinken.«

Shannon gab Trina die Hand. »Shannon Redding.«

»Trina Petrov.«

»Werden Sie den Nachnamen behalten?«

»Für den Moment schon.«

Trina sah tatsächlich aus wie eine trauernde Witwe. Ihren Augen fehlte jeglicher Glanz. Anfangs war sie in den Zeitschriften als junge Braut, die eine schreckliche Tragödie erlitten hatte, dargestellt worden. Aber schon kurz nach Fedors Beerdigung, noch vor der von Alice, hatte die Klatschpresse begonnen, über Trina herzuziehen. Sie sei aus dem Nichts gekommen, habe in eine Familie aus dem Erdölgeschäft eingeheiratet. Und plötzlich seien alle Leute, denen das Geld gehörte, tot. Dass Alice schon lange Zeit vor der Hochzeit krank gewesen war und dass sich Fedor selbst umgebracht hatte, schien keine Rolle zu spielen. Trina wurde trotzdem die Schuld dafür gegeben, genau wie sie es befürchtet hatte.

»Mein Beileid«, sagte Shannon.

Avery zog den Korken aus einer Flasche Rotwein. »Ich bin Avery Grant. Ich habe nie den Namen von Bernie angenommen.«

Lori half Avery mit den Gläsern und setzte sich neben Shannon. »Ich werde jetzt für ein paar Minuten Anwältin spielen und dann verspreche ich, dass wir für den Rest der Woche nur noch Spaß haben werden.«

Avery rempelte sie mit der Schulter an und grinste.

»Ich habe euch aus verschiedenen Gründen hergebracht. Ihr habt Schweigeklauseln unterschrieben und ihr wisst, dass alles, was wir hier besprechen, streng vertraulich ist.«

»Das wissen wir, Frau Anwältin.« Avery war die Freche in der Gruppe.

»Weil ihr die Sache mit euren Ehen ständig geheim halten müsst, fanden Sam und ich, dass es euch vielleicht hilft, wenn ihr Freundinnen habt, die im selben Boot sitzen und denen ihr euch anvertrauen könnt.«

Trina versuchte zu lächeln, doch es gelang ihr nicht ganz.

»Shannon habe ich hergebracht, weil sie nun schon seit zwei Jahren geschieden ist und am stärksten im öffentlichen Licht steht. Ich weiß, zurzeit reden alle über Trina, aber Shannon hier kann ein Lied davon singen, dass es noch schlimmer sein kann, aber auch davon, dass es wieder besser wird.«

Shannon hob prostend das Glas und trank einen Schluck.

»Avery ist hier, damit ihr euch in Erinnerung ruft, wie aufregend die Sache mit der arrangierten Ehe eigentlich war.«

»Yes!«, rief Avery und trank ebenfalls einen Schluck.

»Und Avery denkt vielleicht gerade, dass es nur um Spiel und Spaß geht. Aber es gibt eben auch einige Hindernisse, auf die man achtgeben muss.«

Loris Aussage wurde von Avery mit einem Augenrollen kommentiert. »Du machst dir zu viele Sorgen.«

»Wie lange sind Sie … bist du schon geschieden?«, erkundigte sich Shannon.

»Einen knappen Monat.«

»Und wie lange ist es her, dass du das letzte Mal Sex hattest?«

Averys Lächeln verrutschte. »Zu lange!«

»Mit wem bist du ausgegangen, bevor du Bernie geheiratet hast?«, fragte nun Lori.

»Lauter Idioten, leider.«

»Du suchst dir immer die falschen Männer aus?« Shannons Frage war eigentlich eher eine Feststellung.

»So würde ich das nicht sagen. Aber es gibt vielleicht nicht so viele gute Männer da draußen.«

Shannon zuckte mit den Achseln. »Wahrscheinlich hast du recht.«

Da konnte Lori nicht widersprechen. Es war schon lange her, dass sie einen Mann getroffen hatte, mit dem es sich gelohnt hätte, auch nur ein zweites Mal zum Kaffeetrinken zu gehen. »Es ist nicht leicht, einen Mann zu finden, der nicht nur hinter deinem Geld her ist. Oder der nicht denkt, dass man hinter seinem her wäre«, stimmte Lori zu.

Avery hob das Glas. »Ich will ja gar nicht *den* Mann fürs Leben kennenlernen. Sondern einfach einen für nur mal so. Warum sollen nur die Männer Spaß haben wollen?«

Trina saß während dieser Unterhaltung steif daneben und sagte nichts.

»Selbst dann ist es nicht leicht, einen Mann zu finden«, sagte Shannon zu Avery.

»Sag jetzt nicht, dass du keinen findest, der mit dir in die Kiste hopsen würde.« Niemand schien sich an Averys flapsiger Sprache zu stören.

»Ach, da finde ich welche. Nur würden sich die meisten im Anschluss daran an die Boulevardpresse wenden.«

»Du warst mit einem republikanischen Gouverneur verheiratet. Sind damit die Männer, die die Demokraten wählen, gestrichen?«, fragte Trina mit dem Anflug eines Schmunzelns.

»Fast.«

Lori lehnte sich zurück und trank ihren Wein.

»Ist das der Grund dafür, weshalb wir eine Kreuzfahrt machen? Weil es auf dem Mittelmeer egal ist, ob man die Republikaner oder Demokraten wählt?«, wollte Avery wissen.

»Genau. Und auch, weil hier kaum einer weiß, wer Bernie Fields ist, beziehungsweise dem es etwas ausmachen würde, dass du seine Exfrau bist«, erklärte Lori.

»Was ist mit Fedor? Ich glaube, nicht mal hier entkomme ich wegen seines Selbstmords der Presse.«

»Wir sind nicht hier, um vor deinem Leben oder seinem Selbstmord wegzulaufen«, meinte Lori. »Wir sind hier, um uns auf uns selbst zu besinnen, ohne dass uns unser Alltag davon abhält. Deshalb machen wir eine Kreuzfahrt. Jeder Tag ein neuer Hafen. Wenn die Presse erfährt, dass du irgendwo auftauchst, wird uns trotzdem niemand mit einem Boot hinterherrudern. Du sprichst drei Sprachen, Trina, und du kannst dich hier gut unter die Leute mischen. Du brauchst eine Pause. Du bist viel zu jung, um jetzt schon Falten zu bekommen«, sagte Lori.

»Echt, du kannst drei Sprachen?« Avery war offensichtlich beeindruckt.

»Englisch, Russisch und Spanisch. Was hilft, auch ein bisschen Italienisch zu verstehen.«

»Gut, dass wir auch nach Rom fahren«, meinte Avery.

»In dieser Woche wollen wir herausfinden, wie euer Leben nach der Scheidung weitergehen soll. Herausfinden, wo die Reise hingeht, welchen Weg ihr einschlagen sollt. Vielleicht auch, welchen Mann ihr euch dafür an eurer Seite wünscht.«

Lori hob das Glas. »Lasst uns hiermit unseren First Wives Club gründen.«

»First Wives? Gab es da nicht mal einen Film, der so hieß?«, fragte Avery.

Trina grinste. »Ja, aber da waren die Frauen älter und wurden von ihren Männern wegen jüngerer Frauen sitzen gelassen.«

»Hier sind wir die jungen Frauen«, sagte Avery.

»Und wir sind reich«, fügte Shannon hinzu.

Avery blickte fragend zu Lori. »Ach ja?«

»Warum schaust du mich so an? Ich bin mit einem Privatflugzeug gekommen, während ihr euch in die First Class gequetscht habt.«

Zum ersten Mal musste Trina lachen. Lori wusste nicht, ob es am Alkohol oder an der Gesellschaft lag. Vielleicht eine Kombination aus beidem. Jedenfalls schien ihr Plan, die

Sorgenfalten aus Trinas Gesicht zu vertreiben, aufzugehen. »Keiner *quetscht* sich in die First Class«, gluckste Trina.

»Lori, du bist also auch jung und reich. Aber du warst nie verheiratet«, rief Avery.

Lori hob das Kinn höher. »Ich wünschte, du hättest recht.« Die drei anderen senkten die Gläser, sie waren schockiert.

»Warte mal, du bist auch geschieden? Durch Alliance?«, wollte Shannon wissen.

»Geschieden schon, aber nicht durch Alliance arrangiert. Ich habe den schlimmen Fehler gemacht, aus Liebe zu heiraten.«

Avery nahm die Weinflasche und schenkte sich nach. »Klingt, als hätten wir uns in der nächsten Woche viel zu erzählen.«

»Ich hätte nie gedacht, dass du das auch schon mal durchgemacht hast.«

Lori blickte Avery an. »Muss nicht noch mal sein.« Sie sah ihren Exmann vor sich. Sie hatte sich in ihn verliebt, als sie noch sehr jung war. Diese frühe Erfahrung hatte dazu geführt, dass aus ihr eine exzellente Scheidungsanwältin wurde, die nur allzu gern bei Alliance mitwirkte und gegen Gebühr Hochzeiten arrangierte. Nachdem sie seit vielen Jahren den immer wiederkehrenden Kreis aus Liebe, Ehe und Scheidung mitverfolgte, fiel es ihr noch viel schwerer, auf einen Neuanfang zu hoffen, ohne schon vor dem zweiten Orgasmus die Notbremse zu ziehen.

Lori scheuchte die Gedanken fort und nahm nun ebenfalls ihr Glas. »Lasst uns auf die *First Wives* anstoßen … geschieden oder verwitwet.«

»Zum Wohl!«

* * *

Loris Gepäck war schon auf dem Zimmer, als sie hereinkam. »Wow!« Es sah sogar noch besser aus als auf den Bildern in der Werbebroschüre.

Wenn man, wie die First Wives, auf einem Kreuzfahrtschiff eine Suite mit mehr als siebzig Quadratmetern mietete, musste man sehr viel Geld dafür bezahlen. Die privilegierten First-Class-Gäste hatten außerdem Zugang zu einem exklusiven Pool, zu besonderen Restaurants und zu einer eigenen Lounge. Vielleicht mussten andere Passagiere an Bord auf ihr Budget achten, doch für die Gäste des Luxusdecks war *Budget* ein Fremdwort. Der Butlerservice war vielleicht ein bisschen arg übertrieben, aber Lori konnte sich nicht beschweren. Sie hatte zuvor sorgfältig über das Kreuzfahrtschiff und die Unterbringung recherchiert, um sicherzustellen, dass sie genügend Privatsphäre hatten und die Kabinen stilvoll waren. Alliance scheute diesbezüglich weder Kosten noch Mühen. Die drei anderen Frauen konnten auf dieser »schwimmenden Stadt« selbst entscheiden, wie viel oder wenig sie mit ihren Mitmenschen an Bord zu tun haben wollten.

Lori ging auf den Balkon. Hinter der Trennwand hörte sie Trina staunen: »Was für ein Ausblick!«

Lori beugte sich vor, um hinter die Trennwand zu sehen. »Schön, oder?« Im Hintergrund lag Barcelona, immer noch kamen neue Passagiere an Bord.

»Allein der Balkon ist größer als mein Studentenzimmer früher«, meinte Trina.

»Freut mich, dass es dir gefällt.«

Es klopfte zaghaft an der Tür. Ein kleiner Philippiner in schwarz-weißer Uniform trat herein. »Miss Cumberland?«

Sie nickte. »Ja, richtig.«

»Ich bin Datu, Ihr Butler während Ihrer Zeit an Bord.« Er trat ein, ging zu ihrem Gepäck. »Man hat mir gesagt, dass Sie mit Ihren Freundinnen hier sind.«

»Das stimmt.« Sie nannte Datu die Namen der anderen Frauen.

»Wunderbar. Ich kümmere mich darum, dass Ihre Koffer ausgepackt werden. Sie und Ihre Freundinnen können unterdessen den Cocktail des Tages genießen, während das Schiff ablegt. Vielleicht möchten Sie dabei besprechen, wie Sie den gemeinsamen Abend gestalten. Ich kann gern Reservierungen vornehmen oder etwas bringen.«

»Danke, Datu. Das klingt wunderbar.« Sie zeigte auf ihre Computertasche. »Diese Tasche lassen Sie bitte hier, damit ich noch arbeiten kann.«

Datu sah sie verwundert an. »Sie wollen arbeiten, Miss?«

»Ja, leider. Aber keine Sorge, ich habe auch vor, meinen Urlaub zu genießen.«

»Wunderbar.« Datu öffnete schon ihren Koffer.

»Was ist denn der Cocktail des Tages?«

»Er nennt sich *Rebellious Fish*. Schmeckt sehr gut.«

»Und was ist da drin?« Aber dann winkte sie ab. »Ach, egal, ich will es lieber gar nicht wissen.«

Mit nur einer kleinen Clutch ausgerüstet, in der sich lediglich der Kabinenschlüssel befand, ging sie zu der exklusiven Bar.

Dort stand schon Avery neben zwei männlichen Passagieren, ihr Glas war bereits halb leer.

»Da bist du ja endlich.« Avery hatte sich eine knappe, enge Shorts angezogen und ein Tanktop mit tiefem Ausschnitt, damit ihr Dekolleté noch vor dem Verlassen des Hafens maximale Sonne abbekommen würde.

»Wir haben doch erst vor einer halben Stunde eingecheckt«, erwiderte Lori.

Avery schenkte dem Barkeeper ein Lächeln, als wären die beiden Kerle, die sich mit ihr unterhielten, nicht genug. »Sie nimmt auch einen davon. Diesen Rebellen oder wie er heißt.«

»Sie sind wahrscheinlich selbst eine Rebellin, würde ich jetzt mal zu behaupten wagen«, meinte nun der Mann zur Rechten

Averys, der einen starken italienischen Akzent und einen nicht weniger starken Haarwuchs hatte.

»Wie haben Sie das nur erraten?«

»Hallo, ich bin Lori«, stellte sie sich schmunzelnd vor.

»Oh, tut mir leid. Lori, das ist Mr Verheiratet und das ist Mr Verlobt.«

Lori zog amüsiert eine Augenbraue hoch.

Mister Verheiratet hob entschuldigend beide Hände. Und Mr Verlobt, derjenige, der Avery als Rebellin bezeichnet hatte, flirtete mit den Augen. »Wir müssen für Sie einen Mr Single finden, Miss Rebellin.«

»Es ist ein großes Schiff und ich brauche mehr als nur einen.« Avery nahm einen Schluck von ihrem Drink.

Der Barkeeper stellte Lori ein farbenfrohes Getränk auf die Theke und ging wieder.

»Ach ja?«, fragte Mr Verlobt.

Averys Zungenspitze spielte mit dem Strohhalm. »Ja. Mindestens zwei für mich und dann noch je einen für meine Freundinnen.«

»Ihr wart aber schnell«, rief Shannon, als sie sich zu ihnen gesellte. Auch Trina war gekommen, die großen Gläser ihrer Sonnenbrille verbargen ihre Augen. Die Sonnenbrille war wie ein Schutzschild, entweder damit sie nicht erkannt wurde oder um den Schmerz in ihren Augen zu verbergen. Lori wusste es nicht. Jedenfalls war es ihr Ziel, dass Trina bis zum Ende der Woche diese Brille endlich absetzte. Zumindest, wenn die Sonne nicht schien.

»Die Kabinen sind der Wahnsinn«, sagte Shannon zu Lori.

»Ich kann mir nicht vorstellen, dass wir viel Zeit darin verbringen werden«, meinte Avery.

Lori kostete ihren Cocktail. Rum. Und noch anderes Zeug. So gut, dass man ihn viel zu schnell austrank.

Wieder stellte Avery alle vor und blieb bei den Namen Mr Verheiratet und Mr Verlobt. Lori wusste jetzt schon, dass diese Namen an den Männern haften bleiben würden. Sie bestellten mehr Getränke und schon merkte sie, wie die Anspannung in ihren Schultern nachließ.

Auch wenn es ein Arbeitsurlaub war, so war Lori doch fest entschlossen, ihn zu genießen.

Als sich die Frauen der beiden Männer einfanden, war das Flirten plötzlich vorbei. Avery hielt schon Ausschau nach den nächsten Männern. Es kamen immer mehr Passagiere aus den Kabinen zur Bar. Zwei Kinder rannten an ihnen vorbei zum Pool in der Mitte des Decks.

»Sie kommen mir irgendwie bekannt vor«, sagte Mrs Verheiratet zu Trina.

Lori und Shannon wurden plötzlich steif.

»Ich bin zum ersten Mal in Barcelona. Ich kann mir nicht vorstellen, dass wir uns schon mal gesehen haben.«

»Sie kommen aus Amerika, oder?«

Ihre Gesprächspartner kamen aus Sizilien, man unterhielt sich auf Englisch.

»Ach, herrje, Shannon, fast hätte ich es vergessen. Wir haben doch ausgemacht, dass wir die Franzosen unten am Pool des Hauptdecks treffen, wenn wir den Hafen verlassen.«

Shannon ging sofort darauf ein. »Ja, stimmt.« Sie hängte sich bei Trina ein und sie verabschiedeten sich von den Italienern. »Es war nett, Sie kennenzulernen. Wir sehen uns sicher wieder.«

Lori blieb zurück, um die Rechnung an der Bar zu unterschreiben.

Einer der Italiener murmelte etwas über die Franzosen, dann nahmen die vier ihre Getränke und gingen in einen anderen Teil der Lounge.

Mittlerweile hatte der Barkeeper alle Hände voll zu tun. Lori versuchte, ihn freundlich anzulächeln, um seine Aufmerksamkeit zu gewinnen.

»Probieren Sie es mal mit dem Todesblick. Der funktioniert oft besser.« Dieser Kommentar brachte Lori zum Grinsen. Sie drehte den Kopf zu dem Mann, der sie angesprochen hatte.

Sie sah ihn von Kopf bis Fuß an. Er trug eine Anzughose, keine Jeans oder Shorts wie die meisten anderen Männer auf dem Deck. Er hatte schmale Hüften und breite Schultern, über die er einen Pullover gelegt hatte. Seine Arme, die aus einem Poloshirt herausragten, sahen aus, als würde er mehr Gewicht stemmen als lediglich einen Kugelschreiber. Sie hätte ihn gerne mal beim Sonnenbaden am Pool gesehen. Er hatte ein markantes Kinn und war frisch rasiert. War das unten an der linken Wange eine Narbe? Er hatte dunkle, lange Wimpern, für die die meisten Frauen viel Geld zahlen würden. Sein kastanienbraunes Haar war ein bisschen zu lang und nicht so exakt geschnitten wie der Rest von ihm. Kurz dachte sie über seinen Haarschnitt nach. Er hätte mal zum Friseur gemusst. Dann schüttelte sie diesen Gedanken ab und merkte, dass sie ihn die ganze Zeit angestarrt hatte.

Lori zwang sich, den Blick abzuwenden. Der Barkeeper hatte sich längst einer kichernden Gruppe leicht bekleideter Zwanzigjähriger zugewendet.

»Und der Schlüssel des Todesblicks liegt darin, unter keinen Umständen den Blickkontakt abbrechen zu lassen«, sagte Lori. Als der Barkeeper sich wieder umdrehte, winkte sie ihm.

Aber er sah sie nicht.

»Ich habe Sie abgelenkt. Ich bitte um Verzeihung.« Er kam näher, ihre Schultern berührten sich.

»Ich kann ihm auch sagen, dass er Ihre Getränke auf meine Kabine schreiben soll.« Er flirtete mit ihr. Und das brachte sie ganz durcheinander. Loris Aufgabe war es doch, den First

Wives bei ihrem neuen Singledasein zu helfen und nicht während dieser einwöchigen Kreuzfahrt jemanden für sich selbst aufzureißen.

Lori wandte sich ihm zu. Er überragte sie um ein gutes Stück. Sie hatte eine Schwäche für große Männer. »Das wäre aber unziemlich. Ich kenne ja noch nicht einmal Ihren Namen.«

Er gab ihr die Hand, seine Körperwärme traf sie unerwartet. »Mr Single.« Lori stutzte, dann musste sie lachen. »Sie haben uns belauscht.«

»Wenn drei schöne Frauen an einer Bar stehen, sieht man als Mann ganz automatisch hin.«

Lori legte den Kopf schief. »Wir waren aber doch zu viert.«

»Drei waren schön. Aber eine ist atemberaubend.« Er drückte ihre Handfläche, dann erst ließ er sie los.

Ihre Wangen wurden heiß. »Sind Sie Autoverkäufer, Mr Single?«

»Könnte sein.«

Sie musterte ihn. Diesmal machte sie keinen Hehl daraus, er sollte es ruhig merken. »Oder vielleicht Fitnesstrainer?«

»Bin jeden Tag im Fitnesscenter. Außer sonntags.« Seine Augen leuchteten mit voller Kilowattzahl.

Er machte Scherze, aber ihr gefiel es, mit ihm zu flirten. »Was spricht dagegen, sonntags Sport zu treiben?«

»Nichts. Aber am Sonntag bin ich lieber draußen und nicht im Fitnesscenter.« Er war braun gebrannt. Wahrscheinlich wohnte er irgendwo, wo es einen Strand gab. Oder er ging oft zum Bergsteigen. »Was ist mit Ihnen? Arbeiten Sie als Model?«

Lori rollte mit den Augen. »Also, vor einer Minute waren Ihre Sprüche noch besser.«

»Sie haben recht. Sie sind viel zu seriös für so eine Art von Job. Sind Sie vielleicht eine Doktorin?«

Lori wollte nicht, dass er ihren wirklichen Beruf erriet. Vielleicht würde er es komisch finden, wenn sie sagte, dass sie Scheidungsanwältin war und auf Kreuzfahrt mit drei ihrer Mandantinnen ging. Je weniger der Fremde über sie wusste, desto besser war es. »Jetzt haben Sie es erraten. Doktorin stimmt.«

»Doktorin für was?« Er glaubte ihr nicht.

»Anthropologie.«

Er schmunzelte.

»Wie, glauben Sie mir etwa nicht? Aber es könnte auch stimmen. Vor allem, wenn ich auf einem Kreuzfahrtschiff durchs Mittelmeer schippere. Dann dienen mir die anderen Gäste als Studienobjekte.«

»Wäre vielleicht auch ein gutes Fachgebiet für mich. Leute zu beobachten, gehört zu meinen größten Stärken.«

Als der Barkeeper in ihre Nähe kam, rief Lori ihm zu, dass sie gerne zahlen wollte.

»Auch die Körpersprache ist wichtig, wenn man Gebrauchtwagen verkauft.«

Er versuchte, ernst zu bleiben, aber seine Augen verrieten ihn. Er musterte sie langsam.

»Sie sehen aus, als würden Sie oft Yoga machen …«

»Nur sonntags«, lachte sie.

»Warum nur sonntags?«

»Weil ich mich unter der Woche an der Tanzstange verbiege und mir Dollarscheine zustecken lasse.«

So wie er bei diesem Kommentar die Hüfte mehr zu ihr drehte, schien ihm diese Vorstellung zu gefallen.

»Das würde ich gern mal sehen.«

Endlich schob ihr der Barkeeper die Rechnung hin. Sie kritzelte ihre Kabinennummer und eine Unterschrift auf den Zettel.

»Wenn Sie das nächste Mal in Las Vegas sind, geben Sie mir Bescheid. Ich kann da was für Sie arrangieren.«

Mr Single lehnte sich zurück, als sich ihr Flirt dem Ende zuneigte. »Eine Stripperin, die an der Stange tanzt, muss sicher hart arbeiten, um sich so eine Kreuzfahrt leisten zu können.«

»Ach was. Sie braucht nur einen Sugardaddy. Jetzt entschuldigen Sie mich bitte, meine Freundinnen warten.«

Er sah ihr nach. »Bis nächstes Mal, Miss Single.«

Sie hob die Hände. »Ich bin ja die ganze Woche hier.«

»Da hab ich aber Glück.«

Lachend ging Lori und ignorierte dabei die Hitze, die durch seine Blicke auf ihrem Po entstand.

KAPITEL 4

Sugardaddy. Reed fragte sich, ob Miss Single tatsächlich einen hatte oder früher mal gehabt hatte. Ihm gefiel ihr Hüftschwung, als sie voller Elan davonging. Honigblondes Haar, ein Funkeln in den Augen, das nachhaltiger war als das ihrer quirligen Freundin. Selbst wenn sie ein ernstes Gesicht machte, sah man ihren Humor durchblitzen. Vor allem, als sie diese Stangentanzgeschichte erzählte. Sie hatte schöne Kurven. Der Aufgabe, während einer sonnigen Kreuzfahrtwoche ihren Knackpo im Auge zu behalten, nahm er sich gerne an. Er sah auf die Rechnung. Ihre Kabinennummer stand darauf. Eine der Penthousesuiten an Bord, was ihn nicht überraschte. Sie und ihre Freundinnen wirkten, als wären sie Luxus und Prunk gewohnt.

Er nahm einen Schluck von seinem Bier, griff nach einem der Zettel mit dem Tagesplan, die an der Bar auslagen. Mit dem Stift, den Miss Single zurückgelassen hatte, kreiste er die Ankündigung für eine Singleparty ein, die später stattfinden würde. Keine der Frauen, mit denen Miss Single unterwegs war, hatte einen Ehering getragen. Er konnte also relativ sicher davon ausgehen, dass er sie dort alle wiedertreffen würde.

Sein Telefon vibrierte. Eine amerikanische Nummer ohne Namen.

»Reed«, meldete er sich und wusste schon, wer anrief.

»Wie ist es in Spanien?«, fragte eine Frauenstimme.

»Mild.«

»Ich gehe davon aus, dass Ihre Unterkunft angemessen ist?«

Er blickte sich auf dem Deck um. »Geht so«, antwortete er ohne Humor.

»Gibt es schon etwas zu berichten?«

»Ich habe die Zielperson bereits ausfindig gemacht.«

»Das war auch zu hoffen. Die Suite ist schließlich nicht billig.«

Reed blickte zu den Kabinenbalkonen auf dem Deck der ersten Klasse und war froh, dass er die Rechnung nicht selbst zahlen musste.

»Sie reist mit Freundinnen.«

»Mit wem?«

»Das weiß ich noch nicht, ich bin noch nicht mal eine Stunde an Bord.«

Unverständliches Gemurmel. Dann: »Ich rufe wieder an, wenn Sie in Rom sind.«

»Bis Rom.« Er legte auf und winkte dem Barkeeper, um zu zahlen.

* * *

»Schau jetzt nicht.«

Wenn man gesagt bekam, dass man *nicht* hinsehen sollte, wollte man erst recht gucken. Automatisch löste sich Loris Blick vom Roulette-Tisch.

Shannon stieß ihr den Ellbogen in die Rippen.

»Er schaut dich die ganze Zeit an.«

»Wer?«

Der Croupier rief eine Zahl, legte die Markierung aufs Spielfeld und schob den Gewinnern ihre Jetons zu. Lori bekam nichts.

Sie nutzte den Moment, um ihr Getränk zu nehmen und dabei ganz unauffällig die Blicke durch den Raum schweifen zu lassen.

Und tatsächlich. Auf der anderen Seite stand Mr Single am Craps-Tisch und beobachtete sie.

Statt so zu tun, als hätte sie ihn nicht bemerkt, hob sie ihr Glas und prostete ihm grinsend zu. Flirten machte Spaß. Auch wenn sie eigentlich wusste, dass sie das lieber sein lassen sollte.

Als Antwort grinste er frech zurück.

»Ist das der Typ, von dem du uns erzählt hast?«, fragte Shannon.

»Genau der.«

»Wow, was für ein Schnittchen.«

Lori summte bestätigend.

»Könnte allerdings einen Haarschnitt vertragen.«

Lori unterbrach den Blickkontakt. Sie drehte sich zu Shannon um. »Find ich auch.« Dann beugte sie sich vor, um weitere Jetons auf den Spieltisch zu legen.

»Machen Sie Ihr Spiel«, rief der Croupier. Shannon drückte sich an Lori vorbei, um an die höheren Zahlen zu gelangen.

Als Lori wieder hinübersah, war Mr Single verschwunden. Ein Gefühl der Enttäuschung huschte über ihren Rücken.

»Einunddreißig, Schwarz.«

Shannon und Lori beklatschten sich. »Juhu!«

Ihr Fünf-Dollar-Jeton lag zwischen der einunddreißig und der achtundzwanzig.

»Die nächste Runde geht auf dich«, scherzte Lori.

Shannon nahm ihren Gewinn entgegen und legte großzügig den nächsten Einsatz. »Wo ist er hin?«

»Wer weiß?« In Loris Hand waren nun nur noch wenige Jetons. Wenn sie in der nächsten Runde auch nichts gewann, würde sie aufhören. Plötzlich spürte sie ein Prickeln.

»Rot.« Seine Stimme war dicht an ihrem Ohr.

Sie versuchte, nicht zu lachen. »Sind Sie sicher?«, fragte sie.

Der Croupier drehte das Rad und ließ die Kugel fallen.

»Zu achtundvierzig Prozent.«

Sie blickte auf das Tableau, überlegte, ob sie das Feld mit der grünen Null oder den Doppelnullen wählen sollte. Dann legte sie zwanzig auf das rote Feld und verteilte weitere zwanzig Dollar auf einzelne rote Zahlen.

»Nichts geht mehr.«

Die Kugel begann zu hüpfen.

Lori hielt die Luft an.

»Vierzehn, Rot.«

»Na gut, dann schulde ich Ihnen wohl einen Drink«, sagte Lori, als sie über die Schulter Mr Single ins Gesicht blickte.

»Hallo«, grüßte ihn Shannon.

»Hallo«, antwortete er und sah sie nachdenklich an. »Sind Sie nicht …«

Lori erschrak und legte ihm schnell den Finger auf die Lippen, als wäre es nicht das erste Mal.

Seine Augen, die stets amüsiert wirkten, wurden größer, er berührte ihre Hand.

»Meine *Freundin* macht Urlaub.« Lori hoffte, dass ihre Worte ihn davon abhalten würden, noch mehr Aufmerksamkeit auf Shannon zu lenken. »Weit weg von zu Hause.«

Sein Blick sagte, dass er verstand. Er drückte noch einmal kurz ihre Hand, dann ließ er los.

Shannon legte den Kopf schief. »Danke. Haben Sie eigentlich noch einen anderen Namen als Mr Single?«

»Sie haben über mich geredet.«

Lori fühlte sich wie eine Sechzehnjährige, die dabei ertappt wird, dass sie für den Neuen in der Klasse schwärmt. Sie versuchte, sich nicht anmerken zu lassen, dass es ihr peinlich war.

Er streckte neben Lori die Hand aus. »Ich heiße Reed.«

»Freut mich, Sie kennenzulernen, Reed. Das ist meine Freundin Lori.«

»Lori.« Es klang fast, als wollte er kosten, wie ihr Name schmeckte.

Sie spürte eine ungewöhnliche Wärme im Nacken.

»So, jetzt wissen wir, wie wir alle heißen. Auf was soll ich jetzt setzen?«

Schon rollte die Kugel.

»Lassen Sie sich einfach auf Rot ein.«

»Ich lasse mich selten einfach so ein.«

Er hielt ihre Hand fest, damit sie die Jetons nicht wieder zurückzog. Seine Lippen waren wieder nahe bei ihrem Ohr. »Wovor haben Sie Angst? Dass Sie Sugardaddys Geld verlieren?«

Bevor sie die Jetons wieder wegziehen konnte, gab der Croupier ein Zeichen, dass nun nichts mehr verschoben werden durfte.

»Siebenundzwanzig, Rot.«

Sie atmete erleichtert auf. Als sie ihren Gewinn zugeschoben bekam, nahm sie gleich die Jetons vom Tisch. Nicht, dass sie wirklich Angst hatte, vierzig Dollar zu verlieren. Sie hatte ja schon zweihundert verloren und dabei war sie erst seit vierzig Minuten im Casino. Es war eher die Tatsache, dass Glücksspiel außerhalb ihres Kontrollbereichs lag. Ein bisschen davon war okay. Sogar aufregend. Aber wenn es um echtes Geld ging, um größere Summen, begann sie wahrscheinlich zu schwitzen, bevor die Kugel einrastete.

»Haben Sie nicht den Mut, es noch mal zu versuchen?«, fragte Reed.

Sie deutete auf den Tisch. »Wo ist denn Ihr Einsatz?«

»Touché.« Er zog seinen Geldbeutel hervor und legte einen Hundertdollarschein auf Rot.

Mit routinierten Bewegungen nahm der Croupier den Geldschein und ersetzte ihn durch ein paar grüne Jetons.

Eine Minute später wurde *Einundzwanzig, Rot* gerufen.

Lori stand dabei und knetete die Hände, während die Kugel gedreht wurde.

Alles was sie sah, war die Farbe, als die Kugel ihren Platz fand.

Rot.

Reed hatte sich einfach darauf eingelassen.

»Sie sind verrückt«, flüsterte sie.

Lori wusste nicht, ob sein Glücksspiel wegen seiner Selbstsicherheit so verwegen war oder weil er diese Masche für einen Flirt mit ihr anwandte. Beides beeindruckte sie irgendwie.

Nach vier weiteren Runden hatte Reed bereits sechzehnhundert Dollar gewonnen. Erst jetzt nahm er die hundert Dollar weg, mit denen er angefangen hatte.

»Lassen Sie den Rest da etwa liegen?«

Er zuckte grinsend die Achseln.

Alle Spieler am Tisch beobachteten Reed. Manche setzten auf Schwarz und murmelten, dass seine Glückssträhne doch nun ein Ende haben musste.

Lori hielt den Atem an, als die Kugel einrastete. »Zwölf, Rot.«

Sogar Shannon war sprachlos.

Lori schwitzte und dabei war es noch nicht einmal ihr Geld.

»Sie sind keine gute Glücksspielerin«, bemerkte er, seine Augen lachten sie an.

»Offensichtlich nicht.«

»Sir?«, sprach der Croupier nun Reed an.

Doch der grinste nur, als sei es das Normalste der Welt, dreitausend Dollar auf dem Tisch liegen zu haben, auf nur einem einzigen Feld. »Lassen Sie es ruhig dort«, wies Reed ihn an.

Mittlerweile hatte sich eine kleine Menge Zuschauer versammelt.

Lori beugte sich zu ihm hinüber. »Sie sind verrückt.«

»Das Leben beginnt erst außerhalb der Komfortzone, Lori. Sie sollten es mal versuchen.«

Kein anderer Spieler hatte etwas gelegt, als die Kugel rollte.

»Drei, Rot.«

»Der Typ hat solches Glück.«

»Wahnsinn«, raunte ein Mann hinter ihnen.

Das Gemurmel der umstehenden Zuschauer wurde noch größer, als sie Reeds großen Jetonberg sahen, der einer Summe von sechstausend Dollar entsprach. Es sah aus wie ein Haufen Goldbarren.

»Sir?«

»Was meinen Sie, Lori, soll ich lieber gehen?«

Gehen? An seiner Stelle wäre sie eher *gerannt*.

Ihr Herz klopfte schneller, als sie den Kopf schüttelte. »Lassen Sie sich einfach darauf ein.« Sie konnte selbst kaum glauben, dass sie das sagte. Fast wollte sie die Worte zurücknehmen, aber sie beherrschte sich.

Er zwinkerte ihr zu. »Sie lernen schnell.«

»Das ist verrückt«, flüsterte Shannon.

Der Croupier winkte seinem Manager.

Währenddessen entdeckte Lori ein Schild, auf dem stand, dass das Einsatzlimit fünftausend Dollar war.

Der Manager sprach mit dem Croupier, blickte auf die digitale Anzeige über dem Tisch, auf der die vorangegangenen Ergebnisse angezeigt wurden. Er nickte kurz und schon drehte sich die Kugel.

Lori hielt den Atem an, krallte sich am Tisch fest, die Augen auf die Kugel gerichtet.

Die Kugel fiel auf Einundzwanzig, Rot. Doch dann hüpfte sie noch einmal heraus und blieb auf der vier liegen.

»Vier, Schwarz.« Die tiefe Stimme des Croupiers klang fast ein wenig enttäuscht. Zumindest war Lori es.

Ein kollektives Stöhnen der Zuschauer und schon wurden die sechstausend Dollar entfernt.

Lori ließ den Kopf hängen, ihre Hände kribbelten noch von der Aufregung.

Reed lehnte sich über den Tisch und ließ die hundert Dollar, mit denen er sein Spiel begonnen hatte, für den Croupier als Trinkgeld zurück.

»Also, das hat echt Spaß gemacht«, sagte Shannon animiert.

»Was ist mit meinem Drink?«, wandte sich Reed an Lori.

Die Musik der Singleparty schallte durch die geschlossenen Türen des Nachtclubs nach draußen.

Lori spürte sehr stark die Präsenz des Mannes, der neben ihr ging. Sie hatte schon so lange nicht mehr die Aufmerksamkeit eines Mannes genossen, dass sie ganz vergessen hatte, wie warm und aufregend es sich anfühlte.

»Da sind Avery und Trina«, übertönte Shannon die Musik und das Gelächter der anderen Gäste.

Zu dritt gingen sie an den vielen Leuten vorbei, bis sie an den Stehtisch gelangten, an dem bereits die beiden anderen warteten.

Avery musterte Reed von oben bis unten, bevor sie etwas sagte. »Sind Sie dieser Mr Single?«

Wieder merkte Lori, dass sie rot wurde.

Er streckte Avery die Hand entgegen. »Ich heiße Reed.«

Avery machte ein knurrendes Geräusch und zwinkerte Lori zu, bevor sie sich und Trina vorstellte.

»Sie brauchen so ein Schildchen.« Avery nahm einen Stift und schrieb auf die selbstklebenden Etiketten ihre Namen.

»Wozu ist das denn?«, wollte Shannon wissen.

»Das ist hier eine Kennenlernparty, da braucht man so was«, sagte Avery, als ob damit alles erklärt wäre. Auf dieser Party gab es eine Regel. Wie beim Speed-Dating musste man, sobald eine Glocke ertönte, den Gesprächspartner wechseln.

Ein Kellner nahm ihre Bestellungen entgegen und brachte kurz darauf die Drinks.

Als es klingelte, stand Lori vor Reed.

»Sie sehen besorgt aus.«

Lori hatte bemerkt, wie nervös Trina geworden war. Sie musste sich mit einem doppelt so alten Mann unterhalten, der gleich zu ihr geeilt gekommen war.

»Ach ja?«

Reed zögerte. »Sie machen sich Sorgen um ihre Freundin.«

Lori beobachtete immer noch Trina. »Sie ist, äh …« Noch bevor sie den Satz beenden konnte, läutete schon wieder die Glocke. Ohne ein weiteres Wort wandte sie sich ab, um dem nächsten Mann zuvorzukommen, der bereits auf dem Weg zu Trina war.

»Alles okay bei dir?«

»Das hat überhaupt nichts mit Kennenlernen zu tun«, stellte Trina fest.

Lori sah, dass Shannon von einem rothaarigen Mann angesprochen wurde. Sie gab ihr mit einem Nicken ein Zeichen und Shannon verstand. »Es sind nur zwanzig Minuten, dann ist es wieder vorbei.« Lori streckte ihr scherzend die Hand entgegen. »Hallo, ich bin Lori.«

Trina grinste schief. »Ich stelle mich dumm an.«

Wieder kam der Glockenton und nun übernahm Shannon Loris Platz.

Jetzt stand wieder Reed vor Lori. »Passen Sie immer so auf Ihre Freunde auf?«

»Sie nicht?«, fragte sie zurück.

»Sie gehen davon aus, dass ich Freunde habe?«

Sie war sich nicht sicher, ob er scherzte oder ob er die Frage ernst meinte. Er hatte wirklich ein Pokergesicht. »Ein Mann ohne Freunde …«

Es klingelte.

Avery übernahm nun Loris Platz und Lori stand wieder vor Trina.

»Die Männer werden denken, dass ich lesbisch bin«, meinte Trina.

Lori blickte sich um. »Bist du jetzt bereit, mit einem Fremden zu reden?«

Trina fasste sich an den Kopf. »Früher war das mal so einfach.«

»Lass sie als Erste sprechen. Wenn du keine Lust auf den anderen hast, wechsle einfach die Sprache.«

»Gute Idee«, sagte Trina mit gequältem Lächeln.

Als die Glocke ertönte, stand ein durchtrainierter Spanier vor Lori. Er sagte etwas, das sie nicht verstand, aber sein Grinsen sprach Bände. »Oh Gott, Sie sind zu viel für mich.« Lori sah zu Avery, die immer noch mit Reed redete. Sie zog sie zu Mr Español. »Komm, lass uns tauschen«, zischte sie.

Reed grinste. »Avery werfen Sie den Wölfen zum Fraße vor und Trina beschützen Sie.«

Wieder klingelte es. Statt erneut den Gesprächspartner zu wechseln, nahm Lori ihren Drink und blieb einfach stehen. »Das ist mir zu anstrengend.«

* * *

Als Lori am nächsten Morgen erwachte, fand sie auf dem Tagesangebot, das unter ihrer Tür hindurchgeschoben worden

50

war, eine Notiz. Die Yogastunde war rot eingekreist, daneben stand: *Weil Sie Ihr sonntägliches Ritual verpasst haben.*

Dieser Typ brachte sie zum Schmunzeln. Vielleicht lag es auch nur daran, dass sie seit Monaten keine Zeit mehr zum Flirten gehabt und niemanden vom anderen Geschlecht kennengelernt hatte. Nicht, dass ihr der Gedanke missfiel, aber mit fünfunddreißig hatte sie schon alles erlebt. Die meisten Männer waren entweder vergeben oder nur auf Sex aus. Und dann gab es noch solche, die entweder nicht mit Loris Erfolg umgehen konnten oder selbst zu aufgeblasene Egos hatten.

Mit dreißig hatte Lori für sich entschieden, nie wieder zu heiraten. Auf gewisse Weise machte sie das distanzierter. Die Männer dachten, es läge an Loris Beruf und dass sie auch deswegen nicht heiraten wollte. Manche machte das erst recht an, andere nahmen gleich Reißaus.

In welche Kategorie fiel Reed?

Kategorie »kurzer Flirt«.

Weil sie ja auch auf einem Kreuzfahrtschiff waren.

Lori sah auf die Uhr und fragte sich, ob Reed wohl auch zur Yogastunde gehen würde.

Es gab nur einen Weg, es herauszufinden.

»Guten Morgen, Miss Lori.« Sie hatte sich schnell angezogen und rannte nun fast den hauseigenen Butler um.

»Morgen, Datu. Können Sie meinen Freundinnen sagen, dass wir uns um elf am Pool treffen?«

»Gern. Haben Sie noch weitere Wünsche?«

»Könnten Sie mir vielleicht um zehn frische Früchte und Joghurt in die Kabine bringen?«

»Möchten Sie auch Kaffee dazu?«, fragte er.

»Ja, bitte.« Lori grinste übers ganze Gesicht. An einen Butler hätte sie sich gewöhnen können.

Im Fitnesscenter gab es Räder, Crosstrainer und Laufbänder. Die Geräte standen vor den riesigen Fenstern mit Blick aufs

Mittelmeer. Weil dies der einzige Tag war, den sie vollständig auf See verbringen würden, war das Fitnesscenter gut besucht. Viele sportlich aussehende Menschen und auch solche, die ein paar Kilo zu viel mit sich herumtrugen. Alle versuchten, die Folgen des opulenten Essens in Schach zu halten.

Sie entdeckte Trina auf einer Matte in der hintersten Ecke des Sportraumes. Lori nahm sich ebenfalls eine Matte vom Stapel und legte sich daneben.

»Guten Morgen«, flüsterte sie über die ruhige Musik hinweg.

Trina öffnete die Augen und grinste. »Morgen.«

In dem Raum war es so still wie in einer Bücherei.

»Ich wusste gar nicht, dass du Yoga magst«, sagte Lori zu ihr.

»Ist schon eine Weile her. Aber vielleicht hilft es. Du weißt schon.«

Lori bekam wieder ein schlechtes Gewissen, weil sie mit den Gedanken bei sich und ihrem eigenen Leben gewesen war. Sie war hier, um sich um die anderen Frauen zu kümmern. Besonders um Trina, die so viel durchgemacht hatte.

Reed hatte sich seit dem ersten Moment in ihre Gedanken geschlichen.

Lori wollte sich am liebsten selbst ohrfeigen, dass sie dies zugelassen hatte.

Konzentrier dich auf die Arbeit!

Es durfte einfach nicht sein, dass sie nach nicht einmal vierundzwanzig Stunden an Bord an einen Flirt dachte. Es ging um Trina, Shannon und Avery. Wegen ihnen war sie hier. Nicht wegen Reed, egal wie sexy er war und wie draufgängerisch er im Casino spielte.

Der Yogalehrer begann mit der Stunde. Lori legte sich auf die Matte und verscheuchte jeglichen Gedanken an Reed.

KAPITEL 5

Wenn Reed noch länger vor den Fenstern des Yogaraums gestanden hätte, dann hätte man ihn für einen Voyeur gehalten und verscheucht. Es überraschte ihn nicht, dass er tatsächlich Lori dort entdeckte, die sich auf ungewöhnliche Weise verbog. Der Anblick ihres knackigen Pos in der schwarzen Yogahose fesselte derart seine Aufmerksamkeit, dass er den Blick einfach nicht abwenden konnte. Fast schon überlegte er, ob er ebenfalls bei der Yogastunde mitmachen sollte, damit es nicht so auffiel.

Er behielt weiter ihren Hintern im Auge, als er an der Glastür vorbeiging. Dann war der Bann endlich gebrochen. Er blickte sich im Fitnessraum um und entschloss sich, die überschüssige Energie an den Geräten abzubauen, bis die Yogastunde vorbei war.

Reed schaffte sein tägliches Training in der Hälfte der normalen Zeit. Seine Augen klebten dabei an der Tür des Yogaraums.

Eine große Blondine im violetten Sportbustier und Shorts, die so knapp waren, dass sie außerhalb des Poolbereichs eigentlich verboten gehörten, blieb vor ihm stehen. »*Är det tungt?*«

»Wie bitte?« Er wusste nicht, welche Sprache sie sprach. An Bord gab es vierzig verschiedene Nationalitäten, da musste er auch gar nicht erst versuchen, sie zu erraten.

»Amerikaner?«, fragte die Frau mit flirtendem Blick.

Er nickte.

Sie zeigte auf ihre Brust, die fast aus dem Sport-BH herausquoll. »Schweden.«

»Ich kann kein Schwedisch.«

»Ich kann Englisch. Nicht perfekt, aber bisschen.«

Zu einem anderen Zeitpunkt hätte er sich vielleicht auf sie eingelassen. Aber jetzt waren Stimmen zu hören, die ersten Leute kamen heraus.

»Vielleicht später«, sagte er, zwinkerte ihr zu und stand auf.

Er verharrte an der Tür und tat, als wäre er mit seinem Handy beschäftigt.

»Da verfolgt dich wohl jemand«, sagte eine Frauenstimme.

Als er aufblickte, sah er Lori und Trina.

Ihre Haut schimmerte feucht. *Schwitzt man beim Yoga?*

»Nein. Er ist fitnesssüchtig.«

»Ziemlich, wie es scheint«, meinte Trina.

»Guten Morgen, die Damen.«

Trina wich zur Seite, um die anderen Leute vorbeizulassen. »Wir sehen uns am Pool, Lori. Tschüs, Reed.«

»Sie haben also meine Nachricht gefunden«, sagte er zu Lori, als Trina gegangen war.

»Habe ich. War ein guter Vorschlag.«

Irgendwie war sie anders, nicht mehr so locker wie gestern Abend.

»Und ich hatte schon fast gedacht, dass Sie mir mit Ihrer Yogageschichte nur etwas vorgeflunkert haben.«

»Habe ich auch.«

Kurze Antworten, fast etwas schroff. Sie blickte an ihm vorbei. Ja, irgendwie war sie anders.

»Woher wussten Sie eigentlich, in welcher Kabine ich bin?«
Er war sich nicht sicher, ob ihre Frage Neugier ausdrückte oder
ein Vorwurf war.

Sollte er lügen? Lieber nicht. »Von Ihrer Getränkerechnung.«

»Aha.« Sie zog die Stirn kraus. »Ich weiß nicht, ob ich mich
geschmeichelt fühlen soll oder ob ich das unheimlich finde.«

Er dachte an seine Schwester. Wie würde er es finden,
wenn sich jemand auf dieselbe Weise ihre Kabinennummer
erschleichen würde? »Ich bin harmlos«, log er. »Aber Sie sollten
aufpassen.«

Sie hielt inne. »Das werde ich.«

In diesem Moment ging Miss Schweden vorbei. Sie sah zu
Reed, dann zu Lori, zog die Augenbrauen hoch und setzte hüft-
wackelnd ihren Weg fort.

Lori verkniff sich ein Lachen. »Schönen Tag noch, Reed.«

Ja, sie war wirklich komisch. »Ihnen auch, Lori.«

Die Unterhaltung vom Vorabend ging ihm durch den Kopf.
Hatte er etwas Falsches gesagt? Hatte er sie irgendwie beleidigt?

Nein. Er hatte geflirtet und sie hatte zurückgeflirtet.

Vielleicht musste er sich etwas Neues einfallen lassen. Diese
Avery war eine Partymaus und Reed brauchte ein Mädel aus
Loris Freundeskreis, das auf seiner Seite war. Dann würde er
schneller dahin kommen, wo er hinwollte. Doch während er
das dachte, fragte er sich, was denn eigentlich sein Ziel war.

* * *

Auf einer Kreuzfahrt konnte man so viel machen. Zum Beispiel
am Pool sitzen und mittags schon ein Schirmchengetränk
schlürfen.

Auf dem Hauptdeck zwischen den vielen anderen
Menschen, die die laue Meeresbrise genossen, fühlte sich Lori
irgendwie wohler. Am exklusiven Pool auf dem Luxusdeck hatte

sie das Gefühl, dass sie mehr Blicke auf sich zogen als in den bevölkerteren Bereichen des Schiffes. Vielleicht bildete sie sich das auch nur ein, aber es war nun mal ihr Hauptanliegen, für den Schutz ihrer Reisebegleiterinnen zu sorgen.

Sie schnappten sich Handtücher, suchten sich vier nebeneinanderstehende Liegen und machten es sich bequem.

»Wie fandet ihr diesen Rogelio gestern Abend?«, fragte Avery, während sie sich großzügig mit Sonnenlotion eincremte.

»Meinst du den sexy Spanier, der kein Wort Englisch kann?«, fragte Shannon.

Avery grinste. »Ja, genau den.«

»Er kann kein Wort Englisch«, wiederholte Shannon, als würde das Averys Frage beantworten.

»Er versprüht viel Charme«, meinte Trina von der anderen Seite.

Lori drehte sich zu der Frau, von der sie angenommen hatte, dass sie in sexueller Hinsicht verschlafen war. Es überraschte Lori, dass sie Rogelios Attraktivität überhaupt bemerkt hatte.

»Und er steht auf dich«, meinte Trina.

»Er spricht kein Wort Englisch.« Shannon war nicht bereit, über die Sprachbarriere hinwegzusehen.

»Wir sind auf Kreuzfahrt«, erinnerte Trina sie. »Für das, was in der Koje passiert, braucht man keine Worte.«

»Ich beginne, dich wirklich zu mögen«, meinte Avery zu Trina.

Die beiden stießen mit ihren bunten Cocktails an.

»Und was ist mit dir und diesem Reed?«, wandte sich Avery an Lori.

»Dem Glücksspieler?«, fragte Lori, als ob ihn das ausreichend definierte. Der attraktive Mann, der sein Glück versucht hatte. Sie hatte von ihm geträumt und war erregt aufgewacht.

»Ja, der heiße Typ aus dem Casino, dem Nachtclub und dem Fitnesscenter heute Morgen«, ergänzte Trina.

Lori schob die Sonnenbrille auf die Augen und lehnte sich zurück. »Nichts.«

»Es hat aber nicht nach *nichts* ausgesehen gestern Abend.«

»Du interpretierst in alles zu viel hinein, Avery«, fand Lori.

»Da muss ich ihr leider recht geben, Avery«, stimmte Trina zu.

»Der Typ steht aber auf dich«, widersprach Avery.

Lori hob jetzt die Sonnenbrille hoch. »Er hat sich heimlich meine Kabinennummer von der Barrechnung notiert.«

Alle drei blickten zu ihr.

Nachdem sie erklärt hatte, dass das nichts zu bedeuten hatte, sah Lori den Leuten im Pool vor sich zu. »Außerdem bin ich schließlich diese Woche für euch da.«

Nach einigen Sekunden Stille blickte sie auf und merkte, dass die drei Frauen sie immer noch anstarrten.

»Also, als ich das letzte Mal nachgesehen habe«, sagte Shannon, »waren wir schon erwachsen. Auch wenn du uns vielleicht zusammengebracht hast, heißt das ja noch lange nicht, dass du für uns verantwortlich bist. Du bist doch nicht unsere Aufpasserin.«

»Du bist auf dieser Reise noch nicht mal unsere *Rechtsanwältin*«, fügte Trina hinzu.

»Ich bin immer eure *Rechtsanwältin*.« Lori flüsterte und blickte sich dabei um, als würde sie ein schmutziges Wort verwenden.

Avery zeigte auf sich. »Ich zahle dir gerade nicht fünfhundert Dollar die Stunde wie sonst. Und du, Trina?«

»Ne. Was ist mit dir, Shannon?«

»Ich habe schon alle Rechnungen bezahlt.«

Lori rollte mit den Augen.

»Heißt, du bist auch eine von uns. Eine von den First Wives. Nicht mehr und nicht weniger.« Für Avery war immer alles so einfach. Lori wusste nicht, ob das etwas Gutes oder etwas Schlechtes bedeutete. Hatte sie recht?

»Wir sind wegen Alliance hier. Ich bin die Vermittlerin, ihr seid mein Hauptanliegen und nicht irgendein gut aussehender, charmanter Glücksspieler.«

»Ach, komm. Wann hast du das letzte Mal gevögelt?«, wollte Avery wissen.

Die Frau auf dem Liegestuhl vor ihnen sprang auf, packte ihr Kind und suchte mit empörtem Blick einen neuen Platz.

»Ich komme schon klar«, murmelte Lori.

»Netter Versuch, Frau Anwältin«, meinte Shannon.

»Mir geht es gut.«

Nach Loris Aussage schwiegen alle ein paar Minuten lang.

»Ich will euch mal was sagen«, unterbrach Avery das Schweigen.

Lori traute sich kaum zu fragen. »Was denn?«

»Wenn zwei von uns hier was mit einem Mann anfangen, dann darfst du dich auch mal richtig austoben.«

Lori sah zu Trina. Dann zu Shannon. Die Wahrscheinlichkeit, dass sie sich austobte, war sehr gering. Und Avery? Na ja, die würde sich sicher hier einen Typen aufreißen. Sie wartete ja nur darauf. Wenn zwei von den Dreien einen männlichen Begleiter finden würden, war der Zweck dieser einwöchigen Kreuzfahrt tatsächlich erfüllt.

Das Leben beginnt erst außerhalb der Komfortzone.

»Ich stehe zwar nicht auf Glücksspiel, aber meinetwegen lasse ich mich darauf ein.«

»An so einer Challenge habe ich seit Highschoolzeiten nicht mehr teilgenommen«, erklärte Shannon.

Trina hob die Hand. »Bei mir war es das letzte Mal, als ich im College war. Ein Franzose.«

Avery kicherte. »Die einzige Sprache, die du nicht kannst.«

»Es gibt viele Sprachen, die ich nicht kann.«

Sie unterhielten sich über Studienzeiten und Freundschaften und genossen dabei das Sonnenbad. Lori schloss die Augen.

»*Hola*, Ladys!«

Miguel und Rogelio vom Nachtclub standen ohne Shirt vor ihnen.

»Hallo, Jungs«, flirtete Avery ganz ungeniert zurück. Sie zog die Beine an, klopfte auf den frei gewordenen Platz. »Setzt euch.«

Rogelio setzte sich sofort und musterte ihren Bikini.

»Wir haben gehofft, euch wiederzusehen«, sagte Miguel und setzte sich auf den Rand von Trinas Liege.

Trina lächelte. Ein schüchternes Lächeln zwar, aber eindeutig ein Lächeln.

Miguel sagte mit seinem starken spanischen Akzent etwas zu Avery, während er ihre Hand nahm und einen Kuss darauf hauchte.

Shannon beugte sich zu Lori und raunte ihr zu: »Ich hoffe, du rechnest nicht damit, dass diese Challenge was wird.«

Rogelio sagte etwas auf Spanisch und Miguel schien seinen Satz zu ergänzen. »Meint ihr, wir können den Wettbewerb gewinnen?«

»Ihr beide?«, fragte Trina.

»Was denn?«, fragte nun Lori, der es vorkam, als hätte sie einen wichtigen Teil der Unterhaltung nicht mitbekommen.

»Sie machen beim Mr-Epic-Wettbewerb mit«, erklärte Trina.

»Was soll das sein?«, fragte Shannon.

»Ein Schönheitswettbewerb für Männer. Sie wollen, dass wir sie anfeuern«, sagte Trina.

»Anfeuern? Als Bühnenmädels?« Und das, obwohl Lori doch die ganze Zeit darauf achtete, dass sie so unauffällig wie möglich blieben.

Trina schüttelte den Kopf.

»Ich melde mich freiwillig zum Einölen«, bot Avery an.

Miguel übersetzte lachend für Rogelio.

Dieser berührte sogleich Averys Bein. Es knisterte eindeutig zwischen den beiden.

Na, da würde aber jemand noch vor dem Abendessen auf seine Kosten kommen.

»Klingt lustig«, sagte Lori.

Trina schnappte sich ihr Strandtuch. »Ach, was solls? Hier gilt dasselbe Motto wie in Las Vegas, oder? Was an Bord passiert, bleibt an Bord.«

»Ganz genau«, bestärkte Shannon sie.

»Gehen wir, Miguel. Zeig mir, wo du das Öl hast.«

Miguel grinste. »Wollt ihr mit?«

Noch bevor Lori etwas sagen konnte, kam Shannon ihr schon zuvor: »Geht nur, zu sechst sind wir doch viel zu viele.«

Trina und Avery folgten ihren spanischen Playboys zur Bühne.

»Oh je«, seufzte Lori.

»Dafür sind wir doch hier, oder? Um wieder Spaß am Leben zu haben.«

»Stimmt«, gab Lori zu.

»Warum machst du dir dann Sorgen?«

Lori nahm die Sonnenbrille ab. »Ich werde dafür bezahlt, mir Sorgen zu machen.«

»Gut, dass du dir wenigstens Botox leisten kannst. Du wirst es brauchen.«

Lori rollte mit den Augen.

Ein Cocktailkellner blieb vor ihnen stehen und verdeckte die Sonne. »Darf ich Ihnen noch etwas bringen?«

Shannon antwortete für sie beide: »Gern. Zwei Cocktails des Tages, bitte.«

»Gute Wahl.«

Lori sah ihm nach. »Meine Leber braucht danach eine Entgiftungskur.«

»Irgendwo auf der Welt ist es sicher schon nach siebzehn Uhr.«

Zehn Minuten später, als sie ihren Drink schlürften, der nach Kokosmilch und Rum schmeckte, kam Lori auf ein anderes Thema zu sprechen. »Jetzt erzähl mir mal von deinem Leben.«

Shannon sah sie über den Sonnenbrillenrand hinweg an.

»Wenn einer was über mein Leben weiß, dann du.«

»Ich meine ja auch nicht die Sache mit der Ehe, sondern das Leben danach. Hat es seit der Scheidung irgendwen gegeben?« Es war fast zwei Jahre her, dass sich Shannon und Paul getrennt hatten. Seit eineinhalb Jahren waren sie geschieden. In der ersten Zeit hatten die Paparazzi Shannon kaum in Ruhe gelassen.

»Die Geschichte ist ganz einfach.«

»Ach ja?«

Shannon schlürfte ihren Drink und zuckte mit den Achseln. »Ich habe mich in ihn verliebt.«

Damit war ihre Befürchtung bestätigt. Lori hatte sich schon gedacht, dass es Shannon erwischt hatte. Sam hatte das auch geglaubt, aber sie hatten Shannon nie direkt gefragt.

»Es tut mir leid.«

Shannon stellte das Glas ab, blickte aufs Meer. »Es ist nicht deine Schuld. Ihr habt mich gewarnt. Sam und Eliza haben mir von Pauls Vergangenheit erzählt. Ich hätte mich besser in Acht nehmen sollen.«

Zwischendurch hatten Lori und Sam schon gehofft, dass das Gouverneurspaar von Kalifornien zusammenbleiben würde. Doch dann war Paul, just in der Sekunde, in der der Vertrag abgelaufen war, in Loris Kanzlei aufgetaucht, um die Papiere zu unterzeichnen, die der arrangierten Ehe ein Ende setzten.

Die gütliche Scheidung hatte alle schockiert. Die Klatschpresse hatte sich auf die Gerüchteküche gefreut. Und dann einfach irgendeinen Unsinn erfunden, als es nichts gab, worüber sich zu berichten gelohnt hätte. Zuerst wurde behauptet, Paul habe eine andere Frau, dann, dass Shannon eine Affäre habe. Nichts davon hatte gestimmt. Auf ein paar Bildern in den Zeitschriften sah man Paul mit anderen Frauen, aber nie zweimal mit derselben. Seine Berater taten ihr Bestes, die Klatschpresse von seinem Privatleben fernzuhalten. Alliance hatte Shannon im ersten Jahr geholfen, mit dem öffentlichen Interesse umzugehen. Dann hatte der Wirbel nachgelassen.

Shannon war von Sacramento in das Haus gezogen, in dem Paul mit ihr vor der Wahl gewohnt hatte. Alles war so, wie es vorher vertraglich festgehalten worden war. Er hatte sich sogar noch mehr um ihre Sicherheit gekümmert, als er es hätte tun müssen und er blieb weiterhin mit Alliance in Kontakt, weil er wissen wollte, dass Shannon gut versorgt war. Als ob er wüsste, dass er eine Spur auf ihrem Herzen hinterlassen hatte, und weiterhin Einfluss auf sie haben wollte.

»Er ist ein toller Mann. Einfach nur nicht der Typ, der sich auf eine einzige Frau einlassen würde.«

Lori nahm Shannons Hand. »Es tut mir leid.«

»Ist schon gut. Lass uns nicht weiter über die Vergangenheit sprechen. Es ist Zeit, nach vorn zu blicken.«

Lori nahm nur zögerlich ihr Glas und stieß mit ihr an. »Auf die Zukunft.«

KAPITEL 6

»Hallo Antonio,« begrüßte Reed einen Mann, den er am Abend zuvor kennengelernt hatte.

Sie gaben sich die Hand.

Um sie herum standen lauter Frauen im Bikini, die sich mit Sonnenlotion eincremten und alkoholische Getränke zu sich nahmen. Der DJ hatte Musik aufgelegt, die so laut war, dass einem fast das Trommelfell platzte. Mitten auf dem Deck war ein Catwalk aufgebaut worden.

»Was ist denn hier los?«, erkundigte sich Reed bei dem Italiener.

»Jetzt werden die Männer ausgenutzt.«

»Ausge-was?«

»Ausgenutzt. Es gibt eine Männermodenschau. Nur ohne Klamotten.«

Etwa nackt?

Antonio zeigte auf die Schlange der Männer, die nur knappe Badehosen oder Shorts trugen. Reed entdeckte dort auch Trina und Avery, die gerade dabei waren, die zwei Männer einzuölen, die sie am Vorabend kennengelernt hatten.

»Na, die scheinen aber Spaß zu haben.«

»Diese Avery ist eine Partymaus.«

»Ihre Freundin hat sie wohl auch schon angesteckt.« Reed hoffte, dass er auch Lori irgendwo sehen würde.

Antonio, der ahnte, nach wem Reed suchte, deutete zum Pool. »Die anderen zwei sind da drüben.«

»Sollen wir sie herholen?«, fragte Reed.

»Aber ich gehe nicht auf die Bühne.«

Reed garantiert auch nicht. »Frauen, die single sind, stehen doch auf so was.«

»Ja, lass uns rübergehen.«

Antonio ging voran, suchte einen Weg zwischen den Liegen und umherlaufenden Kindern.

Reed sah die beiden Frauen mit großen Sonnenbrillen auf den Nasen.

Er hätte gedacht, dass Lori eher eine war, die einen Einteiler bevorzugte. Falsch gedacht. Sie trug einen schwarzen Bikini und zeigte darin sehr viel mehr Haut, als er ertragen konnte, ohne dass ihm heiß wurde.

»Bella!«, rief Antonio schon, bevor sie bei ihnen waren.

Reed konnte Loris Augen hinter den dunklen Gläsern zwar nicht sehen, doch spürte er ihren Blick.

»Hi.« Shannon hob die Sonnenbrille hoch.

»Wir sind gekommen, um euch von der Langeweile zu erlösen«, verkündete Reed.

»Ich langweile mich nicht«, entgegnete Lori.

Shannon setzte sich auf. »Was habt ihr denn vor?«

Lori gab Shannon einen Klaps auf den Arm.

»Wir sind hier sehr zufrieden.«

»Komm schon, Bella, du kannst auch zu Hause in der Sonne rumsitzen.«

Shannon erhob sich und zog Lori hoch. »Komm, ich brauche dich zur Unterstützung.«

Diese Shannon musste man einfach mögen, dachte Reed.

Er reichte Lori das Strandtuch. Nicht, dass er gewollt hätte, dass sie sich bedeckte. Ihr knackiger Hintern sah im Bikini sogar noch viel besser aus als in der Yogahose.

Zu viert fanden sie eine gute Stelle an der Bühne. Schon ergriff die Entertainmentchefin das Wort. »Sehr verehrte Damen, liebe mutige Herren. Was wäre ein Tag auf dem Meer ohne Sonnenöl und nackte Haut?«

Reed sah verstohlen zu Lori, während in verschiedene Sprachen übersetzt wurde, damit auch jeder an Bord etwas verstand.

Die Enterntainmentchefin und ihre Crewmitglieder trugen helle Blusen, Shorts und bequeme Schuhe. Sie heizten das Publikum an, empfahlen, den Cocktail des Tages zu trinken und alles aus diesem Kreuzfahrturlaub herauszuholen, indem die Gäste bei so vielen Wettbewerben, Veranstaltungen und Partys mitmachten wie möglich. *Wenn Sie sich auf dem Schiff langweilen, dann nicht, weil es nicht genügend Angebote gibt.*

»Das ist ja fast wie in der Studienzeit«, sagte Lori so laut, dass alle es hören konnten.

Als der DJ die Musik noch lauter aufdrehte, konnte man sich nicht mehr unterhalten.

Die Punktevergabe des Wettbewerbs basierte ausschließlich auf der Lautstärke des Applauses und auf der Reaktion des Publikums. Ein Mann nach dem anderen kam auf die Bühne. Die meisten schienen sich dabei richtig wohlzufühlen, selbstbewusst grinsten sie den Frauen zu. Mehr als einer hatte einen Bierbauch. Lori musste wegsehen, als einer der Männer seinen Bierbauch mit beiden Händen griff und schüttelte.

Erst als Rogelio und Miguel an der Reihe waren, klatschten Lori und Shannon.

Reed beobachtete Avery, die durch die Finger pfiff und Trina, die mit Pompons wedelte, die das Schiffsteam vorher unter den Zuschauern verteilt hatte.

»Und jetzt wollen mir mal eure beste Schwarzeneggerpose sehen.« Zur Verdeutlichung spannte die Moderatorin die wenigen Muskeln an, die sie hatte.

Einige Männer wirkten mit ihrem Grunzen und Stöhnen eher wie Hulk. Der erste Bierbauchtyp kam auf die Bühne mit einem Bier, zeigte seinen Bizeps und trank die Dose in einem Zug leer. Die Zuschauer jubelten.

Dann bestiegen Rogelio und Miguel die Bühne. Sie drehten sich und zeigten ihre Rückenmuskeln. Lori sagte etwas zu Shannon, das Reed nicht verstand. So wie beide Frauen grinsten, fanden sie ganz offensichtlich Gefallen an dem, was sie zu sehen bekamen.

Er zeigte zur Bühne. »Gefällt euch das?«

Statt einer Antwort rollte Lori nur mit den Augen.

Nun war der letzte Hopfen-und-Malz-Kerl dran, er hatte seine Shorts gegen eine knappe Badehose eingetauscht.

Die Zuschauer lachten. Shannon hielt sich die Hände vor die Augen und lugte durch die Finger hindurch. Als ob das knappe Badehöschen im europäischen Stil nicht schon genug war, spannte er obendrein im Takt zur Musik seinen Po an, was lauter kleine Dellen hervorrief, die von etlichen Tüten Kartoffelchips zeugten.

In der letzten Runde des Wettbewerbes wurden die Schwachen ausgesiebt.

Liegestütze.

Die Frauen jubelten besonders laut, als einer der durchtrainierten Männer so tat, als mache er einen Lapdance.

Lori stupste Shannon an, um auf Trina und Avery hinzuweisen. Sie waren auf die Bühne gezogen worden.

Oder vielmehr war Avery freiwillig hinaufgesprungen und hatte die widerstrebende Trina mitgenommen.

Alle Männer klatschten, als beide Frauen rücklings auf dem Boden lagen. Auch die Crew war begeistert und legte jetzt eine

Musik auf, die zur heißblütigen Darbietung passte. Miguel und Rogelio gaben eine Show, die ihresgleichen suchte.

Reed fragte sich, ob er vielleicht auch mehr Liegestütze machen sollte, damit Lori bei ihm genauso rot wurde, wie es gerade der Fall war.

Shannon schoss Fotos mit dem Handy. Er hätte das am liebsten auch getan, aber die Erinnerung war in seinem Kopf besser aufgehoben als auf einem Speichermedium.

Als der »Wettbewerb« vorüber war, erhielten die Männer als Preis ein T-Shirt, freie Getränke und eine Krone. Den Kerlen mit Bierbäuchen wurde ein Eimer voller Bier spendiert.

Die Musik lief weiter, aber die Zuschauer strömten davon, um sich anderen Aktivitäten zu widmen. Kurz darauf kamen Avery, Trina, Miguel und Rogelio zu ihnen herüber.

»Das war eine tolle Show«, sagte Shannon.

»Das war verrückt.« Trina blickte etwas besorgt zu Lori.

Sie berührte ihre Freundin am Arm. »Es ist sicher alles gut.« Der Kommentar war etwas seltsam.

»Ihr Ladys habt den Männern die Show gestohlen«, meinte Reed.

Rogelio legte den Arm um Averys Taille. Es wirkte so vertraut, dass sich die anderen vielsagende Blicke zuwarfen. Miguel versuchte sein Glück mit einer anderen Strategie. »Mit dir zusammen machen Liegestütze gleich noch viel mehr Spaß«, säuselte er Trina zu, die gleich wieder rot wurde.

»Lasst uns was trinken«, schlug Lori vor.

Miguel zückte sein Gutscheinkärtchen. »Für uns ist es heute umsonst. Was dürfen wir für euch bestellen?«

Eine halbe Stunde später lösten sich Rogelio und Avery von dem Grüppchen, um »schwimmen« zu gehen. Dafür gingen sie aber statt zum Pool gleich die Treppen zu den Kabinen hinauf.

»Das ist jetzt Nummer eins«, sagte Shannon zu Lori und guckte verstohlen zu Reed.

»Was heißt Nummer eins?«, wollte er wissen.

»Nichts, nichts«, antwortete Lori etwas zu schnell.

»Sag mal, Antonio, hast du auch manchmal das Gefühl, dass die Frauen die ganze Zeit über irgendwas reden, wovon wir keine Ahnung haben?«

»Die ganze Zeit, mein Freund.«

»Man hat halt so seine Geheimnisse«, war Shannons Kommentar.

Lori blickte von Shannon zu Reed. Unvermittelt stand sie auf und griff nach seiner Hand. »Schwimmen Sie gern?«

Für einen kurzen Moment dachte er, sie habe dasselbe vor wie Avery und Rogelio. Aber als Lori ihn tatsächlich zum Pool führte, wusste er, dass er sich falsche Hoffnungen gemacht hatte.

* * *

Loris Herz hatte kurz ausgesetzt, als Trina auf die Bühne gehopst war. Averys kurze Ehe war auf einem Kreuzfahrtschiff im Mittelmeer vielleicht wenig von Bedeutung. Da handelte es sich nur um einen reichen Amerikaner, der sich von seiner hübschen Frau hatte scheiden lassen. Bei Trina Petrov jedoch war es etwas anderes. Vielleicht würde man sie auch hier kennen. Ruslan war zumindest sowohl in Russland als auch in Deutschland bekannt, ein Geschäftsmann, der genauso viele Verbündete wie Feinde hatte. Diejenigen, die ihn kannten, wussten auch von Fedors Selbstmord. Außerdem gab es noch die Erdölinteressen seiner Mutter Alice. Ihre Geschichte war weltweit in den Medien zu lesen gewesen. Bisher war die einzige Person, die offensichtlich nichts darüber wusste, Reed gewesen.

Sie nahm seine Hand und zog ihn zum Pool. Das warme Salzwasser war angenehm, der Pool mehr zum Planschen als zum Schwimmen gedacht.

Als sie bis zum Bauchnabel im Wasser standen, sagte sie: »Ich wollte eigentlich gar nicht schwimmen.«

Sein Blick ruhte auf ihrer nassen Haut. »Das ist sehr schade.«

»Sie sind unverbesserlich.«

»Erwischt.«

Ein Mann spielte mit seinen Kindern und spritzte aus Versehen zu ihnen herüber.

»Sie haben Shannon erkannt.« Da war sie sich ganz sicher.

»Das war nicht sonderlich schwer. Ich wohne schließlich auch in Kalifornien.«

Lori starrte ihn an. »Tatsächlich?«

»Ich dachte, ich hätte Ihnen das schon gesagt.«

In ihrem Kopf spielten sich sämtliche Unterhaltungen mit ihm ab. Sie hatten noch gar nicht über ihren Wohnort gesprochen. Zumindest war sie sich sicher, dass sie ihm nicht gesagt hatte, wo sie selbst wohnte. »Nein.«

Er berührte sie am Ellbogen, führte sie weiter in den Pool hinein. »Sie müssen nicht gleich so gestresst aussehen«, sagte er.

Sie versuchte, sich zu entspannen. »Es sind meine Freundinnen. Wir machen extra so weit weg von zu Hause Urlaub, damit niemand sie erkennt.«

»Ich hätte gedacht, Shannon ist es längst gewohnt, im Rampenlicht zu stehen.«

»Das macht es aber auch nicht angenehmer. Viele Leute verurteilen sie.«

Reed tröpfelte sich Wasser auf die Arme. »Ich verurteile niemanden und ich glaube auch nicht, dass jemand Bilder von Shannon gemacht hat, die er verkaufen will.«

»Bitte sagen Sie es mir, wenn Sie mitbekommen, dass jemand Fotos von Shannon macht.« Sie zögerte. »Oder von den anderen.«

Er kniff die Augen zusammen. »Müsste ich vielleicht auch wissen, wer die anderen beiden sind?«

»Nein«, sagte sie und setzte ein Pokergesicht auf.

»Sie sind eine hübsche Lügnerin.«

Sie bekam eine Gänsehaut. »Bitte. Ich könnte ein weiteres Augenpaar gut gebrauchen.«

Er zwinkerte. »Eine leicht zu erfüllende Bitte.«

»Gut.« Jetzt wollte sie wieder raus.

»Aber nur unter einer Bedingung.«

Als sie sich wieder zu ihm umdrehte, stand er nur wenige Zentimeter von ihr entfernt.

»Und die wäre?«

»Ein gemeinsames Abendessen. Nur Sie und ich.«

So tropfnass und mit diesem frechen Grinsen war es schwer, ihm zu widerstehen. Wann hatte sie sich zuletzt auf ein romantisches Abendessen mit einem Mann eingelassen?

»Ich muss auf meine Freundinnen aufpassen.« Ihre Ausrede klang selbst in ihren eigenen Ohren lahm.

»Sie sind doch nicht deren Mutter, dafür sind Sie zu jung.«

»Ich bin ihre …« Gerade rechtzeitig biss sie sich auf die Zunge. Fast wäre ihr *Anwältin* herausgerutscht.

»Wie die große Schwester von ihnen sehen Sie auch nicht aus.« Reed strich ihr nun mit einem Finger über den Arm.

»Wovor haben Sie Angst, Lori? Ich habe Sie nur um ein Abendessen gebeten, nicht um einen Fallschirmsprung mit mir.«

»Ja, aber als Nächstes ist dann vielleicht Fallschirmspringen dran.«

Er schmunzelte. »Beginnen wir mit einem Abendessen. Wir können Ihre Freundinnen später treffen … das heißt, falls Avery und Rogelio zum Luftschnappen wieder auftauchen.«

»Es war so offensichtlich bei den beiden.«

»Sie hatten dasselbe Ziel.«

Welche Ziele hatte wohl Reed? Würde er ihr das sagen? Konnte sie ihn das fragen?

Und wollte sie die Antwort überhaupt wissen?

»Also gut. Ein gemeinsames *Abendessen* ist okay.«

»Na also.« Reed legte die Hand auf ihren Rücken, um ihr aus dem Pool zu helfen.

Er ließ die Hand aber auch dort, als sie bei den anderen zurück waren und verschiedene Unterhaltungen begannen.

Kapitel 7

Lori entschied sich für ein wadenlanges Kleid und Glitzersandalen. Ihr Gesicht hatte mehr Farbe als sonst, weshalb sie kein Make-up auftrug, lediglich Wimperntusche und etwas Lipgloss. Die drei Tage am Mittelmeer hatten ihrem Gesicht ein neues Leuchten verliehen.

Als es klopfte, blickte sie überrascht auf die Uhr.

»Sie sind zu früh«, rief sie.

»Ich bin's. Trina.«

Lori ließ ihre Freundin herein.

»Du hast dich aber hübsch gemacht«, bemerkte Trina, während sie die Tür hinter sich schloss.

»Es ist nur ein Abendessen.« Lori war nervöser, als sie zugeben wollte.

»Übrigens finde ich, dass Reed sehr nett ist, falls du Wert auf meine Meinung legst.«

»Wir kennen ihn noch nicht mal achtundvierzig Stunden.«

»Klar, du weißt noch nicht viel von ihm, aber für eine einwöchige Affäre ist das ja auch egal, oder?«

Lori hatte sich bereits dieselbe Frage gestellt. »Du hast recht.« Sie schüttelte den Kopf. »Ich mache mir zu viele Gedanken.«

»Endlich siehst du das auch ein. Schließlich hast du weder deinen Mann zu Grabe getragen, noch bist du frisch geschieden. Oder in deinen Exmann verliebt. Du müsstest eigentlich die Erste von uns Vieren sein, die sich auf einen Urlaubsflirt einlässt.«

Trina hatte recht. Und dass sie es so frei heraus sagte, half Lori, ihre Bedenken über Bord zu werfen. Sie würde zu diesem Abendessen gehen und sehen, wie sie sich dabei fühlte. Lori setzte sich auf die Bettkante. »Wie geht es denn *dir*?«

Trinas Mund verzog sich zu einem zögerlichen Lächeln. »Ich habe heute eine gute Stunde nicht an Fedor gedacht.«

»Lass mich raten. Wahrscheinlich in der Zeit zwischen dem Lapdance und als du Miguel eingeölt hast, oder?«

»In umgekehrter Reihenfolge.« Ihr Grinsen verflog. »Ich habe ein schlechtes Gewissen.«

Lori zog Trina neben sich aufs Bett. »Hör auf. Du hast überhaupt keinen Grund, ein schlechtes Gewissen zu haben. Fedor hat sich das selbst angetan. Vielleicht werden wir nie wissen, warum, aber es war seine Entscheidung.«

»Er war mein Ehemann.«

»Nein. Er war dein Vertragspartner. Er war nur auf dem Papier dein Ehemann, nicht in Wirklichkeit.«

»Die Öffentlichkeit sieht das anders.«

Lori beugte sich so weit vor, dass Trina ihr in die Augen sehen musste. »Wir wissen nichts über sein Leben oder warum er den Freitod gewählt hat. Du musst wieder die Kraft finden, die du damals hattest, als du dich in seine Welt gewagt hast. Und mit dieser Kraft ziehst du dich wieder nach oben.«

»Das versuche ich ja schon.«

»Gut. Hör zu, jedes Mal, wenn du an Fedor denkst und dir das Wort *Ehemann* in den Sinn kommt, ersetzt du es durch das Wort *Geschäftspartner*. Du bist deinem *Geschäftspartner*, der Selbstmord begangen hat, nichts schuldig.«

Trina klatschte sich auf die Beine und stand auf. »Du hast recht. Er hätte mir das nicht antun dürfen. Wir waren Freunde geworden und Freunde gehen nicht einfach so, ohne jegliche Erklärung.«

»Richtig, er hätte das nicht tun dürfen!«, stimmte Lori zu.

Jetzt hatte Trina die Phase der Verleugnung überwunden und nun war es Zeit, dass sie auf ihn wütend wurde. Hoffentlich würde diese Reise Trina helfen, die fünf Trauerphasen schneller zu durchwandern. Je früher sie Fedors Tod akzeptierte, desto besser.

Ein Klopfen an der Tür riss Lori aus ihren Gedanken.

Trina gab ihr einen Kuss auf die Wange. »Viel Spaß heute Abend. Shannon und ich werden heute mal die Eisbar erkundschaften.«

»Brrrr, klingt kalt.«

»Falls du später eine kalte Dusche brauchst, kannst du dich ja zu uns gesellen«, meinte Trina.

Lori lachte und öffnete die Tür ihrer Suite.

Reed. Er trug eine Anzughose und ein kurzärmeliges Hemd. Sein Haar war noch nass, er war frisch geduscht und rasiert.

»Hi.«

Er blickte an ihr herab. »Sie sehen bezaubernd aus.«

»Danke.«

»Okay, drei sind hier eindeutig zu viel.« Trina schob sich an Reed vorbei. »Viel Spaß, Kinder. Macht heute nicht so lang, morgen müssen wir früh raus.«

»Jawohl, Ma'am.«

Kichernd drückte sich Trina an ihnen vorbei und ging.

Lori sah verlegen zu Boden. Sie fühlte sich ein bisschen wie zu Highschoolzeiten, als sie ihren Eltern den Freund erst vorstellen musste, bevor sie mit ihm ausgehen durfte.

»Fertig?«, fragte er.

»Ich brauche noch meine Handtasche.«

»Sind Sie eine Connaisseuse der französischen Küche?«, fragte Reed im Gehen.

»Ich weiß, dass man Escargots vermeiden sollte.«

Er legte die Hand auf ihren Rücken und sofort wurden ihre Wangen heiß. So eine leichte Berührung und doch drückte er damit aus, dass sie zu ihm gehörte. Wenn auch nur während des Abendessens.

Sie gingen gemeinsam über das Deck. Einige Passagiere waren noch in Badekleidung, während andere sich bereits für den Abend in Schale geworfen hatten.

Das gedämpfte Licht und die sanfte Musik in dem französischen Restaurant sorgten für romantische Stimmung. An den Tischen saßen überwiegend Paare. Die Familien mit Kindern bevorzugten eher die lauteren Restaurants.

»Haben Sie schon öfters eine Kreuzfahrt gemacht?«, fragte Lori, als sie einen schönen Tisch bekommen hatten.

»Es ist meine zweite. Und bei Ihnen?«

»Ich habe schon ein paar gemacht.«

»Mit Ihren Freundinnen?«

Sie schüttelte den Kopf, dachte an Trina und die anderen. »Nicht mit …« Sie unterbrach sich. »Das war mit anderen Freundinnen.«

»Andere Freundinnen, von denen Fremde Fotos machen?«

Der Kellner ersparte ihr die Antwort. Sie bestellten eine Flasche Wein und hörten den Empfehlungen der Küche zu.

»Erzählen Sie von sich«, wechselte Lori das Thema.

Er hob eine Augenbraue, kam aber nicht mehr auf das Thema ihrer Reisebegleiterinnen zurück.

»Was möchten Sie wissen?«

Eigentlich alles. Doch wenn sie ihn fragte, wie er sich seinen Lebensunterhalt verdiente, würde er sie das ebenfalls fragen. »Erzählen Sie mir von Ihrer Philosophie.«

»Von welcher?«

»Von Ihrer Philosophie, dass das wahre Leben erst außerhalb der Komfortzone beginnt.«

Er lehnte sich zurück. »Ach, das ist eine ganz einfache Sache. Als Kind geht man jeden Tag ein Risiko ein. Man springt einfach so in den See und lernt dabei Schwimmen. Erinnern Sie sich noch an Ihre erste Achterbahnfahrt?«

»Nicht wirklich.«

»Aber erinnern Sie sich noch an die Angst, die Sie davor hatten?«

»Ja, die habe ich heute noch.«

Er hob die Hände in die Luft. »Und fahren Sie trotzdem Achterbahn?«

»Ja, das macht mir richtig Spaß.«

»Der Spaß kommt von der Angst.«

»So wie wenn man sechstausend Dollar auf Rot setzt?«

»Ganz genau.«

Der Kellner brachte den Wein und nahm nun ihre Bestellungen entgegen.

»Irgendwann im Alter zwischen achtzehn und dreißig hört man auf, Risiken einzugehen. Aber damit entgeht uns auch der Spaß im Leben«, erklärte Reed.

»Sie haben schon mal einen Fallschirmsprung gemacht, nicht wahr?«, fragte jetzt Lori.

»Mehr als einmal. Das sollten Sie auch mal versuchen.«

»Danke, aber ich bleibe lieber im Flugzeug sitzen.«

»Angsthase.«

Sie musste lachen. »Sind wir jetzt wieder im Kindergarten?«

»Vielleicht. Wovor haben Sie Angst?«

Lori nahm ihr Weinglas. »Ach, ich weiß nicht. Vielleicht, dass ich mit dreihundert Stundenkilometern auf den Boden pralle.«

»Es sind nur zweihundert.«

»Ach so, das ist natürlich um ein Vielfaches besser.«

Reed hatte ein sehr gewinnendes Lächeln. »Was ist das Abenteuerlichste, das Sie je gemacht haben?«

Lori überlegte. »Ich bin mal allein nach China gereist.«

Reed starrte sie an. »China? Ist das alles?«

»Hey, ich spreche schließlich kein Chinesisch. Das war schon unheimlich.« Sie erwähnte lieber nicht, dass sie damals einen potenziellen Klienten für Alliance getroffen hatte. Einen Geschäftsmann, der eine amerikanische Frau suchte. Das Furchteinflößende damals war, dass sie im Auftrag der Alliance den Mann nicht vermitteln wollte. Er hatte eine gefährliche Seite, die sie kurz nach dem Kennenlernen zu spüren bekommen hatte. »Was ist mit Ihnen?«

»Mein größtes Abenteuer?«

»Oder der größte Schritt, den Sie außerhalb Ihrer Komfortzone gewagt haben.«

Er dachte nach. »Ich habe gewählt.«

Lori verschluckte sich beim Lachen, dass der Wein in der Kehle brannte und die Augen zu tränen begannen. Sie trank einen Schluck Wasser nach.

»Gehts?«, fragte er.

»Sie haben gewählt und das liegt außerhalb Ihrer Komfortzone?«

»Na ja, was ist, wenn derjenige, den ich gewählt habe, wegen meiner Stimme gewinnt? Was, wenn er nicht gut ist oder er einen Krieg anzettelt? Es ist viel Verantwortung.«

Er veräppelte sie und sie fand es lustig.

»Waren Sie schon mal verheiratet?«

Er nickte. »Ja. Und Sie?«

»Ebenfalls. Ich war noch sehr jung. Keine Kinder. Sie?«

Er riss erschrocken die Augen auf. »Oh Gott, ich wäre ein schlechter Vater.«

Die Vorspeisensalate wurden gebracht. »Klingt, als wäre ich da auf etwas gestoßen, das außerhalb Ihrer Komfortzone liegt.«

»Was ist mit Ihnen? Sie sind schön und führen offensichtlich ein ganz gutes Leben, wenn Sie Reisen nach China und solche Kreuzfahrten unternehmen.« Er zeigte im Raum umher. »Warum sind Sie nicht wieder verheiratet?«

»Kein Interesse.« Das entsprach nur der halben Wahrheit. Durch ihren Beruf konnte sie einer Hochzeit nichts Romantisches mehr abgewinnen. »Ich behalte gerne die Kontrolle und wenn ich heiraten würde, müsste ich die Hälfte davon abgeben.«

Reed hob sein Glas. »Willkommen im Club.«

Anscheinend war das die Woche der neuen Clubmitgliedschaften.

Sie tranken den Wein leer und teilten sich ein fürstliches Dessert.

Obwohl sie kaum über ihr Privatleben sprachen, brach die Unterhaltung während der zwei Stunden nie ab.

»Noch einen Schlummertrunk?«, schlug Reed vor.

Sie hielt sich den Bauch. »Ich glaube, da passt nichts mehr hinein.«

»Dann gehen wir vielleicht ein bisschen spazieren? Ich will noch nicht Gute Nacht sagen.«

»Und was, wenn ich das will?«

»Wollen Sie aber nicht.« Er geleitete sie zur Tür, die zum Deck führte.

»Warum sind Sie sich da so sicher?«

Der Wind löste ein paar Strähnen aus ihrer Frisur.

»Wenn es Ihnen reichen würde, hätten Sie das spätestens jetzt gesagt. Ich glaube, Sie wollen noch herausfinden, ob Sie mit mir schlafen möchten oder nicht.«

Ihr Mund blieb offen stehen. Nicht, weil er falsch lag. Sondern, weil er so etwas sagte und es noch dazu stimmte.

»Tue ich nicht!«

»Darüber nachdenken oder mit mir schlafen?« Er lehnte sich schmunzelnd gegen die Reling.

»Weder noch.«

»Lügnerin.«

»Mann, Sie sind wirklich sehr von sich selbst überzeugt.« Sie versuchte, dabei nicht zu grinsen, was ihr aber nicht gelang.

»Weil ich sage, was wir beide denken?«

»Ich tue nicht …« Als Reed einen Schritt näherkam, hörte sie auf, es zu leugnen.

»Dann werde ich das jetzt ändern.«

Sein Kuss brachte sie zum Schweigen. Sie bekam eine Gänsehaut an den Armen, am Hals. Und plötzlich hatte sie Schmetterlinge im Bauch, als ob das ihr erster Kuss im Leben wäre. Er legte die Hand um ihren Nacken und hielt sie, als wolle er sie festhalten. Doch sie wollte ohnehin genau da bleiben, wo sie war.

»Öffne dich für mich«, flüsterte er.

Reed streichelte mit den Daumen ihren Nacken.

Lori öffnete den Mund, zog ihn näher zu sich. Seine Zunge fand ihre, erkundete ihren Mund.

Er schmeckte nach Zimt. Und nach Reed. Ein Geschmack, den sie niemals vergessen würde.

Sie strich über seine Brust, schloss die Augen.

Erst als sie Schritte hörten, erinnerte sie sich wieder daran, dass sie auf dem Deck eines Schiffes standen, wo sie jeder sehen konnte.

Sie zog sich zurück.

Reed hob ihr Kinn mit dem Daumen an. »Du bist noch hübscher, wenn du erregt bist.«

»Ich bin nicht err…«

Er zog eine Augenbraue hoch.

»Na gut, ich bin erregt.«

»Gut, dass wir das geklärt haben. Ich bringe dich jetzt in deine Kabine.«

Ihre Augen verengten sich.

»Natürlich nur, um mich dort zu verabschieden. Ich denke, ich habe dich heute weit genug aus deiner Komfortzone herausgeholt.«

»Das ist wahrscheinlich eine gute Idee.«

Vor ihrer Tür küsste er sie ein zweites Mal. Diesmal drückte er sie dabei gegen die Wand. Das Gewicht seines Körpers erinnerte sie daran, wie lange es her war, seit sie das letzte Mal mit einem Mann im Bett gewesen war. Bevor sie ihre Meinung ändern konnte, nahm ihr Reed die Kabinenkarte aus der Hand, öffnete die Tür und schob sie hinein.

Und dann ging er.

Kapitel 8

Als das Schiff anlegte, war Reed längst schon auf den Beinen. Er hatte geduscht und loggte sich gerade ins Internet ein. Er begann mit Shannon Redding-Wentworth. Überall stand etwas über sie, in der normalen Presse und erst recht in den Klatschzeitschriften. Shannon kam aus einer reichen Familie, hatte Paul Wentworth während seiner Kampagne für das Gouverneursamt in Kalifornien geheiratet. Reed hatte sich natürlich eingehend über Shannon informiert, bevor er an Bord gegangen war. Seine Klientin hatte zwar von der Kreuzfahrt gewusst, aber nicht, mit wem Shannon die Reise antrat. Die Auftraggeberin wollte, dass Reed mit der ehemaligen First Lady von Kalifornien ein kleines Techtelmechtel anfing, um irgendeine skandalöse Geschichte in Erfahrung zu bringen. Sie wäre enttäuscht, wenn Reed das nicht machte.

Reed informierte sich über Shannons Leben, über das Privatleben des Gouverneurs. Er fand Hochzeitsbilder und speicherte die Fotos in seiner Datei ab, dann suchte er nach weiteren Informationen über die Scheidung.

In der Presse stand, das Paar habe sich auseinandergelebt. Der offizielle Grund bei fast allen Scheidungen in Kalifornien. In dem Bundesstaat, in dem es keine Fehler gab, musste auch niemand die Verantwortung für eine gescheiterte Ehe übernehmen. Irgendwo wurde ein Ehevertrag erwähnt, der verhinderte, dass Shannon nach der Scheidung mehr Unterhalt einfordern konnte. Alles keine Neuigkeiten für Reed.

Er surfte weiter, bis er auf die offizielle Aussage der Scheidungsanwältin stieß, die für den Wentworth Fall verantwortlich gewesen war.

Die Kanzlei einer gewissen Lori Cumberland hatte aufgrund des öffentlichen Interesses eine Pressemitteilung gegeben. Dazu fand er ein Bild der Anwältin.

Lori.

Mit hochgestecktem Haar. In ihrem Kostümchen sah sie ganz anders aus als hier an Bord.

Aufgeregt suchte er nach weiteren Informationen über Lori Cumberland, nach weiteren Bildern. Eines, auf das er jetzt stieß, hatte er sogar schon mal gesehen, nur hatte es ihm damals nichts gesagt.

Auf dem Bild war auch Trina. Die stille Schöne, die sich stets hinter einer großen Sonnenbrille verbarg. Es handelte sich um keine Geringere als Katrina Petrov. Im Hintergrund des Bildes sah man die Wolkenkratzer von New York. Das Foto war vor weniger als einem Monat aufgenommen worden. Katrina, in schwarzer Trauerkleidung, auf dem Friedhof bei der Beerdigung ihres Mannes. Neben ihr standen Lori und eine andere Frau. Reed sah genauer hin. Dann klickte er wieder auf die Hochzeitsfotos von Shannon zurück.

Es war eine nicht sehr große Frau mit roten Haaren. Dieselbe, die auf der Beerdigung neben Lori und Katrina stand. Dunkle Sonnenbrille, die Haare zurückgebunden. Reed vergrößerte das Bild. Designerschuhe mit roten Sohlen und ein Kleid, das eher auf den Laufsteg gehörte als auf eine Beerdigung.

Sie hatte wohl Geld.

Viel Geld.

Warum unternahmen Shannon und Trina eine gemeinsame Reise mit Lori? Waren sie wirklich nur Freundinnen oder war Lori als ihre Anwältin dabei? Bis jetzt hatte Lori die ganze Zeit auf die anderen aufgepasst. Als ob die Frauen jemanden brauchten, der dafür sorgte, dass sie nichts Falsches sagten. Da musste doch noch mehr dahinterstecken. Lori hatte ihm auch nicht erzählt, was sie beruflich machte. War das Absicht gewesen?

Irgendetwas war hier faul. Selbst wenn er durch Shannon vielleicht das eine oder andere über Paul Wentworth erfahren konnte, glaubte Reed nicht, dass Shannon so leicht zu knacken war.

Bei Lori war das eine andere Sache …

Nachdem er die Datei mit den Bildern gespeichert hatte, stellte er den Computer aus, schnappte sich Handy, Geldbörse und Sonnenbrille und verließ die Kabine, um seine neuen Reisebegleiterinnen zu suchen.

* * *

Eigentlich hätte Lori schön ausschlafen und gut erholt sein können. Doch sie hatte sich die halbe Nacht im Bett gewälzt. Sich gefragt, was Reeds Absicht war. Bisher schien sein einziges Ziel zu sein, dass Lori ihm ihre ganze Aufmerksamkeit schenkte. Sie hatte kaum Gelegenheit gehabt, sich mit einem anderen Mann zu unterhalten.

Als sie in Neapel von Bord gingen, war sie deshalb auch nicht sehr überrascht, dass am Kai bereits Reed, Rogelio und Miguel standen und warteten.

»Guten Morgen, die Damen.«

Avery grinste übers ganze Gesicht und fiel Rogelio um den Hals, als wären sie schon länger ein Paar. »*Hola*«, begrüßte sie ihn.

Er raunte ihr etwas zu, woraufhin Avery kicherte.

83

»Will ich wissen, was er gerade gesagt hat?«, fragte Lori.

Trina und Miguel verneinten gleichzeitig.

»Was steht heute auf dem Plan? Bummeln wir ein bisschen durch die Stadt? Oder sollen wir einen Ausflug nach Pompeji machen? Oder die Katakomben ansehen?«, wandte sich Reed an die ganze Gruppe.

»Wo ist denn Antonio?«, erkundigte sich Shannon.

»Er hat hier Freunde und will uns am Abend auf dem Schiff treffen«, antwortete Reed.

»Also, ich bin zu allem bereit«, verkündete Trina.

»Sei vorsichtig, wenn du so etwas sagst, Trina. Reed würde dich auch aus einem Flugzeug springen lassen, wenn es nach ihm ginge.«

Trina zog ihren großen Schlapphut ins Gesicht. »Für nichts in der Welt würde ich aus einem Flugzeug springen.«

»Klingt nach einer interessanten Herausforderung«, meinte Reed.

»Ich habe jahrelang als Flugbegleiterin gearbeitet. Ich würde niemals aus einem funktionierenden Flugzeug springen.«

Reed schüttelte den Kopf.

»Du bist überstimmt«, erklärte Lori.

»Ich bin ein geduldiger Mann«, sagte er und zwinkerte vielsagend.

Sie war sich sicher, dass seine Bemerkung mehr als nur eine Bedeutung hatte.

»Lasst uns doch einfach nur durch die Stadt spazieren, Wein trinken und Pizza essen. Das Sightseeing können wir uns für Rom aufheben«, schlug Shannon vor.

»Klingt super.«

»Wir könnten aber auch tauchen gehen«, meinte Reed und klang dabei recht hoffnungsvoll.

»Oh Gott, wo hast du diesen Kerl nur aufgetrieben, Lori?«

»An der Bar.«

Sie machten sich auf den Weg ins Stadtzentrum, durch enge Gässchen, bergauf und bergab. Überall roch es nach Fisch, die Straßenhändler verkauften ihre Waren aus Fahrradkörben oder hatten sie auf Klapptischen ausgelegt.

Zwischen den Häusern waren Wäscheleinen gespannt. Eine ältere Frau stand auf dem Balkon und rief von dort einem Mann auf der Straße etwas zu.

Lori blieb stehen. »Was sagt sie?«

Trina musste lachen.

»Irgendetwas über den Fisch von heute.«

Die Frau verwendete zum Reden auch ihre Hände.

Der Fischer rief etwas zurück, wollte gehen, dann kam er wieder.

Immer noch zeternd ließ die Frau an einem langen Seil einen Korb vom Balkon herab.

Der Fischer nahm ein paar Münzen aus dem Korb und Lori dachte schon, er würde gleich daraufbeißen, um zu sehen, ob sie echt waren. Stattdessen aber legte er einen lose eingewickelten Fisch in den Korb.

Als das Spektakel vorbei war, klatschte Avery.

Die Italienerin machte eine scheuchende Geste.

»Ich glaube, sie hat gesagt, wir sollen verschwinden«, deutete Shannon.

»Richtig«, bestätigte Trina.

Vor dem Mittagessen nahm sich Reed ganz unvermittelt ihre Hand und streichelte mit einem Finger über ihre Handfläche.

Warum sie plötzlich vom Händchenhalten so nervös wurde, wusste sie auch nicht. Es war, als würde er durch diese einfache Geste allen zeigen, dass sie zusammengehörten.

Eigentlich sollte sie so etwas nicht denken. Sie erinnerte sich daran, dass es nur um eine Woche ihres Lebens ging. Am besten, sie genoss es und grübelte nicht weiter darüber nach.

Zuerst tranken sie Espresso, dann fanden sie zum Mittagessen ein wunderschönes Plätzchen mit Blick aufs Meer. Hunderte von Booten schaukelten auf dem von der Sonne glitzernden Wasser.

»Wein und ein Fünf-Gänge-Menü«, seufzte Shannon.

»Himmlisch«, stimmte Avery zu.

»Wer von euch war eigentlich schon mal hier?«, wollte Miguel wissen.

Lori hob die Hand und auch Shannon tönte: »Ich.«

»Ich war noch nie in Neapel, aber schon mal in Rom«, berichtete Trina.

»Also, ich bin zum ersten Mal in Italien.« Avery trank von ihrem Wein. »Es wird aber nicht mein letztes Mal sein.«

Miguel sah zu Reed.

»Auch mein erstes Mal.«

»Ich habe festgestellt, dass die meisten Amerikaner nicht gern weit reisen«, sagte Miguel.

»Für die meisten ist es zu teuer.«

»Aber nicht für euch Ladys, oder?«, fragte Miguel. »Ihr seid schließlich alle in den großen Suiten untergebracht. Viele Leute an Bord teilen sich eher eine Kabine.«

Lori merkte, dass Trina, deren Augen hinter der großen Sonnenbrille verborgen waren, zu ihr herübersah.

Avery kam zu Hilfe. »Wir haben eine Bank ausgeraubt, um genug Geld für die Reise zu haben. Wir sind alle auf der Flucht.«

Shannon lachte.

Lori bemerkte, dass Reed sie musterte.

Rogelio sagte etwas auf Spanisch zu Avery. Lori wartete darauf, dass Trina oder Miguel es übersetzen würde.

»Er freut sich, dass Avery genug Geld zum Reisen hat.«

Avery klimperte mit den Wimpern und Rogelio gab ihr einen Kuss auf die Wange.

»Seid ihr beiden eigentlich Arbeitskollegen?«, fragte Lori, die damit das Gespräch auf ein anderes Thema lenken wollte.

»Nein, nein. Wir sind Freunde aus Schulzeiten, nicht wahr, Rogelio?« Miguel übersetzte, Rogelio nickte. Sie erzählten von ihrer gemeinsamen Collegezeit.

Lori entging nicht, dass Reed die beiden Männer scharf beobachtete, sein Gesichtsausdruck blieb dabei unlesbar.

Als er merkte, dass sie ihn ansah, lächelte er ihr zu und berührte unter dem Tisch ihr Bein.

Die Italiener liebten ihre Kohlenhydrate. Es gab Pasta als Vorspeise, reichlich Brot und Käse auf dem Tisch. Sie aßen sich durch die verschiedenen Gerichte und rollten anschließend aus dem Restaurant hinaus. Es wurde Zeit, wieder aufs Schiff zurückzukehren.

Erneut nahm Reed Loris Hand. Kleine Schmetterlinge flatterten in ihrem Bauch, wie damals, als ein Junge in der Highschool mit ihr Händchen gehalten hatte.

Die Händler rollten ihre Waren zusammen, die Straßen wurden leerer. Langsam trudelten die ersten Passagiere wieder auf dem Kreuzfahrtschiff ein.

»Ich muss mich jetzt erst ein bisschen hinlegen«, verkündete Avery, als sie das Deck betraten.

Rogelio sagte etwas, woraufhin ihn Trina in die Rippen stieß. »Ich glaube, sie meint *schlafen*!«

Über Rogelios enttäuschte Schnute mussten alle lachen.

»Sollen wir heute Abend zur Akrobatikshow gehen?«, fragte Trina.

Sie überlegten, wie sie den Abend verbringen wollten. Irgendwann zwischen Barcelona und Neapel waren sie alle Freunde geworden.

»Und was ist mit Abendessen?«, wollte Miguel wissen.

Sie stöhnten und hielten sich die Bäuche.

»Treffen wir uns lieber im Tanzclub.«

»Ein bisschen Bewegung würde nicht schaden.« Reed grinste als Antwort auf Loris Kommentar.

»Ich meine, auf der Tanzfläche.«

Sie machten sich auf den Weg zu den Kabinen. »Mir geht es wie Avery. Ich muss mich jetzt erst ein bisschen ausruhen, bevor ich auch nur lesen kann, was heute Abend alles geboten wird.«

Reed hielt sie zurück, während die anderen in den Kabinen verschwanden.

»Italien steht dir.« Er berührte ihr Gesicht mit dem Zeigefinger.

»Ach ja?«

»Ja. Mindestens eine Stunde lang hast du heute die anderen nicht bemuttert.«

»Ich bemuttere doch niemanden.«

Reed blickte ihr in die Augen. »Du kümmerst dich um die Frauen, als wärest du ihre Mama.«

»Ich … ich«, versuchte sie, das abzustreiten. »Ach, egal.«

Reed ließ andere Passagiere vorbei. »Wir sehen uns später im Club. Vielleicht hast du um Mitternacht dann wieder Hunger.«

»Ich kann nie wieder was essen.«

»Wir könnten auch einfach früh zu Bett gehen.« Seine Augen hafteten auf ihren Lippen.

Sie lachte und stieß ihn sanft gegen die Brust. »Wir sehen uns später.«

Er hielt sich zurück, küsste sie nicht. Als sie in ihrer Suite war, lehnte sie sich von innen gegen die Tür und murmelte: »Du machst mich fertig, Reed.«

Lori blickte auf ihren staubigen Bildschirm. Statt sich für den dringend benötigten Mittagsschlaf ins Bett fallenzulassen, wollte sie noch die schnelle Internetverbindung ausnutzen, die es gab, wenn das Schiff angelegt hatte, und ihre E-Mails abrufen.

Es waren mehr als zweihundert neue Nachrichten.

Lori stöhnte.

Sie überflog nur, wer ihr alles geschrieben hatte. Dann öffnete sie die Nachricht von ihrer Rechtsassistentin, die als *dringend* markiert war.

Liebe Lori,

ich störe Sie nur ungern, aber der Testamentsvollstrecker von Alice Petrov wollte dringend mit Ihnen sprechen. Ich habe ihm erklärt, dass Sie gerade nicht im Lande sind.

Viele Grüße
Vivian

Lori rechnete nach, wie spät es zu Hause war, und wählte die Nummer der Kanzlei. Sie wechselte ein paar Worte mit ihrer Empfangssekretärin, dann wurde sie verbunden.

»Hallo Vivian.«

»Haben Sie meine E-Mail bekommen?«

»Was ist los?«

»Wollen Sie die Kurzfassung?«

»Warum fünf Worte, wenn es auch zwei tun?« Das war ihr Mantra für den Gerichtssaal.

»Alice Petrov war einen Monat vor Fedors Tod bei ihrem Anwalt und hat das Testament geändert.«

»Was heißt das genau?«

»Mehr weiß ich auch nicht. Sie sollen den Anwalt zurückrufen, zusammen mit Trina. Am besten per Videokonferenz, dann ist auch Trinas Identität bestätigt.«

Bei solch einer Anfrage konnte man sich am besten gleich auf ein Problem einstellen. Lori notierte sich die Nummer und bat Vivian, den Kollegen zu informieren, dass sich Lori innerhalb der nächsten zehn Minuten bei ihm melden werde.

Lori klopfte an Trinas Tür. Man hörte die Entriegelung, Trina öffnete. »Vermisst du mich schon?«

»Komm mal bitte kurz rüber.« Lori hatte den Computer bereits für das Videogespräch vorbereitet. Sie mussten sich beeilen, solange der Empfang noch gut war.

»Was ist passiert?«

»Ich weiß nicht, ob tatsächlich was *passiert* ist. Aber meine Kollegin hat gesagt, dass Alice ihr Testament geändert hat.«

»Wie geändert?«

»Keine Ahnung.«

»Was habe ich denn mit Alices Testament zu tun?«

»Wir werden jetzt gleich eine Videokonferenz mit dem Anwalt führen und hoffentlich erfahren, worum es genau geht.«

Sie warfen einen kurzen Blick in den Spiegel, versuchten, die Haare glattzustreichen.

»Ach«, meinte Trina. »Ist ja egal, wie ich aussehe.«

Lori stellte den Computer an und rückte ihn so zurecht, dass sie beide gut im Bild waren.

Erst sahen sie nur ihre eigenen Köpfe, bis die Kanzlei den Anruf entgegennahm. »Mr Crockett?«

»Ja, hallo.«

»Ich bin Lori Cumberland und das ist Katrina Petrov.«

»Guten Morgen.« Er war Anfang sechzig, hatte grau meliertes Haar und machte einen sympathischen Eindruck. Seine Kanzlei wirkte edel, mit dunklem Holz und Lederstühlen. »Vielen Dank, dass Sie mich kontaktieren, obwohl Sie im Urlaub sind.«

»Wir wollten so schnell wie möglich mit Ihnen sprechen.«

»Es ist sicher gut, dass Sie nach dieser Tragödie versuchen, auf andere Gedanken zu kommen, Mrs Petrov«, sagte Mr Crockett zu Trina.

Trina knetete nervös die Hände. »Es war nicht leicht in den letzten Monaten.«

Mr Crockett nickte verständnisvoll. »Ich habe schon viel von Ihnen gehört. Mein herzliches Beileid.«

»Danke.«

»Ich war auch auf Alices Beerdigung. Sie hätte sich gefreut, dass Sie alle ihre Wünsche respektiert haben.«

»Alice war eine tolle Frau. Es tut mir sehr leid, dass ich keine Gelegenheit hatte, sie besser kennenzulernen.«

Lori nahm Trinas Hand. Sie war ganz kalt.

»Das hat sie auch gesagt.«

»Mr Crockett, die Verbindung wird möglicherweise bald schlechter werden, wenn das Schiff ablegt, oder vielleicht auch ganz abbrechen. Meine Kollegin hat gesagt, dass Sie uns dringend sprechen müssen. Weil auch Trina dabei sein soll, gehe ich davon aus, dass es mit Alices Testament zu tun hat.«

»Ja, richtig. Alice wollte, dass ich das Testament genau einen Monat nach ihrem Tod verlese.«

»Das wäre gestern gewesen.«

»Stimmt. Da Sie aber gerade nicht im Land sind, musste ich warten.«

»Warum?«

Mr Crockett blätterte in den Unterlagen vor sich, dann nahm er die Lesebrille ab und blinzelte in die Kamera.

»Wie Sie wissen, war Fedor das einzige Kind von Alice. Sie hat ihn von ganzem Herzen geliebt.«

»Ja, sie standen sich sehr nahe. Ich weiß gar nicht, ob er ihren Tod verkraftet hätte.«

»Da haben Sie vermutlich recht. Alice wusste auch, dass Ruslan versucht, durch Fedor an ihr Vermögen ranzukommen.«

Trina nickte. »Ein schrecklicher Mensch.«

»Ich kann Ihnen da nur beipflichten.«

Lori blickte zum Balkon. Die Uferlinie rückte bereits in die Ferne.

»Mr Crockett, das Schiff legt ab.«

»Ich verstehe, Frau Anwältin. Trina …« Er zögerte.

Trina drückte Loris Hand.

»Alice hat Ihnen ihr gesamtes Vermögen vermacht.«

Trina war wie vom Donner gerührt.

»Wann hat sie denn diese Testamentsänderung vorgenommen?«, fragte Lori überrascht.

»Einen Monat, bevor sich Fedor das Leben genommen hat.«

»Hat Fedor das gewusst?«, fragte Trina.

»Nein, es sei denn, Alice hat es ihm gesagt, was ich aber nicht glaube. Wir haben uns sehr lange unterhalten, als sie das Testament geändert hat.«

»Ich verstehe das nicht, Mr Crockett. Warum ich?«

Der Bildschirm begann zu flackern.

»Meine Sekretärin soll einen Termin mit Ihnen vereinbaren, wenn wir wieder in den Staaten sind.«

»Natürlich. Ich wollte nur, dass Trina weiß, was sie erwartet, wenn sie nach Hause kommt«, sagte er. »Wir sprechen hier von mehr als dreihundertfünfzig Millionen Dollar, je nach momentanem Rohölpreis.«

»Mir wird schlecht.«

»Danke, Mr Crockett.«

* * *

Lori half Trina ins Bad. Dann rief sie sofort Sam an.

»Wir haben ein Problem.« In wenigen Sätzen erklärte sie, was sich gerade ereignet hatte.

»Wie geht es Trina?«

»Sie steht unter Schock.« Lori blickte auf die Uhr.

»Von wie viel Geld reden wir hier?«

»Drei fünfzig.«

»Das wird eine Riesengeschichte, wenn das ans Licht kommt.«

»Und es wird viele Leute geben, die ein Stück vom Kuchen abhaben wollen.« Das war bei großen Erbschaftssummen immer der Fall. Wie Küchenschaben kamen sie dann angerannt.

»Und ich hatte schon gehofft, Trina könnte wieder ein normales Leben führen, wenn sie zurückkommt«, seufzte Sam.

»Unser Privatdetektiv soll was über die Familie rauskriegen. Ob von irgendwem Gefahr droht. Ruslan wird das nicht einfach so hinnehmen.«

»Und Neil soll sich um Trinas Sicherheit kümmern, sobald sie nach New York zurückkommt.« Das Team von Alliance war gut vernetzt, es war durch Freundschaften und Familienmitglieder entstanden. Neil und Rick hatten eine Sicherheitsfirma für Alliance. Bei ihnen arbeiteten die besten Leute. »Aber abgesehen davon, wie ist eure Reise?«

Lori musste sofort an Reed denken. »Avery hat etwas mit einem Spanier namens Rogelio angefangen, der kein Wort Englisch spricht.«

»Typisch für Avery.«

»Trina hatte gerade wieder angefangen, zu lachen. Um Shannon mache ich mir aber immer noch Sorgen.«

»Ich fühle mich für sie verantwortlich.«

»Das tun wir doch beide.«

»Versucht trotzdem, ein bisschen Spaß zu haben. Ich gebe dir Bescheid, wenn die Presse Wind von der Erbschaft bekommt. Damit du dich darauf einstellen kannst, was dich zu Hause erwartet.«

KAPITEL 9

Reed beobachtete sie von der anderen Seite des Decks. Lori war bei Trina, sie steckten die Köpfe zusammen.

Trina schwankte, während Lori sie zu einem Stuhl führte.

Sie blickte sich um, flüsterte Trina dann wieder etwas zu.

Reed ließ seine Blicke über das Deck schweifen und fragte sich, ob sonst noch wer die Anspannung zwischen den beiden Frauen bemerkt hatte.

Von seinem Standpunkt aus sah er, dass noch eine andere Person die beiden zu beobachten schien. Eine Frau, sie stand mit dem Rücken zu ihm. Anscheinend interessierte sie sich für Trina und Lori so sehr wie Reed. Jetzt sah sie hoch zu einem Balkon. Reed folgte ihrem Blick und entdeckte einen Mann, der sich just in dem Moment umdrehte und verschwand.

Miguel?

Vielleicht würde Miguel jetzt die Treppen herunterkommen und zu Lori und Trina gehen.

Aber er kam nicht. Es hatte ausgesehen, als würde er die beiden Frauen ebenfalls beobachten.

Wie Reed und die unbekannte Frau.

* * *

Lori war nur mit halber Aufmerksamkeit bei der Show. Immer wieder sah sie zu Trina.

»Ist irgendwas?«, zischte Avery Lori zu.

Diese schüttelte nur den Kopf. Trina stand immer noch unter Schock.

Irgendwann hatte Trina genug von der Show. Ohne Vorwarnung stand sie einfach auf und verließ das Theater.

Auch Lori stand auf und ging. Kurz darauf kamen auch schon Shannon und Avery heraus. Als sie wieder draußen auf dem Deck standen, umringten sie Trina.

»Ich will das nicht.« Trina schrie beinahe.

»Was ist hier los?«, wollte Avery jetzt wissen.

»Hast du es ihnen noch gar nicht erzählt?«, fragte Trina.

»Natürlich nicht.« Sie senkte die Stimme. »Als Anwältin darf ich doch keine vertraulichen Infos einfach so ausplaudern.«

Trina schaute zu Shannon und Avery. »Meine Schwiegermutter hat mir ihr gesamtes Vermögen vermacht.«

Ein Passagier, der gerade an ihnen vorbeiging, wandte sich sogleich noch mal zu ihnen um.

»Wie bitte?«

»Oh Gott«, rief Shannon.

»Lasst uns zur Kabine gehen. Wir sollten das nicht hier in aller Öffentlichkeit besprechen.«

Shannon legte den Arm um Trina, während sie Loris Suite aufsuchten.

Datu kam ihnen im Flur entgegen. »Guten Abend, meine Damen.«

»Hallo«, grüßte Avery.

Lori öffnete die Tür und schob ihre Freundinnen hinein.

»Kann ich vielleicht irgendetwas für Sie tun?«, erkundigte sich Datu.

»Ja, bringen Sie uns bitte zwei Flaschen Wein. Einen Roten und einen Weißen. Suchen Sie was Gutes für uns aus«, bat sie.

»Sehr gern, Ma'am.«

Lori schloss die Tür.

»Sie hat dir echt alles vermacht?«, fragte Shannon ungläubig.

Trina starrte Lori an. »Sag du es ihnen.«

Lori warf die Tasche auf den Schreibtisch, öffnete die Balkontür.

»Alles. Die Einzelheiten erfahren wir erst, wenn wir zurück sind.«

»Aber warum?«

Avery warf die Hände in die Luft. »Also Leute, jetzt erklärt mir mal bitte das Ganze von vorn.«

»Alice ist meine Schwiegermutter und stammt aus einer sehr reichen Familie aus dem Erdölgeschäft. Alice hatte auch während der Ehe nie ihr Vermögen mit dem ihres Mannes, von dem sie später geschieden wurde, zusammengelegt.«

»Was aber nicht heißt, dass Ruslan es nicht trotzdem auf ihr Geld abgesehen hat«, ergänzte Lori.

»Und Ruslan ist dein Schwiegervater?«, fragte Avery.

Trina nickte. »Ruslan hat wohl ständig auf Fedor eingeredet, dass der Sohn später, wenn er geerbt hat, doch alles Geld mit dem des Vaters in einen Topf schmeißen soll. Damit sie ihr gemeinsames Imperium errichten können.«

»Hat er das genau so gesagt?«, fragte Avery.

»Nein, aber Ruslan hat echt versucht, Fedor zu manipulieren. Fedor hat ihn gehasst. Deshalb wollte er auch heiraten. Nicht nur, damit seine Mutter in Frieden sterben konnte, weil sie wusste, dass sich jemand um ihn kümmerte. Der andere Grund war, dass Fedor gehofft hatte, Ruslan würde ihn dann vielleicht etwas in Ruhe lassen. Was ja auch funktioniert hat. Nach der Hochzeit hat Ruslan nicht mehr so oft angerufen, worüber Fedor sehr erleichtert war.«

»Was hat denn Alice über ihren Exmann gesagt?«, fragte Shannon.

Trina schaute zur Decke. »Sie hat gesagt, er sei ein manipulatives Arschloch, vor dem man sich in Acht nehmen müsse.«

»Du hast dich wohl ganz gut mit ihr verstanden«, stellte Shannon fest.

»Ich habe sie ja nicht lange gekannt, aber wir haben viel gelacht.«

»Glaubst du, sie hat etwas über dein Arrangement mit Fedor gewusst?«, fragte jetzt Lori.

»Ich weiß nicht. Fedor hat immer meine Hand gehalten, wenn wir sie besucht haben. Er hat sich sehr bemüht, dass es nach einer glücklichen Ehe aussah.«

Die anderen nickten. Jede von ihnen wusste nur allzu gut, dass man bei einer Zweckehe oft eine Performance an den Tag legen musste, für die so mancher Schauspieler einen Oscar gewinnen würde.

»Um wie viel Vermögen geht es eigentlich?«, fragte Avery schließlich.

Lori atmete tief ein und aus. »Dreihundertfünfzig … Millionen.«

Trina wurde blass und da kam Datu endlich mit dem Wein.

* * *

Irgendwo zwischen dem vierzehnten und fünfzehnten Stock hatte er die Frau aus den Augen verloren. Sie hatte mittellange Haare und olivbraune Haut. Ihr Gesicht hatte er nicht gesehen, zumindest nicht alles davon. Hätte sie nicht dasselbe Kleid getragen, hätte er sie wahrscheinlich nicht wiedererkannt. War sie eine Spionin? Oder hatte sie Trina erkannt?

Und warum hatte auch Miguel auf dem Balkon gestanden und die Frauen so intensiv beobachtet? Wieso hatte die Unbekannte wiederum Miguel beobachtet? Arbeiteten sie zusammen?

Als Privatdetektiv hatte man eine feine Beobachtungsgabe und ein gutes Auge für andere Privatdetektive. Oder zumindest merkte man, wenn irgendwer etwas vorhatte. Wenn man Reed dafür bezahlte, Leute auszuspionieren, konnte er davon ausgehen, dass auch andere bezahlt wurden, um das zu tun.

Seine eigentliche Zielperson war Shannon. Und doch war Reeds Aufmerksamkeit bei Lori gelandet. Weil sie so heiß war. Aber auch, weil sie ihm vorkam, als würde sie ein Geheimnis mit sich herumtragen. Vielleicht lag es nur daran, dass es ihre Aufgabe als Anwältin war, für ihre Mandantinnen da zu sein, damit diese einen ungestörten Urlaub genießen konnten. Aber eigentlich glaubte Reed nicht an diese Theorie.

Seit er beobachtet hatte, dass Miguel die Frauen ausspionierte – oder was auch immer es war, das er da tat – fragte sich Reed, ob die zwei Spanier die Frauen am ersten Abend wirklich nur aus Zufall kennengelernt hatten. Genauso zufällig wie bei Reed?

Reed saß an der kleinen Bar in der Nähe der Suiten und wartete.

»Ach, da bist du.« Miguel stand breit grinsend vor ihm und nahm neben ihm Platz. Wenn einer nie die Stirn in Falten zog, musste man doch misstrauisch werden.

Er gab ihm die Hand. »Wo ist Rogelio?«

»Wahrscheinlich bei Avery.«

Nein. Reed hatte gesehen, wie die Frauen gemeinsam die Show verlassen hatten.

»Er soll sich besser mal nicht verausgaben, die Woche ist noch jung.«

Miguel klopfte Reed auf den Rücken und winkte dem Barkeeper. »Willst du etwas trinken?«

Er schüttelte den Kopf. »Ich mache heute mal lieber ein bisschen langsam.«

»Ich weiß gar nicht, wie das geht.« Immer noch lächelnd bestellte Miguel einen teuren Whisky. »Du und Lori, ihr scheint euch ganz gut zu verstehen, oder?«

»Ja, schon.«

»Das Abenteuer der Jagd«, schwärmte Miguel. »Fast so süß wie das Erlegen selbst, findest du nicht auch?«

»Und was ist mit Trina? Wie läuft es mit ihr?« Reed konnte sich zwar nicht vorstellen, dass sie sich auf einen Flirt einlassen würde, aber man konnte ja nie wissen.

»Die stille Schöne. Ich werde sie schon rumkriegen, das habe ich bisher noch immer geschafft.«

Reed verspürte plötzlich das Bedürfnis, die Witwe zu beschützen. »Sie ist eher zurückhaltend.«

»Das sind die meisten, aber es gibt immer einen Weg, wie wir kriegen, was wir wollen.«

Plötzlich wollte Reed doch einen starken Drink. Bei Miguels Machosprüchen wurde ihm ganz schlecht. Miguel kam ihm vor wie ein Raubtier. »Was machst du eigentlich beruflich?«, fragte Reed und tat, als würde er nur ein bisschen plaudern wollen.

»Marketing.« Eine Frau in einem hautengen schwarzen Kleid lief vorbei. Miguel sah ihr hinterher und sagte etwas zu sich selbst auf Spanisch.

»Interessant. Und für welche Firma?«

Miguel lächelte. »Für viele. Wie sagt man … ich arbeite für viele Firmen.«

»Du meinst freiberuflich?«

»*Sí* … ja. Ich arbeite freiberuflich. Und was machst du?«

»Datenverarbeitung.« Diese Lüge kam Reed leicht über die Lippen.

Miguel sah auf Reeds Hände. »Deine Hände sehen eher so aus, als würdest du damit nicht nur am Computer herumtippen.«

»Es ist nicht alles, wie es scheint.«

Miguels Drink wurde gebracht. »Darauf trinke ich.«

»Prost.«

* * *

»Lori!«

Hinter ihr war Reed. Leute drängten sich an ihm vorbei, um das Schiff für einen Tagesausflug zu verlassen.

»Hallo. Tut mir leid wegen gestern Abend. Wir hatten einen kleinen Notfall.«

»Oh?« Reed sah besorgt aus.

»Ja, wir haben zu viel Wein getrunken und sind statt zum Tanzen zu gehen in der Kabine eingeschlafen.«

»Ist sonst alles in Ordnung?«

»Ja.« Natürlich würde sie nichts über die Ereignisse in Trinas Privatleben sagen. »Gehst du heute von Bord?«

Er zuckte mit den Schultern, wirkte fast ein bisschen verloren. »Gehst du?«

Es war eine unausgesprochene Einladung, den Tag mit ihm zu verbringen. Das Verlangen, genau das zu tun, war so groß, dass sie nicht widerstehen konnte.

»Wir sind heute ein bisschen später dran.« Sie würde versuchen, Trina zu einem Ausflug zu motivieren, um sie auf andere Gedanken zu bringen. Der Fortschritt, den sie in den ersten Tagen gemacht hatte, war durch einen einzigen Anruf zunichtegemacht worden.

»Ich kann warten, wenn ich dafür Zeit mit dir verbringen darf.«

Plötzlich verschwanden alle Gedanken an Trina, sie spürte ein Kribbeln. »Gib mir mal dein Handy«, sagte sie und hielt die Hand auf.

Er griff zögerlich in die Hosentasche.

»Komm schon, ich klau es dir nicht«, zog sie ihn auf.

Reed gab es ihr.

Lori tippte ihre Nummer in seine Kontakte und schrieb einen Namen dazu.

Als er es wieder in den Händen hielt, lachte er: »Heißer Urlaubsflirt?«

Sie kicherte. »Schick mir eine Nachricht, dann habe ich deine Nummer. Ich gebe dir Bescheid, wenn wir so weit sind.« Sie wandte sich um und wollte gehen. »Ach übrigens, hast du Rogelio und Miguel gesehen? Avery hat nach ihnen gefragt.«

Reed zögerte etwas. »Nein, habe ich nicht.«

Lori zuckte mit den Schultern. »Ist wahrscheinlich eh besser.«

Eineinhalb Stunden später schrieb sie Reed eine Nachricht, dass er am Kai auf sie warten solle.

Trina kam nur widerwillig mit. Aber Shannon versprach, dass sie jederzeit früher wieder zurückkehren könnten, wenn es Trina zu viel wurde.

Am Kai standen Reed und Antonio. Von Miguel und Rogelio war keine Spur zu sehen. Auch wenn Lori der Meinung war, dass Trina Abwechslung gebrauchen konnte, so glaubte sie nicht, dass sie dafür heute unbedingt einen Mann brauchte.

Antonio begrüßte alle vier mit einem Wangenküsschen. »Reed, was haben wir nur für ein Glück, dass wir diese schönen Frauen hier durch die Stadt der Liebe begleiten dürfen.«

Avery rollte mit den Augen. »Ich dachte, die Stadt der Liebe sei Paris.«

Antonio fluchte etwas auf Italienisch, dann setzte er wieder ein Grinsen auf. »Paris hat einen Turm. Wir dagegen ein Kolosseum, in dem Gladiatoren bis zum Tode gekämpft haben.«

»Stimmt«, meinte Lori.

»Was könnte romantischer sein?«, fragte Antonio.

»Romantischer als der Tod?« Avery wunderte sich.

»Berechtigte Frage«, murmelte Reed.

Sie stiegen in den Shuttlebus, der sie in die Stadt brachte. Lori schenkte dem Mann, der wie ein Gladiator angezogen war und sie zum Bus begleitete, ein Lächeln. Als Reed neben ihr Platz nahm, sagte sie: »Ich finde, du brauchst auch so ein Outfit.«

»Spielst du gern Verkleiden?«, raunte er ihr zu.

Sofort wurden ihre Wangen ganz heiß.

»Hab ich mir schon gedacht.«

Lori guckte zu den anderen. Trina, wie immer hinter ihrer riesigen Sonnenbrille versteckt, unterhielt sich mit Avery, während Shannon auf Antonios Charmeoffensive lediglich mit einem höflichen Lächeln reagierte.

Obwohl Lori das Kolosseum schon mal gesehen hatte, war sie von dem bröckelnden Bau, in dem früher besagte Gladiatorenkämpfe stattgefunden hatten, genauso beeindruckt wie beim ersten Mal. Der makabre Zweck des Gebäudes war im selben Maße abstoßend wie faszinierend. Nun war es nur noch eine Touristenattraktion. Allerdings schienen sich die unzähligen Besucher mehr für die billigen Souvenirs zu interessieren, die sie sich später an die Wand hängen oder an den Kühlschrank kleben würden. Und die Männer im Gladiatorendress freuten sich, dass man sie fotografierte und sie dafür Geld bekamen.

Trina ging mit Avery voraus und spielte Touristenführer, Reed und Lori folgten dahinter, Antonio und Shannon bildeten das Schlusslicht.

»Weißt du viel über die römische Geschichte?«, fragte Lori.

»Ich weiß zumindest, was sie hier gemacht haben. Barbarisch.«

»Wusstest du, dass es auch Gladiator*innen* gab?«

Reed war erstaunt. »Echt?«

»Das habe ich letztes Mal erfahren, als ich hier war. Es gab nicht viele. Manchmal durften sie gegen Zwerge kämpfen oder gegen andere Frauen.«

»Nenn mich altmodisch, aber ich finde es nicht toll, wenn Frauen kämpfen.«

»Ich sehe auch Männern nicht gern dabei zu.«

Sie blickte zur Arena, stellte sich schreiende, blutrünstige Römer darin vor. »Ich würde ja gern glauben, dass sich die Menschheit seitdem ein bisschen weiterentwickelt hat. Aber da würde ich mir selbst was vorlügen.«

»Wie meinst du das?«, fragte Reed.

»Angefangen bei diesen Reality-Shows im Fernsehen, bei denen wir danach lechzen, den Leuten beim Streiten zuzusehen, bis hin zu den endlosen Nachrichten über Gewalttaten. Wir sind völlig desensibilisiert, was Schmerz und Leid angeht. Wir stellen später den Fernseher aus, essen ein Eis und am nächsten Tag haben wir schon alles, was wir am Vorabend gesehen haben, wieder vergessen.« Sie schüttelte den Kopf. »Deshalb kann ich es auch irgendwie nachvollziehen, warum hier in Rom so lange solche grausamen Kämpfe stattgefunden haben.«

»Offenbar hast du da schon viel drüber nachgedacht.«

Sie war Rechtsanwältin – sie kämpfte ja auch, jedoch nur mit Wörtern statt Schwertern. »Irgendwie kämpft jeder. Die Wahl der Mittel und das moralische Barometer entscheiden, wer der Gewinner ist.«

Er lehnte sich gegen die Absperrung, die die Leute davon abhielt, die bröckelnden Stufen hinaufzusteigen. »Spielt Stärke keine Rolle?«

»Na ja, beim körperlichen Kampf wohl schon. Bei den anderen sind es Willen und Entscheidungskraft, die entscheiden, wer gewinnt.«

Er starrte sie ein paar Sekunden lang an. »Was machst du beruflich?«, fragte er.

Sie dachte an ihre Kanzlei, schloss die Augen. »Habe ich dir doch gesagt.«

»Schon, aber ich sehe dich nicht wirklich als Stripteasetänzerin.«

»Dann nutzt du deine Vorstellungskraft nicht richtig.« Sie nahm seine Hand und zog ihn weiter. Die anderen hatten sie schon überholt.

* * *

»Sie sind nicht ans Telefon gegangen!«

Einige Zeit später stand Reed in seiner Kabine. Er hatte nur ein Handtuch um die Hüften geschlungen, war gerade dabei, sich für den Abend fertig zu machen.

»Ich war beschäftigt.«

»Was haben Sie bisher herausgefunden?«

»Miss Cumberland ist die Scheidungsanwältin von Miss Redding.«

»Das ist doch nichts Neues.«

»Sie machen aber hier zusammen Urlaub.«

»Aha. Und warum?«

»Miss Cumberland ist auch die Anwältin der anderen Frauen, mit denen sie hier an Bord ist.« Und obwohl Reed auch Trinas Namen wusste, gab er diese Information noch nicht heraus.

»Und was bedeutet das?«

»Das weiß ich noch nicht.«

»Hat Shannon schon irgendetwas über ihren Exmann gesagt?«

»Noch nicht. Entweder hat sie nichts zu sagen oder sie kontrolliert ihre Emotionen und behält ihre Meinung für sich.« Nicht, dass er sie wirklich schon eingehend ausgefragt hätte.

104

»Habe ich mein Geld verschwendet, indem ich Sie auf diese Reise geschickt habe, Reed?«

»Nein. Hier läuft irgendetwas, ich habe nur noch nicht herausgefunden, was es ist. Ich bin übrigens nicht der Einzige auf dem Schiff, der die Frauen beobachtet.«

Es folgte eine lange Pause. »Sind Sie sicher?«

»Ganz sicher.«

»Und diese andere Person beobachtet auch Shannon?«

»Schwer zu sagen, weil die vier Frauen immer zusammenstecken.«

»Nun, dann müssen wir herausfinden, wer diese Person ist und für wen sie arbeitet.«

»Was meinen Sie, was ich hier tue?«

»Das weiß niemand so genau, Reed.«

Er betrachtete sein Spiegelbild. »Ich melde mich. Rufen Sie mich nicht an.«

»Ich bezahle Sie.«

»Ihre Anrufe behindern meine Untersuchungen.«

»Finden Sie etwas heraus.«

Kapitel 10

Das Schiff war wegen der vielen verschiedenen Nationalitäten und der ausgelassenen Partystimmung wie eine Mischung aus Las Vegas und New York. Das Kreuzfahrtschiff schlief nie. Immer wieder musste sich Reed daran erinnern, dass er zum Arbeiten hier war.

Lori hatte ihm eine Nachricht geschrieben, sie würden wieder in den Tanzclub vom ersten Abend gehen. Statt zu antworten, tauchte er einfach eine halbe Stunde später dort auf. Es dauerte ein bisschen, bis sich seine Augen an das Diskolicht gewöhnt hatten. Den Plan, ein paar Minuten später zu kommen, fand er so lange gut, bis er am Tisch der Frauen schon die beiden Spanier Miguel und Rogelio sah, die Avery und Trina bereits wieder die Ohren vollsäuselten.

Lori winkte ihm.

Ihre blonden Haare waren nicht wie sonst zurückgebunden. Die Frisur schmeichelte ihrem Gesicht. So gefiel sie ihm auch sehr. Ihre blauen Augen leuchteten, die Haut schimmerte, sie trug kein Make-up. Sie war eine schöne Frau. Er hätte sich in einem anderen Fall vielleicht etwas ausgedacht, um ihre Aufmerksamkeit zu erhalten. Doch alle Komplimente, die er ihr machte, kamen direkt von Herzen. Oder welches Organ es auch immer war, das diese Wärme in seinem Bauch verursachte.

Er winkte zurück.

Trina lächelte freundlich, Avery hörte Miguel zu und bemerkte ihn gar nicht.

Reed legte eine Hand um Loris Hüfte und flüsterte ihr ins Ohr. »Du siehst umwerfend aus.« Am liebsten hätte er sie die ganze Zeit angeguckt, ihre offenen Haare, der cremefarbene Glanz ihrer Haut in dem trägerlosen Top machten ihm schier den Mund wässrig.

Sie lachte.

»Wo ist denn Shannon?«

Lori zeigte zur Tanzfläche.

Die ehemalige First Lady von Kalifornien wurde gerade von Antonio auf der Tanzfläche herumgewirbelt, der interessante Moves drauf hatte. Sie hatten ganz offensichtlich Spaß. Wie es sich für einen Urlaub gehörte.

Er warf einen Blick auf Lori, gegen den man auch nichts einzuwenden hatte, wenn man eigentlich wegen der Arbeit hier war.

Trina lachte über etwas, das Rogelio gerade gesagt hatte. Miguel übersetzte für Avery.

Eigentlich wirkte es wie ein normaler Abend in einem Club, in dem zwei beste Freunde versuchten, ein paar Mädels ins Bett zu kriegen. Doch Reed entging nicht, wie Trina die Schultern anspannte und sich ein Lächeln abrang, wenn Miguel ihr näherkam.

»Miguel?«, sprach Reed ihn an. »Wo wart ihr denn heute? Wir haben euch in Rom vermisst.«

»Ich habe die Stadt schon so oft gesehen und wollte mich am Vormittag lieber entspannen. Energie tanken für den Abend.« Er sagte etwas auf Spanisch und wandte sich dann zu Trina. »Komm, gehen wir tanzen.«

»Oh, ich weiß nicht ...«

»Du bist doch nicht hier, um bloß rumzusitzen. Ich beiße nicht.«

Avery schob Trina vom Stuhl. »Jetzt komm schon.«

Reed sah, dass Trina dem Druck ihrer Freundin nur widerwillig nachgab und mit zur Tanzfläche ging.

Er setzte sich auf den frei gewordenen Platz neben Lori, von wo aus er auch einen besseren Blick hatte. »Heute keine Pyjamaparty?«

»Nein. Wir wollten sie lieber zum Tanzen bringen.«

»Trina oder Shannon?«

»Trina. Sie hat eine schwere Zeit hinter sich.«

Er wollte fragen, warum, hielt sich aber zurück. »Da ist eine Woche hier auf dem Schiff genau richtig.«

Lori sah nicht überzeugt aus. »Warum bist du eigentlich allein hier?«

»Ich bin doch mit dir hier.«

»Nein, ich meine, auf dem Schiff. Es ist ein bisschen komisch, so eine Reise allein zu machen.«

»Eigentlich war geplant gewesen, dass ein Freund mitkommt. Aber dann hat er kurz davor einen neuen Job angenommen und keinen Urlaub bekommen.« Diese Lüge kam ihm leicht über die Lippen. Es war seine Standardausrede, wenn jemand wissen wollte, warum er allein unterwegs war.

»Wie schade.«

»Ja, aber sonst hätte ich euch vielleicht gar nicht kennengelernt, wenn noch ein Mann mit zu viel Testosteron dabei gewesen wäre.«

»Ist dein Freund nett?« Lori beobachtete das Geschehen auf der Tanzfläche.

»Ja, nur nicht, wenn er Football schaut.«

Lori grinste und sah nun wieder zu ihm.

»Stehst du auch auf Sport?«, wollte sie wissen.

»Es geht so. Ich schaue mir nur die wichtigen Spiele an, weil das immer wie eine Party ist. Und du?«

»Mein kleiner Bruder war in der Highschool ein All-American. Er hat zu den Besten gehört und hat auch im College Football gespielt. Aber nach einem Kreuzbandriss war er weg vom Fenster. Wir schauen an Thanksgiving und Weihnachten immer die Spiele an, mehr aber nicht.«

»Verstehst du dich gut mit deinem Bruder?«

»Ja. Und was ist mit dir? Hast du Geschwister?«

»Zwei Schwestern.« Das war sogar die Wahrheit. »Eine ist älter. Sie ist verheiratet und hat zwei Kinder. Und dann gibt es noch die Jüngste in der Familie.« Sie war erst dreiundzwanzig. Seine Eltern hatten spät einen ungeplanten Nachzügler bekommen. Alle waren überrascht gewesen, als seine Mutter sagte, dass sie schwanger sei. Als seine kleine Schwester geboren wurde, war Reed schon vierzehn gewesen.

»Ich habe mir immer eine Schwester gewünscht«, vertraute Lori ihm an. »Wahrscheinlich habe ich deshalb gerne viele Freundinnen um mich herum.«

Er folgte ihrem Blick, sah zu den anderen.

»Du wärst sicher die beste ältere Schwester der Welt.«

Sie grinste. »Willst du damit sagen, dass ich alt bin?«

Er biss nicht an. »Ich sage, dass du eine bist, die auf andere aufpasst.«

»Das sagst du immer wieder.«

Er winkte einer Kellnerin, bestellte ein Bier und fragte Lori, ob sie auch etwas wolle. Sie lehnte dankend ab.

Der Rhythmus der Musik änderte sich. Trina und Miguel kamen wieder zum Tisch zurück. Trina trank ihr Glas leer.

»Ich bestelle dir noch was.«

»Danke, nein.«

Miguel ignorierte, was sie sagte, und ging zur Bar.

»Gefällt es dir?«, erkundigte sich Reed.

Trinas Augen waren glasig, die Wangen gerötet. »Ich habe ganz vergessen, wie gerne ich tanze.«

Als sie sich auf einen Barhocker setzen wollte, rutschte sie ab. Reed wollte sie auffangen, sie hielt sich mit beiden Händen am Tisch fest. »Hat sich gerade das Schiff bewegt?«

Lori lachte. »Nein, *du* hast dich bewegt.«

»Oh je. Dabei hab ich noch gar nicht so viel getrunken.«

»Du hast aber auch nicht sehr viel zu Abend gegessen«, erinnerte Lori sie.

Miguel brachte die Getränke und nun kamen Rogelio und Avery zurück. Hinter ihnen folgten Shannon und Antonio.

»Wir gehen mal kurz raus und frische Luft schnappen«, sagte Shannon.

Lori hob vielsagend die Augenbrauen.

Avery musste lachen. »Du weißt, was das bedeutet, oder, Lori?«

Lori zeigte auf Avery. »Jawohl. Was auf dem Mittelmeer passiert …«

»… bleibt auch auf dem Mittelmeer«, beendete Miguel den Satz.

Trina wirkte nun recht gelöst, ihr Grinsen war deutlich breiter als sonst. Was Miguel als Einladung interpretierte, sodass er den Arm um ihre Schultern legte.

Als Trina nicht protestierte, stellte Reed sein Glas ab und hatte plötzlich das Gefühl, dass er an diesem Abend lieber nüchtern bleiben sollte. Miguel kam ihm wie ein Fuchs vor, der ums Hühnerhaus schlich. Und Trina wirkte ungewöhnlich stark betrunken.

Miguel bemerkte Reeds Blick und hob das Kinn.

»Sag mal Trina, was machst du eigentlich beruflich?«

Sie schloss die Augen. »Ich … war Flugbegleiterin.«

Richtig, das hatte sie schon mal gesagt. »Du *warst* Flugbegleiterin?«

Lori beugte sich vor. »Und jetzt ist sie eine Stripteasekollegin von mir.«

»Hier sind wir wieder beim Stangentanz angelangt.«

»Und *mir* gehört das Striplokal«, schloss sich Avery der Lüge an.

»Das würde ich ja nur zu gern sehen«, meinte Miguel.

Trina stand mit wackligen Beinen auf und tat, als ob ihr Barhocker eine lange Stange sei. Miguel leckte sich über die Lippen, Rogelio klatschte.

»Mach mal lieber ein bisschen langsam.« Avery klopfte auf Trinas Schulter.

Trina blinzelte und grinste wieder etwas zu breit. »Mir gehts suuper.«

»Lass uns tanzen.«

Avery und Lori wechselten Blicke, als Miguel Trina auf die Füße zog und sie wegschob.

Rogelio nickte Avery zu. Er wollte auch wieder zur Tanzfläche mit ihr, aber sie winkte ab.

»Ist alles in Ordnung mit ihr?«, wandte sich Avery an Lori.

»Keine Ahnung. So habe ich sie noch nie erlebt.«

Miguel zog Trina tiefer auf die Tanzfläche. Zwischen den anderen Leuten konnte Reed die beiden nun nicht mehr sehen. »Wie viel hat sie denn getrunken?«

»Eigentlich gar nicht so viel. Wir haben uns beim Abendessen zu viert eine Flasche Wein geteilt. Hier hatte sie höchstens zwei Cocktails, aber über mehrere Stunden verteilt.«

Es konnte eigentlich nicht am übermäßigen Alkoholeinfluss liegen. Es sei denn …

Reed blickte auf das Glas, das Trina zurückgelassen hatte. Er roch daran. Wodka und irgendetwas Fruchtiges. Es roch eigentlich ganz normal. Andererseits hatten sogenannte Knockout-Tropfen weder Geschmack noch Geruch.

»Du meinst doch nicht …« Loris Frage blieb in der Luft hängen.

Rogelio bettelte weiter, zupfte an Averys Arm.

Aber sie wollte nicht.

»Mir gefällt das nicht«, meinte Lori.

Reed ebenso wenig.

»Hey Mann, jetzt nicht!«, fuhr Avery Rogelio an, der daraufhin sein Lächeln verlor und beleidigt die Hand fortnahm.

»Ich hole sie und bringe sie in die Kabine.«

Lori und Avery gingen Trina suchen.

Reed starrte Rogelio an. »Ich hoffe echt, dass meine Vermutungen nicht stimmen.«

Rogelio starrte zurück und für einen kurzen Augenblick sah es so aus, als würde der Spanier doch mehr Englisch verstehen, als er zugab. *Problema?*«

»Reed?« Lori bahnte sich einen Weg durch die Menge. »Sie sind nicht mehr hier.«

Ein letzter, scharfer Blick, dann wandte sich Reed um und ging hinterher.

Am Ausgang des Clubs trafen sie wieder zusammen.

»Wo sind sie hin?«

»Wahrscheinlich zu Miguel oder in die Kabine.«

»Miguel teilt sich eine Kabine mit Rogelio«, sagte Avery.

Reed übernahm jetzt das Kommando. »Ihr sucht am Schiffsheck, Lori geht direkt zu den Kabinen und ich gehe über die Vordertreppe. Wir treffen uns oben.«

Niemand widersprach, alle stoben in verschiedene Richtungen davon.

Reed schob sich an den anderen Passagieren vorbei, bis er an der Vordertreppe angekommen war. Auf dem Hauptdeck mit dem Pool ging er langsamer. Hier waren viele Paare unterwegs, die einen romantischen Spaziergang im Mondlicht machten. Er suchte überall dort, wo sich zwei Liebende treffen würden, Steuerbord und Backbord. Als er schon fast aufgeben wollte, hörte er ein vertrautes Lachen.

Trina.

Sie stand mit dem Rücken zu Miguel, lehnte gegen die Reling. Er umfasste ihren Nacken und lächelte sie an.

Doch als sein Blick auf Reed fiel, war das Lächeln sofort verschwunden.

Miguel sagte etwas zu Trina, das Reed nicht hören konnte.

Reed verlangsamte seine Schritte.

»Vielleicht morgen«, sagte Miguel jetzt.

»Hier seid ihr.« Reed war bei den beiden angekommen. Trinas Augen waren auf halbmast, ihr Körper nur noch aufrecht, weil sie gegen die Reling lehnte und Miguel sie festhielt.

»Reed, mein Freund. Vielleicht kannst du mir helfen. Unsere Freundin hier scheint sich nicht so gut zu fühlen.«

Jetzt läuteten bei Reed die Alarmglocken.

»Mir gehts guut. Mir is nur'n bisschen schwinnndlig.«

»Das kann ich mir vorstellen«, murmelte Reed. »Trina?«

Ihr Augenaufschlag war langsam, die Haare fielen ihr ins Gesicht. Sie schlug die Strähnen fort, wie ein Kind, das eine lästige Mücke wegscheuchen wollte.

»Lori und Avery suchen schon nach dir.«

Sie versuchte, die Augen zu öffnen, benetzte die Lippen. »Mir gehts guut.«

Reed legte den Arm um ihre Schultern und stützte sie.

»Sie wollte ein bisschen frische Luft schnappen«, berichtete Miguel.

»Ich hab frische Luf' gebraucht.«

Miguel stützte sie von der anderen Seite und zu zweit schafften sie es, mit ihr die Treppen zur Kabine hinaufzusteigen.

Lori kam ihnen im Flur entgegengerannt. »Ist alles okay mit ihr?« Sie fasste Trinas Gesicht mit beiden Händen.

»Alles guut. Hab nur su viel getrunken.«

»Bringt sie in meine Kabine.«

»Mir gehts guut.«

»Ja, ja, schon recht.« Mehr sagte Lori nicht, sondern öffnete einfach die Tür.

Sie betraten den separaten Wohnraum mit dem Esstisch. Lori deutete auf die angrenzenden Türen und zeigte aufs Bett.

Miguel und Reed legten Trina ab. Miguel hob ihre Beine behutsam hoch, Reed lehnte Trina nach hinten. In derselben Sekunde war sie schon eingeschlafen.

Lori schob Miguel zur Seite, als er Trinas Schuhe ausziehen wollte. »Jetzt übernehme ich.«

Avery kam hereingestürzt. »Was ist passiert?«

»Ich glaube, jemand hat ihr was in den Drink geschüttet«, erklärte Reed und blickte dabei Miguel scharf an.

»Das denke ich auch«, stimmte Miguel zu.

Was ist das hier für ein Spiel? Die Frage dröhnte in Reeds Kopf wie eine Toilettenspülung.

Lori schnappte sich das Telefon.

»Was machst du?« Avery setzte sich neben Trina und strich ihr die Haare aus dem Gesicht.

»Ich rufe den Schiffsarzt an.«

Miguel trat von einem Fuß auf den anderen. »Dreht sie mal besser auf die linke Seite, falls ihr schlecht wird.«

»Hallo, hier spricht Lori Cumberland, Kabine 1703. Ich brauche sofort einen Arzt.«

Sie wartete. »Nein, ich kann nicht runterkommen. Meine Freundin ist nicht ansprechbar. Ja, schon, aber nicht viel. Wir glauben eher, dass ihr irgendwas verabreicht wurde. Nein! So was macht sie nicht … Okay, okay. Danke.«

Lori ging ums Bett herum, schob Miguel aus dem Weg und zog Trina nun die Schuhe aus.

»Gehen wir nach nebenan in den Wohnraum«, schlug Reed vor.

»Bitte geh nicht«, bat ihn Lori.

»Keine Sorge, ich bleibe.«

Als die Frauen sie nicht mehr hörten, sagte Miguel zu Reed: »Ich weiß, wie es aussieht.«

Reed blieb still.

»Ich war es nicht.«

»Ich habe nie gesagt, dass du es warst.«

»Nicht mit Worten, aber mit Blicken.«

Die Frauen waren so mit ihrer Freundin beschäftigt, dass keine von ihnen die stille Auseinandersetzung zwischen Reed und Miguel mitbekam. Die Tatsache, dass Miguel nicht fortlief, sprach vielleicht dafür, dass er nicht schuldig war. Aber Reed kannte solche Typen wie Miguel. Männer, die schuldig waren, lächelten ihre Lügen fort und weinten laut über die Männer, die sie umgebracht hatten.

Miguel konnte Reed nichts vormachen.

KAPITEL 11

Lori, Shannon und Avery öffneten die Durchgangstüren ihrer Suiten und wechselten sich mit der Nachtwache ab. Der Schiffsarzt hatte nur festgestellt, dass Trina unter Alkohol und möglicherweise auch dem Einfluss von Betäubungsmitteln stand. Weil es auf dem Kreuzfahrtschiff oft vorkam, dass Gäste zu viel Alkohol tranken oder gar Drogen nahmen und ihr allgemeiner Zustand so weit in Ordnung schien, hielt er es nicht für nötig, sie zur Krankenstation zu bringen. Er ließ allerdings einen Becher zurück, damit man der Sache nachgehen und anhand einer Urinprobe feststellen konnte, ob ihr etwas verabreicht worden war.

»Brauche ich nicht. Ich hab einfach zu viel getrunken«, protestierte Trina am nächsten Morgen, als sie den Urinbecher sah.

»Du hast aber gar nicht *so* viel getrunken.« Avery saß im Schneidersitz bei ihr auf dem Bett. Trina hielt sich den Kopf.

»Ich fühle mich aber so.«

»An was kannst du dich alles noch erinnern?« Shannon war ebenfalls gekommen, nachdem der Arzt gegangen war. Lori hatte Datu eine Nachricht für sie mitgegeben und so hatte Shannon mit den anderen zusammen Nachtwache geschoben.

»Wir haben zu Abend gegessen.«

»Und wir waren auch im Club. Kannst du dich daran erinnern, dass du getanzt hast?«

»Ja.« Sie schüttelte den Kopf. »Glaube ich.«

Lori drückte Trina den Becher in die Hand. »Jetzt mach einfach Pippi in den blöden Becher.«

»Man, hört endlich auf. Mir geht es gut. Ich habe zwar einen Kater, aber sonst geht es mir gut.« Sie stand auf, hielt sich den Kopf. »Geht ruhig an Land. Ihr habt sicher Besseres zu tun, als für mich Babysitter zu spielen.«

»Beunruhigt es dich gar nicht, dass dir Miguel vielleicht was in den Drink geschüttet hat, um dich aufzulockern?« Langsam wurde Avery sauer.

Trina blickte alle drei nacheinander an. Dann nahm sie schließlich den Becher aus Loris Hand. »Na gut.« Damit verschwand sie im Bad.

Die anderen gingen in den Wohnraum der Suite. Die Balkontür stand offen, im Hintergrund war die Küste von Livorno zu sehen.

»Vor was hat sie Angst?«, wunderte sich Avery.

Lori fragte sich dasselbe.

»Geht euch mal fertig machen und dann treffen wir uns später zum Frühstück.« Lori wollte kurz allein mit Trina sprechen.

Shannon und Avery begaben sich in ihre eigenen Suiten. Lori wartete, bis Trina aus dem Bad kam. Sie blickte sich suchend im Raum um.

»Die anderen sind in ihre Kabinen gegangen zum Duschen.« Trina setzte sich. »Tut mir leid.«

»Was tut dir leid?«

»Dass ich euren Abend ruiniert habe …«

»Ich bitte dich. Fang nicht schon wieder damit an. Wenn dir jemand was in den Drink gemischt hat, ist das doch nicht deine Schuld.«

Trina sah auf die Tüte in ihrer Hand.

»Ich, ähm, also ich nehme seit der Sache mit Fedor Medikamente. Stimmungsaufheller. Auf dem Beipackzettel steht, dass ich eigentlich keinen Alkohol trinken darf.«

»Wir trinken doch Alkohol, seit wir in Spanien angekommen sind.«

»Ich weiß.« Trina blickte zu Boden.

»Und nimmst du die Medikamente schon die ganze Zeit?«

»Ja. Wahrscheinlich habe ich es ein bisschen übertrieben.« Lori war zwar keine Ärztin, aber es klang einleuchtend.

»Das herauszufinden überlassen wir besser dem Arzt, okay?«

»Aber das ist doch bloß Zeitverschwendung.«

»Vielleicht.«

»Ich will nicht, dass du schlecht von mir denkst, weil ich diese Medikamente nehme. Ich wollte das anfangs ja gar nicht, aber mein Arzt hat mir das geraten.«

»Und helfen sie?«

Sie zuckte mit den Achseln. »Zumindest hat es nicht geschadet. Bis gestern Abend.«

»Also, so wie ich das sehe, hast du gestern Abend sogar weniger getrunken als an den anderen Tagen. Du warst auf dieser Kreuzfahrt ja noch nicht mal richtig beschwipst.«

Trina öffnete den Mund.

Lori ließ sie nicht zu Wort kommen. »Ich würde dich niemals dafür verurteilen, dass du Medikamente nimmst. Ich verurteile *mich* eher dafür, dass ich Anteil an deiner Ehe mit Fedor habe. Dir mache ich sicher keine Vorwürfe.«

Trina bemühte sich um ein Lächeln. »Es hat mich niemand gezwungen, ihn zu heiraten.«

Das stimmte zwar, die Schuldgefühle blieben dennoch. »Lass uns doch noch schnell zum Arzt gehen, einverstanden?«

Zwanzig Minuten später saß Lori in dem kleinen Warteraum, während Trina mit dem Arzt sprach. Ihr Handy vibrierte, sie erhielt eine Textnachricht von Reed.

Wie geht es Trina heute?

Sie hat einen Kater. Wir sind gerade in der Krankenstation.

Es erschienen drei Punkte, während er antwortete.

Kann ich etwas tun?

Es war nett von ihm, das anzubieten.

Nein, genieß deinen Ausflug nach Florenz. Wir bleiben heute lieber auf dem Schiff.

Es reichte schon, dass Trina Stimmungsaufheller nehmen musste, um ihren Tag zu überstehen. Da musste sie Reeds Hilfsbereitschaft nicht auch noch ausnutzen.

Aber du sagst es mir, wenn ich helfen kann?

Sie überlegte, ob sie lügen sollte.

Ich bin es nicht gewohnt, andere Leute um Hilfe zu bitten.

Ich bin jedenfalls für dich da, falls du deine Meinung änderst.

Sie freute sich über seine Worte. Trotzdem würde sie sein Angebot sicher nicht annehmen.

Die Tür des Untersuchungsraums ging auf, Trina erschien. »Und?«

»Er hat mir geraten, die Tabletten nicht zu nehmen, wenn ich Alkohol getrunken habe.«

Das war sicher vernünftig. »Und sonst?«

»Es waren Spuren von irgendetwas in meinem Urin.«

Lori merkte, wie sie sich verspannte. »Spuren?«

»Er schickt eine Probe für eine weitere Untersuchung ins Labor. Er hat aber auch gesagt, dass immer wieder neue Designerdrogen auftauchen, die man kaum nachweisen kann, vor allem, wenn noch Medikamente eingenommen werden.«

Trina blickte schuldbewusst drein.

»Wie fühlst du dich denn?«

»Ich habe Kopfschmerzen, sonst aber okay. Ich habe sogar ein bisschen Hunger.«

Lori nickte zur Tür. »Dann lass uns mal was dagegen tun.«

Als sie draußen waren, hielt Trina sie auf. »Sag bitte den anderen nichts. Ich will nicht, dass sie sich Sorgen machen.«

»Sie machen sich ohnehin Sorgen.«

»Ich meine wegen der Medikamente. Ich will nicht, dass sie wissen ...«

»Falls du es nicht eh schon weißt, ich kann Geheimnisse gut für mich behalten. Sag ihnen, was du willst und ich mach mit. Aber Trina ...«

»Ja?«

»Nimm von niemandem mehr einen Drink an, nur noch von uns.«

»Das musst du mir nicht zweimal sagen. Für mich gibt es heute sowieso keinen Alkohol. Vielleicht sogar bis Ende der Woche. Die Tabletten lass ich jedenfalls im Koffer, bis ich wieder daheim bin. Dass ich nicht mehr weiß, was ich letzte Nacht gemacht habe, gefällt mir nämlich gar nicht.«

»Mir auch nicht.«

* * *

Es gab vieles, das Reed konnte. Dazu gehörte auch, sich in einer Menschenmenge so zu verhalten, dass er nicht auffiel.

Er hätte nicht gedacht, dass Miguel und Rogelio große Kunstkenner waren. Umso überraschter war er, als sie den Piazzale Michelangelo betraten. Reed hielt sich im Hintergrund, als die beiden Männer vor der berühmten Statue stehen blieben und sie eingehend betrachteten.

Reed folgte ihren Blicken. Und war sich sicher, dass sie sich über Davids schlechte Bestückung, die für alle Ewigkeit für jedermann gut sichtbar in Marmor gemeißelt war, lustig machten. Da war er über seine eigene, bessere Ausstattung doch ganz froh.

Seine Zielpersonen gingen weiter und Davids unterkühltes Gemächt war schnell wieder vergessen. Reed folgte ihnen, tauchte immer wieder in der Touristenmenge unter. Doch dann verlor er sie aus den Augen. Sie waren in einer Toilette verschwunden.

Reed wartete zehn Minuten davor, dann ging er schließlich hinein. Andere Männer, aber keine Spur von Miguel und Rogelio.

»Wie kann das sein?«, flüsterte er vor sich hin.

Es gab keinen Hinterausgang und er hatte die Tür zur Herrentoilette allerhöchstens für ein paar Sekunden aus den Augen gelassen. Er verließ die Toiletten, sah sich suchend um.

Auf der anderen Seite der Straße fiel ihm eine langbeinige Brünette auf, die sich hinter einer großen Sonnenbrille versteckt hielt und schnell wegblickte, als er zu ihr hinübersah. Er erkannte ihr Profil. Er hatte sie auf dem Schiff gesehen. War das nun eine zufällige Begegnung? Er war sich nicht sicher.

Offenbar war sie auch hinter Miguel und Rogelio her. Und auch sie hatte die beiden zwischen den vielen Menschen verloren.

Er holte das Handy aus der Jackentasche.

»Warum zum Geier rufst du mich so früh an?«

»Hör auf zu jammern, Jenkins, ich brauche einen Gefallen von dir. »

»In aller Herrgottsfrühe?«

»Ich bin in Italien. Hilfst du mir oder nicht?«

»Machst du jetzt einen auf James Bond? Was ist los?«

Jenkins war mindestens zehn Jahre jünger als Reed. Ein junger, ambitionierter Privatdetektiv, der Reed oft nach seinem Rat fragte. Reed hatte bei ihm so einiges gut.

»Ich habe da zwei Männer, über die du was rausfinden sollst.«

»Leichtes Spiel.«

»Es sind Spanier.«

»Okay. Dann ist es vielleicht doch nicht so leicht.«

»Ich habe großes Vertrauen in deine Fähigkeiten.« Reed gab ihm die vollständigen Namen von Miguel und Rogelio. Zumindest die, die sie an Bord verwendeten. Er würde Jenkins noch Bilder von den beiden Männern per E-Mail schicken.

»An was für 'nem Fall arbeitest du denn gerade?«

Reed ließ seine Blicke wieder über die Menge schweifen. »Du weißt doch, was das Wort *privat* bedeutet, oder?«

»Da ist aber heute jemand empfindlich.«

»Ich habe nicht viel geschlafen. Halt die Augen offen und sieh zu, dass du etwas findest.«

»Kannst du mir noch irgendwas über sie sagen?«

»Ich bin mir nicht sicher, ob diese Kerle einfach nur ganz wild auf Frauen sind oder ob sie was im Schilde führen.«

Eigentlich arbeitete Reed nicht gerne mit irgendwem zusammen. Hier aber war er auf der anderen Seite der Welt und würde seinen Partner nicht in Gefahr bringen. Da konnte er getrost eine Ausnahme machen.

Reed musste an das letzte Mal denken, als er mit einem Partner zusammengearbeitet hatte. Es war nicht gut ausgegangen.

Damals war er noch Polizist gewesen. Er und sein Partner Luke waren hinter ein paar kleinen Drogendealern her und wollten durch sie an den Kopf der Bande kommen. Sie hatten einen Hinweis erhalten, ein Lager, in dem sich die Leute öfter trafen. Dort wollten sie Beobachtungskameras anbringen.

Die beiden anderen Polizisten, die beteiligt waren, behaupteten, die Luft sei rein. Nur spielten die beiden für das andere Team. Reed und Luke gerieten in einen Hinterhalt.

Luke konnte nun seinen rechten Arm kaum noch bewegen. Er verlor zwei Jahre seines Lebens, weil er erst wieder laufen lernen musste. Eine Kugel hatte seine Wirbelsäule durchbohrt.

Reed war mit einigen Stichen am Kinn davongekommen. Die Lust, weiter im Polizeidienst tätig zu sein, hatte er nach dem Vorfall gänzlich verloren.

Reed brauchte ein halbes Jahr, um die Wahrheit über die beiden Polizisten herauszufinden. Bei der Polizei hatte ihm niemand geglaubt.

Bei seinem Vorgesetzten war er mit der Information nicht weitergekommen. Einer deckte den anderen und Reed wurde als der Böse dargestellt.

Daraufhin beschloss er, sich vom Polizeidienst zu verabschieden.

Und nur, weil er sich bei der Untersuchung der Drogengeschichte auf andere verlassen hatte.

Welche Lehre hatte er daraus gezogen? Zum einen, dass er dem System nicht traute und zum anderen, dass er lieber allein arbeitete. So war er Privatdetektiv geworden.

Aber wenn er mitbekam, dass jemand etwas Übles im Sinn hatte, fiel es ihm schwer, nur zuzusehen. Und Reed konnte das

Gefühl nicht loswerden, dass bei seinen neuen Freunden hier irgendwas im Gange war.

Reed legte auf und trat die Reise zurück zum Hafen an.

Zwei Stunden später fand er dort Lori und Shannon am Pool. Er hatte immer noch die Jeans an, mit der er durch die Stadt gelaufen war. Unter den Sonnenbadenden fühlte er sich damit ein bisschen fehl am Platz.

Lori freute sich, ihn zu sehen. »Hi. Wie war Florenz?«

Er zuckte mit den Schultern. »Viele Statuen von nackten Leuten.«

»Ist das nicht so dein Ding?«, fragte Shannon.

Er grinste und warf Lori einen vielsagenden Blick zu. »Ich mag nackte Leute, aber halt nicht aus Marmor und Messing.«

Loris Augen verengten sich. Ihr leichtes Schmunzeln verriet ihm, dass sie nur allzu gut verstanden hatte, was er damit sagen wollte.

Er bemühte sich auch sehr, nicht ihre Brüste anzustarren.

Doch seine Bemühungen hatten keinen Erfolg.

Loris Brust hob und senkte sich etwas schneller.

»Ha! Soll ich euch beide lieber allein lassen?« Shannon hob die Sonnenbrille an.

»Sei nicht albern.« Lori räusperte sich und klopfte auf die Liege.

Reed nahm die Einladung an und setzte sich. Er berührte Loris Wade und interpretierte die Tatsache, dass sie das Bein nicht wegzog, als Schritt in die richtige Richtung.

»Wie geht es Trina?«

»Besser. Du hast sie gerade verpasst. Sie war die ganze Zeit bei uns, aber jetzt wollte sie sich ein bisschen hinlegen.«

»Hat der Arzt etwas gefunden?«

Die Frauen wechselten Blicke. Ihre Körpersprache gab ihm schon Antwort, bevor sie etwas sagte. »Spuren.«

Sein Lächeln verrutschte. »Spuren wovon?«

»Das weiß man noch nicht«, sagte Shannon. »Sie schicken eine Blutprobe ins Labor.«

»Selbst wenn sie etwas finden, wird man nicht viel machen, weil nichts weiter passiert ist. Wenn sich herumspricht, dass hier Leuten etwas in den Drink geschüttet wird, ist das nicht gerade gut für den Reiseveranstalter.« Nun kam wieder die Anwältin in ihr durch.

»Müsste der Reiseveranstalter in diesem Fall nicht die Haftung übernehmen?«, fragte er.

»Wahrscheinlich nicht, weil Trina Alkohol getrunken hat und in ihrer eigenen Kabine unter Beobachtung eingeschlafen ist. Wir haben sie gefunden, bevor etwas Schlimmeres passiert ist.«

Das konnte doch nicht stimmen.

Als Lori seinem Blick auswich, wusste er, dass noch mehr dahinterstecken musste. Vielleicht musste er weitere Informationen über Loris Freundinnen sammeln. Ob das für seinen Auftrag war oder weil er sich Sorgen um das Wohl der Frauen machte, wusste er nicht. Er redete sich ein, dass er das nur tat, weil er ein anständiger Kerl war.

»Wir haben unsere Lektion gelernt«, meinte Shannon und wandte sich wieder ihrer Frauenzeitschrift zu.

»Darf ich dich heute Abend entführen?«, fragte er Lori.

Shannon, die ohne aufzublicken in ihrem Magazin weiterblätterte, antwortete: »Ja, bitte. Unsere Glucke kann uns ruhig mal in Ruhe lassen.«

»Ich bin überhaupt keine Glucke«, sagte Lori erst zu Shannon, dann zu Reed. »Bin ich echt nicht.«

Er berührte ihren Fuß. »Nach dem Abendessen? Gehen wir zum Nachttauchen?«

Sie sah ihn entsetzt an. »Gibt es das wirklich?«

Shannon lachte auf.

Reed schüttelte schmunzelnd den Kopf.

»Mann, Lori, für eine Rechtsanwältin, bist du aber manchmal echt ein bisschen naiv.«

Reed hatte gewusst, dass sich ihre Freundinnen irgendwann verplappern und verraten würden, was Lori beruflich machte. »Rechtsanwältin und Stangentänzerin. Eine komplizierte Mischung.«

Lori gab Shannon einen Klaps auf den Arm.

»Ups.«

Lori rollte mit den Augen. »Egal.«

Er ließ Lori in dem Glauben, er habe gerade erst ihren tatsächlichen Beruf erfahren und ging vorerst nicht weiter darauf ein. Er würde zu einem anderen Zeitpunkt darauf zurückkommen.

Alles zu seiner Zeit.

»Also. Heute Abend?«

KAPITEL 12

Lori konnte sich nicht erinnern, wann sie das letzte Mal mit einem Mann im Kino gewesen war. Höchstens war sie mal zum Abendessen verabredet gewesen und danach hatte sie überlegt, ob das ein Mann war, mit dem sie auch frühstücken wolle. Mit Reed war es anders.

Sie mochte ihn. Er war aufrichtig um Trinas Gesundheit besorgt gewesen und hatte sich Sorgen gemacht, als sie sie nicht gleich fanden. Er war Kavalier durch und durch, er hielt Türen auf, konnte gut zuhören und er hatte jetzt sogar extra eine Decke aus dem Zimmer für sie mitgenommen. Und attraktiv war er auch. Was ja auch nicht zu verachten war.

Was er wohl über sie dachte? Warum kam er immer wieder zu ihr zurück? Er hatte nicht versucht, sie auf Biegen und Brechen ins Bett zu kriegen. Vielleicht führte er lieber intelligente Gespräche? Lori zählte sich eigentlich nicht zu dieser Kategorie, aber sie hatte viel geredet und ihn offensichtlich damit nicht abgestoßen. Und er hatte mit seiner Männlichkeit ihr Adrenalin steigen lassen.

»Ich hoffe, du magst salziges Popcorn.« Reed kam mit einem riesigen Pappeimer voller Popcorn, das einen köstlichen Geruch verströmte.

»Und wo ist dein Eimer?«, fragte sie, ohne eine Miene zu verziehen.

Er stutzte, aber dann grinste er und reichte ihr den Behälter mit den gebutterten Kohlenhydraten. »Pass bloß auf, sonst musst du das hier alles allein essen.«

Sie bedeutete ihm, sich zu setzen. »Ich habe uns heiße Schokolade bestellt.«

»Perfekt.«

Das Hauptdeck war mit einer großen Leinwand in ein riesiges Freiluftkino verwandelt worden. Immer mehr Leute kamen und suchten sich unter dem freien Sternenhimmel Plätze. Es erinnerte sie an den Nationalfeiertag am vierten Juli, wenn es ein Feuerwerk gab. Sie nahm sich eine Handvoll Popcorn, dann reichte sie Reed den Behälter. »Das war eine wunderbare Idee von dir.«

»Liegt das innerhalb deiner Komfortzone?«

Sie nickte. »Heißt ja nicht, dass es langweilig sein muss.«

»Ich kann mir vieles mit dir zusammen vorstellen, das nicht langweilig ist.«

Ihr Blick blieb auf seiner Brust haften, bevor sie langsam wieder die Augen auf sein Gesicht richtete. »Mit mir kann man auch Spaß haben.«

»Als Anwältin?«

Sie stöhnte. Zu dumm, dass Shannon die Katze aus dem Sack gelassen hatte. »Als du noch dachtest, ich sei eine Stripteasetänzerin, konnte man dich noch leichter davon überzeugen, dass man mit mir Spaß haben kann.«

Reed reichte ihr den Popcornbehälter und breitete die Decke aus. »Ich stelle mir dich auch lieber an der Stange vor als hinter dem Schreibtisch.«

»Immerhin trage ich hohe Schuhe«, verteidigte sie sich.

»Plateauschuhe?«

»Bitte, ich kann doch bei einer Scheidung nicht wie eine Prostituierte in den Gerichtssaal kommen.«

Er rückte näher an sie heran, sodass Lori auf der Doppelliege die Wärme seines Körpers spüren konnte. Er deckte sie beide zu.

»Du bist also eine Scheidungsanwältin? Das passt ja ganz gut.«

»Findest du?«

»Klar. Shannon behauptet, du verhältst dich wie eine Henne, die sich um ihre Küken kümmert. Du bist die Beschützerin der Gruppe.«

»In gewisser Weise bin ich das ja auch.«

»Sind sie alle deine Mandantinnen?«

Eigentlich durfte sie nichts Vertrauliches über ihre Mandantinnen sagen. »Sie sind meine Freundinnen.« Was ja auch der Wahrheit entsprach.

»Netter Versuch, Frau Anwältin.« Er zwinkerte ihr zu. »Ich verstehe schon. Es geht mich nichts an.«

Die Lichter wurden gelöscht und Reed legte den Arm um ihre Schultern.

Ihr Magen hüpfte und ihr Kopf wurde plötzlich ganz leicht. Wann hatte sie das letzte Mal in den Armen eines Mannes einen Film gesehen? Und warum hatte sie nie versucht, jemanden dafür zu finden? Tatsächlich hatte sie schon lange niemanden mehr kennengelernt, mit dem sie so etwas hätte tun wollen.

Er roch frisch und war so warm. Als sie es sich gemütlich gemacht hatten, gab er ihr einen Kuss auf die Schläfe. Daran könnte sie sich gewöhnen.

Als der Vorspann des Films kam, meinte sie: »Danke, dass du mich zu nichts drängst.«

Er streichelte über ihren Arm und konzentrierte sich auf den beginnenden Film.

* * *

Als er zu Ende war, gingen die meisten Leute. Nur wenige blieben, um die ruhige Stimmung an Deck zu genießen. Das Schiff glitt über das Mittelmeer, man spürte kaum die Bewegung. Im Laufe des Abends war Wind aufgekommen.

»Ich würde sagen, morgen gehen wir zum Gleitschirmfliegen.«

Lori hatte sich auf dem Liegestuhl zusammengerollt, Reed flüsterte ihr ins Ohr, während sie die Sterne betrachteten.

»Du meinst, von den Klippen runterspringen mit so einer Art Zelt über dem Kopf?«, scherzte sie. Aber sie klang nicht mehr so ängstlich, obwohl sie von etwas sprach, das den Adrenalinspiegel in die Höhe trieb.

»Man kann das auch vom Schiff aus machen.«

Anscheinend stellte sie es sich gerade vor. »Und dann übers Wasser fliegen?«

»Ich glaube, man kann nur von einem Schiff springen, wenn es auf dem Wasser schwimmt.«

Sie kickte ihn mit den Beinen. »Schlaumeier.«

»Komm schon, gib dir einen Ruck.«

»Ich weiß nie, ob du mich manipulieren oder überreden willst.«

Eigentlich hätte er beleidigt sein müssen. »Du hast nicht Nein gesagt.«

Sie kniff die Lippen zusammen. »Ich werde darüber nachdenken.«

»Avery würde sicher sofort mitmachen.«

»Avery ist jünger als ich.«

»Ja, ja, und du bist ja so alt.« Er meinte das natürlich ironisch.

»Es sind die Schönheits-OPs und Spritzen gegen Falten. Ich wohne schließlich in Los Angeles.«

Er betrachtete sie eingehend, ob er vielleicht irgendwelche Narben entdeckte.

»Jetzt wiederum glaubst *du* mir alles.«

»Okay, dann buche ich das für morgen.«

»Fragen wir mal die anderen, ob sie so was machen würden.«

»Heißt das ja?«

»Es heißt nicht nein.«

Immerhin ein Anfang. »Du wohnst also in Los Angeles.«

»Tun das nicht alle?«, fragte sie.

»Wenn man um drei Uhr nachmittags auf der Autobahn unterwegs ist, dann könnte man das tatsächlich denken.«

»Ich weiß, und das mit dem Verkehr wird immer schlimmer.«

»Ich wohne in Santa Monica«, erzählte er.

»In einem Haus oder in einer Eigentumswohnung?«

»Zur Miete. Ich habe mich noch nicht entschieden, ob ich dableiben will.« So ganz stimmte das nicht, aber andererseits brauchte er zur Ausübung seines Berufs lediglich ein Handy und einen Briefkasten. Eigentlich war es egal, wo er wohnte.

»Ich habe eine Eigentumswohnung im Zentrum.«

»Ein Loft?«

»Nein, in einem Hochhaus. Ich wohne gern dort. Meine Kanzlei liegt in der Nähe, auch das Gericht ist nicht weit.« Sie kuschelte sich in die Decke.

»Ich würde gern sehen, wie du wohnst.« Er hatte so etwas schon oft gesagt, wenn er Informationen über seine Zielpersonen herausbekommen wollte. Jetzt hatte er deshalb ein schlechtes Gewissen, aber er verdrängte das Gefühl.

Sie hielt inne. »Heißt das … also glaubst du, dass *das* hier auch nach der Kreuzfahrt noch anhält?« Sie legte den Kopf schief, sah ihn an.

»Willst du eine ehrliche Antwort?«, fragte er.

»Natürlich.«

»Keine Ahnung. Ich weiß nicht genau, was *das* hier mit uns eigentlich ist. Du?«

Lori kuschelte sich in seinen Arm. »Na ja, wir sind beide erwachsene Menschen.«

»Stimmt.« Er zog sie zu sich, als ob er damit dem zustimmen wollte, was sie eben gesagt hatte.

»Wir sind beide nicht verheiratet oder anderweitig liiert.«

»Stimmt auch.«

»Und ich könnte vielleicht auch behaupten, dass die Chemie stimmt.« Alles Dinge, die sonst im Weg standen.

»Ich liebe Chemie«, sagte er dicht an ihrem Ohrläppchen.

»Wir wohnen in derselben Gegend. Eigentlich ein ziemlicher Zufall, den ich sonst vielleicht komisch fände, wenn ich nicht gerade auf einem Kreuzfahrtschiff auf dem Mittelmeer unterwegs wäre.«

»Vielleicht ist es Schicksal.« Hoffentlich hatte sie nicht gemerkt, wie seine Hand während des letzten Kommentars von ihr plötzlich gezuckt hatte.

»Ich glaube nicht an so etwas. In meiner Welt passieren die Dinge immer aus einem nachvollziehbaren Grund.«

Jetzt würde er den Spieß einfach umdrehen. »Heißt das, du hast mich verfolgt, damit wir uns kennenlernen?«

Sie lachte, wie er es erwartet hatte.

Wieder spürte er Gewissensbisse.

»Nein, ich glaube eher, dass du mich verfolgst«, meinte sie.

»Erwischt«, gab er zu. »Ich verfolge dich, seit ich dich zum ersten Mal hier an Bord gesehen habe.«

Er bemerkte, wie sie sich an ihn schmiegte, ihm tief in die Augen sah. Sie wollte ihn.

»Und warum?«, fragte sie langsam.

Seine Hand hatte auf ihrem Arm gelegen. Nun strich er ihn entlang und berührte dabei die Seite ihrer Brust.

Seine Berührung erregte sie.

»Ich kann mir da ein paar gute Gründe vorstellen.«

Lori hob das Kinn und wandte sich zu ihm. »Nur ein paar?«

»Kannst du dir noch mehr vorstellen?«, scherzte er.

»Vielleicht.« Ihre Worte klangen wie ein Versprechen.

Es gefiel ihm.

Reed umfasste ihren Hals, streichelte ihr Kinn und fühlte, wie er eine Erektion bekam.

Lori stöhnte und schloss die Augen.

Seine Lippen kamen näher.

»Ich habe eine Frage«, sagte sie, bevor er sie küssen konnte.

»Welche?«, wollte er wissen.

»Warum sind wir noch auf dem Deck, wenn wir beide wunderbare Privatkabinen haben?« Sie öffnete die Augen, starrte auf seine Lippen.

»Das ist eine sehr gute Frage.« Und wenn das Schiff nicht gerade unterging, dann würde er bald seine Untersuchung auf ein sehr gefährliches Niveau bringen.

»Zu dir oder zu mir?«, fragte sie.

Er erhob sich von der Liege, half ihr auf. »Zu mir. Deine Freundinnen tauchen ja gerne unangekündigt bei dir auf.«

Als sie stand, legte Reed die Hand auf ihren Rücken, zog sie an sich und suchte ihre Lippen. Sie küsste ihn zurück, mit offenem Mund, voller Verlangen.

Reed wollte sie.

So wahr Gott ihm half.

* * *

Lori bekam feuchte Hände, als Reed seine Kabinentür öffnete.

Hatte er das ernst gemeint, als er gesagt hatte, dass sie sich vielleicht auch in Los Angeles treffen könnten? Oder war das nur so dahingesagt?

Und störte es sie, wenn es nur ein Spruch war?

Ja, auch wenn es dumm von ihr war.

Sie nahm sich vor, im Moment zu bleiben, sich nicht über Dinge zu sorgen, die sie ohnehin nicht beeinflussen konnte.

Reed wollte sie. Auch wenn er gern Süßholz raspelte und Dinge sagte, die sie hören wollte, damit er sie in die Kiste bekam. Aber sie wollte auch.

»Ich glaube, wir haben denselben Innenarchitekten«, versuchte sie, ihre Nervosität zu überspielen. Sie betrat seine Kabine, ging zum Fenster mit dem atemberaubenden Blick auf das dunkle Meer. »Und wir haben dieselbe Aussicht.«

Sie spürte seine Blicke auf ihrem Rücken und drehte sich zu ihm um.

Reed lehnte an der geschlossenen Tür, die Hände in den Hosentaschen. »Du bist nervös.«

»Gar nicht«, antwortete sie zu schnell. Dann seufzte sie. »Zumindest sollte ich es nicht sein.«

»Wir müssen ja nicht.«

Einen kurzen Moment glaubte sie, dass er einen Rückzieher machen wollte.

»Willst du etwa kneifen?«, zog sie ihn auf.

Er stieß sich von der Tür ab und kam auf sie zu. »Oh, und wie ich dich kneifen will.«

Er zog sie an sich und sein Kuss brachte sie in weniger als einer Sekunde auf Hochtouren. Im Gegensatz zu den anderen Küssen versprach dieser ein fulminantes Ende. Ihre Zungen rangen miteinander, bis sie keinen Atem mehr hatten. Er entfernte die Spange aus ihrem Haar, spielte mit den Strähnen. Immer noch küsste er sie, ihre Lippen, ihren Hals.

Sie stöhnte. »Oh, das kannst du gut.«

»Eines meiner vielen Talente«, raunte er.

Lori öffnete die Augen, sah, wie er sie anguckte. »Hast du noch weitere?«

Er strich ihr über die Schultern, packte sie an der Hüfte. »Das wirst du gleich merken.«

Sie legte die Arme um seinen Nacken, zog seinen Kopf zu sich. Er knabberte an ihren Lippen, dann hob er sie hoch und trug sie ein paar Schritte weiter, um sie aufs Bett zu legen.

Er folgte ihr hinunter, sein Gewicht war wie eine sichere Decke, die sie umhüllte.

Lori schlang ein Bein um ihn, sein tiefes Stöhnen vibrierte an ihren Lippen. Er küsste sie, knabberte an ihr und arbeitete sich ihren Hals entlang.

Er fand eine Stelle, die sie zum Erschaudern brachte.

»Entspann dich, ich werde mich um dich kümmern«, murmelte er.

Er berührte ihren Busen, stimulierte durch den BH hindurch ihre Brustwarze.

Ihr wurde heiß, sie begann zu zittern. Das sanfte Schaukeln des Schiffes brachte ihre Zellen zum Glühen, Reed entfachte mit seiner Berührung das Feuer.

Er drückte ihre Beine mit dem Knie auseinander, drückte sich an sie.

»Zu viel Kleidung«, flüsterte sie. Sie wollte ihn so sehr.

Er gluckste, fuhr unter ihre Bluse. Seine warme Hand auf ihrer Haut elektrisierte ihre Sinne. Lori hielt sich an seinem Shirt fest, glitt mit der Hand in seinen Hosenbund, spürte die kühle Haut an seiner Hüfte.

Sie spürte seine Zähne an ihren Brüsten. »Zieh mich aus.« Sie wollte alles weghaben, alles.

»Du bist so fordernd.« Er klang amüsiert.

»Bitte.«

Er lachte, zog ihr die Bluse über den Kopf. Sie setzte sich auf, half ihm, auch seine Kleidung loszuwerden. Man sah ihm an, dass er viel Sport trieb und in Strandnähe wohnte. Er war gleichmäßig gebräunt und voller Muskeln.

Sie fuhr mit den Fingernägeln über seine Brust, umkreise seine Brustwarze, dann strich sie über seinen Rücken.

Ohne Vorwarnung drehte er sich um, sodass sie auf ihm zum Liegen kam.

Ihre Haare fielen ihm ins Gesicht, Reed hielt sie zurück. »Dieser Anblick gefällt mir«, sagte er.

»Wenn ich oben bin?«

»Nein ...« Er strich mit dem Daumen über ihre Unterlippe. »Wenn du erregt bist.«

Sie fuhr über sein Sixpack, ließ die Hand tiefer rutschen. »Und wie sieht das aus?«

»Sexy.«

Sein Gesicht nahm einen Ausdruck an, den sie zuvor noch nicht gesehen hatte. Er küsste sie wieder.

Reed gefiel es, wenn sie so war. Er befreite sie geschickt aus der restlichen Kleidung. Sie half ihm, auch seine loszuwerden.

Ohne Kleidung sah er noch viel besser aus. Sie selbst war zwar auch mit ihrem Körper zufrieden, aber so fit wie mit Anfang zwanzig war sie nicht mehr.

Merkte er das?

Machte es ihm etwas aus?

»Lori?«

Mit dem Daumen war er bei ihrer empfindlichsten Stelle angelangt und begann, sie zu streicheln.

»Ja ...«

»Du bist so schön.«

»Liest du meine Gedanken?«

Er zog sie unter sich, küsste erst die eine, dann die andere Brust.

»Ja. Auch das gehört zu meinen Talenten.«

Seine Zunge, seine Lippen kamen tiefer.

»Ach ja?« Sie erschauderte.

»Geheimagententalent. Eigentlich dürfte ich das gerade gar nicht anwenden.«

Sie musste sich beherrschen, dass sie ihn nicht nach unten drückte. Sein heißer Atem kitzelte an ihrem Bauch. »Ich werde es niemandem verraten.«

Er leckte über ihre Hüfte.

»Willst du mehr?«

Sie bog sich ihm entgegen.

»Du kannst es mir auch einfach sagen.«

»Hör. Auf. Zu. Reden.«

Er lachte. Und endlich war er da. Er leckte und knabberte an ihr. Er saugte und schon war es um Lori geschehen.

Es gab einfach nichts auf der Welt, das den Mund eines Mannes ersetzen konnte. Egal wie geschickt man mit seinen eigenen Händen war. Und Reed hatte wirklich ein großes Talent.

Hoffentlich waren die Wände schalldicht. Denn als sie kam, konnte sie sich nicht beherrschen und rief laut seinen Namen.

Lori öffnete die Augen, als sie wieder Luft an sich spürte.

Reed schaute sie an.

Sie versteckte sich unter ihrem Arm.

»Das mache ich sicher wieder«, sagte er zu ihr.

»Jetzt gleich?« Das würde sie nicht überleben.

»Später.«

Sie nahm den Arm wieder fort. »Gut.«

Er legte sich auf sie, seine Wärme auf ihr.

Sie umklammerte ihn mit den Beinen und lud ihn zu sich ein. »Hör nicht auf.«

Reed hielt ihr Gesicht, während er in sie eindrang. Sie hörten auf zu reden, ihr Atem ging immer schneller, als sie beide dem gemeinsamen Höhepunkt näherkamen.

Er sagte etwas, das sie nicht verstand. Aber es war egal, denn im selben Moment erfasste sie eine wunderbare Welle und sie kam ein zweites Mal.

KAPITEL 13

Lori schien von den Orgasmen ganz betrunken zu sein. Reed las es in ihrem Gesicht, merkte es an ihren Berührungen. Er selbst fühlte sich wie eine Marionette, deren Schnüre lose hinabhingen.

Ihr Kopf lag in seiner Armbeuge, sie malte mit dem Finger kleine Kreise auf seine Brust. Womit sie ihn vorher schon mehr als einmal in Fahrt gebracht hatte, und dabei war es erst ein Uhr morgens.

»Hast du schon immer in Kalifornien gewohnt?« Loris Schlafzimmerunterhaltung war ein bisschen wie ein Minenfeld für ihn. Reed hatte gelernt, viel zu sagen, ohne wirklich etwas von sich preiszugeben.

»Die meiste Zeit. Als ich zwanzig war, bin ich ein bisschen herumgereist. Und du?«

»Dort geboren und aufgewachsen. Ich habe in Chicago studiert, aber nachdem ich mir vier Jahre lang den Hintern abgefroren habe, habe ich das Jurastudium an der Columbia University zu Ende gemacht.«

Sie hatte ihr Bein angezogen, seine Hand lag auf ihrem nackten Schenkel. Er gab ihr einen leichten Klaps auf den Po.

»Offenbar hat das mit dem Hintern abfrieren geklappt, da ist ja kaum noch was dran.«

Sie lachte und wackelte mit dem Hinterteil. »Ich habe es echt nicht mehr erwarten können, wieder in die Sonne zurückzukommen.«

»Zurück zur Sonne und zum Stau.«

»Stimmt, aber Staus gibt es immer. Wenn dann aber noch Eis und Schnee dazukommt, ist es besonders schlimm.«

Jetzt war eigentlich der perfekte Zeitpunkt, sie über Shannon auszufragen.

»Du kannst als Rechtsanwältin ja überall arbeiten.«

»Die reichen Mandanten sind aber vor allem in Los Angeles«, sagte sie.

»Wie Shannon zum Beispiel?«

»Genau.«

»Und davon profitierst du.«

»Wenn viel Geld im Spiel ist, wird die Scheidung nicht einfacher, und das macht sie für mich deutlich lukrativer.«

»Und warum?«

»Man muss nur mal zwei Szenarien vergleichen, zum Beispiel die Scheidung eines Paares mit mittlerem Einkommen, sagen wir, aus Nebraska, und die von reichen Eheleuten aus Bel Air. Bei dem ersten Paar gibt es ein Haus, zwei Autos, nur bescheidene Ersparnisse. Keine Aktien, keine Wertpapiere oder so Zeug. Sie haben zwei Kinder, vielleicht einen Hund. Und die Frau ist zum Beispiel Hausfrau. Dann geht die Ehe auseinander. Eventuell wird das Haus verkauft, aber höchstwahrscheinlich bleiben Ehefrau und Kinder darin, der Exmann muss Unterhalt zahlen, die Frau muss aber auch wieder arbeiten gehen. Es gibt keinen Streit über Vermögenswerte, denn sie haben ja kaum etwas. Er darf das Zeug behalten, das er in der Garage aufbewahrt hat, und sie die billigen Möbel.«

»Klingt fast, als würde die Frau dabei besser wegkommen.«

»Vielleicht, aber sie hat hinterher nicht mehr oder weniger als vorher. Bei einer reichen Ehe dagegen gibt es viele Häuser, manchmal in mehreren Ländern. Dann wird auch die Sache mit dem Sorgerecht schwieriger, wenn das Paar an verschiedenen Orten lebt. Es gibt Autos, Vermögenswerte, Aktien, Wertpapiere, alles Mögliche. Ein Paar hat sich sogar schon mal über ihre Montblanc-Kugelschreibersammlung gestritten.«

»Sind die teuer?« Er besaß nur billige Kulis.

Sie sah ihn amüsiert an. »Ja, sehr teuer. Jedenfalls dauert es bei den Reichen sehr lang, bis sie ihren Kram auseinanderklamüsert haben.«

»Und je länger es dauert, desto mehr Stunden kannst du berechnen und desto höher fallen deine Rechnungen aus.«

Sie legte ihr Kinn auf seine Brust. »Ja. Das klingt schrecklich, aber ich warne meine Mandanten immer, wenn sie zu mir kommen, und sage ihnen, dass es teuer wird, wenn sie sich nicht einigen können.«

Ihm lag schon eine Frage zu Shannons Scheidung auf der Zunge, aber er hielt sich lieber zurück. »Bei meiner Scheidung damals hatte ich nicht viel. Ich war gerade dreiundzwanzig und sie war noch jünger, gerade so alt, dass sie zum ersten Mal Alkohol trinken durfte. Die Ehe hat nur ein knappes Jahr gehalten und keiner hat darum gekämpft, die Couch behalten zu dürfen.«

»Das war klug.«

»Und bei dir? War deine Scheidung einfach?«

»Ja und nein.« Ihr Lächeln verflog.

»Warum?«

»Wir haben uns während des Studiums kennengelernt.«

»War er auch Anwalt?«

»Nein. Er war ein Jahr jünger als ich. Ich habe alle Prüfungen bestanden und er ist dreimal durchgefallen. Ich habe meine erste Anstellung bei einer Firma bekommen und er war nur Rechtsassistent und das hat er gehasst.«

»Das klingt, als wäre es von vornherein zum Scheitern verurteilt gewesen.«

»Richtig. Er wusste allerdings genug über das Scheidungsrecht, dass er noch so lange gewartet hat, bis ich ihm Unterhalt zahlen musste und er am Ende die Eigentumswohnung bekommen hat.«

Reed konnte sich nicht vorstellen, wie ein Mann in den besten Jahren seiner jungen Frau Unterhalt abverlangen konnte.

»Und warum hast du vorhin ›ja und nein‹ geantwortet? Klingt eher nicht so gut.«

»Gut war, dass ich es nicht noch länger hinausgezögert habe. Meine Anwaltskosten waren nichts im Vergleich zu dem, was meine Mandanten mir zahlen. Ich habe zwei sehr wertvolle Lektionen erhalten, noch bevor ich dreißig geworden bin.«

Er konnte sich schon vorstellen, um welche es sich handelte. Trotzdem fragte er: »Welche denn?«

»Liebe ist kostbar, eine Scheidung kostet Bares.«

Er grinste. »Und die zweite Lektion?«

»Eheverträge vor Antritt der Ehe sollten verpflichtend für alle sein.«

Ihm fielen die Augen zu, sie legte sich auf seine Brust.

Nach ein paar Sekunden sagte er: »Ein Ehevertrag ist aber sehr unromantisch.«

Sie summte, ihre Atmung verlangsamte sich. »Denk an das, was ich gerade gesagt habe.«

Reed schloss die Augen. »Liebe ist kostbar ...«

»Und die Scheidung kostet Bares«, beendete sie den Satz für ihn.

* * *

In Italien schliefen sie ein, in Frankreich wachten sie wieder auf. Reed imitierte einen französischen Akzent, während er ihren Körper mit unanständigen Küssen bedeckte. Als sie später zu ihrer Kabine ging, schwebte sie auf einer Sexwolke und hatte von den ungewohnten Bewegungen im Bett einen leichten Muskelkater.

»Ich wünsche dir heute einen schönen Tag in Frankreich mit deinen Freundinnen«, hatte er gesagt.

»Gehen wir nicht Fallschirmspringen?«

Er lachte. »Du bist noch nicht bereit dazu.«

Stimmt. »Willst du mich etwa so schnell wieder loswerden?«

»Auf gar keinen Fall. Aber ich muss mich erholen, was nicht geht, wenn ich dich sehe. Außerdem bist du ja mit deinen Freundinnen hier.«

Seine Worte erinnerten sie wieder an den eigentlichen Grund dieser Kreuzfahrt. Irgendwie war diese Reise für ihre Mandantinnen zu ihrer eigenen Traumschiffepisode geworden.

Nach weiteren feurigen Küssen hatte Lori schließlich seine Kabine verlassen. Sie duschte heiß, traf dann ihre Freundinnen an der Anlegestelle.

»Auf Wiedersehen, Italien«, rief Shannon, als wäre sie die Fremdenführerin, »das Land der Gefühle, das Land ohne Klopapier in den öffentlichen Toiletten, das Land der vielen Kohlenhydrate, die kein Personal Trainer der Welt wieder von den Hüften entfernen kann. Und nun heißt es: Willkommen Frankreich! Das Zuhause von frisierten Pudeln und frischen Croissants.«

Trina atmete tief ein. »Ah. Hier riecht es nach Sex.«

Die drei Frauen schauten Lori an.

Diese setzte lediglich ihre Sonnenbrille auf die Nase und grinste vielsagend.

»Es muss Avery sein«, versuchte sie abzulenken.

»Ha, ha«, lachte Trina auf.

»Da hat sie nicht unrecht«, murmelte Avery.

»Nein, es sind neue Pheromone, eine Note aus männlichem Amerikaner vermischt mit dem Parfum einer Anwältin.«

Shannon konnte gut mit Worten umgehen.

Lori blickte sie über den Rand ihrer Sonnenbrille an. »Richtig, er ist sehr amerikanisch ... An allen Körperstellen.« Sie grinste vielsagend.

Trina legte den Arm über Loris Schulter. »Oh, sehr gut. Das hast du gebraucht.«

Da hatte sie recht. Und obwohl sie nur wenig Schlaf abbekommen hatte, fühlte sie sich, als könne sie einen Marathon laufen.

»Haben wir heute also keine männlichen Begleiter dabei?«, fragte Shannon.

»Nicht von mir«, sagte Avery. »Wenn wir nicht in der Koje liegen, haben Rogelio und ich uns nur sehr wenig zu sagen.«

»Vielleicht würde es helfen, wenn du ein bisschen mehr Spanisch könntest«, zog Trina sie auf.

»Möglich. Jedenfalls sind er und Miguel heute nicht mit von der Partie.«

»Und Reed wollte sich uns nicht aufdrängen.«

»Das würde er ja gar ...«

»Ich weiß«, unterbrach Lori sie. »Aber es ist *unsere* Reise. Die Wahrscheinlichkeit, dass wir noch einmal zu viert nach Frankreich kommen, ist sehr gering.«

»Sie hat recht.«

»Na gut.« Trina wandte sich zum Gehen. »Stürzen wir uns auf diese Croissants.«

* * *

Reed hatte heimlich das Schiff verlassen. Er hielt genügend Abstand, damit niemand merkte, dass er bestimmte Passagiere im Auge behalten wollte.

Dazu gehörte diese mysteriöse Lady, die Lori und Trina an Bord beobachtet hatte. Er musste einfach nur warten und würde ihr dann folgen.

Loris Gruppe war leicht zu sehen. Lori grinste breit, wofür hoffentlich er der Grund war. Ihre drei Freundinnen begleiteten sie und freuten sich auf ihr französisches Abenteuer.

Oder vielleicht nur auf Weintrinken und einen kleinen Stadtbummel.

Gut dreißig Minuten später verließen Miguel und Rogelio das Schiff.

Er war versucht, den Männern zu folgen. Andererseits glaubte er nicht, dass es ihm irgendetwas bringen würde.

Und dann kam sie. Lange Beine, brünettes Haar.

Sie trug einen großen, recht auffälligen Hut.

Ihr Gesicht war von den großen Sonnengläsern und der breiten Hutkrempe halb bedeckt. Als er ihr folgte, begannen sich seine Nackenhaare aufzustellen.

»Das ist doch zu leicht«, murmelte er vor sich hin.

Sie schlenderte herum, er folgte ihr mit etwas Abstand.

In einem Straßencafé, das verlockend nach Gebäck und frischem Kaffee roch, suchte sie sich einen Tisch im Schatten. Dann hob sie den Kopf und sah ihn direkt an.

Sie hat mich ausgetrickst.

Statt weiterhin Katz und Maus zu spielen, ging er zu ihr und setzte sich ohne Einladung dazu.

»Mr Barlow«, sagte sie mit starkem slawischen Akzent. Er versuchte nicht zu raten, aus welchem Land sie kam.

»Leider kenne ich Ihren Namen nicht.«

Sie hatte olivfarbene Haut und hohe Wangenknochen. Die Brillengläser bedeckten zwar noch ihre Augen, versteckten aber nicht ihre Schönheit.

»Würden Sie sich besser fühlen, wenn Sie meinen Namen wüssten?«

»Würden Sie mir denn Ihren echten Namen verraten?«

Die rot geschminkten Lippen verzogen sich zu einem Schmunzeln. »Als ob Barlow Ihr echter Name wäre.«

Ein Kellner sprach sie auf Französisch an.

Sie antwortete, ebenfalls auf Französisch.

Als der Kellner ihn ansah, schüttelte Reed den Kopf. »Ich möchte nichts bestellen.«

Der Kellner wirkte darüber nicht gerade erfreut. Er machte auf dem Absatz seiner polierten Schuhe kehrt.

»Für wen arbeiten Sie?«

»Gerade wollte ich Ihnen dieselbe Frage stellen.«

Er lehnte sich zurück, gab keine Antwort.

»Anscheinend findet unsere Konversation schon jetzt ein Ende.«

»Darauf waren Sie doch eingestellt.«

Sie schmunzelte.

»Warum heute?«, fragte er.

Der Kellner brachte den Kaffee.

»Unsere Reise ist fast zu Ende, nicht wahr?«

Was zum Teufel ist hier los? »Und haben Sie alles herausgefunden, was Sie wissen wollten?«, fragte er.

»Beinahe.«

»Und eine Unterhaltung mit mir bringt Sie weiter?«

Sie schüttelte den Kopf, führte die Tasse zum Mund. »Nein. Ich wollte nur wissen, wer Sie sind.«

»Ihre Feinde kennenlernen?«

Nach einem Schluck setzte sie die Tasse wieder ab. »Sind wir denn Feinde, Reed?«

»Sagen *Sie* es mir.«

»Wir sind uns noch nicht in die Quere gekommen. Ich bin mir noch nicht einmal sicher, ob wir hinter demselben her sind.«

Sein Gesicht blieb ohne Ausdruck. »Arbeiten Sie mit Miguel zusammen?«

Sie sagte etwas in ihrer Sprache, das er nicht verstand. »Soll das eine Beleidigung sein? Es gehört zu meinem Berufsethos, dass ich solchen Amateurdieben aus dem Weg gehe.«

Reed hatte sich so etwas auch schon über Miguel gedacht. »Sie haben ihn verfolgt.«

»Man muss seine Feinde kennen«, zitierte sie ihn.

»Wer zum Teufel sind Sie?« Auf seine Frage reagierte sie wieder nur mit einem Schmunzeln.

»Nennen Sie mich Sasha.« Sie erhob sich.

»Für wen arbeiten Sie?«

Sie gab keine Antwort. »Auf Wiedersehen.«

Damit ging Sasha hüftschwingend davon. Die Rechnung überließ sie ihm.

Kapitel 14

Es war Galaabend. Lori und die anderen Frauen hatten sich in Schale geworfen, sie wollten in einem der schickeren Restaurants zu Abend essen. Doch dann klopfte Trina und zog sie in Averys Suite.

»Ihr Schmuck ist weg«, rief sie. Avery kniete vor dem offenen Kabinensafe.

»Was meinst du mit weg?«

Avery sah sie an, als wäre Lori drei Jahre alt. »Gestohlen. Jemand hat mein Zeug mitgehen lassen.«

Im eng anliegenden Abendkleid kniete sich Lori ebenfalls nieder und blickte auf die leeren Schatullen. »Das darf doch nicht wahr sein.« Sie erhob sich. »Nichts anfassen.«

Ein paar Minuten später standen sie im Gang, während Avery in ihrer Suite mit den Sicherheitsleuten und italienischen Besatzungsmitgliedern des Schiffes sprach, die gekommen waren.

Andere Passagiere, die vorbeigingen, guckten interessiert, was los sei.

Datu stand auch daneben, sein Gesicht war kreideweiß. Die Hände zitterten, während sein Vorgesetzter ihm Fragen stellte.

»Wie viel der Schmuck wert war?«, wollte Shannon wissen.

»So um die fünfzig.«

Lori kannte viele reiche Frauen, die Schmuck im Wert von fünfzigtausend Dollar in den Koffer packten. Manchmal war allein ein einziger Ring so viel wert.

Die beiden Sicherheitsleute in Zivilkleidung kamen heraus und gingen an ihnen vorbei zur Treppe.

»Was ist los?«

Reed kam. Er sah verwundert in die Gruppe.

»Ist was passiert?« Er blickte zur Suite.

»Averys Schmuck ist gestohlen worden.«

Sein Mund blieb offen stehen. »Du machst Scherze.«

»Wir haben uns fürs Abendessen fertig gemacht und Avery wollte noch die Ohrringe aus dem Safe holen, aber da herrschte gähnende Leere«, erklärte Trina.

Reed guckte zum Aufgang, der beide Decks miteinander verband. »Hat jemand die Tür aufgebrochen?«

»Es gibt keine Einbruchsspuren«, erklärte Shannon.

»Und der Safe? Ist der aufgebrochen worden?«, fragte er Trina.

Lori sah Reed an.

»Nein, wir haben gar nichts gemerkt. Erst als sie die Ohrringe holen wollte.«

»Miss Cumberland?«, fragte einer der Polizisten.

»Ja?«

»Könnten Sie kurz kommen?« Er machte eine Geste, dass sie ihm in Averys Suite folgen sollte.

Reed behielt immer noch den Aufgang im Blick.

»Natürlich.« Lori ließ die anderen allein und ging durch den Wohnraum zu Avery, die auf dem Bett saß. Drei Leute durchsuchten den Raum, einer saß im Stuhl und stellte Fragen.

Lori setzte sich zu ihrer Freundin.

»Ich habe ihnen gesagt, dass du meine Anwältin bist.«

»Warum brauchst du einen Anwalt, wenn du die Geschädigte bist?«, wollte Lori wissen und sah dabei den Mann an, der die Fragen stellte.

»Miss Cumberland, es tut mir sehr leid. Es handelt sich hier natürlich nur um Standardfragen.«

»Wer sind Sie?«

»Joseph Bianchi, ich berate die Schiffsbesatzung.«

»Sie sind also gar kein Polizist?«

»Auf dem Schiff gibt es keine Polizisten, Miss Cumberland. Auf einem Kreuzfahrtschiff unterliegt man dem Seerecht.«

»Und was genau soll das heißen?«

»Das habe ich ihn auch gefragt«, sagte Avery.

»Miss Grant hat ausgesagt, dass sie mit Ihnen und den anderen Reisebegleiterinnen heute Morgen um neun das Schiff verlassen haben.«

»Richtig.«

»Mein Schmuck war im Safe, als ich gegangen bin.«

»Haben Sie in den Safe geschaut, bevor Sie an Land gegangen sind?« Der uniformierte Mann wirkte nicht sehr überzeugt.

»Na ja, nein. Aber es war sicher noch alles da, als ich am Abend zuvor ins Bett gegangen bin.«

»Mit Ihrem Freund?«

Avery sah ihn finster an. »Das habe ich doch schon mal gesagt, Rogelio ist kurz nach Mitternacht gegangen.«

»Glaubst du, Rogelio hat dein Zeug gestohlen?«, wandte sich Lori an Avery.

»Er war nie allein in meiner Kabine.«

Der Mann sagte etwas zu seinen Kollegen, welche sich daraufhin verabschiedeten.

Lori blickte sich um. »Untersuchen Sie nicht die Fingerabdrücke?«

»Ich versichere Ihnen, dass wir jede Spur verfolgen werden.«

»Ihr Butler, Mr Datu, hat ausgesagt, dass er sehr oft Ihren Freund in Ihrer Kabine gesehen hat.«

Avery zuckte mit den Achseln. »Das ist ja auch kein Geheimnis.«

»Sie vertrauen diesem Mann?«

»Na ja …« Ein kurzer Zweifel huschte über ihr Gesicht, als sie Lori anblickte. »Ja. Also ich meine …«

»Mr Bianchi, wenn es irgendwelche Fragen gibt, die Averys Freund betreffen, dann wenden Sie sich direkt an ihn und lassen seine Kabine durchsuchen.«

»Das haben wir vor. Wir möchten nur sichergehen, dass Miss Grant bei ihrer Aussage bleibt.«

»Warum sollte sie das denn nicht tun?«

Er schenkte ihr ein beruhigendes Lächeln, das Lori nur noch wütender machte, und sagte: »Wissen Sie, auf Kreuzfahrtschiffen wird so manches behauptet, das gar nicht wahr ist.«

»Meinen Sie etwa, dass Avery Ihnen was vorspielt?« Jetzt wurde Lori als Anwältin aktiv.

»Das habe ich nicht gesagt. Vielleicht hat Miss Grant ihren Schmuck nur verlegt.«

»Verlegt?« Avery stand auf.

»Ist alles schon mal vorgekommen. Wir wollen nur nicht, dass Passagiere durch falsche Beschuldigungen verdächtigt werden.«

»Ich habe doch niemanden verdächtigt. Ich habe nur gesagt, dass jemand meine Sachen gestohlen hat.«

Mr Bianchi erhob sich, er steckte den Notizblock ein. »Wir werden der Sache nachgehen.«

»Gibt es Sicherheitskameras?«, wollte Lori wissen.

»Ja, ein paar.«

Avery stöhnte. »Ich kann das echt nicht glauben.«

»Ich möchte die Bänder sichten«, verlangte Lori.

»Wir sehen, was wir tun können. Jetzt versuchen Sie besser, trotzdem ihren Abend zu genießen. Diese unglücklichen Vorkommnisse tun mir sehr leid. Im Moment können Sie aber nicht viel tun. Außer abzuwarten, während wir unserem Job nachgehen.«

»Unglaublich.« Als er gegangen war, lief Avery unruhig im Raum auf und ab, die anderen waren nun auch da.

»Wo geht er jetzt hin?«, fragte Shannon.

»Wahrscheinlich zum Essen«, rief Avery aufgebracht.

»Wie bitte?«

»Die nehmen das nicht ernst.«

»Aber warum nicht?«, fragte Trina.

»Weil sie nicht müssen. Hier gilt nicht das amerikanische Gesetz. Auf internationalem Gewässer hat man wohl eine andere Auffassung von Kriminalität«, erklärte Avery.

»Diebstahl von Eigentum ist eindeutig ein Delikt«, meinte Lori.

»Ja, aber wir gehen bald von Bord und dann bleibt die Untersuchung an ihm hängen.« Der Italiener war schließlich kein Polizist. Seine Andeutung, dass Avery ihre Sachen möglicherweise nur verloren hatte, sprach Bände.

Es klopfte. Reed stand in der Tür. »Ich habe ein paar der Sicherheitsleute vor Miguels und Rogelios Kabine gesehen.«

»Und?«, fragte Trina.

»Keine Ahnung, sie haben Italienisch geredet.«

»War Rogelio da?«, wollte Avery wissen.

»Nein, keiner von beiden.«

»Sie können ja nicht weit sein«, überlegte Shannon.

Avery seufzte. »Ich kann mir nicht vorstellen, dass er so etwas tun würde.«

Lori sah Reeds Gesichtsausdruck.

Anscheinend zweifelte er genauso sehr daran wie sie.

Die Lust auf ein schickes Essen und das Abendprogramm war ihnen gänzlich vergangen. Sie zogen ihre eleganten Kleider wieder aus und hatten vor, Miguel und Rogelio auf eigene Faust zu suchen und ihnen ein paar Fragen zu stellen. In einer Stunde würden sie sich wieder am Pool treffen.

Reed begleitete Lori.

»Du glaubst auch, dass er es war, oder?«, fragte Lori, als sie allein waren.

Ohne Unterlass ließ er seine Blicke über das Deck schweifen. »Miguel hat schmierige Sachen gesagt, als es um Trina ging.«

»Aber wir sprechen jetzt von Rogelio.«

»Stimmt. Miguels Freund aus Schulzeiten. Das hat er doch behauptet, oder?«

Sie konnte sich nicht daran erinnern.

»Es kann auch ein anderer gewesen sein«, sagte sie.

Reed blieb stehen, berührte ihren Arm. »Wirklich, Frau Anwältin? Solche Verbrechen werden meist von jemandem verursacht, den man kennt.«

»Du klingst wie ein Polizist.«

»Ich schaue oft *CSI*.« Er legte den Arm um sie, während sie weitersuchten.

Eine Stunde später am Pool war niemand auf die beiden Spanier gestoßen.

»Rogelio ist bisher kaum von meiner Seite gewichen und nun ist er nirgendwo zu finden«, wunderte sich Avery.

»Es ist aber auch ein großes Schiff«, meinte Trina aufmunternd.

»Vielleicht sollten wir etwas essen gehen und doch die Leute vom Schiff ihre Arbeit machen lassen«, sagte Lori.

»Ich habe aber ein komisches Gefühl dabei.« Avery ließ sich auf eine Liege plumpsen.

»Jemand hat dir gerade Schmuck im Wert von fünfzigtausend Dollar geklaut. Ist doch klar, dass du ein komisches Gefühl hast«, sagte Lori.

Avery warf die Hände in die Luft. »Nein, das meine ich nicht. Der Schmuck ist mir ja eigentlich egal. Schließlich habe ich auch eine Versicherung. Aber wenn es doch Rogelio war – *shit*, war ich zu naiv?«

Shannon setzte sich neben sie. »Süße, wir haben ihn alle kennengelernt. Ich fand ihn ganz normal.«

»Ich auch.«

»Ich hätte so was nie gedacht. Dabei bin ich doch misstrauischer als alle anderen.«

Avery stützte den Kopf in die Hände. »Es war einfach zu gut, um wahr zu sein. Ein heißer Urlaubsflirt, ganz unkompliziert, einfach nur ein bisschen Spaß haben. Nach den eineinhalb Jahren Hölle hätte ich doch ein bisschen Spaß verdient, oder nicht?«

»Genau das war schließlich der Zweck dieser Reise«, meinte Trina. »Spaß haben und die Hölle hinter sich lassen.«

Avery sah zu Reed. »Du bist doch ein Mann. Was sagst du denn dazu?«

»Ich glaube, du bist zu streng zu dir. Wenn wirklich Rogelio dahintersteckt, dann hat er das bestimmt schon mal gemacht. Es heißt also nicht, dass du eine schlechte Menschenkenntnis hättest. Es heißt eben nur, dass er ein professioneller Betrüger ist und gut manipulieren kann. Er hat uns alle reingelegt.«

Avery seufzte. »Ja, aber nur *ich* habe mit ihm geschlafen.«

»Sicher taucht er morgen wieder auf«, sagte Shannon zögerlich.

Lori hätte ein ganzes Monatseinkommen verwettet, dass das nicht der Fall sein würde.

* * *

153

Miguel und Rogelio waren nach dem Aufenthalt in Frankreich nicht mehr an Bord gekommen.

Was Reed nicht sonderlich überraschte.

Sasha, die er nur unter diesem Namen kannte, hatte Miguel als Amateurdieb bezeichnet. Dieb stimmte wahrscheinlich, aber Amateur? Das war zu bezweifeln. Hätte Reed nicht selbst einen Auftrag gehabt, hätte er sich auf das Spiel vielleicht eingelassen und versucht, die beiden zu schnappen. Nur hätte das die Aufmerksamkeit auf sein eigenes Spiel gelenkt.

Der letzte Halt auf dieser Kreuzfahrt war Palma de Mallorca.

Statt Sightseeing wollten die Frauen lieber am Strand sitzen und rumhaltige Getränke aus Eimern trinken, wie man das in Mallorca so machte.

Reed hatte es sich zur Aufgabe gemacht, den Frauen immer wieder Wasser zu geben, damit ihnen von der großen Menge Alkohol nicht schlecht wurde. Auf sie aufzupassen war zu seiner Mission geworden. Beziehungsweise zu einer seiner Missionen.

Die Frauen waren immer noch so aufgebracht, dass sie über die Stränge schlugen. Eigentlich war es ja gut für ihn, wenn sie betrunken waren, weil sie dann mehr redeten und er vielleicht etwas erfuhr, dass seine Auftraggeberin interessierte. Aber er wollte nicht, dass es ihnen schlecht ging.

»Du bist dafür verantwortlich, dass wir alle wieder pünktlich zum Schiff zurückkehren, bevor es ablegt«, forderte Avery ihn auf.

»Ich habe mir die Uhr gestellt.«

»Du trägst doch gar keine Uhr.«

Er lächelte Trina an. »Auf meinem Handy. Mein Alarm läutet, wenn wir losmüssen.«

»Ich kann immer noch nicht glauben, dass ich auf dieses Arschloch reingefallen bin.« Seit sie am Strand angekommen waren, oder vielmehr, seit sie das Schiff verlassen hatten, sagte Avery das im Viertelstundentakt.

»Alle Männer sind Arschlöcher«, sagte daraufhin Shannon und Trina stimmte zu.

Er blickte zu Lori, die noch nicht ganz so stark betrunken war. »Darf ich überhaupt hier sein?«

»Du schon.« Sie grinste ihn etwas beschwipst an.

»Also, auch wenn nicht alles so optimal gelaufen ist, muss ich jetzt trotzdem mal sagen, wie froh ich bin, dass Lori uns zu diesem kleinen Kreuzfahrtausflug überredet hat.«

»Ich freue mich, dass du es so positiv siehst, Avery.«

»Ich will gar nicht heim«, seufzte Trina.

Reed lauschte der Unterhaltung, während er tat, als wäre er in einen spannenden Thriller versunken.

»Wir müssen uns noch um ein paar Dinge kümmern, aber am Ende wird alles gut«, versuchte Lori sie zu beruhigen.

»Ich will gar nicht darüber nachdenken.«

»Wir haben noch einen langen Flug vor uns, auf dem du nachdenken kannst«, sagte Shannon.

»Schickt Sam eigentlich den Jet?«, fragte jetzt Avery.

Reed überlegte kurz, wer *Sam* noch mal war.

»Ich habe gestern Abend mit ihr telefoniert. Der Jet wartet auf uns, wenn wir in Barcelona ankommen.«

»Gut. Ich habe nämlich so das Gefühl, dass ich mich in einem normalen Linienflugzeug danebenbenehmen könnte.«

»Weil du einen ziemlichen Kater haben wirst«, meinte Trina zu Avery.

»Daran ist nur dieses Arschloch schuld.«

Avery leerte ihr Cocktailglas und wollte sogleich für Nachschub sorgen. Reed hielt sie zurück. »Wie wäre es zwischendurch mit Wasser?«

Sie bedachte ihn mit einem missbilligenden Blick, nahm aber brav das Wasser. Reed tat, als würde er sich wieder seinem Buch widmen.

»Setzt ihr mich in New York ab?«, fragte Trina.

»Ja. Deine Bodyguards holen dich ab, wenn wir auftanken.«

Jetzt sah Reed von seinem Buch wieder auf. »Bodyguards?«, fragte er beiläufig.

»Hey, vielleicht kannst du mir einen abgeben.«

»Wünsch dir das lieber nicht«, sagte Shannon zu Avery. »Ich hatte ständig diese Kerle um mich herum, als ich noch mit Paul verheiratet war. Es wird völlig überschätzt.«

»Ich will das auch nicht«, meinte Trina. »Ich liebe meine Privatsphäre.«

Lori stellte das Glas ab. »So schlimm ist es nicht. Neils Team ist das beste. Seine Leute sind sehr diskret. Die werden dir gar nicht auffallen.«

»Entschuldigt die Frage«, versuchte Reed die Aufmerksamkeit der Ladys auf sich zu ziehen. »Aber warum brauchst du denn einen Bodyguard?«

Einen kurzen Moment lang sahen ihn alle an, als ob er ein Idiot sei.

»Dürfen wir überhaupt darüber reden?«, wollte Avery, die Betrunkenste von allen, berechtigterweise wissen.

Trina rollte mit den Augen. »Also, ich habe ein bisschen Geld bekommen. Und offensichtlich gibt es da draußen Leute, die sich nehmen, was ihnen nicht gehört.«

»Ein bisschen Geld?«

Avery öffnete die Arme weit und deutete ohne Worte *sehr viel* an.

»Aha … Dann ist es wahrscheinlich ganz gut, dass du dich nicht mit Miguel eingelassen hast«, meinte Reed.

Wieder schwiegen die Frauen, während sie über seine Worte nachdachten.

Avery brach das Schweigen.

»Ich kann echt nicht glauben, dass ich auf dieses Arschloch reingefallen bin.«

Es folgte der Chor. Auch Reed fiel mit ein: »Alle Männer sind Arschlöcher.«

Und er war das größte von allen.

* * *

Er traf Lori und die anderen, nachdem sie durch den Zoll gegangen waren.

Avery und Trina versteckten sich wieder hinter großen Sonnenbrillen, als ob der bewölkte Himmel ihrer Netzhaut Schaden zufügen könnte. Shannon schien es ein bisschen besser zu gehen und Lori sah aus wie immer.

»Ich stelle fest, dass ihr alle noch lebt«, sagte er, während ein Page das Gepäck holte und in einem großen SUV verstaute.

»Wahrscheinlich muss ich dir dafür danken«, murmelte Avery.

Er grinste. »Gern geschehen.«

Sie deutete zum Auto. »Ich muss mich setzen.«

Trina umarmte ihn. »Danke, dass du auf uns aufgepasst hast.«

Er bekam Gewissensbisse. »Pass gut auf dich auf.«

Shannon war die Nächste, die sich von ihm verabschiedete. »Danke, dass du nicht gesagt hast, was alle sagen.«

Er umarmte sie. »Ich habe nicht für ihn gestimmt, falls dich das beruhigt.« Sie seufzte und stieg ebenfalls ins Auto.

Nun war Lori an der Reihe.

»Ich beneide sie nicht um den Rückflug«, sagte er.

»Es wird schon gehen. Wahrscheinlich schlafen sie die meiste Zeit.«

Er legte die Hand auf ihre Schulter. »Und du?«

»Es wartet viel Arbeit auf mich.«

»Fängst du gleich wieder an zu arbeiten?«

»Ja.«

Er kam näher, legte beide Hände auf ihre Wangen. »Ich möchte dich wiedersehen.« Was stimmte. Sie hatten seit Italien keine fünf Minuten mehr allein miteinander verbracht.

»Meinst du, dass es mit uns klappen könnte, wenn wir wieder in Los Angeles zurück sind?«

»Ich bin mir nicht sicher, aber es wäre einen Versuch wert.«

Sie drückte ihn an sich. »Du hast meine Nummer.«

Als er sie küsste, spürte er ein Ziehen in der Brust. Er wusste nicht, ob es Verlangen war oder das schlechte Gewissen. Wahrscheinlich beides. Als der Kofferraum hörbar geschlossen wurde, beendeten sie den Kuss.

»Ich wünsche dir einen guten Rückflug, Frau Anwältin.«

»Auf Wiedersehen, Reed.«

Er winkte dem Auto hinterher.

Er selbst würde noch ein bisschen in Barcelona bleiben. Und mehr über Miguel und Rogelio herausfinden. Diese Amateurdiebe und Arschlöcher, die allen Männern einen schlechten Ruf verschafften.

Kapitel 15

Jetlag fühlte sich an wie die Mischung aus einem schlimmen Kater und einer intravenösen Dosis Koffein, die man mitten in der Nacht verabreicht bekam.

Lori blickte wieder auf den Wecker. Schon zwei Uhr dreißig. Sie klopfte das Kissen zurecht, wendete es, damit es kühler war und sie dann vielleicht besser einschlafen konnte.

Es funktionierte nicht. Am Morgen würde sie eine frühe Besprechung haben und anschließend Sam zum Mittagessen treffen, um von der Reise zu berichten. Lori war sich ziemlich sicher, dass ihr vor Müdigkeit der Kopf auf den Teller fallen würde.

Sie gab den Versuch auf, machte Licht und nahm das Handy.

Dachte er auch gerade an sie?

Wälzte sich Reed auch im Bett und wünschte sich, dass sie bei ihm wäre?

Auf dem Schiff hatte sie, trotz der Romantik, vor allem an ihre Verantwortung denken müssen. Aber jetzt, zu Hause im Bett, ohne dass das sanfte Schaukeln sie an ihre Aufgabe erinnerte, musste sie andauernd an Reed denken. An sein Lächeln, seine Berührung, seine Küsse.

Sie hatte Schmetterlinge im Bauch und fühlte sich wie ein verliebtes Schulmädchen. Das Problem war nur, dass sie nicht wusste, ob es ihm genauso ging. Vielleicht war es für Reed nur ein kurzer Urlaubsflirt gewesen?

Würde er sie anrufen?

Jetzt war es fast drei Uhr.

Sie öffnete die Textnachrichten von Reed, die er vom Schiff aus geschrieben hatte. Und dann, bevor sie es sich anders überlegen konnte, tippte sie.

Ich kann nicht schlafen. Mein Körper ist immer noch auf die europäische Uhrzeit eingestellt.

Sie drückte auf Senden. Ein paar Minuten lang klopfte sie auf das Telefon und wartete ungeduldig, ob Reed antworten würde.

Nichts.

Zehn Minuten später legte sie das Handy zur Seite, löschte das Licht und schloss die Augen.

Mit halbem Ohr lauschte sie, ob sie das Handy vibrieren hörte. Eine halbe Stunde, bevor sie aufstehen musste, war sie schließlich eingeschlafen.

* * *

Reed verließ sein Apartment, nachdem der Berufsverkehr aufgehört hatte. Aber eigentlich waren in Los Angeles die Straßen fast immer verstopft. Hier gab es manchmal sogar mitten in der Nacht einen Stau.

In den letzten beiden Tagen hatte er die Profile von den vier Frauen erstellt.

Shannon Redding-Wentworth, fast zweiunddreißig Jahre alt, hatte den Gouverneur vor seinem Amtsantritt kennengelernt und geheiratet. Eineinhalb Jahre nach Beginn der vierjährigen Amtszeit war die Ehe wieder geschieden worden. Es hatte keinen großen Scheidungskrieg gegeben. Shannon hatte ein anständiges Sümmchen erhalten und ein Haus in Südkalifornien. Das geschiedene Paar zeigte sich hin und wieder bei derselben Veranstaltung, und alle Gerüchte in den Klatschzeitschriften schienen erfunden zu sein. Nachdem er fast eine Woche lang mit der Frau auf dem Schiff verbracht hatte, konnte er den Geschichten keinen Glauben schenken. Es wurde unter anderem behauptet, sie sei mit einundzwanzig Jahre alten Zwillingsbrüdern in einem Sexclub in Hollywood gesehen worden. Wenn es nichts zu berichten gab, hatten die Revolverblätter offensichtlich keine Scheu, einfach irgendwelche Geschichten zu erfinden. Politiker auch nicht. Wie seine Auftraggeberin, die ihn bezahlte, um irgendeinen Skandal aufzudecken. Eigentlich hätte Reed seiner Klientin berichten müssen, dass er nichts gefunden hatte. Und trotzdem hatte er irgendwie das Gefühl, dass irgendwas nicht stimmte. Dazu kam die Sache mit Sasha. Sie war gar nicht hinter Shannon her gewesen, wie es schien, sondern hatte Trina und Lori beobachtet. Aber warum?

Der frühere Polizist in ihm war wiedererwacht. Das war schon seit Jahren nicht mehr vorgekommen. Er hatte bisher einfach seine Arbeit als Privatdetektiv gemacht, ohne große Emotionen. Er stellte Untersuchungen an, beobachtete, sammelte Informationen für seine Klienten und schloss den Fall mit genug Geld in der Tasche ab, um seine Miete zu zahlen und sich ein paar nette Dinge leisten zu können. Keine Gefühle, keine Verstrickungen.

Bis zu jenem Tag, an dem er Lori traf.

Als er um acht Uhr morgens die Augen aufschlug, las er als Erstes ihre Nachricht. Hatte er doch tatsächlich eine halbe Stunde vor ihrer SMS wach gelegen und überlegt, ob er ihr schreiben solle.

Er hatte sich dagegen entschieden, um sie nicht zu wecken. Und weil er nicht wie ein vernarrter Verehrer wirken wollte.

Auch wenn er das war.

Um neun Uhr antwortete er auf ihre Nachricht, schrieb, dass sie nur nicht hatte schlafen können, weil sie ständig an ihn denken musste.

Lori antwortete mit einem Scherz über sein aufgeblasenes Ego.

Er versuchte, die Gedanken an sie abzuschütteln, und konzentrierte sich wieder auf den Fall.

Avery Grant. Sie war gerade dreißig geworden und frisch geschieden von einem Mann, der fast doppelt so alt war wie sie. Reed musste suchen, aber schließlich fand er etwas über ihre Scheidung. Auch sie hatte nach der Ehe mit ihrem reichen Privatier eine hübsche Summe erhalten. Man fand kaum etwas über die Ehe, aber so wie er Avery auf dem Schiff erlebt hatte, musste sie erleichtert sein, dass die Ehe vorbei war. Er hatte gar nicht gewusst, dass man Scheidungspartys feierte. Irgendwer hatte Bilder gemacht und ins Netz gestellt, eine Woche nachdem die Scheidung durch war.

Und dann war da noch Trina Petrov. Über sie wurde ziemlich hergezogen. Er fand ein Bild von ihr und ihrem verstorbenen Mann. Optisch passten sie nicht wirklich zusammen. Sie war äußerst attraktiv und er höchstens durchschnittlich. Aber gut, manchmal gab es so ungleiche Paare. Es kam ja auch vor, dass eine große Frau einen Mann hatte, der ihr nur bis zu den Schultern reichte. Sie waren gerade mal ein Jahr verheiratet gewesen, als er sich aus dem Leben verabschiedete. Reed fand zunächst nicht heraus, was der Mann in finanzieller Hinsicht hinterlassen hatte. Aber er würde weitersuchen, denn wenn man dem Geld folgte, kam man der Sache immer auf die Schliche. Das hatte er damals im Polizeidienst gelernt. Reed konnte sich den Reichtum des Mannes nur annähernd vorstellen. Er stammte aus einer reichen Familie aus dem Erdölgeschäft, sein Großvater war ein Geschäftsmann gewesen, dem ein millionenschweres Unternehmen gehört hatte.

Nach dem Tod von Mann und Schwiegermutter im selben Monat rissen sich die Boulevardblätter darum, etwas über Trina zu schreiben.

Trina war von den Ereignissen deutlich gezeichnet. Er hatte sie an Bord kaum lächeln gesehen. Und einmal war sie sturzbetrunken gewesen und hatte getanzt. Nun gut, wahrscheinlich hatte ihr jemand etwas in den Drink gemischt, aber trotzdem. Würde eine Witwe, die ihren Ehemann aufrichtig geliebt hatte, überhaupt eine Kreuzfahrt machen? Irgendetwas stimmte da doch nicht.

Und dann war da noch Lori. Die Scheidungsanwältin, die behauptete, dass sie alle nur Freundinnen seien und zusammen Urlaub machten.

Über Averys und Shannons Scheidung konnte man viel finden. In beiden Fällen war Lori involviert gewesen. Trina zählte nicht, weil ihr Ehemann gestorben war.

Aber wie gehörte Trina dazu? Irgendeine Information fehlte ihm und er wusste, dass sie direkt vor seiner Nase lag. Er musste nur genauer hinsehen.

Lori hatte eine schicke Kanzlei in einem der hohen Bürogebäude in Los Angeles. Sie arbeitete nicht für eine Firma, hatte anscheinend auch keinen Partner, um sich Büro und Personalkosten zu teilen. Was aber nicht hieß, dass sie unbedeutend war. Ganz im Gegenteil, ihre Kanzlei roch nach Geld. Genauso wie ihre Mandanten.

Eine gute Woche nachdem sie sich in Spanien verabschiedet hatten, öffnete Reed die schwere Holztür zur Kanzlei von Lori Cumberland. Er betrat den Empfangsraum, der groß war, um zwei streitende Parteien so weit auseinanderzuhalten, dass sie sich nicht zerfleischten.

Er trat vor einen leeren Empfangstresen.

Visitenkarten von Lori und ihrer Rechtsassistentin lagen in einem Körbchen. Er nahm sich eine von Lori, strich mit dem Daumen über die Silbergravur.

»Kann ich Ihnen helfen?«, sprach ihn eine Frau an, die Ende vierzig sein musste.

»Ist Lori hier?«

»Haben Sie einen Termin, Mr …?«

»Barlow. Nein, ich habe keinen Termin. Aber sagen Sie Lori einfach nur, dass Reed hier ist.«

»Miss Cumberland ist noch nicht vom Mittagessen zurück.« Die Sekretärin setzte sich auf ihren ergonomisch geformten Bürostuhl und schob die Lesebrille auf die Nase. »Heute Nachmittag ist ihr Kalender schon voll. Ich kann aber einen Termin für Sie vereinbaren.«

Reed lehnte sich gegen den hohen Empfangstresen und schenkte der Dame ein Lächeln, mit dem er normalerweise aus den Frauen alle Informationen kitzelte, die er haben wollte.

»Es geht nicht um eine Scheidung.«

Die Sekretärin sah ihn interessiert an. »Möchten Sie einen Ehevertrag abschließen?«

»Nein, auch darum geht es nicht.«

»Wegen welchem Anliegen möchten Sie mit Miss Cumberland sprechen?«

Er konnte nichts dagegen tun, dass plötzlich Loris Gesicht auftauchte, er sie sah, wie sie ihn küsste.

»Es geht um etwas Persönliches.«

»Davon gehe ich aus, Mr Barlow, aber Sie brauchen trotzdem einen Termin, damit sich Miss Cumberland für Sie Zeit nehmen kann.«

Hinter ihm wurde die Tür zur Kanzlei geöffnet.

Lori. In einem engen Bleistiftrock und Stöckelschuhen, deren Absätze nicht übertrieben hoch waren. Ihre Seidenbluse schmiegte sich an ihre cremefarbene Haut und betonte dabei die Rundung ihrer Brüste. Sie hatte die Haare in einem losen Knoten zurückgesteckt, für den sie sicher einige Zeit vor dem Spiegel gestanden hatte.

Sie kam herein, hinter ihr folgte eine kleine, rothaarige Frau. Jetzt erst entdeckte sie ihn.

»Reed?«

»Hallo, Lori.« Seine Stimme versiegte.

Sie wurde rot.

»Was machst du denn hier?«

»Ich war gerade in der Gegend.« *Zufällig* war er auf die Autobahn gefahren, weil er nur dieses Ziel im Kopf gehabt hatte.

»Ich habe Mr Barlow gesagt, dass er einen Termin braucht«, mischte sich Loris Sekretärin hinter dem Tresen ein.

»Es ist schon okay, Liana. Reed ist ein Bekannter von mir.«

Die Rothaarige räusperte sich, sichtlich amüsiert.

»Entschuldigung. Sam Harrison, das ist Reed Barlow.«

Ach so. Die Frau, die auf den Bildern war.

Er streckte ihr die Hand entgegen.

»Lori und ich haben uns in Barcelona kennengelernt.«

Sams Händedruck war der einer Geschäftsfrau, die wichtigere Dinge tat, als Gäste im Country Club zu begrüßen. »Tatsächlich? Warum hast du mir denn gar nichts von ihm erzählt?«, fragte sie Lori.

Lori öffnete den Mund, schloss ihn aber sofort wieder und wandte sich an Reed. »Ich wollte ihn für mich behalten.«

Sam schmunzelte.

»Das habe ich wohl hiermit vermasselt«, meinte Reed grinsend.

Lori rollte mit den Augen, trat einen Schritt näher. Was er zum Anlass nahm, ihr zur Begrüßung einen Kuss auf die Wange zu drücken.

165

»Dann haben wir beim Abendessen am Sonntag noch ein Gesprächsthema mehr«, sagte Samantha zu Lori.

»Muss ich mir Sorgen machen?«, scherzte Reed.

»Wahrscheinlich«, antwortete Sam. »Lori darf auch gerne jemanden mitbringen ...«

Reed wollte zwar nur zu gern auf die Einladung eingehen, aber er blickte erst zu Lori, um ihre Reaktion abzuwarten.

Sie schien nicht darauf eingehen zu wollen.

»Vielleicht nächstes Mal«, sagte er deshalb zu Loris Freundin.

»Gut.« Sam wandte sich an Lori. »Ich sehe dich am Wochenende. Ruf mich an, wenn du aus New York zurück bist.«

Die beiden Frauen umarmten sich kurz, dann verließ Sam die Kanzlei.

»Liana, wann kommt der nächste Mandant?«

»In zwanzig Minuten.«

Lori nickte zu ihrem Büro. »So viel Zeit habe ich für dich«, sagte sie zu ihm.

»Dann nehme ich die zwanzig Minuten.«

Er folgte ihr den kurzen Gang entlang, an einem Besprechungsraum, einer kleinen Küche und einem offenen Zimmer vorbei in ihr Büro.

Der Schreibtisch war aufgeräumt, kein Krimskrams, keine Papierstapel darauf. Gerade Linien, geschmackvoller Dekor mit so viel Eleganz, dass es sich nur um das Büro einer Frau handeln konnte.

Sie schloss die Tür hinter sich und ging um den Schreibtisch herum. Er folgte ihr.

»Was machst du ...«

Er ließ sie ihre Frage nicht beenden. Stattdessen umfasste er einfach ihre schlanke Hüfte, drehte sie zu sich um und hob sie auf den Schreibtisch.

Lori hielt die Luft an, stieß ihn aber nicht fort.

»Ich habe dich vermisst.«

Sie biss sich auf die Lippe, doch schon überraschte er sie mit seinem Kuss.

Lori küsste ihn zurück. Sie strich über seinen Rücken, über sein Gesäß, fand den Hosenbund und fuhr hinein.

In seinem Gehirn gab es einen Kurzschluss, eine Hitzewelle schoss in seine Körpermitte.

Gefahrenzone, Reed.

Er versuchte, sich von ihr zu lösen, was sie nicht zuließ. Die Lippen halb geöffnet, ihre Zunge fordernd. Lori zog ihn stöhnend an sich.

Reed nahm ihre Hände, verwob seine Finger mit ihren. »Du gierige Frau«, flüsterte er, als er ihren Kuss beendete.

»Du hast damit angefangen.«

Er führte ihre Hand zu seiner Erektion, ließ ihren Handrücken darüberstreichen.

»Juckt es dich da?«, scherzte sie.

»Ja. Und nur eine hochkarätige Scheidungsanwältin namens Lori kann diesen besonderen Juckreiz stillen.«

Sie leckte sich über die Lippen. »Ich muss arbeiten.«

»Heute Abend. Geh mit mir zum Essen.«

»Ich kann nicht. Ich habe ein Geschäftsessen mit einem Mandanten.«

Er kniff die Augen zusammen. »Morgen?«

Sie drückte seine Hand. »Morgen habe ich am Abend noch einen Termin. Aber danach vielleicht.«

»Um sieben?«

Wieder rieb er ihre Hand über die Wölbung seiner Hose.

Sie grinste. »Na gut. Komm zu mir, aber du kannst nicht über Nacht bleiben. Ich fliege übermorgen früh nach New York.«

»Du bist doch gerade erst angekommen.«

»Es ging nicht anders. Trina braucht mich.«

So, so. Da würde er vielleicht auch mehr über die Sache mit Trina erfahren.

»Okay. Ich gehe um Mitternacht.«

»Um elf.«

War das eine Verhandlung?

»Um elf Uhr dreißig und ich bringe Wein mit.«

Sie grinste. »Abgemacht.«

Kapitel 16

Lori zählte die Stunden bis zu ihrem Date mit Reed.

Na ja, es war wahrscheinlich eher eine Verabredung zum Sex als ein Date. Immerhin hatte sie ein paar Sachen einge-kauft, damit sie ihm zum Wein, den Reed mitbringen würde, eine Kleinigkeit zu essen anbieten konnte.

Mit den Einkaufstüten bepackt stieg Lori aus dem Aufzug und angelte die Schlüssel aus der Tasche.

Sie brauchte ein bisschen, bis sie endlich die Tür geöffnet hatte. Als sie die Wohnung betrat, drangen Geräusche aus der Küche.

War das Reed? Aber eigentlich war das nicht möglich. Erstens hätte die Concierge ihn nicht hineingelassen und zwei-tens kannten sie sich noch nicht so gut, als dass er einfach so in ihre Wohnung käme.

Dann sah sie Avery, die gerade den Kopf in den Weinkühlschrank steckte. »Du hast ja gar keinen Chardonnay.«

Lori setzte die Taschen ab.

»Äh, hallo, Avery.«

»Trinkst du keinen Weißwein? Ich kann zur Not auch einen Roten trinken, wenn du nichts anderes hast.«

Lori setzte die Sachen ab und warf einen Blick auf die Küchenuhr.

»Da müssten noch zwei Flaschen Pinot Grigio drin sein.«

Avery verschwand erneut halb im Weinschrank und tauchte mit einer Flasche Weißwein wieder auf. Ganz selbstverständlich öffnete sie eine Küchenschublade. Als sie nicht fand, was sie suchte, öffnete sie die nächste. Nachdem sie endlich den Korkenzieher gefunden hatte, holte sie zwei Gläser und begann, die Flasche zu öffnen. »Du kommst ganz schön spät nach Hause.«

»Ich hatte eine Besprechung.« Wieder sah Lori zur Uhr. *Und habe gleich ein Date.*

»Es macht dir doch nichts aus, dass ich einfach in deine Wohnung gekommen bin, oder? Ich habe die Concierge gebeten, mir aufzusperren. Sie wusste ja, dass wir zwei zusammen Urlaub gemacht haben. Mir ist oben echt die Decke auf den Kopf gefallen.«

»Äh …«

»Ich habe vorhin mit Trina telefoniert. Ihr geht es auch so.«

»Man nennt es auch Jetlag.«

Avery zog lachend den Korken heraus. »Urlaubsende, Eheende und Neustart unseres Lebens – was auch immer als Nächstes kommt. So würde ich es nennen.«

Lori hatte sich gleich gedacht, dass es keine gute Idee war, wenn Avery im selben Gebäude wohnte.

»Ähm, Avery …«

»Trinkst du jetzt einen Weißwein? Ich würde dir sonst auch einen Rotwein aufmachen.«

»Weißwein ist schon okay«, antwortete Lori zögerlich. Wie würde sie Avery bloß rechtzeitig loswerden, bevor Reed kam? In weniger als einer halben Stunde würde er hier auftauchen.

»Hat dir Trina schon erzählt, was die Sicherheitsfirma in ihrem Haus gefunden hat?«

»Sie hat nicht angerufen.«

»Wirklich nicht?«

»Na ja, ich fliege morgen ja sowieso zu ihr nach New York. Was haben sie denn gefunden?«

»Wanzen.«

Lori dachte zuerst an Insekten. Dann überlegte sie, dass wahrscheinlich etwas anderes gemeint war. »Etwa diese Abhördinger?«

»Ganz genau. Sie glauben zwar, dass sie noch nicht lange da waren, aber sie haben im ganzen Haus welche gefunden.«

»So ein Mist.« Lori zog das Handy aus der Tasche und schickte gleich eine Textnachricht an Sam.

Weißt du was über die Wanzen in Trinas Haus?

»Kein Wunder, dass sie es kaum zu Hause aushält. Aber wer spioniert Trina denn nach? Ich verstehe das nicht«, sagte Avery.

»Sie ist viel Geld wert.«

»Aber im Vergleich zu mir lebt sie doch wie eine Heilige.«

Da konnte Lori kaum widersprechen.

Ihr Telefon vibrierte.

Es gibt noch keine Einzelheiten. Ich weiß nur, dass Neils Leute welche gefunden haben. Du fliegst morgen, oder?

Avery schenkte Wein in die Gläser.

Ja.

Gib mir Bescheid, wenn du was rausfindest.

Lori trank einen Schluck und legte das Handy wieder weg.

171

»Vielleicht hat ja Fedor was ausgefressen?«, überlegte Avery laut.

Lori schüttelte den Kopf. »Quatsch.« Ihr Blick fiel auf die Einkaufstüten mit den Knabbereien, die sie für den Abend gekauft hatte.

Mist. Ihr Date.

Es war schon Viertel vor sieben.

»Meinst du, wir werden jemals von dem Reiseanbieter wegen Rogelio und Miguel hören?«

»Wenn, dann ist es nichts, was wir wirklich hören wollen.«

»Ich kann immer noch nicht glauben, dass ich reingefallen bin. Stimmt was nicht mit mir, dass ich so leichtgläubig bin?«

Lori hatte diese Frage eigentlich schon oft genug beantwortet.

»Wenn, dann stimmt was nicht mit *ihm*. Wir waren im Urlaub, in der Sonne, auf der anderen Seite der Welt, da ist man nicht so misstrauisch. Und er hat das ja offenbar schon öfter gemacht.«

»Ich bin wirklich eine Idiotin.« Avery leerte die Hälfte ihres Glases in einem Zug. Da klingelte es.

»Ähm …«

»Wer ist denn das jetzt? Es ist schon ziemlich spät.«

»Na ja, ähm …«

Avery starrte sie an, dann riss sie die Augen auf. »Warte. Du hast heute noch was vor, oder?«

»Ja, so in der Art.«

Lori guckte in den Spiegel, rollte wegen ihres Anblicks mit den Augen und blickte wieder zu Avery zurück.

»Warum hast du denn nichts gesagt?«, rief Avery aus der Küche.

Lori strich den Rock glatt und öffnete die Tür.

Ihr Mund blieb offen stehen. »Danny? Was machst du …«

»Oh, *hallo*. Wer sind denn Sie?«, fragte Avery, die hinter Lori stand.

Danny schenkte Avery sogleich sein charmantestes Grinsen. Dann erst wandte er sich an Lori.

»Hey, Schwesterherz.«

Mit der Sporttasche über der Schulter betrat Danny ihre Wohnung. »Wusste ich, dass du kommst?«

»Haben wir doch ausgemacht. Gegen Ende des Sommers.«

Ja, das war letztes Weihnachten gewesen. Seither hatte sie kein Wort mehr von ihm gehört.

»Ähm …«

Ganz selbstverständlich ging Danny an ihr vorbei, ließ seine Tasche am Eingang stehen und streckte Avery die Hand entgegen. »Ich bin der *viel* jüngere Bruder von Lori.«

»Ich bin Avery.« Ihre Stimme klang plötzlich eine Oktave tiefer, als würde sie in einer Bar mit einem Mann flirten, der ihr gerade einen Drink spendiert hatte. »Lori, du hast mir ja gar nicht erzählt, dass du einen Bruder hast!«

»Nein.«

»Und ich hatte schon gedacht, du hast heute noch ein Date.«

Lori drängte sich an den beiden, die sich neugierig betrachteten, vorbei, um zu sehen, wie viel Uhr es war. »Ich habe auch noch ein Date.«

»Wohnst du hier bei meiner Schwester?«, fragte Danny, als würde er Avery schon lange kennen, und ignorierte dabei seine Schwester völlig.

»Nein. Ich habe eine eigene Wohnung. Im selben Haus.«

»Schön, solche Nachbarn zu haben.«

Lori kniff die Augen zusammen. »Das wird auf gar keinen Fall etwas!« Sie machte eine Einhalt gebietende Geste zwischen

173

ihrem Bruder und ihrer Mandantin und schob beide so weit auseinander, wie es nur ging.

»Immer musst du so bestimmend sein, Schwesterlein.« Danny gab Lori einen Kuss auf die Wange. »Und wie läufts mit diesem wahnsinnig aufregenden Job von dir? Unterlagen stapeln, rumtelefonieren …?«

Ihr lag schon ein Kommentar darüber auf der Zunge, dass ihr Bruder überhaupt keinen Job hatte.

»Komm doch rein, Danny. Wir haben gerade einen Wein aufgemacht.«

Lori ballte die Hände zu Fäusten. Der Plan, einen heißen Abend mit Reed zu verbringen, hatte sich, mir nichts, dir nichts, in Luft aufgelöst.

Sie wollte gerade den anderen ins Wohnzimmer folgen, als es wieder an der Tür klopfte.

Es war Reed. Im Sakko und mit einer Flasche Rotwein in der Hand.

»Wer kommt denn jetzt noch?«, rief Avery aus der Küche.

Reeds Lächeln fiel.

Lori schüttelte den Kopf und zog ihn hinein. Sie hob beide Hände in die Luft.

»Es tut mir wirklich leid.«

»Hast du Besuch?«

»Ich wusste nicht …«

Avery guckte um die Ecke. »Reed? Ich hab gar nicht erwartet, dich heute hier zu sehen.«

Wieder schüttelte Lori nur den Kopf. »Ich habe doch gesagt, dass ich Pläne habe.«

»Ach so. Tja.« Avery nahm Reed die Flasche ab. »Ich mach die mal für euch auf.«

Am liebsten wäre Lori in eine Ecke gekrochen und hätte sich versteckt.

Reed blickte zur Küche. »Feiern wir eine Party?«

»Als ich reingekommen bin, war Avery in meiner Wohnung. Und dann ist plötzlich mein Bruder ohne Vorwarnung aufgetaucht«, zischte sie.

Er legte den Kopf schief. »Dein Bruder ist hier?«

»Sollen wir uns was zu essen bestellen?«, flötete Avery aus der Küche.

Lori stieß mit der Stirn gegen seine Brust. »Es tut mir wirklich leid.«

Er umarmte sie. »Es muss dir nicht leidtun.«

* * *

»… und dann hat sich Lori das größte Messer geschnappt und einfach den Truthahn in der Mitte auseinandergesäbelt. Die eine Hälfte des armen, toten Vogels hat sie auf diesen winzigen Teller geschoben und Onkel Jo hingeknallt. ›Hier, bitte schön. Eine Hälfte für dich, die andere Hälfte für Dad. Jetzt könnt ihr das Ding zerpflücken, wie ihr wollt.‹«

Lori versteckte das Gesicht hinter beiden Händen. »Es war nicht einer meiner besten Momente im Leben.«

Danny schob sich wieder einen Bissen in den Mund und redete kauend weiter: »Und das Beste …«

»Oh Gott, bitte nicht.«

Danny ignorierte seine Schwester.

»… das Beste war, als sie dem Truthahn ein Bein ausriss, den Schlegel in der Luft geschwenkt hat und schrie: ›Werdet ihr erst mal erwachsen!‹ Und dann ist sie rausgestürmt.«

Reed stellte sich Lori vor, wie sie mit der Truthahnkeule ihrer streitenden Familie drohte.

»Seitdem kriegt Lori bei jedem Familienessen das Beinchen.«

Reed amüsierte sich über Loris gerötete Wangen. »Obwohl ich das gar nicht so gern mag.«

Danny rempelte seine Schwester an. »Ist aber eine wichtige Requisite für dich. Und Onkel Jo und Dad haben seitdem auch nie mehr darüber gestritten, wer den Vogel besser zerlegen kann.«

»Sie haben sich aber auch echt lächerlich benommen.«

»Und du hast mit Anmut reagiert?«, fragte Avery.

»Ich bin Anwältin. Ich teile in der Mitte. Das kam mir damals eben als die beste Lösung vor.«

»Bei uns laufen die Familienfeiern immer sehr gesittet ab. Da sagt man nur: ›Kannst du mir bitte das Salz geben?‹ Und: ›Gedeihen dieses Jahr deine Rosen gut, Adeline?‹ Ich habe die langweiligste Familie, die es gibt«, beschwerte sich Avery.

»Das ist ja nicht immer das Schlechteste«, meinte Lori.

»Irgendwann mache ich auch mal was Unangemessenes. Damit wir in den nächsten Jahren etwas haben, über das wir reden können.«

»Du hast dich gerade von einem Millionär scheiden lassen. Damit hast du ihnen doch schon genug Redestoff gegeben.«

Avery hatte Danny bereits die Kurzfassung ihrer erst kürzlich geschiedenen Ehe gegeben und woher sie Lori kannte. Reed wusste das zwar schon alles, jetzt aber konnte er auch endlich frei darüber reden.

»Meine Familie hat das sowieso schon halb erwartet.«

»Wirklich?«, wollte Danny wissen.

»Ja. Bernie war ja genau das, was meine Familie für mich wollte. Sie haben hinter meinem Rücken geredet, dass es sowieso nicht halten wird.«

Danny wirkte betroffen. »Das ist ja wirklich blöd.«

»Na ja, wie dem auch sei, es hat ja auch tatsächlich nicht gehalten.« Avery warf das Haar zurück und grinste.

»Aber mal zu dir, Danny. Wie lange bleibst du hier?«

Lori mischte sich ein. »Gute Frage, Bruderherz. Wie lange willst du auf meiner Couch schlafen?«

»Du hast doch ein Gästezimmer«, entgegnete er.

»Kommt aber darauf an, wie lange du bleiben willst.«

Danny sah seine Schwester finster an. »Ich weiß, dass du mich liebst, Schwesterherz. Versuch gar nicht erst, das abzustreiten.«

»Ja, im Gästezimmer liebe ich dich höchstens zwei Wochen. Bei drei wanderst du auf die Couch und bei vier auf den Boden.«

Danny fasste sich an die Brust. »Du verletzt mich.«

»Danny!«

»Okay. Nur zwei Wochen. Ich bin eigentlich sowieso gerade Richtung Süden unterwegs. Habe gehört, dass man in Cabo super fischen kann.«

»Bist du Fischer?«, fragte Avery interessiert.

Er schüttelte den Kopf. »Nein, ich habe nur eine Arbeitsallergie. Beim Fischen aber ist man in der Sonne, hat was zu essen und kann dabei ein paar Kröten verdienen.«

Reed amüsierte sich köstlich über Loris Körpersprache.

Anscheinend machte sie keine Scherze. Ihr Bruder würde wirklich auf dem Boden schlafen müssen, falls er zu lange blieb.

Avery füllte den letzten Rest Weißwein in ihr Glas, nun war auch die zweite Flasche schon leer. Sie schwenkte den kleinen Rest und nahm den Roten. »Sollen wir noch eine aufmachen?«

Lori sah auf die Uhr. »Ich muss ins Bett. Mein Flug geht morgen ziemlich früh.«

»Aber ich bin doch gerade erst gekommen«, maulte Danny.

»Hättest du vorher angerufen, hätte ich dir geraten, noch ein paar Tage zu warten.«

»Du weißt doch, wie ungern ich telefoniere.«

Lori blickte zu Reed. »Er hat nicht mal ein Handy.«

»Geht das überhaupt?«, fragte Avery.

»Er führt R-Gespräche.«

»Du meinst, er ruft die Vermittlung an, wenn er telefonieren will?« Reed war mehr als verwundert.

177

»Er …«, sagte Danny und deutete dabei auf seine Brust, »sitzt direkt hier. Und ja, es ist viel billiger, als ein Handy zu haben.«

»Für dich!«, entgegnete Lori.

Danny spielte mit ihr wie auf einer Geige. »Aber ich bin es wert.«

Lori sah wenig erheitert zu Reed. »Merkst du, womit ich mich auseinandersetzen muss?«

Ja, das merkte er. Danny war ein Couchsurfer und in diesem Monat war Loris Wohnung dran. Wahrscheinlich nicht zum ersten Mal. Die Frage war nur, ob Danny seine Schwester ausnutzte. Eigentlich schien er ein ganz anständiger Kerl zu sein.

Zumindest hatte er Avery bereits in seinen Bann gezogen.

»Ich will ja keine Spielverderberin sein, aber …«

»Seit wann?«, neckte Danny seine Schwester.

Lori bedachte ihn mit einem finsteren Blick. »Aber ich muss jetzt wirklich schlafen gehen.«

»Du besuchst Trina, oder?«, fragte Avery, während sie aufstand und die leeren Schachteln von dem chinesischen Essen, das sie sich bestellt hatten, zusammenräumte.

»Ja. Der Vermögensanwalt trifft uns morgen um vierzehn Uhr.«

»Wie langweilig«, murmelte Danny.

Reed fand das nicht, im Gegenteil. Er war sogar sehr interessiert daran, worüber Lori und Avery gerade redeten. Er nahm seinen Teller und folgte ihnen in die Küche.

»Ich mache mir echt Sorgen um sie«, sagte Avery gerade zu Lori. »Sie denkt, sie wird ausspioniert.«

Reed stellte die Teller neben die Spüle. »Warum würde denn jemand Trina ausspionieren wollen?«, fragte er.

»Keine Ahnung. Ihre Bodyguards haben Wanzen im Haus gefunden, als Trina aus Spanien zurückgekommen ist«, plauderte Avery freimütig heraus.

Lori nickte, fügte aber nichts hinzu.

»Trina kommt mir aber nicht wie eine Frau vor, die irgendwelche Geheimnisse hätte.«

Avery sah ihn nur stumm an, dann blickte sie zu Lori und meinte: »Ich habe mir überlegt, dass ich sie vielleicht ein bisschen besuche. Ich glaube, sie kann eine Freundin ganz gut gebrauchen.«

Lori hatte die Luft angehalten und atmete nun langsam aus. »Das ist eine super Idee. Ich würde mich auch freuen, wenn sie jemanden zum Reden hat.«

Avery nickte Richtung Esstisch, wo Danny gerade die leeren Weingläser zusammenräumte. »Er wäre eine schlechte Idee, oder?«, flüsterte sie Lori zu.

»Er ist mein *Bruder*!«

»Okay, okay, schon gut. Wann kommst du wieder heim?«

»Samstag in der Früh.«

»Ich fliege am Freitag. Kannst du meine Blumen gießen, wenn ich weg bin?«

Lori sah sie erstaunt an. »Hast du Pflanzen?«

Avery lachte. »Nein.«

Lori knuffte sie. »Ich sag es dir, falls das Haus brennt.«

»Perfekt.«

Lori wandte sich zu Reed.

Er deutete mit einem Kopfnicken zum Wohnzimmer.

Sie folgte ihm.

Er zog sie zu sich und schlang seine Arme um sie. »Du sorgst dich wirklich um jeden, oder?«

»Das ist dir also schon aufgefallen.«

Sie wirkte nun angespannt. »Und wer passt auf dich auf?«, flüsterte er.

»Mir geht es gut.«

»Jeder braucht irgendwen, der sich um ihn kümmert.«

»Ich passe schon lange auf mich selbst auf.«

Aus der Küche ertönte Gelächter.

»Tut mir leid wegen heute Abend«, sagte sie.

»Weißt du, für eine starke, unabhängige Frau entschuldigst du dich recht oft für Sachen, für die du gar nichts kannst.«

»Tue ich das?«

»Ja. Tust du.« Er küsste ihre Nasenspitze. »Ruf mich an, wenn du in New York gelandet bist.«

»Warum?«

Warum wollte er, dass sie ihn anrief? »Ich will wissen, dass du sicher angekommen bist.«

Zum ersten Mal, seit sie sich kannten, sah er so etwas wie Zweifel auf ihrem Gesicht.

»Ist das okay?«, fragte er.

»Die Wahrscheinlichkeit, dass mein Flugzeug einfach vom Himmel fällt, ist kleiner, als dass mir auf dem Weg zum Flughafen etwas zustößt.«

Gott, sie war wirklich süß, wenn sie einen auf Rechtsanwältin machte.

»Dann schick mir eine Nachricht, wenn du am Flughafen ankommst, und ruf mich an, wenn du in New York gelandet bist.«

Sie blickte ihn schweigend an, dann gab sie schließlich nach: »Meinetwegen.«

»Und, hat das wehgetan?«, wollte er wissen.

Lori schüttelte den Kopf, dann ging die Bewegung in ein Nicken über.

»Ja.«

»Gut.«

Kapitel 17

Lori fühlte sich nach dem gewöhnlichen Linienflug etwas steif, als sie ausstieg. Durch die eine Stunde Verspätung hatte sie nicht mehr viel Zeit, noch bis vierzehn Uhr pünktlich zum Termin mit Mr Crockett und Trina nach Manhattan zu kommen. Zum Glück reiste sie nur mit Handgepäck und musste nicht mehr am Gepäckband warten.

»Ich bin spät dran«, sagte sie dem Taxifahrer, während sie die Autotür schloss. »Ich übernehme den Strafzettel, wenn Sie geblitzt werden.«

Er sah sie kurz im Rückspiegel an, dann gab er Gas.

New York musste man einfach lieben. Hier hupte und gestikulierte man bei jeder Gelegenheit. Auch ihr Fahrer zeigt keine Scheu, alle Mittel einzusetzen, um dort hinzukommen, wo er hinwollte. Wie man das unfallfrei überleben konnte, war ihr ein Rätsel.

Lori blätterte durch die Dokumente von Alice Petrov. Unterlagen über das geschätzte Vermögen, die sich Lori vor Trinas Hochzeit mit Fedor besorgt hatte. Die erste Stunde des Fluges hatte sie noch gelesen, aber dann waren ihr wegen des Jetlags die Augen zugefallen. Als sie aufwachte, hatte sie nur noch eine Stunde, um sich weiter über die Petrovs zu informieren.

Wer wäre mit Alices Entscheidung, ihr Vermögen Trina zu vermachen, einverstanden und wer würde dagegen ankämpfen?

Bis zuletzt war Alice noch aktives Vorstandsmitglied der Firma gewesen, die ihre Familie damals gegründet hatte. Alice war die älteste von drei Töchtern. Alle drei hatten gleiche Anteile der Firma bekommen, als der Vater gestorben war.

Lori musste sich festhalten, als das Taxi einem anderen Auto den Weg abschnitt.

Sie blätterte um, überflog den Lebenslauf von Alice und las über ihren wohltätigen Einsatz bei unzähligen Organisationen. Alles Organisationen, die Frauen unterstützten, die sich für Bildung, Gleichstellung und den Schutz der Frauen einsetzen. Sogar die Pfadfinderinnen bekamen eine großzügige Spende.

Lori hatte das Gefühl, ihre Gehirnwindungen regten sich. Irgendetwas, irgendwelche Ereignisse mussten Alice bewegt haben, sich in solchem Maße für die Frauen einzusetzen.

Sie wurde nach vorne geworfen, als der Fahrer abrupt auf die Bremse trat und vor dem Hochhaus in der zweiundvierzigsten Straße stehen blieb.

Lori blickte auf die Uhr.

Zehn vor zwei.

»Sie sind super.« Sie zahlte und zog dann zusätzlich einen Hundertdollarschein aus dem Geldbeutel, den sie dem Fahrer als Trinkgeld gab.

Er reichte ihr seine Visitenkarte. »Wenn Sie mal wieder ein Taxi brauchen …«

»Dann werde ich an Sie denken.«

Er sprang heraus, aber Lori war bereits mit einem Fuß ausgestiegen, bevor er ihr die Tür öffnen konnte.

Das Taxi stand in zweiter Reihe. Hinter ihnen wurde gehupt, was den Fahrer nicht im Geringsten zu stören schien.

Bevor Lori den Eingang erreicht hatte, klingelte ihr Handy.

Ohne auf das Display zu gucken, hob sie ab: »Ich bin gleich da.«

»Hey.«

Die Stimme warf sie um. Sie hatte gedacht, Trina sei in der Leitung.

»Du hast mich nicht angerufen, als du gelandet bist.«

Sie stolperte fast, als sie durch die Glastür das Gebäude betrat. »Reed?«

»Hast du jemand anderes erwartet?«

Sie war so von seinem Anruf überrascht, dass sie stehen blieb, obwohl sie sich eigentlich beeilen musste. »Mein Flug hatte Verspätung und ich war eingeschlafen …«

»Ich habe mir Sorgen gemacht.«

Die Luft wich aus ihrer Lunge.

Sie ging weiter und stieß direkt gegen die Brust eines Mannes.

Als sie aufblickte, bekam sie plötzlich aus einem ganz anderen Grund Herzklopfen. »Mister Petrov.« Sie wich einen großen Schritt zurück.

»Miss Cumberland. Ich möchte mit Ihnen sprechen.«

Hinter Trinas Schwiegervater standen zwei Männer wie Schränke, die allein durch ihre Präsenz einschüchternd wirkten.

»Ich bin zu spät dran für mein Meeting.« Sie versuchte, ihm auszuweichen, doch er blockierte ihr den Weg.

»Lori?«, sagte die Stimme aus ihrem Handy.

»Es wird nur einen kurzen Moment dauern«, meinte Ruslan.

»Sie können mit meiner Sekretärin gern einen Termin vereinbaren«, entgegnete Lori.

Das fand er anscheinend lustig. »Ich mache meine eigenen Termine.«

Wieder wich sie zur Seite.

Jetzt versperrte einer seiner Muskelmänner den Weg.

Sie richtete sich auf, hob das Kinn an.

Obwohl ihr die Haare im Nacken zu Berge standen, blieb sie ruhig. Es waren genügend Leute in der Nähe und New York war zwar vieles, aber sicher kein Ort voller Weicheier. Falls sie aus dem Gebäude gezerrt wurde, würde sie laut schreien und irgendwer würde schon zur Hilfe kommen.

»Ich habe nichts zu …«

Er legte ihr einen Finger auf die Lippen.

Sie wich entsetzt zurück.

»Meine liebe Alice war nicht mehr ganz klar im Kopf, bevor sie gestorben ist.«

Sie öffnete den Mund.

Wieder legte er den Finger darauf, woraufhin Lori abrupt den Kopf zur Seite wandte.

»Es wäre doch jammerschade, wenn alles, was Sie sich aufgebaut haben, zusammenbricht, bloß wegen meiner armen, kranken Frau.«

Ihr wurde kalt. »Exfrau.«

»Vor Gott sind wir noch verheiratet.«

»Was wissen Sie denn über Gott, Mr Petrov?«

Sein Grinsen machte sie mehr als nervös.

»Ich weiß zumindest, wer ihn von uns als Erstes sehen wird.«

Es kostete sie allergrößte Mühe, sich nichts anmerken zu lassen.

»Soll das eine Drohung sein?«

Er blickte sie aufreizend von Kopf bis Fuß an. »Ich bin nur hellseherisch veranlagt.«

»Nein«, sagte sie. »Sie sind einfach ein Arschloch.«

Jetzt traten seine Gefolgsleute neben sie.

Doch Ruslan stoppte sie mit einer Handbewegung.

Er beugte sich zu ihr.

Sie blieb tapfer stehen, obwohl er bereits mit dem Mund ihr Ohr berührte. »Wir werden uns wieder sprechen.«

Es lief ihr eiskalt den Rücken hinunter.

Ruslan Petrov schubste sich an ihr vorbei und verließ das Gebäude.

Ihre Knie zitterten, als der Adrenalinschub versiegte.

»Lori? Verdammt noch mal, Lori, sprich mit mir!«

Verwirrt schaute sie auf das Handy. Dann erst erinnerte sie sich wieder daran, dass sie gerade telefoniert hatte. »Reed?«

»Was zum Henker ist los?«

»Hast du das alles mitgehört?«

»Ich habe genug gehört. Wo bist du?«

»Mir geht es gut. Ich habe gleich das Meeting. Ich muss los.«

»Hat dieser Typ dir gerade gedroht?« Die Panik in Reeds Stimme passte zu ihrem schnellen Herzschlag.

»Es ist nicht das erste Mal, dass so etwas vorkommt«, log sie. Die Aufzugtüren öffneten sich. »Ich muss jetzt aufhören.«

»Das gefällt mir nicht.«

»Lass uns später noch mal telefonieren.«

»Wie lange dauert das Meeting?«

Sie wollte antworten, doch schon hatte sie keinen Empfang mehr, während der Aufzug nach oben fuhr.

* * *

Er spürte ein Kribbeln, und zwar kein gutes.

Reed schob die Papiere auf seinem Schreibtisch zur Seite, bis er ein schwarzes Notizbuch fand.

Der Ton des Mannes, der mit Lori gesprochen hatte, bedeutete nichts Gutes. Ein russischer Akzent. Reed hatte den Namen Petrov gehört.

Und der Mann hatte Loris Leben bedroht.

Das hatte Reed laut und deutlich gehört.

Was war das für ein Mann, der so etwas tat?

Reed tippte wieder *Katrina Petrov* ein und startete eine neue Suche.

* * *

Lori hatte sich wieder etwas beruhigt, als sie die Kanzlei von Mr Crockett erreichte. Sie war fünf Minuten zu spät.

Die Sekretärin begleitete sie zu dem Zimmer, in dem Trina schon vor dem Schreibtisch saß, die Hände in den Schoß gelegt.

»Bitte entschuldigen Sie«, sagte Lori, als sie hereinkam. »Mein Flug war verspätet.«

Mr Crockett erhob sich, ging um den Schreibtisch herum und gab ihr die Hand. »Das kommt vor. Freut mich, dass Sie extra hierhergekommen sind.«

Lori ging zu Trina, die mit großen Augen dasaß und recht nervös wirkte. Sie gab ihr einen Kuss auf die Wange. »Wo ist dein Bodyguard?«, wollte Lori wissen.

»In der Tiefgarage beim Auto.«

»Meine Damen, dann wollen wir mal beginnen«, unterbrach sie Mr Crockett. Doch Lori hob die Hand und ließ ihn innehalten.

»Ich hatte in der Lobby gerade eine eher ungemütliche Begegnung mit deinem Schwiegervater. Es wäre besser, wenn dein Leibwächter immer bei dir ist, sobald du das Haus verlässt.«

Jegliche Farbe wich aus Trinas Gesicht.

»Ruf ihn lieber an und sag ihm, er soll in der Lobby auf dich warten.«

»Ist alles in Ordnung?«, fragte Mr Crockett.

»Trina braucht unter den gegebenen Umständen verstärkten Schutz.«

»Ich verstehe. Möchten Sie mein Telefon benutzen?« Er hielt ihr den Hörer hin.

Trina tippte aber bereits auf ihrem Handy eine Textnachricht. »Danke, ich habe es schon.«

»Dann beginnen wir also?«

Lori atmete tief ein und verscheuchte alle Gedanken an Ruslan Petrov. Dann nahm sie ihren Notizblock und zückte den Stift.

Der Anwalt eröffnete das Testament und begann mit den üblichen Erklärungen. Worum es sich bei dem Dokument handle, dass die richtigen Worte an der richtigen Stelle stünden, dass kein Zweifel an Alices klarem Urteilsvermögen zum Zeitpunkt der Testamentsverfassung bestehe.

»Es ist mein Wunsch, dass mein gesamtes Vermögen, nach Abzug des erwähnten Anteils für die Angestellten, an Katrina Petrov übertragen werden soll. Ebenso übertrage ich mein Mitspracherecht bei der Firma Everson Oil an Katrina Petrov, die fortan neben meinen beiden Schwestern meinen Platz im Vorstand einnehmen darf. Sollte sie das nicht wünschen, muss sie von diesem Recht keinen Gebrauch machen. Sie kann den Posten auch zu jedem späteren Zeitpunkt übernehmen.«

Trina unterbrach: »Ich habe doch überhaupt keine Ahnung von solchen Sachen.«

Mr Crockett legte die Papiere nieder. »Alice wollte Ihnen zumindest die Option geben und eine berufliche Beschäftigung. Sie hat es nicht gern gesehen, wenn Frauen nur im Schatten ihrer Männer stehen.«

»Wie das bei ihr der Fall war«, murmelte Lori.

»Ganz genau.«

Er klopfte auf die Papiere. »Hier wird alles genau erklärt. Was zu tun ist, falls die Firma aufgelöst werden muss, wie und an wen die Firmenanteile verkauft werden könnten. Alice wollte jedenfalls, dass ihr Anteil an der Firma in der Familie bleibt.«

»Warum hat sie ihn dann nicht an Fedor vererbt?«

Mr Crockett sah sie an. »Sie hatte befürchtet, dass Ruslan alles an sich reißen wird. Das wollte sie umgehen, indem sie Ihnen alles vermacht hat.«

Lori nahm Trinas Hand. »Wenn das Vermögen an Fedor weitergegeben worden wäre, und ihm wäre etwas geschehen, wäre sein Daddy sofort angerannt gekommen.«

»Alice war doch von Ruslan geschieden.«

»Das hätte ihn nicht abgeschreckt«, sagte Mr Crockett. »Jetzt ist das Vermögen in Ihrer Hand und es bleibt ihm nichts anderes übrig, als das zu akzeptieren.«

Lori schauderte. »Irgendwie bezweifle ich, dass er das tun wird.«

»Wenn er nicht gerade Ihren Fingerabdruck auf der Pistole findet, mit der sich Fedor erschossen hat, dann kann Ruslan eigentlich nichts machen.«

Trinas Kinnlade klappte herunter. »Um Gottes willen, meinen Sie, er würde versuchen, mir die Sache in die Schuhe zu schieben?«

Lori wandte sich an Trina. »Was Mr Crockett damit sagen will, ist nur«, sie warf dem Rechtsanwalt einen vielsagenden Blick zu, bevor sie sich wieder zu ihrer Freundin drehte, »dass Ruslan nichts in der Hand hat. Außer du hättest einen Mord begangen.« Lori führte nun das Wort. »Hat Alice irgendeine persönliche Nachricht für Trina hinterlassen?«

»Ja, mehrere.«

Lori hob fragend die Augenbrauen.

»Ich habe allerdings die Anweisung erhalten, diese noch nicht auszuhändigen.«

Trina setzte sich auf. »Was soll das heißen?«

»Es heißt, dass Alice einige Briefe für Sie hinterlegt hat, die Sie im Laufe der Zeit erhalten sollen.«

»Soll das ein Witz sein?«, fragte Lori.

»Nein. Alice hat genaue Anweisungen gegeben. Als Vollstrecker ihres Testaments muss ich ihrem letzten Willen, so gut es geht, nachkommen.« Mr Crockett lehnte sich zurück und faltete die Hände im Schoß.

»Wissen Sie, was in den Briefen steht?«

Er schüttelte den Kopf. »Nein. Sie hat sie selbst geschrieben und versiegelt.«

Trina blickte sich in der Kanzlei um.

»Sie sind nicht hier, Mrs Petrov.«

»Und ich soll jetzt einfach abwarten und Tee trinken, bis eine Fee kommt und mir ein Brieflein vorbeibringt?«

Lori kniff einen kurzen Moment die Augen zusammen. »So ist das bei einem Testament. Derjenige, der es schreibt, bestimmt die Spielregeln.«

»Aber warum?«

»Alice hatte mit Sicherheit ihre Gründe. Ich bin mir sicher, dass am Ende alles einen Sinn ergeben wird.«

Trina begann, unruhig auf und ab zu laufen. »Ich will das alles nicht. Ich habe nicht um ihr Geld gebeten, ich will es gar nicht haben. Und vor allem will ich nicht, dass Ruslan Petrov jetzt hinter mir her ist.« Sie drehte sich zu Lori. »Oder hinter dir! Das ist doch echt blöd.«

»Mrs Petrov«, unterbrach sie Mr Crockett. »Es gibt da noch etwas.«

»Was denn?«, schnaubte Trina. »Soll ich jetzt vielleicht noch auf einem Fuß hüpfen und ein Lied pfeifen?«

Lori verstand, dass Trina ein bisschen Dampf ablassen musste. Ihr wäre es nicht anders ergangen, wenn sie plötzlich keine Kontrolle über ihr Leben mehr gehabt hätte, wie das nun bei Trina durch Fedors Selbstmord und durch Alices Erbe der Fall war.

»Das Vermögen von Alice gehört Ihnen. Für mindestens ein Jahr dürfen keine Änderungen vorgenommen werden oder zumindest, bis Sie alle Briefe von Alice erhalten und gelesen haben.«

Trina ballte die Hände zu Fäusten.

»Gibt es noch irgendetwas, das weiterer Erklärungen bedarf?«, erkundigte sich Lori.

»Die Anweisungen sind alle unmissverständlich. Es wurde an alle Eventualitäten gedacht.«

Loris Augen verengten sich. »Auch an Fedors Tod?«

Mr Crockett senkte den Blick. »Nein. Ich glaube nicht, dass Fedors Tod in irgendeiner Weise erwartet war. Es sei denn, es steht etwas darüber in den Briefen an Trina.«

Trina drehte sich um und schnappte ihre Tasche. »Ich muss hier raus.«

Lori begleitete sie zur Tür.

Davor stand ein Mann, der doppelt so groß und breit war wie sie. Entweder nahm er Amphetamine oder er hatte tausend Jahre im Fitnesscenter verbracht.

»Arbeiten Sie für Neil?«, fragte Lori, als Trina an ihm vorbeigerannt war.

»Jawohl.«

»Weichen Sie ihr nicht von der Seite.«

Er drehte sich um und folgte seinem neuen Schützling.

Lori kehrte ins Büro von Mr Crockett zurück.

»Sie hat eine schwere Zeit hinter sich.«

Er bot ihr abermals den Stuhl an und setzte sich ebenfalls. »Dass sie sich nicht über ihre Erbschaft freut, sagt viel über ihren Charakter aus.«

Lori lehnte sich vor. »Was wollte Alice?«

»Ich bin mir nicht ganz sicher. Ich habe versucht, meine Bedenken zu äußern, als sie mir sagte, dass sie ihre Schwiegertochter als Erbin einsetzen möchte. Was passieren würde, wenn sie und Fedor sich trennten. Aber sie wollte nicht hören.«

»Steht in dem Testament irgendetwas wegen einer möglichen Scheidung?«

»Ja. Bei einer Scheidung wäre die Hälfte des Vermögens an Trina übergegangen, die andere Hälfte wäre zwischen Alices Schwestern und Fedor aufgeteilt worden.«

»Sie hat also tatsächlich an alle Eventualitäten gedacht.«

»Wohl ja. Zumindest habe ich noch keine Schwachstelle gefunden. Und dabei suche ich schon, denn ich kann mir gut vorstellen, dass Ruslan die Sache vor Gericht bringen will, weil er anzweifeln lässt, dass Alice noch bei klarem Verstand war.«

Lori sah ihn an. »Bestehen diesbezüglich denn irgendwelche Zweifel?«

Mr Crockett rieb sich die Nase. »Ich habe Alice dreißig Jahre lang gekannt. Sie hatte einen messerscharfen Verstand, bis kurz vor ihrem Tod. Sie ist viel zu früh aus dem Leben geschieden. Aber ich bin auf Nummer sicher gegangen und habe für eine Einschätzung ihrer mentalen Verfassung einen Arzt zurate gezogen, als sie das Testament geändert hatte.«

»Und alles war in Ordnung, nehme ich an.«

»Eindeutig. Alice hat das ganz bewusst gemacht. Sagen Sie Ihrer Mandantin, dass sie sich erst mal beruhigen soll. Sie hat vorerst wenig zu tun. Die Versorgung der Häuser ist durch das Privatvermögen sichergestellt, bis Trina die vollständige Kontrolle übernimmt.«

»Häuser? Wie viele?«

»Ein paar. Hier steht alles geschrieben.« Er nahm eine Kopie des Testaments und reichte sie Lori.

Lori packte die Unterlagen in ihre Tasche und stand auf. »Ich melde mich wieder.«

Bevor sie hinausging, rief er sie zurück: »Lori?« Sie drehte sich noch einmal um. »Ruslan Petrov ist ein gefährlicher Mann.

Wenn er Sie hier vor meinem Kanzleigebäude abgefangen hat, dann sieht er in Ihnen eine Bedrohung.«

»Das habe ich mir auch schon gedacht.«

»Und er hasst starke Frauen.«

Lori reckte das Kinn. »Dann soll er mich ruhig hassen.«

»Passen Sie auf sich auf.«

Sie lächelte. »Danke, das mache ich.«

KAPITEL 18

Lori rief wieder denselben Taxifahrer von vorher an, damit er sie nun zu Trina bringen würde.

Innerhalb kürzester Zeit kam er und Lori nutzte die Fahrt zum Telefonieren.

»Der Schwiegervater unserer Klientin hat mich bedroht«, berichtete sie, als sie auf der Rückbank des Taxis saß.

»Was genau meinst du mit ›bedroht‹?«

Lori erzählte von der Begegnung mit Ruslan. »Ich muss zugeben, dass ich ganz schön Angst hatte.«

»Das gefällt mir gar nicht, Lori.«

»Ich finde es auch nicht gerade prickelnd.« Sie blickte aus dem Fenster. Die Stadt verschwand, als sie durch den Tunnel fuhren und Manhattan verließen.

»Du brauchst Personenschutz.«

»Ich habe doch nichts, was er wollen könnte.«

»Aber warum hat er dich dann bedroht?«

Lori zögerte.

»Ich rufe Neil an.«

»Sam!«

»Du kannst dich zwar wehren, aber es bringt nichts. Wo bist du gerade?«

»Auf dem Weg zu Trina.«

»Übernachtest du bei ihr?«

»Ja.«

»Gut. Ich kümmere mich um einen Bodyguard, der auf dich aufpasst, wenn du wieder nach Los Angeles zurückkommst.«

Lori stöhnte.

»Jetzt stell dich nicht so an. Ich habe auch lange genug einen um mich herum gehabt.«

»Du bist halt auch mit einem Herzog verheiratet«, erinnerte Lori sie.

»Als ob das heutzutage irgendwen beeindruckt.«

Lori zuckte mit der Schulter. »Es beeindruckt zumindest die Leute, denen ich davon erzähle.«

Sam lachte. »Schick mir deine Flugdaten.«

Es war sinnlos, sich mit ihr zu streiten.

Außerdem hatte sie ja auch recht.

Als Lori aufgelegt hatte, schickte sie die Fluginformation von ihrem Handy weiter an Sam.

Meinetwegen einen Bodyguard, aber höchstens tagsüber. Mein Bruder ist gerade für zwei Wochen bei mir.

Werden wir sehen, war Sams Antwort.

An der Einfahrt zu Trinas Anwesen wurde sie von einem Sicherheitsmann empfangen. Trina war immer noch aus dem Häuschen.

»Ich will noch nicht einmal *dieses* Haus«, rief Trina aufgebracht, nachdem Lori ihr die Einzelheiten von Alices Testament erklärt hatte.

»In einem Jahr kannst du alles verkaufen.«

»Es ist eine Riesenverantwortung. Und jetzt bedroht Ruslan auch noch dich.«

»Männer wie Ruslan versuchen einen einzuschüchtern. Wenn du cool bleibst und nicht zeigst, dass du schwitzt, haben sie keine Kontrolle über dich.«

Trina blickte sie entgeistert an. »Willst du mir damit sagen, dass du nicht geschwitzt hast?«

»Ich habe gesagt, dass du das nicht *zeigen* darfst. Ruslan ist echt ein Koloss und seine Männer sind noch riesiger. Meinst du, der Typ hat schon mal eine Mahlzeit ausgelassen?«

Endlich zeigte Trina ein leichtes Schmunzeln. »Warum belästigt er dich?«

Lori ging im Wohnzimmer auf und ab und öffnete die Vorhänge. »Weil er nicht an dich herankommt. Vielleicht meint er, ich hätte hier was zu sagen.«

»Du musst auf dich aufpassen. Er ist gemeingefährlich.«

»Mach dir keine Sorgen um mich. Hat dich Avery eigentlich schon angerufen?«

»Ja, sie kommt morgen. Ich freue mich schon sehr darauf.«

»Mit Avery kann es auch anstrengend sein«, erinnerte Lori sie.

»Aber sie hat viel Selbstvertrauen und einen starken Willen. Zwei Dinge, die ich selbst gerade gut gebrauchen könnte.«

»Und bis es soweit ist, müssen wir was für dich aufsetzen.«

»Aufsetzen? Was meinst du damit?«

»Wegen deines Vermögens.«

Trina brauchte eine ganze Minute, bis sie ihre Sprache wiederfand. Dann sagte sie: »Du meinst ein Testament.«

»Du bist einen Haufen Geld wert. Je früher du etwas hast, etwas Schriftliches, desto besser.«

»Ich bin jung und ich bin nicht krank.«

»Es muss ja auch nicht allumfassend sein. Nur das Nötigste. Wem du dein Vermögen überlassen willst, falls dir was zustößt. Man kann später auch wieder was ändern oder es ergänzen. Es ist so: Wenn dein Flugzeug abstürzt, landet alles, was dir gerade in den Schoß gefallen ist, möglicherweise bei Ruslan. Wenn dir das nichts ausmacht, dann schön und gut. Falls aber doch, dann lass uns lieber ein paar Dinge niederschreiben und beim Notar hinterlegen, dann bist du abgesichert. Ein Kollege von mir ist auf Vermögensplanung und Testamente spezialisiert. Wenn wir mehr Details hinzufügen wollen, holen wir ihn dazu. Oder du fährst gleich zu ihm, wie es dir lieber ist.«

Trina hob sich ergebend die Hände. »Lass mich erst mal das Testament von Alice lesen.«

* * *

Wenn jemand starb, der so reich war wie Alice Petrov, erfuhr das die ganze Welt. Reed hatte sich mühselig sämtliche Zahlen und Informationen zusammengesammelt, ehe kurz darauf die einschlägigen Webseiten und Finanzmagazine alle Details von Alices Testament veröffentlichten.

Das Vermögen von Katrina Petrov wurde auf dreihundertdreiundachtzig Millionen Dollar und ein paar Zerquetschte geschätzt. Seit der Investition in Pipelines und Solarparks hatte die Firma Everson Oil allein im letzten Quartal ein Wachstum von fünfzehn Prozent verzeichnet.

Reed suchte nach Informationen über Ruslan Petrov. Und nach Bildern von ihm.

Wenn er daran dachte, dass dieser Mann Lori bedroht hatte, sah er rot. Männer wie er, die mit ihrer Körpergröße Frauen einschüchtern wollten, sollten einfach auch mal in einer dunklen Gasse von jemandem vermöbelt werden, der doppelt so groß war wie sie. Auch wenn das bei Reed nicht der Fall war, so juckte es ihn trotzdem in den Fingern, es diesem Typen heimzuzahlen.

Die große Frage aber war, warum hatte es Ruslan Petrov überhaupt auf Lori abgesehen?

Es war bereits nach zwei Uhr morgens. Reed war bei der dritten Kanne Kaffee. Seine Augen waren rot gerändert, sein Computer lief schon ganz heiß.

Reed hatte in seinem Arbeitszimmer eine große Pinnwand, die er, wenn er nicht zu Hause war, hinter einer doppelt gerahmten Weltkarte versteckt hielt. Er hatte am Pinboard ein Bild von Lori befestigt und daneben, mit Pfeilen verbunden, waren Fotos der Frauen, die er auf der Kreuzfahrt kennengelernt hatte. Neben Shannon hing auch ein Foto seiner Auftraggeberin, die ihn für das Sammeln der geheimen Informationen bezahlte. Daneben das Bild von Shannons Exmann.

Lori hatte die Frauen bei ihren Scheidungen vertreten.

Nur Trina war nicht geschieden. Was war die Verbindung zu ihr?

Um zwei Uhr dreißig fand Reed einen Artikel über Fedors Tod in den Finanzseiten. Sein Vermögen hatte nicht seine junge Frau geerbt. Es ging auch nicht an seine Mutter, von der man schon wusste, dass sie im Sterben lag. Nein. Der Pflichtteil der Erdölfirma wurde zwischen den Tanten und deren Familien verteilt. Der größte Anteil jedoch ging an wohltätige Organisationen. Seine Frau Trina erbte nur das Haus und eine gewisse Summe, die gewährleisten würde, dass sie das Haus in den nächsten fünf Jahren behalten konnte.

Laut Aussage des *Wall Street Journals* bekam Trina Petrov genau die Summe, die im Ehevertrag vereinbart worden war. Fünf Millionen Dollar. Und die Geschenke, die sie während der Ehe bekommen hatte, durfte sie auch behalten.

Fünf Millionen von einem Vermögen, das über hundert Millionen Dollar wert war.

Reed folgte den Links und fand heraus, welche Anwältin den Ehevertrag der beiden vor der Hochzeit entworfen hatte. Lori.

Er klebte einen Notizzettel auf Trinas Bild und schrieb *fünf Millionen* darauf.

Dann suchte er nach dem Ehevertrag von Avery. Fünf Millionen und eine Luxuswohnung.

Bei Shannon sieben Millionen und ein Haus in Südkalifornien.

Reed ergänzte *ein Haus* auf Trinas Zettel.

Er stellte sich vor die Pinnwand und verschränkte die Arme vor der Brust.

Er wusste ja, wie alle Ehen verlaufen waren. Er hatte Lori mit den drei Frauen zusammen getroffen und deshalb nahm er an, dass sie nicht nur dieselbe Rechtsanwältin hatten, sondern anscheinend auch den gleichen Plan verfolgten. Es waren große Summen. Aber bescheiden im Verhältnis zu dem Vermögen, das die entsprechenden Männer hatten. Alle diese Frauen waren jung. Ihre Ehen waren nur von kurzer Dauer.

In seinen Gehirnwindungen prickelte es, oder vielleicht lag es auch nur am Koffein.

Er klickte wieder zu den Informationen über Trinas Hochzeit zurück. Sie war bei Fedors Tod weniger als ein Jahr verheiratet gewesen.

Er suchte weiter. Shannons Ehe hatte zwei Jahre gedauert.

Die von Avery achtzehn Monate.

Außer bei Fedor waren sonst keine Pistolen involviert gewesen.

Niemand hatte irgendwen betrogen oder sich in einen anderen verliebt. Alle Ehen schienen normal zu verlaufen, bei allen fand er irgendwelche Fotos von den Ehepaaren auf Wohltätigkeitsveranstaltungen. Und von einem Tag auf den anderen war das Ende der Ehe gekommen.

Um vier Uhr morgens druckte Reed Hochzeitsfotos von den drei Paaren aus. Shannon und Paul schienen sehr gut zusammenzupassen. Bei Avery und ihrem Exmann sah es eher so aus, als sei sie nur dem Geld hinterher und er der Reiche, der eine hübsche Frau haben wollte. Trina und Fedor passten besser zusammen, aber auf den Fotos stand er nicht sehr nahe bei ihr und wirkte außerdem nicht wie jemand, der sich freute, so eine schöne Frau gefunden zu haben.

Bei jeder Hochzeit war Lori mit von der Partie.

Und diese andere Frau.

Reed hängte ein Bild von ihr neben das von Lori.

Samantha Harrison.

»Wie passt du nur dazu?«

* * *

Es war schon Samstagmittag, als Lori aus dem Flugzeug stieg. Der Bodyguard, auf den Sam bestanden hatte, wartete bereits am Gepäckband auf sie. Nicht dass Lori sonstiges Gepäck dabeigehabt hätte.

»Cooper, stimmts?«, fragte Lori. Sie hatte ihn schon oft gesehen. Die Sicherheitsleute, die die Klienten von Alliance und die Mitglieder der Familie Harrison betreuten, waren aus demselben Netzwerk.

»Es ehrt mich, dass Sie wissen, wer ich bin.« Er hatte ein charmantes Lächeln und trug, obwohl sie nicht draußen waren, eine Sonnenbrille, was bei ihm aber gar nicht so komisch wirkte. »Hatten Sie Gepäck aufgegeben?«

Sie deutete auf den kleinen Rollkoffer. »Das ist alles.«

Er nahm ihn ihr ab und begleitete sie hinaus.

»Neil hat mir von der Bedrohung erzählt«, sagte er, als er losfuhr.

»Klingt alles so geheimnisvoll«, scherzte sie.

»Ruslan Petrov wird mit dem Verschwinden von drei Leuten in Verbindung gebracht. Einer davon war der Rechtsanwalt seiner verstorbenen Exfrau, der sie während der Scheidung vertreten hatte. Petrov ist ein gefährlicher Mann.«

Sie hörte auf zu lächeln.

Cooper blickte sie durch den Rückspiegel an.

»Man muss seinen Feind kennen und wissen, wozu er in der Lage ist. Dadurch wird man stark. Ich will Ihnen keine Angst machen, Miss Cumberland.«

»Machen Sie aber trotzdem.«

»Neil hat mich schon vorgewarnt, dass es mit Ihnen nicht leicht wird.«

»Lassen Sie mich raten, Neil hat auch diese kleine Rede für Sie geschrieben.«

Cooper machte einen Schulterblick und bog auf den Freeway 405. »Nein, Neils Worte waren: *Sag ihr, sie soll dich halt entlassen, wenn sie lieber stirbt.*«

Sie blickte aus dem Fenster. »Typisch Neil.«

»So einfühlsam wie ein Herzinfarkt.«

Lori holte das Handy aus der Tasche. »Na, danke jedenfalls, dass Sie beruhigenderweise sagen, ich würde nur verschleppt und nicht gleich umgebracht werden.«

Cooper blickte über den Rand seiner Sonnenbrille zu ihr. »Eigentlich sehen Sie klüger aus.«

»Bin ich auch.« Sie schrieb Reed eine Nachricht.

Bin gelandet. Jetzt auf dem Heimweg.

Ein paar Minuten später kam die Antwort.

Willkommen zu Hause.

KAPITEL 19

Reed kam vor Lori bei ihrer Wohnung an. Es saß nicht dieselbe Person am Empfangstresen wie vor ein paar Tagen. Reed blickte ihr freundlich entgegen und lächelte, als er auf die Dame des Concierge-Services zukam.

Es war eine zierliche Afroamerikanerin.

»Guten Tag«, begrüßte sie ihn höflich.

»Hallo. Reed Barlow für Miss Cumberland in Wohnung 1208.«

Sie sah im Computer nach. »Richtig, hier steht es ja schon. Leider ist Miss Cumberland noch nicht hier. Gästen darf leider erst Einlass gewährt werden, wenn der entsprechende Bewohner zurück ist, Mr Barlow.«

Gut, sie ließen also nicht einfach so jemanden hinein.

»Lori ist gerade auf dem Weg vom Flughafen hierher.«

Sie war sehr freundlich. »Bitte haben Sie Verständnis, dass ich Sie bitten muss, hier unten zu warten, wenn wir keine anderen Anweisungen bekommen haben.«

»Selbstverständlich«, sagte er. Dann zog er ein Foto aus seiner hinteren Hosentasche und ließ es über den Tisch gleiten. »Haben Sie zufällig diesen Mann schon mal gesehen?«

»Ich glaube nicht.«

»Er hat Miss Cumberland bedroht.«

Sie sah ihn erschrocken an.

»Wenn Sie diesen Mann hier irgendwo sehen, rufen Sie bitte sofort Lori an und warnen sie.«

Sie nahm das Bild. »Kann ich es behalten?«

»Natürlich.«

»Ich werde den Sicherheitsdienst informieren.«

»Vielen Dank, das ist sehr freundlich von Ihnen.« Er setzte sich in einen Sessel in der Lobby.

Keine zehn Minuten später kam Lori.

Ein Mann hielt ihr die Tür auf und ließ sogleich seinen Blick durch die Lobby schweifen. Als er Reed sah, stellte er sich vor Lori. Er sagte leise etwas zu ihr, das Reed nicht hören konnte.

»Reed.« Lori war überrascht, ihn zu sehen, und umarmte ihn sogleich.

»Was machst du denn hier?«, wollte sie wissen.

»Ich habe dich schon so lange nicht mehr gesehen.«

»Es ist doch erst ein paar Tage her.«

»Das war aber vor der Morddrohung.«

Sie löste sich aus seinen Armen und sah ihn scharf an. »Jetzt fang du nicht auch noch damit an.«

Der Mann, der mit Lori gekommen war, trat ein paar Schritte zurück und scannte wieder die Lobby.

»Und wer ist das?«

»Ein Bodyguard. Sam hat darauf bestanden.«

»Sam?«

Lori schüttelte den Kopf. »Sie macht sich Sorgen.«

Ja, hinter der Sache mit Sam steckte definitiv noch sehr viel mehr. Aber er konnte sie schlecht hier in der Lobby ausfragen. Er streckte dem Bodyguard die Hand entgegen. »Hallo, ich bin Reed.«

Der Mann hatte einen festen Händedruck. Und breite Schultern. Unter seiner Jacke hatte er mit Sicherheit eine Waffe versteckt. »Cooper.«

»Vielen Dank, dass Sie Lori beschützen.«

Coopers Antwort war ein kurzes Nicken. »Lori, bitte stellen Sie mich nun dem Personal vor, damit ich freien Zugang bekomme.«

Lori entfernte sich von Reed und ging mit Cooper zur Concierge.

Danach fuhren sie zu dritt mit dem Aufzug nach oben. »Ist Danny noch hier?«

»Ich gehe davon aus. Seit ich losgeflogen bin, habe ich nicht mehr mit ihm geredet. Ich habe Sam gesagt, dass ich in der Nacht keinen Babysitter brauche.«

Cooper grinste unter seiner Sonnenbrille. »Dann ist ja gut, dass ich kein Babysitter bin.«

»Sie wissen, was ich meine.«

»Wir werden sicher eine akzeptable Lösung finden«, beruhigte er sie.

Schon im Gang schallte ihnen laute Musik entgegen. Lori sperrte die Wohnungstür auf.

Danny war nicht zu sehen.

Cooper ging sogleich durch den Raum.

»Danny?«

»Ich bin hier.«

Lori stellte mit der Fernbedienung die Musik leiser.

»Hey, ich mag das Lied!«, beschwerte er sich.

»Meine Nachbarn aber nicht.« Sie stellte ihr Gepäck ab, warf die Schlüssel auf den Beistelltisch.

Reed beobachtete Cooper dabei, wie er systematisch die Wohnung absuchte. Anscheinend war er zum ersten Mal hier. Er öffnete ein Fenster, streckte den Kopf hinaus. »Gibt es irgendwelche Balkone oder andere Zugänge?«, erkundigte sich Cooper.

»Nein«, antwortete Lori.

Reed korrigierte sie. »Auf dem Dach befindet sich eine Lounge und im fünfzehnten Stock ein für alle zugänglicher Pool. Aber keine Balkone.«

»Ach, stimmt ja. Ich habe nie Zeit, den Pool zu benutzen.« Lori stockte und starrte Reed an. »Aber warte mal, warum weißt du das überhaupt?«

Reed suchte fieberhaft nach einer plausiblen Erklärung. Die einzige logische Antwort war, dass er sie ausspionierte.

Cooper entfernte sich vom Fenster. »Es macht Ihnen sicher nichts aus, dass ich mich umsehe.«

»Fühlen Sie sich ganz wie zu Hause.«

Danny erschien in Shorts und einem T-Shirt mit dem Aufdruck einer Rockband, die in den Neunzigerjahren sehr beliebt war. »Hallo.«

Reed nickte ihm zu. »Hey, Danny.« Es war für ihn eine willkommene Ablenkung, um nicht auf Loris Frage eingehen zu müssen.

Danny entdeckte Cooper.

»Cooper, das hier ist mein Bruder.«

Danny reichte ihm die Hand.

»Wer ist er denn?«, flüsterte Danny, als Cooper ins nächste Zimmer ging.

Lori zögerte. »Ein Bekannter.«

Reed korrigierte sie. »Ein Bodyguard.«

Dannys entspanntes Lächeln verschwand. »Wie bitte?«

»Es ist total übertrieben und unnötig. Rechtsanwälten wird oft gedroht. Sam ist einfach nur übervorsichtig.«

»Mal langsam. Wer bedroht dich? Und wer ist Sam? Wie viele Männer hast du denn noch in deinem Leben?«

»Sam ist eine Frau, wir arbeiten zusammen. Sie ist eine Freundin von mir.«

»Und wer droht dir?«

»Ach, niemand. Es ist alles nur Quatsch.«

Jetzt mischte sich Reed wieder ein. »Ruslan Petrov. Ein gefährlicher Russe, dessen Bodyguards doppelt so groß sind wie Cooper.«

Lori verengte die Augen. »Da hat wohl jemand seine Hausaufgaben gemacht, wie?«

Reed holte tief Luft. »Wenn ein Mann die Frau bedroht, mit der ich zusammen bin, dann will ich schließlich wissen, um wen es sich handelt.«

»Wie hat er dich denn bedroht?«, wollte Danny nun wissen.

Reed war gespannt, ob Lori die Wahrheit sagen würde oder die Situation wieder herunterspielte.

Aber sie erzählte von dem Zusammentreffen mit Ruslan.

»Das ist echt krass, Lori.«

»Rechtsanwälte sind bei den gegnerischen Parteien meist nicht sehr beliebt. Da macht man sich oft Feinde.«

Cooper kam wieder zurück. Jetzt erst nahm er die Sonnenbrille ab und zog die Jacke aus. Und wie Reed sich schon gedacht hatte, trug er ein Waffenhalfter mit einer Pistole.

Danny starrte darauf, Lori hielt die Luft an.

Reed stand nur beobachtend daneben.

»Sie haben keine Überwachungsanlage«, stellte Cooper fest.

»Ich wohne in einem Hochhaus mit Sicherheitsdienst und Concierge-Service.«

»Lassen Sie mich wiederholen: Sie haben keine Überwachungsanlage.«

Lori kniff die Lippen zusammen.

Cooper blickte zu Danny, dann wieder zu Lori. »Jeder hat seine Prioritäten, Lori. Meine Aufgabe ist es, alles zu überprüfen und Vorschläge zu machen.«

»Und welche wären das?«

»Ein Sicherheitssystem mit Überwachungskameras. Und ein bewaffneter Bodyguard, bis die Bedrohung vorüber ist.«

»Also wirklich, Sie klingen ja, als sei ein Anschlag auf mich geplant.«

Cooper zog eine Augenbraue hoch.

»Heilige Scheiße, Schwesterherz.«

Lori lehnte sich gegen die Theke. »Also meinetwegen, eine Alarmanlage.«

»Mit Überwachungskameras«, fügte Cooper hinzu.

»Na gut. Aber nix Bewaffnetes die ganze Zeit. Danny ist ja zwei Wochen hier.« Sie warf Reed einen Blick zu.

»Ich bin auch in der Nähe.«

Sie rang sich ein Lächeln ab. »Sehen Sie, ich bin gut versorgt.«

»Ich bespreche das mit meinen Leuten.«

Sie schüttelte den Kopf und ging in ihr Zimmer. »Ich brauche eine Minute für mich allein.«

Als sie draußen war, wandte sich Danny an Reed: »Wie schlimm ist denn dieser Kerl?«

»Sehr schlimm.«,

»Es gibt eigentlich keinen Schlimmeren«, ergänzte Cooper.

»Wie schnell können Sie die Anlage installieren?«, wollte Reed wissen.

Cooper hatte bereits das Handy am Ohr. »In zwei Stunden.«

Das wollte Reed sehen.

* * *

Lori erschien wieder. Sie trug nun eine legere Hose und ein Sweatshirt mit hochgerollten Ärmeln, die Haare hatte sie zurückgebunden. Als sie in die Wohnung zog, hatte sie tatsächlich mal vorgehabt, eine Alarmanlage installieren zu lassen. Aber da es nie einen wirklichen Grund gab, hatte sie sich doch nicht die Mühe gemacht. Außerdem behielt sie gern die Zügel in der Hand, und um Hilfe zu bitten, selbst wenn es sich dabei um einen Sicherheitsdienst handelte, fühlte sich definitiv so an, als hätte sie nicht mehr die vollständige Kontrolle über ihr eigenes Leben. Andererseits war sie auch nicht so naiv zu glauben, sie könne einen Mann wie Ruslan abwehren, wenn er sich Zutritt zu ihr verschaffte.

Cooper ließ ein Team von vier Männern kommen. Sie waren mit Kabeln, Bildschirmen, Sensoren, Lautsprechern und Kameras ausgerüstet.

Danny verließ die Wohnung, um einen Freund zu besuchen. Schließlich waren jetzt genügend Männer da, die auf Lori aufpassten. Reed folgte Cooper und löcherte ihn mit Fragen.

Mit jedem Loch, das in ihre Wand oder den Fensterrahmen gebohrt wurde, fühlte Lori ein Stück ihrer Privatsphäre schwinden.

»Welcher Sicherheitsdienst überwacht das alles?«, hörte sie Reed fragen.

»Es ist ein Privatunternehmen.«

»Mit bewaffneten Leuten, nehme ich an.«

Cooper grinste. »Mit einem Baseballschläger aufzukreuzen würde wahrscheinlich nicht viel bringen, oder?«

Lori war froh, dass er trotz der Absurdität der ganzen Sache wenigstens noch etwas Humor an den Tag legte. Eigentlich hatte sie vorgehabt, sich noch ein paar Unterlagen durchzusehen, was aber mit all dem Gebohre und Gehämmere um sie herum nicht möglich war.

»Sie waren früher beim Militär, oder?«, fragte Reed.

»Ja, bei der Marine. Und Sie?«

Reed schüttelte den Kopf. »Ich war nicht beim Militär.«

Cooper musterte ihn. »Ich hätte schwören können, dass Sie in der Armee waren.«

»Nein, nein.«

Cooper überprüfte einen Bildschirm, als der Techniker eine der Kameras einstellte. Er drückte auf einen Knopf, dann war das Bild einer anderen Kamera zu sehen.

»Keine im Schlafzimmer«, warnte Lori.

»Nur in den anderen Räumen. Nichts im Bad oder Schlafzimmer.«

»Gut.« Sie trank aus ihrer Wasserflasche. »Jetzt können wir wohl keinen wilden Sex mehr auf dem Esstisch haben«, zischte sie Reed zu.

Er berührte ihre Taille, gab ihr einen Kuss auf den Nacken.

»Dafür finden wir schon ein anderes Plätzchen«, flüsterte er zurück.

Sie drehte sich in seine Arme. »Wie war denn eigentlich deine Woche? Wir reden immer nur über meine Welt.«

»Meine ist langweilig.«

»Von der Langeweile würde ich gern ein Stück abbekommen.«

»Kann ich mir vorstellen. Wie geht es Trina?«

»Sie ist durch den Wind.«

Reed massierte Loris Schultern. »Ich bin auf ihren Namen gestoßen, als ich gestern im Internet die Nachrichten gelesen habe. Hat das alles hier mit ihrer Erbschaft zu tun?«

»Sonst hat Ruslan Petrov mit mir nichts zu schaffen. Ich war genauso schockiert wie Trina, als ich erfahren habe, dass sie alles erbt.«

»Das hat ihren Schwiegervater wütend gemacht.«

»Und wie. Er raucht vor Wut.«

Reed blickte über ihre Schulter. »Und die Rauchzeichen haben wohl noch andere einflussreiche Leute gesehen. Wie kommt es denn, dass du solche Verbindungen hast?«

Lori folgte seinem Blick. »Ach, die habe ich ja eigentlich gar nicht. Die hat nur Sam.«

»Die Dame von neulich.«

»Ja, meine übervorsichtige Freundin. Sie kennt jeden.«

»So kommt mir das auch vor.«

»Irgendwann wird alles vorbei sein, da bin ich mir sicher.«

Er legte die Arme um sie, gab ihr einen Kuss auf die Schläfe. »Du bist eine starke Frau, Lori.«

Sie lehnte sich an ihn und genoss das Gefühl, gehalten zu werden. Stark oder nicht, es war trotzdem schön, seine Unterstützung zu haben.

* * *

Reed blickte zur Decke. Lori war endlich eingeschlafen, ihre Hand lag auf seiner Brust, darauf ihr Gesicht. Der Mund war leicht geöffnet, jeder Atemzug fühlte sich an wie ein leises Flüstern auf seiner Haut.

Nachdem die Leute von der Sicherheitsfirma gegangen waren, hatte Cooper gewartet, bis Danny zurück war, und gesagt, er werde am nächsten Morgen gleich in der Früh wiederkommen.

Lori hatte protestiert, aber Cooper hatte nur gemeint, er dürfe von ihr keine Anweisungen entgegennehmen. Er entschuldigte sich zwar, aber leid tat es ihm trotzdem nicht.

Reed fand die ganze Situation beunruhigend. Der Sicherheitsdienst, zu dem Cooper gehörte, hatte Geld, große Waffen und die besten Männer. Sam steckte zwar dahinter, aber wie kam es, dass sie so über Lori bestimmen konnte?

Er war kurz davor, Lori das direkt zu fragen. Wenn er ein ganz normaler Typ gewesen wäre, der zufällig in ihr Leben gekommen war, hätte er das schon längst gemacht.

Aber das war schließlich nicht der Fall.

Er musste vorsichtig sein. Cooper schien einen guten Riecher zu haben. Um ein Haar hätte er Reeds Beruf erraten. Beziehungsweise seinen früheren. Reed war zwar nicht beim Militär gewesen, aber er hatte auf der Polizeischule eine ähnliche Ausbildung genossen und mehr als zehn Jahre als Polizist gearbeitet.

Reed berührte die Narbe an seinem Kinn. Nach dieser blöden Geschichte war es ein Leichtes für ihn gewesen, als Privatdetektiv anzufangen. Er kannte die Gesetze und wusste, wie er auf legale Weise seine Arbeit machen konnte. Von seiner Zeit im Polizeidienst bekam er eine kleine Rente. Deshalb nahm er nur die Fälle an, die sich finanziell rentierten, womit er ganz gut über die Runden kam.

Er konnte es nicht mit ansehen, wenn guten Leuten Schlechtes widerfuhr. Bevor er Lori kannte, hatte er gedacht, dass alle Rechtsanwälte Arschlöcher seien. Vor Lori hatte sich dieses Vorurteil immer wieder bestätigt.

Seine Klientin war früher auch Rechtsanwältin gewesen und so war er davon ausgegangen, bei seinem Fall handle es sich um den Machtkampf zweier Armleuchter, die sich gegenseitig an die Karre fahren wollten. Nur war Lori zu Beginn gar nicht seine Zielperson gewesen. Und er hatte seine Meinung über ihren Beruf in kürzester Zeit geändert.

Lori murmelte im Schlaf vor sich hin und kuschelte sich näher an ihn heran. In Reeds Brust regte sich etwas, das sich sehr nach Gewissensbissen anfühlte.

Kapitel 20

»Ich brauche mehr Informationen von Ihnen«, sagte Reed am folgenden Montag zu seiner Klientin.

»Welche Informationen?«

»Sie möchten Wentworths Ruf schädigen.«

»Wenn Sie das noch lauter sagen, hört das gleich die ganze Welt.«

Reed wechselte zum anderen Ohr, sein Blick haftete auf dem Pinboard. »Es ist ja nichts Neues, dass sich Politiker gegenseitig durch den Dreck ziehen. Das wird sogar in gewisser Weise erwartet. Außerdem habe ich eine sichere Leitung.«

»Reed, ich habe Ihnen doch alles erklärt.«

»Sie wollen, dass ich durch seine Exfrau etwas über ihn finde.«

»Exfrauen sind meistens so sauer, dass sie irgendwas preisgeben.«

Aber Shannon war nicht sauer. Höchstens verletzt. »Also, sie wirkte nicht, als sei sie wütend auf ihn.«

»Dieser Wentworth ist viel zu sauber. Er wurde doch nur gewählt, weil der ganze Bundesstaat von seiner überstürzten Hochzeit und von der hübschen Braut so begeistert war. Nicht mal die Scheidung hat Spuren auf seiner weißen Weste hinterlassen. Aber jeder hat doch Fehler.«

Reed stimmte zwar zu, aber eigentlich waren die Leute mit dem amtierenden Gouverneur ganz zufrieden. Die Scheidung hatte auch niemanden vor den Kopf gestoßen. Im Gegenteil, es sah eher so aus, als würden viele Frauen bereits Schlange stehen, um die nächste Mrs Wentworth zu werden.

Reed hielt inne. »Wieso haben Sie gerade ›überstürzt‹ gesagt?«

»Ach Gott, Reed, sehen Sie denn keine Nachrichten?«

Wenn er es vermeiden konnte, dann nicht. Für ihn war es nur eine deprimierende Stunde im Fernsehen. »Nein.«

»Jeder hat doch schon längst gewusst, dass Paul kandidieren wird, auch wenn es damals noch nicht öffentlich war. Kurz vor der Bekanntgabe hat er Shannon bei einer Wohltätigkeitsveranstaltung kennengelernt und innerhalb eines Monats geheiratet. Angeblich haben sie sich schon vorher lange gekannt, aber zusammen *gesehen* hat man sie vorher nie. Den Sitz in Sacramento hätte er wohl kaum gewonnen, wenn er nicht verheiratet gewesen wäre.«

»Wer hat denn mitten im Wahlkampf Zeit, sich um eine Frau zu bemühen?«

»Gute Frage. War schon alles recht praktisch, oder?«

»Wer hat eigentlich die Hochzeit geplant?« Auf den Bildern wirkte es, als wäre für die Feier eine lange Vorbereitungszeit notwendig gewesen. Schnelle Hochzeiten, die Scheidungen kurz und schmerzlos. Es war alles ein bisschen zu perfekt.

»Woher soll ich das denn wissen? Aber wen interessiert das? Oder wollen Sie etwa heiraten?«

Nein. Aber wenn er sich *scheiden* lassen wollte, dann wüsste er schon, an wen er sich wenden müsste. Er blickte auf Loris Bild.

* * *

»Trina und ich fahren nach Texas«, verkündete Avery über Skype.

Lori blickte beide Frauen auf ihrem Bildschirm an. »Ihr beide?«

»Alices Schwestern möchten, dass ich die anderen Vorstandsmitglieder kennenlerne.«

»Ich hab der hier geraten«, Avery deutete mit den Daumen zu Trina, »dass sie dir das lieber vorher sagt.«

»Das war ein guter Rat von dir. Da sollte ich nämlich besser dabei sein. Wenn ihr mir vierundzwanzig Stunden gebt, um meine Termine zu verschieben, dann komme ich mit.« Lori konnte Trina das nicht allein machen lassen. Wer wusste, was sie dort erwartete?

»Ich kann das auch allein. Die werden mich schon nicht zerfleischen.«

Lori beugte sich näher zum Bildschirm. »Wie gut kennst du Alices Schwestern?«

»Ich habe sie auf der Hochzeit kennengelernt.«

Lori versuchte, ihren strengen Anwaltsblick aufzusetzen, damit Trina die Sache ernster nahm. Doch dieser Trick wirkte per Skype möglicherweise nicht so gut. »Und was ist mit dem Vorstand, kennst du da schon irgendwen?«

»Nein.«

»Gibt es irgendwen, der einen Nachteil davon hat, dass du nun in die Fußstapfen von Alice trittst?«

»Keine Ahnung.«

»Irgendwer, der einfach aus Prinzip was gegen dich haben könnte?«

»Aus Prinzip?«

»Na, vielleicht wegen der Tatsache, dass du nichts über die Firma weißt und nun trotzdem ein Drittel der Aktienanteile im Wert von mehr als einer Milliarde Dollar besitzt?«

Trina verstummte.

Nun ergriff Avery das Wort. »Ich habe dir doch gesagt, dass sie unbedingt mitkommen muss.«

Gleich im Anschluss machte Lori ein paar Anrufe und verschob einen Termin mit einem Mandanten. Gut, dass bis nächsten Montag keine Gerichtstermine geplant waren.

Es war schon nach achtzehn Uhr, als Cooper den Kopf in ihr Büro steckte. »Ich wollte Ihnen nur sagen, dass ich hier bin, falls Sie gehen möchten.«

Lori zog die Unterlagen für Montag heraus und stapelte sie auf dem Schreibtisch. »Sie können sich ruhig noch einen Kaffee machen. Es dauert noch ein paar Stunden.«

»In Ordnung.«

Sie setzte sich wieder an den Schreibtisch und las die Unterlagen.

Cooper. Was mach ich mit ihm, wenn ich nach Texas fliege?

Vor Ort wäre ja wahrscheinlich sowieso ein Leibwächter für Trina und Avery.

Lori legte die Unterlagen zur Seite und rief Sam an.

»Okay, Ihre Durchlaucht, ich bin es echt nicht gewohnt, so einen Bodyguard um mich herum zu haben und so zu tun, als wenn nichts wäre.«

»Worüber beschwerst du dich?«, zog Sam sie auf.

»Hör zu, die Sache ist so: Ich muss mit Trina und Avery nach Texas. Was soll ich jetzt machen, brauche ich auch ein Ticket für Cooper oder reicht es, wenn vor Ort der Leibwächter von Trina und Avery da ist? Und vergiss dabei nicht, seit New York ist nichts passiert.«

»Ich rufe Neil an. Ich melde mich gleich wieder.«

»Na gut. Ich bin im Büro.«

Lori vertiefte sich in ihre Arbeit, bis das Telefon wieder läutete. Als auch nach dem zweiten Klingeln niemand abhob, fiel ihr ein, dass die beiden anderen ja schon gegangen waren.

»Kanzlei von Lori Cumberland.«

»Ich bin's wieder, Sam. Also, für Trina und Avery schicken wir unseren Jet, dann kann der Bodyguard mitkommen. Für dich könnten wir auch ein Privatflugzeug chartern, das wäre gar kein Problem.«

»Bloß nicht. Wenn ich mit dem Privatjet fliege, dann nur, wenn er sowieso gerade nutzlos rumsteht. Aber extra einen mieten, geht zu weit«, meinte sie. Wobei man selbst bei einem »nutzlos rumstehenden« Privatflieger Sprit und Piloten bezahlen musste und es immer eine teure Sache war, egal von welcher Seite man es betrachtete. »Ich nehme einen Linienflug.«

»Ich könnte schauen, ob Eliza und Carter dir ihren Jet leihen.«

»Du weißt aber schon, dass es hier um Flugzeuge geht und nicht darum, mal kurz ihr Auto auszuleihen, oder?«

»Es klingt vielleicht blasiert, aber für uns ist das fast dasselbe.«

»Für mich nicht. Ich fliege mit einem normalen Flugzeug, basta. Darf Cooper eine Waffe mitnehmen?«

»Nein.«

»Dann hat es eigentlich wenig Sinn, dass er mitkommt. Ich treffe dort einfach die anderen mit ihrem Bodyguard. Das wird schon reichen.«

»Cooper ist ohne Waffe genauso tödlich wie mit.«

Lori grunzte.

»Das sind Neils Worte, nicht meine.«

»Das ist doch doof.«

»Dann nimm für den Flug Danny als Aufpasser mit.«

»Ich liebe meinen Bruder zwar, aber der umarmt die Leute lieber, als ihnen eins überzubraten.«

»Okay, dann Reed. Cooper hält anscheinend große Stücke auf ihn, weil er aussieht wie einer, der sich zu verteidigen weiß, wenn es sein muss. Er muss ja nur den Bodyguard spielen, bis du landest.«

»Ich weiß nicht.«

»Andernfalls buchen wir zwei Zimmer mit einer Durchgangstür oder Cooper schläft gleich auf der Couch bei dir.«

»Das ist doch absurd.«

»Hey, wir haben uns beide mit dem Fall beschäftigt und wissen, dass Ruslan sehr gefährlich sein kann. Jetzt, da er nichts mehr zu verlieren hat, ist er sogar noch gefährlicher.«

»Okay, okay. Ich rufe Reed an und schaue, ob er Lust auf Cowboyhüte und Barbecue hat.« Sie legte auf. Es passte ihr eigentlich gar nicht, dass sie Reed um einen Gefallen bitten musste. Andererseits war die Aussicht, Zeit mit ihm zu verbringen, mehr als aufregend.

* * *

»Ich bin dir echt sehr dankbar, dass du mitkommst«, sagte Lori zu Reed, während sie anstanden. »Wenn man sich gegen Sam durchsetzen könnte, wäre ich allein geflogen und hätte dich nicht mitschleifen müssen.«

Reed holte das Handy aus der Tasche, legte es in die dafür vorgesehene Schale und wartete vor der Schlange, um durch den Metalldetektor der Sicherheitskontrolle zu gehen.

»Klingt, als wäre Sam deine Chefin.« Mit diesem Kommentar versuchte er, mehr Informationen aus Lori herauszukitzeln. Mehr als sie ihm freiwillig geben wollte.

»Nein, nein. Wir arbeiten nur öfters zusammen.«

»Sie ist aber keine Anwältin.«

»Nein. Es ist … ein bisschen kompliziert.« Lori begann zu stottern.

»Wir haben Zeit, es ist ein dreistündiger Flug.«

Lori ging als Erste durch den Detektor. Sie durfte weitergehen, dann folgte Reed.

»Es ist eine lange Geschichte. Sie hatte jedenfalls schon …« Lori hörte auf zu sprechen.

»Schon was?«

Lori musste jetzt den Laptop wieder aus der Schale holen, nachdem er durchleuchtet worden war.

Reed sammelte dahinter ebenfalls seine Sachen ein. Als sie die Sicherheitskontrolle verlassen hatten, fuhr sie schließlich fort: »Sam hatte selbst schon mit genügend Sicherheitsproblemen zu kämpfen.«

»Inwiefern?«

»Na ja. Zum einen ist ihr Vater Bernie Madoff.«

»Wirklich?« Das hatte er am Abend zuvor auch schon herausgefunden.

»Ja. Ist ja auch kein Geheimnis. Und dann ist sie natürlich auch noch mit einem unglaublich reichen Mann verheiratet.«

»Was sie in Gefahr gebracht hat?«

Lori wich einer Familie aus, die plötzlich wegen ihres Kindes stehen geblieben war.

»Ja. Aber Blake hatte schon immer ein unglaublich gutes Sicherheitsteam.«

»Die Leute, die bei dir waren?«

»Ja. Neil, der die Firma leitet, ist selbst einer, an dem man nicht vorbeikommt. Er war mal bei der Marine.«

»Wie Cooper.«

»Ja, viele Männer, die mal beim Militär waren, arbeiten bei ihm. Leute, die nicht ihr Leben lang in der Armee bleiben wollten, denen aber trotzdem das Adrenalin im Blut gefällt.«

»Ich hätte gedacht, dass es irgendwann langweilig wird, wenn man bei Erwachsenen Babysitter spielt«, meinte Reed.

Sie betraten ein Laufband und ließen sich fahren. »Nur mit dem Unterschied, dass das Team sehr imposante Klienten betreut.«

Reed ließ zwei Leute vorbei, die es eilig hatten.

»Was meinst du mit imposant?« Reed hoffte, dass sie ein paar Namen nennen würde.

»Schauspieler, Politiker. Eliza Billings ist zum Beispiel die beste Freundin von Sam.«

»Billings. Woher kenne ich den Namen?«

»Carter Billings ist Elizas Mann.«

Nun standen ihm die Härchen auf den Armen zu Berge. »Der ehemalige Gouverneur.«

»Genau der.«

Die ganze Zeit, die er in der letzten Woche vor dem Computer verbracht hatte, war nicht so aufschlussreich gewesen, wie der kurze Spaziergang durch den Flughafen.

Sie kamen zum Ende des Laufbands und gingen nun zu ihrem Gate.

»Sam hat schon so viele verrückte Sachen erlebt, dass sie auf alles gefasst ist. Und weil Petrov ein reicher, wütender Mann ist und einen Sündenbock sucht, habe ich Bodyguards im Schlepptau und ein neues Alarmsystem.«

Reed legte ihr die Hand auf den Rücken und begleitete sie durch die First Class Lounge. »Vorsicht ist besser als Nachsicht.«

Sie setzten sich an einen Tisch mit Blick aufs Vorfeld. »Vielleicht. Aber schau, jetzt sitzen wir hier am Flughafen und keiner versucht, mich zu entführen.«

Sie versuchte, Scherze zu machen, aber für Reed hatten ihre Worte viel Gewicht.

»Bringst du mir ein Glas Champagner?«, bat sie ihn. »Ich muss noch kurz telefonieren.«

Reed ging zur Bar, an der es für die First-Class-Passagiere kostenlos Getränke gab. »Zwei Champagner, bitte.«

Als der Barkeeper zwei Gläser füllte, spürte Reed Blicke hinter sich.

Er wandte den Kopf.

Dunkle Haare, olivfarbene Haut, große Sonnenbrille, rote Lippen.

Sasha.

* * *

Lori hätte nicht gedacht, dass Reed seine Aufgabe als Ersatz-Bodyguard so ernst nehmen würde. Aber offensichtlich gefiel es ihm, dass er jetzt den Helden spielen konnte. Er ließ seine Blicke öfter schweifen als Cooper neulich im Supermarkt. Cooper hatte Lori beim Einkauf begleitet und ihr im Anschluss nahegelegt, sich die Lebensmittel lieber liefern zu lassen. Lori würde natürlich einen Teufel tun.

Im Flugzeug angekommen, setzte sich Lori auf ihren Fensterplatz in der ersten Klasse. Reed blieb noch eine Weile stehen, um die anderen Passagiere beim Einsteigen zu beobachten.

»Falls dir Datenverarbeitung irgendwann mal zu langweilig wird, könntest du für Neils Firma arbeiten«, scherzte Lori.

Er beugte sich so weit zu ihr, dass seine Lippen ihr Ohr berührten. »Mit dir habe ich gerade genug zu tun.«

Sie grinste, weil er das ernst meinte. »Leider gibt es für *so etwas* nicht genug Privatsphäre auf einem Linienflug.«

Als er verstand, verzog sich sein Mund zu einem Schmunzeln. »Vorsicht, das könnte eine Herausforderung für mich sein.«

»Das liegt außerhalb meiner Komfortzone, Reed.«

»Für mich klingt das wie eine ganz wunderbare Komfortzone.«

Bei der Vorstellung, im vollen Flugzeug mit ihm intim zu werden, wurde ihr warm.

Sie schlug die Beine übereinander und spürte ein Pochen in ihrer Mitte. Jetzt flüsterte sie zurück: »Sex wäre auch ein ganz guter Zeitvertreib. Besser als Weintrinken.«

»Wenn ich deinen knackigen Hintern im Flugzeugsitz sehe, kann ich kaum an etwas anderes denken«, raunte er.

Am liebsten hätte sie sofort nach einer Decke gefragt und ihm gezeigt, wie gut sie ihm die Zeit vertreiben konnte.

Reed sah sie an, als würde er ihre Gedanken lesen.

Er beugte sich zu ihr, aber statt etwas zu sagen, knabberte er an ihrem Ohrläppchen.

Und wieder schlug sie die Beine übereinander. Das nächste Mal würde Lori doch auf Sams Angebot zurückkommen und den Privatjet nehmen. Dieser Mann verstand es wirklich, ihre Hormone in Wallungen zu bringen.

Es gefiel ihr, mit ihm herumzualbern und gleichzeitig so erregt zu sein. In seiner Gegenwart war sie entspannt. Man konnte sich außerdem gut mit ihm unterhalten und sie hatte den Eindruck, es interessierte ihn aufrichtig, was sie zu sagen hatte.

Die Flugbegleiterin brachte ihnen Wein.

Ja, mit Reed lief es wirklich gut. Fast ein bisschen zu gut. Sie gestand es sich nicht gern ein, aber insgeheim fragte sie sich doch, wie es mit ihm weitergehen würde. Hätte er irgendwann genug von ihrem Lifestyle oder davon, dass er für sie Bodyguard spielte? Andererseits würde sie einen Bodyguard ja sowieso nicht so lange brauchen.

»Schau, ich brauche gar keinen Bodyguard.«

Reed blickte mal wieder nach hinten.

Sie folgte seinem Blick, konnte aber höchstens die Scheitel der anderen Passagiere sehen.

»Man weiß nie, wer einen alles beobachtet«, meinte er.

»Die Männer von Ruslan wären ja kaum zu übersehen.«

»Er könnte aber auch eine Frau geschickt haben, die hinter dir her ist«, murmelte er.

Lori musste lachen und drehte sich erneut um. Sie sah eine Frau mittleren Alters, die wie eine Hausfrau wirkte. Eine andere, die um die siebzig sein musste, und zwei weitere, die wahrscheinlich noch ins College gingen. Das waren alle, die in der First Class saßen. Das nächste Flugabteil war mit einem Vorhang abgetrennt. »Ich glaube, ich bin hier in Sicherheit.«

Reeds Gesicht nahm für einen kurzen Augenblick einen anderen Ausdruck an. »Ich glaube, deine Freundinnen haben schon recht, wenn sie sagen, dass du aufpassen sollst.«

»Ach ja? Warum denn?«

»Weil ich deinen lieben Freund Mr Petrov gegoogelt habe, erinnerst du dich?«

»Aha. Ich bin dir also nicht egal.«

Er lehnte sich zurück, sein Kiefer war angespannt. »Hast du gedacht, dass du mir egal sein könntest?«

Oha, die Frage hatte ihn verletzt. »Ich habe doch nur einen Scherz gemacht.«

»Du bist mir alles andere als egal, Lori.«

Sie nahm seine Hand. »Also, du bist mir auch nicht egal.«

Er drückte ihre Hand, sein Gesicht entspannte sich wieder.

Kapitel 21

Als sie den Flughafen verließen, schlug ihnen die feuchte Luft entgegen. »Ich könnte hier nie leben«, murmelte Lori, während Reed das Gepäck in den Mietwagen lud.

»Ich habe als Kind hier einen Sommer verbracht. Einmal und nie wieder«, sagte er, während er mit einem Auge die Leute um sie herum beobachtete.

Sasha war durch die First Class gegangen, hatte sich dann zwei Reihen dahinter in die Touristenklasse gesetzt. Reed hatte während des Fluges die ganze Zeit das Gefühl, in seinen Kopf würde sich von hinten ein Loch einbrennen.

Lori nahm auf dem Beifahrersitz Platz. Wieder ein kontrollierender Blick, bevor er sich ans Steuer setzte.

»Wenn es nicht so heiß wäre, würde ich ja öfters herkommen. Die Leute sind hier viel entspannter.«

»Stimmt, in Los Angeles herrscht immer Hektik.«

Sie zupfte ihr Shirt von der Brust, woraufhin er den Ventilator auf die höchste Stufe stellte. »Okay, meine liebe Copilotin. Wo soll ich hinfahren?«

»Zum Hotel. Da treffe ich Trina und Avery, und später gehen wir dann mit Alices Schwestern zum Essen. Morgen ist das Meeting mit den anderen Vorstandsmitgliedern.«

Reed suchte auf dem Handy die Hoteladresse raus. »Du hast genug Zeit, dich zu entspannen. Die Fahrt dauert fast eine Stunde.«

Lori legte die Tasche auf den Rücksitz und lehnte sich zurück. »Texas muss man einfach lieben.«

Er bog aus dem Parkplatz des Autoverleihs in die Straße, die zur Autobahn führte. Die Sonnenbrille verbarg, wie angespannt er die anderen Autos im Blick behielt.

Würde Sasha ihnen folgen oder wusste sie ohnehin schon längst, in welchem Hotel sich die Frauen trafen? »Wie lang sind Trina und Avery schon hier?«

»Seit gestern Abend.«

Wenn es Sasha geschafft hatte, ein Ticket für denselben Flug zu bekommen, dann würde sie höchstwahrscheinlich auch über das Hotel Bescheid wissen.

Auf der Autobahn beschleunigte Reed. Immer wieder sah er in den Rückspiegel.

»Habe ich mich schon dafür bedankt, dass du mitkommst?«, fragte Lori.

»Hast du. Und du musst dich nicht bedanken. Ich freue mich, dass du mich gefragt hast.«

Sie strich über seinen Arm. »Ich freue mich auch, dass ich dich gefragt habe. Obwohl ich ja einen Bodyguard genauso wenig brauche wie du.«

Wieder brannte ihm das schlechte Gewissen ein Loch in seine Seele. Doch, sie brauchte dringend einen Bodyguard und genauso sehr brauchte sie einen neuen Freund.

»Du bist plötzlich so still«, stellte Lori fest.

Er drückte ihre Hand. »Ich genieße es gerade, dass hier so wenig Verkehr ist.«

Sie lehnte sich gegen die Kopfstütze. »Dann ist gut. Ich versuche jetzt, ein kleines Nickerchen zu machen. Seit diese Kameras in der Wohnung sind, schlafe ich so schlecht.«

»Machen die denn Geräusche?« Er hatte nichts gehört, als er bei ihr übernachtet hatte.

»Nein, gar nicht. Aber ich frage mich einfach die ganze Zeit, wer mir beim Schnarchen zuhört.«

Reed küsste ihren Handrücken. »Du schnarchst doch gar nicht.«

»Das würdest du mir auch nicht sagen«, murmelte sie mit geschlossenen Augen. »So was sagen Paare erst, wenn sie streiten.«

Paare? Waren sie ein Paar?

Sie riss erschrocken die Augen auf. »Also nicht, dass ich meine, wir wären schon ein Paar.«

»Für diese Bezeichnung ist es vielleicht noch etwas zu früh. Aber ich verstehe, was du sagen willst.«

Sie sah aus, als hätte sie etwas Falsches gesagt.

»Es ist schon okay, Lori. Mach deine Augen wieder zu und schnarch ein bisschen. Ich wecke dich, wenn wir da sind.«

Sie schloss die Augen und murmelte dabei: »Ich schnarche nicht.«

* * *

Lori traf Trina und Avery im Hotel. Sie hatten zwei Zimmer, die mit einer Durchgangstür verbunden waren.

»Wir müssen noch ein paar Dinge besprechen, bevor wir Alices Schwestern treffen. Ist es okay, dass Avery hier ist?«, fragte sie Trina.

»Klar. Ich vertraue Avery genauso, wie ich dir und Sam vertraue. Aber beeil dich mit diesem juristischen Kram. Wir sind mehr auf das gespannt, was du uns über deinen neuen Bodyguard erzählst.«

Lori bekam heiße Wangen. »Der juristische Kram, wie du sagst, ist aber genau der Grund, weshalb ich hier bin.«

»Ja, ich weiß schon. Und morgen werden wir auch richtig in die Materie eintauchen. Deshalb fass dich heute lieber kurz.«

»Na gut. Also, jetzt kommt das Wichtigste. Ihr wisst doch, dass Politiker meistens viel reden, ohne wirklich etwas zu sagen, oder?«

Trina und Avery nickten.

»Ihr macht das heute Abend genauso. Trina, du kannst darüber sprechen, wie schwierig die Sache mit Fedors Selbstmord für dich war, und wie überrascht du warst, als du von Alices Testament erfahren hast. Aber geh nicht weiter ins Detail. Wenn ich dich unterbreche, dann nicht, weil ich unhöflich bin. Sondern nur, damit du nicht zu viel sagst.«

»Als ich mit Alices Schwestern telefoniert habe, hatte ich nicht den Eindruck, dass sie was gegen mich hätten.«

»Du weißt aber nicht, was sie wollen. Und weil es um so viel Geld geht, begegnen wir heute Abend oder morgen sicher auch ein paar Leuten, die eher weniger darüber erfreut sind, dass du alles erbst. Wenn dich jemand etwas fragt und du weißt nicht, wie du darauf antworten sollst, dann schau zu mir und ich helfe dir.«

»Okay, verstanden.«

»Und trink heute Abend lieber nicht zu viel Alkohol.«

Avery blickte zu Trina. »Finde nur ich das oder klingt sie wie eine Mutter?«

»Ja, das tut sie. Aber sie hat recht.«

Lori grinste. »Das gilt übrigens auch für dich, Avery.«

»Aber ich erbe ja gar nichts.«

»Nein, aber du weißt mehr als alle anderen. Wir müssen so manches verschweigen. Vergesst nicht, dass die Leute so tun, als seien sie eure besten Freunde, während sie hinter eurem Rücken etwas aushecken. Das ist Business.«

Trina runzelte die Stirn. »Ich hasse es, dass man niemandem trauen darf.«

»Wir werden schon herausfinden, wem man trauen kann und wem nicht. Vielleicht schaffen wir das nicht schon bei diesem Besuch. Diesmal geht es auch darum, dass ich den richtigen Anwalt für deinen Fall finde.«

»Warum kannst du dich denn nicht selbst darum kümmern?«, wollte Trina wissen.

»Mein Fachgebiet sind Scheidungen. Wegen der allgemeinen Umstände kann ich dich jetzt beraten, aber später brauchst du einen anderen Anwalt.«

»Aber ich vertraue dir.«

»Du kannst auch denen vertrauen, die ich dir schicke. Denk jedoch dran, auch dem neuen Anwalt gegenüber solltest du niemals erwähnen, was die Absicht deiner Hochzeit war.«

»Aber alle Anwälte unterliegen doch auch einer Schweigepflicht, oder?«

»Natürlich, und wahrscheinlich würde auch niemand etwas verraten. Aber Sam und ich möchten nichts riskieren. Denk nur, wie sich deine jetzige Lage verändern könnte, wenn jemand etwas über die Sache zwischen dir und Fedor erfährt.«

Trina schüttelte den Kopf. »Mir reicht die jetzige Lage schon, es braucht nicht noch schlimmer zu werden.«

»Gut, dann wissen wir alle Bescheid.«

»Und jetzt machen wir den First-Wives-Schwur mit dem kleinen Finger?«, scherzte Avery.

Lori blickte augenrollend zur Decke.

»Aber nun erzähl mal. Ist Reed dein Ersatzbodyguard, oder was?«

»Er hat bloß eine Ausrede gebraucht, damit er neben mir im Flugzeug sitzen und in meinem Bett schlafen darf«, antwortete Lori.

»Also, er hat ziemlich professionell gewirkt, als ihr in die Lobby kamt. Groß und muskulös genug ist er ja. Und er hatte auch so einen zickigen Gesichtsausdruck, wie man ihn als Bodyguard braucht.«

»Können Männer auch einen zickigen Gesichtsausdruck haben?«, wollte Avery wissen. »Ich hätte gedacht, das können nur Frauen.«

»Keine Ahnung, aber so hat er zumindest ausgesehen. Findet ihr nicht auch?«

Lori lehnte sich zurück und hörte der Diskussion über Männer und deren Gesichtsausdruck zu.

»Okay, Mädels. In einer Stunde treffen wir Alices Schwestern, Diane und Andrea. Man hat mir gesagt, dass wir aus Sicherheitsgründen mit zwei Autos fahren sollen.«

»Das ist ja sehr geheimdienstmäßig«, fand Avery. »Für mich ist das wohl nicht notwendig, aber ich verstehe schon, dass Trina das braucht.«

Trinas Grinsen verschwand. »Mich hat Petrov aber auch nicht bedroht.«

»Doch, hat er. Weißt du noch, wie er dir die Faust vors Gesicht gehalten hat? Und das war wahrscheinlich nicht das letzte Mal.«

»Deinen Optimismus muss man einfach lieben, Lori«, neckte sie Avery.

»Ich bin nur realistisch, nicht pessimistisch. Zumindest könnt ihr mir nicht vorwerfen, dass ich irgendwas schönmalen würde. Bevor ihr eure Hochzeitsverträge unterschrieben habt, musste ich euch auch erst über die negativen Seiten aufklären.«

»Die auf mich überhaupt nicht zutreffend waren«, meinte Avery.

»Auf mich leider auch nicht«, fügte Trina hinzu.

Lori zeigte auf Avery. »Du bist gerade in der Flitterwochenphase der Scheidung. Warte noch ein paar Monate.« Andererseits war Avery auch nicht eine, die sich jemals um irgendetwas Sorgen zu machen schien. Vielleicht war es ihr tatsächlich egal, wenn man ihr nachsagte, dass sie nur dem Geld hinterher war. »Und was dich betrifft …« Jetzt zeigte Lori auf Trina. »Bei dir hat niemand ahnen können, dass Fedor sich das Leben nimmt. Es lässt mir auch immer noch keine Ruhe, dass wir bei unserer Recherche keinerlei Vorzeichen gefunden haben.«

»Du darfst dir keine Vorwürfe machen und Alliance auch nicht. Ich habe einige Monate mit ihm zusammengewohnt und hätte so etwas niemals gedacht.«

»Trotzdem …«

»Na, dann mach dir eben weiter Vorwürfe, aber bitte in deinem eigenen Zimmer. Ich muss mich jetzt fürs Abendessen fertig machen.« Trina stand auf und scheuchte beide raus.

Ihr Bodyguard saß im Flur. Er blickte auf, als Lori und Avery aus dem Zimmer kamen.

Leise sagte Lori zu Avery: »Du tust ihr gut.«

»Wir hätten uns wahrscheinlich nie kennengelernt, wenn es dich und Sam nicht geben würde. Ich bin euch sehr dankbar.«

»Ich dir auch.«

Plötzlich drehte sich Avery auf dem Absatz um und lachte. »Warum bin ich denn eigentlich aus dem Zimmer gegangen?«

»Das liegt an deinem Scheidungsgehirn.«

»An meinem was?«

»An deinem Scheidungsgehirn. Ich meine den Gemütszustand, den du hast, wenn die Ehe vorbei ist. Jetzt musst du dich wieder selbst um alles kümmern. Da dreht man sich manchmal im Kreis.«

»Und ich habe schon gedacht, das sind die ersten Anzeichen von Alzheimer.«

Lori klopfte an Trinas Tür.

Als sie aufmachte, drängte sich Avery an ihr vorbei. »Ich bin doch vorhin durch die Durchgangstür gekommen und habe den Schlüssel gar nicht dabei.«

»Du Dummerchen.«

* * *

Texas war berühmt für seine köstlichen Steaks. Es gab nichts Besseres. Nur durfte man eben nicht zu viel davon essen, sonst wurde einem schlecht, genauso, wie wenn man in Idaho zu viele Kartoffeln oder in Wisconsin zu viel Blauschimmelkäse aß. Lori versuchte sich deshalb, obwohl es so gut schmeckte, zurückzuhalten.

Mit dem Wein ebenso, wie sie es ja auch Trina und Avery geraten hatte. Doch selbst die geringe Menge Rotwein hatte in Kombination mit dem Fleisch eine lockernde Wirkung. Lori musste sich konzentrieren, damit sie weiterhin aufpasste, was Trina sagte. Allerdings waren Diane und Andrea äußerst sympathisch und freundlich. Entweder hätte man ihnen für ihre ausgezeichnete Schauspielfähigkeit einen Oscar verleihen müssen oder sie hatten tatsächlich nichts gegen die Entscheidung ihrer Schwester einzuwenden.

Diane Hall und Andrea Upton hatten ihre Ehemänner und Kinder zu Hause gelassen. Reed und Trinas Bodyguard saßen an diesem Abend auch nicht bei den Frauen, sondern an einem separaten Tisch. Die Männer konnten zwar zu ihnen hinübersehen, waren aber außer Hörweite.

Die anfängliche Anspannung hatte sich längst gelöst.

Andrea, die jüngste der drei Schwestern, war achtundvierzig Jahre alt. Diane war fünfzig und Alice war dreiundfünfzig gewesen, als sie starb.

»Sie war viel zu jung.« Andrea schnitt ins Steak. »Wenn sie noch mit diesem Mistkerl verheiratet gewesen wäre …«

»Andi!«, unterbrach sie Diane.

»Ruslan ist das Schlimmste, das unserer Familie jemals passiert ist.«

»Fedor hat seinen Vater gehasst. Es stört mich nicht, wenn ihr sagt, was ich selbst denke«, meinte Trina.

Andrea fuhr fort: »Wenn Alice weiter mit diesem Mann verheiratet gewesen wäre, hätte ich geschworen, dass er was mit ihrem Tod zu tun hat.«

»Aber wie hätte er denn den Krebs verursachen können. Ist ja keine Erkältung, die man weitergeben kann«, meinte Diane.

»Jedenfalls hat diesen Mann niemand gemocht.«

Lori trank Wasser. »Wie lang waren sie verheiratet?«

»Neun Jahre. Neun brutale Jahre.« Diane schenkte sich Wein nach.

»*Brutale* Jahre?«, fragte Avery nach.

Andrea und Diane wechselten Blicke.

»Sie ist tot, Diane. Jetzt dürfen wir darüber reden.«

Lori sah zu Trina und Avery.

Schließlich ergriff Diane das Wort. »Alice hat es nie publik gemacht.«

Lori verging der Appetit.

»Alice war trotzdem eine starke Frau«, sagte Andrea.

»Ja, sie kam mir vor wie eine, die sich nichts gefallen lässt«, bestätigte Trina.

»Das war nicht immer so. Als sie Ruslan damals kennenlernte, hat er ihr ständig Geschenke gemacht, Blumen, so Sachen, mit denen Männer eine Frau um den Finger wickeln wollen.«

»Leider hat das auch funktioniert«, erinnerte Diane ihre Schwester.

»Ja, bis sie verheiratet waren. Dann wurden aus den Geschenken plötzlich Forderungen.«

Lori setzte sich aufrecht. »Welche Forderungen?«

»Ruslan wollte ihren Platz im Vorstand. Aber egal, wie sehr er es versucht hat, dazu wäre es ohnehin nie gekommen«, sagte Andrea.

»Warum?«

»Weil Daddy das nicht erlaubt hätte.«

»Euer Vater lebt nicht mehr.« Lori wusste, dass die Töchter die Firma geerbt hatten.

»Richtig, aber sein Einfluss wirkt auch nach seinem Tod weiter. Er hat verfügt, dass wir als seine Töchter so lange wir leben im Vorstand bleiben. Nicht unsere Ehemänner oder Kinder, zumindest solange wir im Vollbesitz unserer geistigen Kräfte sind.«

»Was unsere Schwester bis wenige Wochen vor ihrem Tod war«, ergänzte Diane.

»Daddy wollte auf keinen Fall, dass einer unserer Ehemänner den Platz übernimmt.«

»Aber Ruslan hat das anscheinend nicht kapiert«, fasste Lori zusammen.

»Richtig«, antwortete Andrea.

Trina leerte ihr Glas. »Das erklärt trotzdem nicht, warum Alice mir alles vermacht hat.«

»Es hat uns nicht wirklich überrascht«, gab Andrea zu.

Trina lehnte sich vor. »Dann erklärt es mir, bitte. Ich habe eure Schwester nicht mal ein ganzes Jahr gekannt. Fedor und ich waren zwar verheiratet, aber ...«

Lori wurde nun sehr aufmerksam. »Trina.«

Trina hörte diese kleine Warnung gar nicht und fuhr fort: »... aber wir hatten ja kaum unsere Flitterwochen beendet. Warum ich?«

Diane stieß einen langen Seufzer aus. »Weil Ruslan bei dir nichts machen kann.«

Trina hob fragend beide Hände zur Seite. »Okay, sie hat es also deshalb nicht ihrem Sohn vermachen wollen – von dem niemand gedacht hat, dass er tut, was er getan hat. Aber trotzdem, warum hat sie nicht einfach euch alles erben lassen?«

Andrea und Diane sahen sich an, dann antwortete die jüngere Schwester. »Das haben wir uns auch gefragt. Wir sind uns da nicht ganz sicher.«

Loris Rücken begann zu prickeln. »Aber ihr habt eine Theorie?«

Es folgte ein bedächtiges Schweigen, das wie ein dicker Nebel alles einhüllte.

»Wir haben zwei Theorien. Beide wollt ihr wahrscheinlich nicht hören.«

Trina schob den Rest des Steaks zur Seite. »Erklärt es mir. Ich habe in den letzten drei Monaten so viel durchgemacht, dass mich jetzt kaum noch was schockieren könnte.«

»Wir glauben, Alice hat nicht damit gerechnet, dass Fedor vor ihr sterben könnte. Für Fedor wäre es ein Anreiz gewesen, mit dir verheiratet zu bleiben, wenn du die Erbin bist.«

Trina machte ein Pokergesicht. »Hat sie das denn infrage gestellt?«

Diane blickte konzentriert auf ihren Teller. »Sie fand es auffallend praktisch, dass ihr so kurz nach dem Kennenlernen geheiratet habt.«

Lori behielt Trina im Auge, bereit, sofort einzuspringen.

»Wir hatten keinen Grund, länger zu warten.«

»Wegen Alice?«, fragte Andrea und blickte sie scharf an.

Trina holte tief Luft und stieß sie langsam wieder aus. »Fedor hat seine Mutter sehr geliebt. Er wollte, dass sie in Frieden geht. Sie wäre sonst bei der Hochzeitsfeier vielleicht nicht mehr dabei gewesen, wenn wir länger gewartet hätten. So war es für alle Beteiligten das Beste.«

Andreas Gesichtsausdruck war abzulesen, dass sie zwischen den Zeilen las und Trina gegenüber Respekt zeigte.

»Alice hat also nicht geglaubt, dass die Ehe halten würde«, brach Avery das abermals eingetretene Schweigen. »Und dann hat sie Trina gleich ihr gesamtes Vermögen hinterlassen?«

Diane lachte. »Ja.«

»Um es von ihrem Exmann fernzuhalten.«

»Genau, denn Fedor hat seine Mutter vor seinem Vater geschützt. Wir glauben, sie wollte, dass Fedor von jemandem beschützt wird, bis er lernen würde, auf sich selbst aufzupassen.«

»So schwach war Fedor doch gar nicht«, verteidigte Trina ihn.

»Vielleicht.« Andrea und Diane wechselten erneut Blicke.

Avery nahm Trinas Hand, während Lori fragte: »Und wie lautet die zweite Theorie?«

»Alice wollte, dass ihr Sohn nicht länger die Zielscheibe für Ruslan ist. Und wir auch nicht.« Diane sah zu Reed und Trinas Bodyguard hinüber. »Wenn Fedor noch am Leben wäre, gäbe es vielleicht keine Bedrohung, aber seit seinem Tod …«

Ein Schauder durchfuhr Lori. »… ist Trina nun die Zielscheibe.«

Andrea wandte sich zu Lori. »Aber … jetzt hoffe ich, dass ihr mir alle zuhört und das nicht zu sehr hinterfragt …«

»Ich bin Rechtsanwältin, ich stelle immer Fragen.«

Diane lachte und leerte ihr Weinglas.

Andrea fuhr fort. »Eine Mutter, die so reich und weise war wie unsere liebe Schwester Alice, hat immer ihre Hausaufgaben gemacht. Sie hat sicher gewusst, welche Freunde ihre Schwiegertochter hat. Und deshalb hat sie sich wohl auch keine Sorgen um Trinas Sicherheit gemacht.«

»Und wenn man bedenkt, dass da drüben zwei sehr große und sicher auch sehr bewaffnete Männer sitzen, dann hat sie damit auch nicht falschgelegen«, fügte Diane hinzu.

Kapitel 22

Als sie die Lobby betraten, war Sasha schon da. Reed sah sie in die Hotelbar huschen, während er und Carl, Trinas Bodyguard, die Frauen zu Trinas Suite begleiteten.

Lori wollte vor der Vorstandssitzung noch mit Trina sprechen. Sobald sie bei den anderen beiden Frauen im Zimmer waren, ging er direkt in die Hotelbar.

»Sind Sie hier, um mir einen Drink zu spendieren?«, fragte Sasha und hielt das Glas mit der bernsteinfarbenen Flüssigkeit hoch.

Reed wartete, bis der Barkeeper gegangen war, um ihm das Bier zu zapfen. Besser Bier als etwas Starkes, was er eigentlich eher gebraucht hätte. »Sie arbeiten für Petrov.« Es war keine Frage.

Ihr Seufzer wäre vielleicht für andere Männer verführerisch gewesen. Reed aber war wegen einer anderen hier, die es zu beschützen galt.

»Ich arbeite für denjenigen, der am meisten zahlt. Genau wie Sie.«

»Ich bin nicht wie Sie.«

»Warum sitzen Sie dann hier mit mir, statt auf Ihre Lady aufzupassen.«

Sein Kiefer schmerzte, weil er mit den Zähnen malmte.

»Ihr Auftraggeber ist ein Mörder.« Zumindest deutete das, was er über ihn herausgefunden hatte, darauf hin.

»Das sind bloß Vermutungen. Selbst wenn dieser Mann, von dem Sie glauben, er sei mein Auftraggeber, die Bevölkerung um ein, zwei Leute reduziert, dann vergessen Sie mal lieber nicht, dass *Politiker* Kriege anfangen. Ersparen Sie mir also Ihre Überheblichkeit.«

Er hasste es, dass sie recht hatte. Und noch mehr hasste er, dass sie wusste, wer sein Auftraggeber war. »Warum sind Sie hier?«

»Aus demselben Grund wie Sie.«

Das bezweifelte er.

Sie beugte sich näher zu ihm. »Der Unterschied ist, dass ich schon habe, was ich brauche.« Sasha nahm ihr Glas. »Prost.« Sie leerte es in einem Zug, legte Geld auf die Theke, und ging hinaus.

Auch er trank sein Bier aus und griff in die Tasche.

Sein elektronisches Skimming-Gerät hatte ihre Kreditkarten-details erfasst. »Jetzt habe ich dich.«

* * *

Lori saß vollständig bekleidet auf ihm.

Reed dagegen lag splitternackt, lediglich von einem Laken bedeckt, im Bett und hielt mit beiden Händen ihre Pobacken fest. Sie gab ihm einen Abschiedskuss. »Bist du sicher, dass ich nicht mitkommen soll?«, fragte er.

»Carl fährt uns und außerdem gibt es in den Büros von Everson Oil noch genügend andere Sicherheitsleute.«

Wenn er nicht einen Plan gehabt hätte, für die Zeit, während sie weg war, hätte er sich nicht so leicht abwimmeln lassen. »Kommt Avery mit?«

»Ja. Sie spielt heute Spionin.«

Er wurde steif. »Ach ja?«

Lori gab ihm einen kurzen Kuss und rutschte von ihm herunter. »Sie will sich die Firma zeigen lassen und dabei die Angestellten ein bisschen ausfragen. Ob sie zufrieden sind.«

Wahrscheinlich würde sich Avery den heißesten Angestellten suchen und mit ihm flirten. »Gibt es Bedenken, dass sie nicht zufrieden sein könnten?«

»Wenn bei einer Firma das Management wechselt, machen sich die Leute immer Sorgen.«

Am liebsten hätte er gefragt, ob Lori meinte, dass Trina tatsächlich eine Rolle in der Firma übernehmen werde. Aber es war besser, damit noch zu warten. »Da magst du recht haben.« Er setzte sich auf. Loris Blick wanderte zu der Stelle, wo das Laken seine Hüfte bedeckte.

Sein Schwanz zuckte.

Sie drehte sich stöhnend weg.

Und schon klopfte es.

»Gerettet«, seufzte sie.

»Ich warte hier, ohne mich von der Stelle zu rühren, bis du wiederkommst.«

Statt zur Tür zu gehen, küsste sie ihn und berührte ihn durch das Laken.

Es klopfte erneut, Carl rief nach ihr.

Reed biss ihr sanft in die Zunge, bevor er den Kuss unterbrach. »Jetzt geh arbeiten, Weib.«

Sie wischte sich den Mund ab und verließ das Zimmer.

Noch in derselben Sekunde, in der die Tür geschlossen wurde, warf er das Laken zurück, zog sich seine Shorts an und machte sich an die Arbeit.

Okay, du russische Spionin, wo hast du die Wanzen versteckt?

Systematisch begann er, alles abzusuchen. Er fing bei den Fenstern an. Mit seinem Spezialwerkzeug öffnete er den

Lüftungsschacht, nahm Lampen auseinander, untersuchte die Rückseite des Fernsehers.

Nichts.

Er hängte das »Bitte nicht stören«-Schild an die Tür, nahm das Werkzeug und trat in den Flur. Dann verschaffte er sich Zutritt zu Trinas Zimmer.

Ganz leise machte er sich wieder auf die Suche. Wo würde er selbst eine Wanze verstecken? Er schraubte gerade eine Lampe zusammen, als sein Blick auf das dreidimensionale Kunstwerk fiel, das gegenüber an der Wand hing. Die Texaner liebten ihre Cowboys.

Reed untersuchte die Rückseite der Metallskulptur. Bingo.

Ein winziges Mikrofon, das sich zwischen Kuh und Cowboystrick befunden hatte.

Er zerstörte die Wanze nicht, sondern suchte weiter. Jetzt war Averys Zimmer dran. Kurz vor Mittag war er fertig und schlüpfte in das Zimmer von ihm und Lori zurück.

* * *

Eine Sache, die Trina im letzten Jahr wirklich gelernt hatte, war, so zu tun, als würde sie irgendwo dazugehören, auch wenn es eigentlich nicht der Fall war.

Andrea zeigte ihnen die Büros der Manager, stellte ihnen ein paar Leute vor, an denen sie vorbeikamen.

Manche sprachen Trina ihr Beileid aus wegen Fedor. Und wegen Alice. Trina hatte Gewissensbisse. Es war einfach nicht richtig, dass die Leute Mitleid hatten, wenn sie doch sowieso nie eine lange, glückliche Ehe mit Fedor gehabt hätte.

Trina nahm die Beileidswünsche entgegen. Sie bezog sie einfach auf die Gesamtsituation. Beileid dafür, dass ihr altes Leben vorbei war. Auch wenn sie nun die finanziellen Mittel hatte, eine eigene Firma zu gründen, um ihre Flugbegleiterkollegen zu unterstützen, wie es mal ihr ursprünglicher Plan gewesen war, so würde sie selbst wohl kaum mehr in der Luft Getränke servieren.

»Wie aktiv hat sich Alice denn am Firmengeschehen beteiligt?«, fragte Trina, als sie sich eine Stunde vor der Vorstandsbesprechung mit den Schwestern in der Firma trafen.

»Ein paarmal im Monat, bevor sie zu krank dafür wurde.«

Diane kam herein und nahm gegenüber von Trina und Lori Platz. Avery war draußen geblieben. Einer der Mitarbeiter, ein attraktiver und gut trainierter Mann, hatte offenbar keine Einwände gehabt, sich um sie zu kümmern.

»Was hat sie gemacht?«, wollte Lori wissen.

»Ein bisschen von allem. Sie war bei den Besprechungen der Ingenieure dabei, hat im Marketing und bei der Öffentlichkeitsarbeit mitgeholfen. Fast alles. Sie wollte über alles Bescheid wissen.«

»Und das war auch der Fall«, beendete Diane den Satz für ihre Schwester.

»Hat irgendwer von euch eine feste Aufgabe im Firmenbetrieb?«, fragte Trina.

»Wir sitzen nicht am Schreibtisch, jonglieren mit Zahlen oder entscheiden, an wen das Erdöl verkauft wird, falls du das meinst.«

»Was ist denn dann eure Aufgabe? Ich weiß, dass ich wahrscheinlich sehr naiv klinge.«

»Die Firma gehört uns. Zusammen bilden wir die Geschäftsführung von Everson Oil. Und davon gehört dir nun ein Drittel. Wir entscheiden zu dritt, wenn wir neue Führungskräfte einstellen oder welche entlassen müssen. Wir brauchen nur eine einfache Mehrheit, das heißt, wenn zwei dafür sind, ist eine Entscheidung getroffen. Wahrscheinlich hat Alice auch deshalb gedacht, dass es kein Nachteil für die Firma ist, wenn sie ihren Anteil an dich vermacht.«

»Könntet ihr es auch verhindern, dass ich bei der Firma mitwirke, wenn ihr das wolltet?«, fragte Trina.

Andrea und Diane sahen sich an. »Es ist nicht möglich, den dritten Geschäftsführer abzuschaffen«, sagte Diane.

»Damit ist sichergestellt, dass es mit der Firma weitergeht, falls eine von uns ein anderes Ziel hätte.«

»Das ist natürlich sinnvoll«, mischte sich Lori ein. Zu Trina sagte sie: »Firmen, die es schon so lange gibt und die so erfolgreich sind wie Everson Oil, haben immer eine Strategie, wie verhindert wird, dass eine einzige Person die Firma in den Ruin treiben könnte.«

»Everson Oil ist ein großer Arbeitgeber, tausende Familien, sowohl hier in Texas als auch in anderen Teilen Amerikas sind von uns abhängig. Unser Vater hat seine Verantwortung, die er für die Angestellten hatte, sehr ernst genommen.« Andrea klopfte sich auf die Brust. »Ich habe es mir zur Aufgabe gemacht, den Dialog zu suchen. Ich spreche mit den Mitarbeitern aus verschiedenen Abteilungen, Mitarbeitern aus allen Ebenen. Oft erfahre ich von einem Problem, bevor es bei der Vorstandsetage ankommt.«

»Und ich suche den Kontakt zu den Lobbyisten und Politikern, wenn es um neue Pipelines oder grüne Technologien geht.«

»Wie Solarenergie?«, fragte Trina.

»Ja, Solarenergie, Wind, Biogas … Wir haben so viele erneuerbare Energien hier in den Vereinigten Staaten, die noch nicht wirklich genutzt werden«, sagte Diane.

»Eigentlich könnten wir in diesem Land ohne Erdöl aus dem Ausland auskommen. Aber die Politik hat so viel Einfluss, dass wir wahrscheinlich nie unsere eigenen Entscheidungen treffen dürfen.«

»Aber das wäre das Ziel von Everson Oil?«, fragte wieder Trina.

»Das Ziel jeder Firma ist es, Geld zu verdienen und den Aktionärswert zu erhöhen.«

»Wer sind denn die Aktionäre, ich dachte, es ist keine Aktiengesellschaft?«

Lori grinste. »Ihr drei.«

»Oh.«

»Richtig, es ist keine Aktiengesellschaft«, antwortete Diane. »Aber unsere Spin-off-Unternehmen sind es zum Teil.«

Trina hatte das Gefühl, als würde gleich ihr Kopf platzen. »Es gibt Spin-off-Unternehmen?«

»Everson Solar, Everson Windkraft. Wir haben Mitspracherecht, aber die Firmen sind teilweise börsennotiert, als Anreiz für unsere Angestellten.«

»Es motiviert unsere Angestellten und hilft, dass sie unser großes Ziel nicht aus den Augen verlieren.«

Trina blinzelte nur. »Ich muss zugeben, ich bin etwas überwältigt.«

Andrea tätschelte ihr die Hand. »Es ist auch viel, in das du da hineingeraten bist.«

»Es fühlt sich eher an, als wäre ich in ein Kaninchenloch gefallen«, seufzte Trina.

»Weshalb du so viel oder so wenig in der Firma mitwirken kannst, wie du willst. Andrea und ich treffen die Entscheidungen auch ohne dich. Wir erwarten nicht, dass du sofort verstehst, was wir hier tun.«

Trina lehnte sich zurück und blickte alle an. »Ich muss euch sagen, dass ich zum ersten Mal seit Wochen über Fedor und Alice sprechen konnte, ohne mich dabei zu fühlen, als würde mein Magen durchdrehen.«

Diane hatte dasselbe Lächeln wie Alice. »Wenn man sich nur auf das konzentriert, was man selbst kontrollieren kann und nicht auf das, was außerhalb der eigenen Macht liegt, schafft man den Schritt nach vorn.«

»Das klingt wie etwas, das Alice auch gesagt hätte«, meinte Trina.

»Den Spruch hatte sie von mir«, lachte Diane und zwinkerte. Ihre Augen wurden wässrig.

Jetzt war Trina diejenige, die die anderen trösten musste.

»Dir alles hier beizubringen«, begann Andrea, »ist wahrscheinlich genau das, was wir brauchen, um weiter voranzukommen.«

»Du kannst in Alices Haus wohnen und dir erst mal alles ansehen. Ausprobieren, ob es dir Spaß machen würde«, schlug Diane vor.

Trina sah Lori fragend an. »Gibt es ein Haus in Texas?«

»Ich weiß nicht, ob man es *Haus* nennen kann. Wenn ich mich richtig erinnere, habe ich was von zehn Hektar Grund und mehreren Pferden gelesen.«

»Was? Ich glaub, mich tritt ein Pferd.«

»Na hoffentlich nicht«, lachte Andrea.

»Unsere Schwester war kein großer Fan von New York. Sie ist später nur hingezogen, um in Fedors Nähe zu sein.«

»Die Hitze hier ist manchmal unerträglich, da will ich dich nicht anlügen. Aber was solls, es gibt schließlich Klimaanlagen«, versuchte Andrea, die Stimmung aufzulockern.

»Und wenn der Strom ausfällt«, fügte Diane hinzu, »sitzen wir ja direkt an der Quelle.« Sie öffnete die Arme, als würde die Firma selbst den Raum kühlen, damit man diese Hitze überlebte.

Plötzlich sah die Welt nicht mehr ganz so düster aus. »Ich muss das Haus in New York erst für meine Abreise vorbereiten.«

Andrea und Diane schmunzelten.

»Heißt das, du bist dabei?«

Trina warf Lori einen Blick zu. »Ich wüsste keinen Grund, warum du dich länger in den dunklen Räumen von Fedors Haus aufhalten solltest, wenn du das nicht willst.«

Und so nahm Trinas Leben von einer Sekunde auf die nächste eine neue Wendung. »Ich bin dabei.«

Diane stand auf. »Großartig. Dann lassen wir jetzt die anderen Vorstandsmitglieder rein.«

»Oh Gott.«

Andrea klopfte ihr aufmunternd auf den Rücken. »Die meisten sind aus Texas. Frauen mit Respekt zu begegnen, ist ihnen in die Wiege gelegt worden.«

Trinas Magen hüpfte. »Ich hoffe, du schwindelst mir nichts vor.«

Diane öffnete die Tür und der Raum füllte sich mit Cowboystiefeln, Cowboyhüten und einer ganzen Menge Testosteron.

KAPITEL 23

»Planänderung«, verkündete Lori, als sie ins Hotelzimmer zurückkam.

»Hast du dich jetzt endlich entschlossen, Fallschirmspringen auszuprobieren?«, scherzte Reed. Er saß vor dem Laptop am Fenster.

»Das würde dir so passen. Nein. Aber wir gehen vielleicht reiten.« Sie holte ihren Koffer.

Reed klappte den Computer zu. »Nimmt man beim Reiten Gepäck mit?«

»Du bist ein witziger Typ.«

Reed stellte sich hinter sie, legte die Arme um sie. »Ich lach mich auch immer über mich selbst tot.« Er küsste ihren Nacken.

Sie bekam eine Gänsehaut. »Hör auf. Wir gehen zu Trina.«

»Über den Gang rüber in ihr Zimmer?«

»Das könnte zum Reiten ein bisschen eng werden. Nein …« Lori löste sich aus seinen Armen, ging ins Bad, um ihren Kulturbeutel zu holen. »Alice hat Trina eine Ranch vererbt.«

Reed lehnte sich in den Türrahmen des Badezimmers. »Und ich rate mal, dass sie hier in Texas ist.«

Sie klopfte Reed im Vorbeigehen auf die Wange. »Nicht nur witzig, sondern auch klug.«

»Ich nehme an, der Termin bei dieser Erdölfirma ist heute gut gelaufen, oder?«

»Ja. Langsam akzeptiert Trina, was passiert ist. Sie will die nächsten Monate hierbleiben und sehen, ob sie in der Firma Everson Oil mitarbeiten möchte.«

Reed sah Lori zu, die im Hotelzimmer weiter ihre Sachen zusammensammelte.

»Kennt sich Trina denn mit dem Erdölbusiness aus?«

»Nein. Aber sie wird es lernen.«

»Du scheinst sehr von ihren Fähigkeiten überzeugt zu sein.«

Lori blieb stehen. »Wenn eine, die so viel durchgemacht hat wie Trina, nicht heulend in der Ecke sitzt und wirres Zeug redet, dann ist sie zu allem fähig.« Lori zog den Reißverschluss zu und stemmte die Hände in die Hüften. »Was stehst du eigentlich so tatenlos rum? Pack deine Sachen.«

Reed holte den Laptop und nahm den Koffer aus dem Schrank. »Fertig.«

Eine Stunde später kamen sie bei der Ranch von Alice Everson-Petrov an.

Beim Aussteigen war Lori abermals von der feuchten, heißen Luft überrascht. Dieses Mal standen sie allerdings nicht an irgendeinem Parkplatz oder an einem Rollfeld, sondern vor einem so überwältigenden Anwesen, dass sie kaum einen Gedanken an die Hitze verschwenden konnte. Die Umgebung der Ranch war so grün, wie die Hügel in Südkalifornien braun waren. Hinter dem runden Vorplatz lag das weitläufige, einstöckige Gebäude. Daneben befand sich eine riesige Scheune und dahinter, wie es aussah, ein Gästehaus.

Die Ranch war zehn Hektar groß und wenn man direkt davorstand, wirkte alles noch viel größer als auf der Karte. Von hier aus sah man kaum ein anderes Haus.

Trina breitete die Arme aus und stellte erstaunt fest: »Es ist so ruhig hier.«

»So friedlich«, stimmte Avery zu.

Neben Trina stand Carl. Er folgte ihr auf Schritt und Tritt.

Die Haustür ging auf und eine Frau, die vielleicht Mitte sechzig war, erschien. »Mrs Petrov?«

Avery legte einen Arm um Trina, gemeinsam stiegen sie die Eingangsstufen hinauf.

Lori blieb mit Reed zurück. »Das ist sogar für unsere Maßstäbe ein bisschen verrückt.«

»Was meinst du mit *eure Maßstäbe*?«

»Ich habe sehr wohlhabende Freunde, aber dass so etwas hier in Trinas Schoß gelandet ist, ist auch für uns kaum vorstellbar.«

Reed blickte sie überrascht an. »Sie hat doch gewusst, dass sie in eine reiche Familie einheiratet.«

»Klar hat sie das gewusst. Wir alle. Aber bloß, weil man jemanden heiratet, der reich ist, heißt es ja noch lange nicht, dass man selbst reich sein wird.«

»Kapiere ich nicht.«

»Trina hat einen reichen Mann geheiratet, aber sie selbst war nicht reich.«

»Aber durch die Heirat wurde sie es doch auch.«

»Nein. Sie hatte doch einen Ehevertrag. Verglichen mit dem Gehalt einer Flugbegleiterin hat sie mit diesem Ehevertrag mehr bekommen, wenn auch nicht *so* viel. Das hier ist viel mehr als das, was Trina mit der Ehe verdient hat.«

»*Verdient* hat?«, lachte er.

»Na ja, also, ich meine die Scheidungsvereinbarung.« Wie hatte ihr das nur rausrutschen können? »Du weißt schon, was ich meine«, versuchte sie zurückzurudern. »Was ich meine, ist *das* hier. *Dieser* Reichtum.«

Reed blickte sich um. »Deshalb ist die Sicherheit für Trina von solcher Bedeutung.«

»Ja.« Loris Lächeln verpuffte. »Ich sollte besser mal Sam anrufen.«

* * *

Langsam begann Reed, die Zusammenhänge zu verstehen. Sicherheit und Geheimhaltung waren Sams Aufgabe, Rechtsangelegenheiten fielen in Loris Bereich.

Er begleitete Carl beim Rundgang durch das Haus.

Lori hatte sich kurz zum Telefonieren zurückgezogen, während Trina und Avery eine Führung bekamen.

Carl war im selben Alter wie Reed. Er trug einen militärisch kurzen Haarschnitt, wie ihn ehemalige Soldaten aus praktischen Gründen behielten, wenn sie nach der Armeezeit nicht genau das Gegenteil machten und sich die Haare lang wachsen ließen. »Stimmt es, dass man in Trinas Haus in New York Wanzen gefunden hat?«

»Ja, hat man mir gesagt.«

Reed strich über den Rahmen des großen Fensters, von dem aus der hintere Teil des Grundstücks zu sehen war. Pferde grasten auf einer Koppel. »Vielleicht wäre es eine gute Idee, mal nachzusehen, ob hier auch welche sind. Was meinen Sie?«

Carl zuckte mit den Achseln. »Mrs Petrov wohnt in New York. Es war zu erwarten, dass ihr Haus zum Ziel wird.«

»Ja, schon. Aber die Reise nach Texas war ja ebenfalls zu erwarten. Schließlich hat sie einen Teil der Firma geerbt.«

Carl sagte ein paar Minuten lang nichts.

»Wenn man bedenkt, dass der Exmann von Alice Petrov der Grund für Ihren Einsatz hier ist und dass er weiß, wo Alice überall Häuser hatte … Ich denke eben, wenn er das Haus in New York abhört, dann macht er sich doch sicher auch die Mühe, in allen Häusern, die Trina jetzt gehören, Wanzen einzubauen.«

Ohne einen Kommentar ging Carl zu Trina. »Mrs Petrov, könnte ich bitte kurz mit Ihnen sprechen?«

Carl redete leise mit Trina.

»Echt? Meinen Sie, dass das wahrscheinlich ist?«

Reed gesellte sich dazu, zog sein Handy hervor und öffnete eine Seite auf Google.

»Ich könnte jemanden herbestellen, der das Haus überprüft, um auf Nummer sicher zu gehen.«

»Das ist doch lächerlich.«

»Was ist lächerlich?«, wollte Lori wissen, die gerade ins Zimmer kam.

»Carl meint, dass wir hier nach Wanzen suchen müssen.«

Die Haushälterin hörte das und war entsetzt. »Aber ich halte das Haus doch sauber!«

»Er meint Abhörwanzen. So Spionagezeug«, raunte Avery ihr zu, als würde sich alles um einen Witz handeln.

Die ältere Frau war erstaunt. »Warum würde uns denn jemand abhören wollen?«

»Waren vor kurzem irgendwelche Handwerker im Haus? Sind Renovierungsarbeiten durchgeführt worden?«, fragte Carl.

»Bei so einem großen Haus gibt es immer irgendwas zu reparieren. Außerdem wird gerade was wegen der schlechten Internetverbindung gemacht.«

»Das heißt, es kommen Techniker ins Haus?«, fragte Reed.

»Natürlich. Wir kennen uns mit Pferden aus, nicht mit so technischem Zeug.«

Lori drehte sich zu Carl. »Suchen schadet ja nichts.«

Daraufhin zückte Carl das Handy.

»In der Zwischenzeit«, sagte Lori zu Trina und Avery, »werden vertrauliche Gespräche besser draußen geführt.«

Das hätte Reed auch vorgeschlagen.

Die Frage war nur, wie viele vertrauliche Gespräche waren schon im Hotel geführt worden, bevor er die Wanze gefunden hatte?

Und was hatte Sasha alles dabei erfahren?

* * *

»Ich weiß schon, es ist nicht dasselbe wie Fallschirmspringen, aber hey, ich sitze auf einem Pferd!« Lori klopfte dem Tier auf den Hals.

Jetzt, kurz vor Sonnenuntergang, war es ein paar Grad kühler. Wenn weder Pferd noch Mensch schwitzten, machte Reiten richtig Spaß.

»Ich habe seit meiner Kindheit nicht mehr auf einem Pferd gesessen«, meinte Reed.

Er richtete sich im Sattel auf, suchte eine bequemere Sitzposition. »Ich weiß nur nicht, ob ich heute Abend noch von großem Nutzen bin, wenn wir zurückkommen.«

Lori kicherte. »Fühlst du dich etwas steif?«

»Ja, ja, mach du nur Scherze auf meine Kosten.«

Sie leckte sich über die Lippen. »Ich bin mir sicher, dass ich dir da helfen könnte.«

Er stöhnte. Man saß noch etwas steifer im Sattel, wenn andere Teile von einem steif wurden.

»Bekommst du eigentlich keine Probleme, dass du dir einfach so frei nimmst? Nicht, dass dein Chef am Ende auf dich sauer ist.«

Das Lügennetz, das er gespannt hatte, wurde immer dichter. »Ich werde für das Projekt, nicht für einzelne Stunden bezahlt. Es ist alles gut. Du hast genug andere Sorgen, du musst dir nicht auch noch Gedanken um meinen Job machen.«

»Tu ich aber. Ich hätte ein schlechtes Gewissen, wenn du dich mit deinem Chef in die Haare kriegst.«

Er hoffte sehr, dass das schlechte Gewissen, das er selbst hatte, nicht seinem Gesicht anzusehen war.

»Es wird nicht passieren. Das verspreche ich dir.«

Sie ließen die Pferde zur Ranch zurücklaufen und mussten sie bremsen, damit sie die letzten Meter zum Stall nicht galoppierten.

»Falls du mal einen neuen Job suchst, könntest du als Bodyguard arbeiten. Avery findet, dass das perfekt zu dir passen würde.«

»Was weiß Avery denn schon über Bodyguards?«

»Sie findet, du kannst zickig schauen, wenn es sein muss.«

»Soll das ein Kompliment sein?«

»Weiß nicht. Wahrscheinlich.«

Sein Pferd schüttelte die Mähne. »Ich wollte mal Polizist werden.« Immerhin war das die halbe Wahrheit, ohne zu viel zu verraten.

Lori neigte den Kopf zur Seite. »Was ist aus diesem Traum geworden?«

Die Erinnerung daran, wie Blut aus der klaffenden Wunde seinen Hals entlanglief, während er zusehen musste, wie sein Partner mit dem Tod rang. »Es ist einfach nichts daraus geworden.«

»Du wärst sicher ein guter Polizist.«

Er würde niemals in den Polizeidienst zurückkehren wollen. Allein bei dem Gedanken daran begann die alte Narbe am Kinn zu jucken.

Reed guckte auf Loris wippende Brüste. Eigentlich war bei seinem Einsatz als Privatdetektiv Shannon im Visier gewesen, und nun war er ausschließlich mit Lori und Trina beschäftigt. Hätte es sich um eine Polizeiaufgabe gehandelt, dann hätte er schon längst seinen Job verloren.

Immerhin gab es einen Zusammenhang zwischen Shannon und den anderen Frauen, der sein Interesse vielleicht rechtfertigte. Doch er hätte sich selbst etwas vorgemacht, wenn er glaubte, seinen Job als Privatdetektiv richtig durchzuführen.

Was hatte Sasha alles erfahren? Arbeitete sie für Ruslan?

»Was ist los, du sagst gar nichts mehr.« Lori riss ihn aus seinen Gedanken.

»Ich habe nur gerade nachgedacht.« Er überlegte fieberhaft, wie er das Thema wechseln konnte.

»Worüber?«

»Dass ich als Polizist nichts getaugt hätte, aber dass es nicht unpraktisch wäre, ein Paar Handschellen zu besitzen.«

Lori riss die Augen auf.

Und als diese Vorstellung sie nicht abzuschrecken schien, fuhr er fort: »Bereit, mal die sexuelle Komfortzone zu verlassen, Frau Anwältin?«

Und wieder sagte sie nicht nein.

Und weil ihn diese Vorstellung reizte, war der restliche Ritt für Reed aus anatomischen Gründen recht unbequem.

* * *

»Ach, du hast Reed mal einen Tag frei gegeben.« Danny bewegte sich mit einer Selbstverständlichkeit in ihrer Küche, als wäre er schon seit Monaten bei ihr.

»Er wohnt nicht hier.«

»Sag ihm das mal.«

Lori wusch die Tomaten ab, holte ein Schneidebrett. »Er fährt auch ab und zu heim.«

Danny schob sie zur Seite, um die leere Reispackung wegzuwerfen.

»Was läuft eigentlich mit ihm?«

»Wir gehen miteinander aus.« Als ob das nicht sowieso klar gewesen wäre.

»Seid ihr fest zusammen oder trifft sich jeder auch mit anderen?«

»Ich habe sonst keine Telefonnummer unter meinen Favoriten abgespeichert.«

»Und er?«

Lori nahm sich eine Tomate nach der anderen vor. »Ich glaube nicht. Wir haben nicht wirklich darüber geredet.«

»Du lässt ihm sowieso keine Zeit, sich noch mit anderen zu treffen. *Oh, Reed, ich brauche einen Bodyguard, magst du das nicht machen?*«

»Ich rede überhaupt nicht so!« Aber wenn ihr Bruder eine Oktave höher sprach, weil er sie nachmachte, musste sie immer lachen.

»Was macht er eigentlich beruflich?«

Lori warf die Endstücke der Tomaten in den Müll und machte sich nun an den Karotten zu schaffen. »Datenverarbeitung. Irgend so etwas.«

»Weißt du das gar nicht?«

»Er redet nicht viel darüber.«

»Mhm.« Danny rührte den Reis um. Im Ofen brutzelte das Huhn, das er am Morgen mariniert hatte. »Das passt gar nicht zu ihm.«

Beim Karottenwürfeln musste sich Lori konzentrieren, dass sie sich nicht die Finger abhackte. Blutiger Salat war nicht so lecker. »Was passt nicht?«

»So Datenverarbeitungszeug. Er kommt mir eher vor wie einer, der mehr mit den Händen macht.«

»Datenverarbeitung macht man doch mit den Händen, oder?«

»Du weißt schon, was ich meine.« Danny holte zwei Teller aus dem Schrank.

Die Karotten sind fertig. Was für eine Salatsoße? Lori öffnete den Kühlschrank, fand eine Vinaigrette und eine Birne. »Habe ich Walnüsse?«

»Was?«

Sie suchte im Vorratsschrank. »Ach, egal.«

»Ich sage nur, dass es nicht wirklich zu ihm passt.«

Neben den Schokostreuseln, die sie vor einem guten halben Jahr gekauft hatte, als sie gerade ihre Begeisterung fürs Backen entdeckt hatte, fand sie Walnüsse. Und sie waren auch noch nicht abgelaufen. »Bingo.«

»Hörst du mir überhaupt zu?«

»Ja.« Sie blickte auf und konnte sich beim besten Willen nicht erinnern, was Danny zuletzt gesagt hatte. »Äh, nein. Was hast du gesagt?«

»Reed. Ich finde, irgendwie passt das alles nicht wirklich.«

Sie vergaß die Walnüsse und hielt inne. »Was meinst du?«

»Wo habt ihr euch kennengelernt?«

»Auf der Kreuzfahrt, in Barcelona.«

Danny lehnte sich gegen die Theke und verschränkte die Arme vor der Brust. »Barcelona. Also in Spanien?«

»Ja, ich weiß. Verrückt, oder? Wie hoch ist die Wahrscheinlichkeit für so etwas?«

»So hoch wie für einen Sechser im Lotto.«

»Siehst du, das habe ich mir auch gedacht.« Danny hatte plötzlich diesen Blick, wie ihn ihr Vater auch manchmal hatte. Einer, bei dem sie das Gefühl hatte, etwas Falsches gesagt zu haben. »Was denn?«

Er schüttelte den Kopf. »Also, muss ich jetzt eigentlich auf der Couch schlafen oder darf ich im Gästezimmer bleiben?«

Sie grinste. »Sind es schon zwei Wochen?«

»Ja. Hast du noch gar nicht bemerkt. Ich bin sogar öfter hier als du.«

»Wann musst du denn zum Fischen nach Mexiko?«

»Wann ich will.« Danny stieß sich von der Theke ab und gab ihr einen Kuss. »Du kannst es dir aussuchen, wo ich schlafe, Gästezimmer oder Couch. Aber ein bisschen muss ich noch bleiben.«

»Wieso *muss*?«

»Muss ich dir diese Frage wirklich beantworten?« Danny sah sie aufreizend lange an.

»Ich kann auf mich selbst aufpassen.«

»Ich habe ja nie gesagt, dass du das nicht könntest.«

Wann war ihr Bruder erwachsen geworden und dachte nicht mehr nur an sich selbst?

»Meine Couch ist eigentlich zum Sitzen gedacht. Nicht zum Schlafen.«

Er grinste und verließ die Küche.

Später, als sie im Bett lag und dem Schnarchen ihres Bruders lauschte, schloss Lori die Augen und dachte an Reed. Und seine Hände. Kräftige, raue Männerhände. Ihre eigenen waren dagegen zart und weich. Eben die Hände einer Frau, die im Büro arbeitete, Unterlagen wälzte und am Computer saß. Reed hatte nicht viel über seine Arbeit erzählt. Vielleicht hatte sie nicht genug Interesse gezeigt, ihm zu wenig Fragen gestellt. Jedenfalls sahen seine Hände nicht aus, als würde er sie nur zum Datenverarbeiten benutzen.

Es dauerte eine Weile, bis sie in den Schlaf fand. Als sie am nächsten Morgen erwachte, wusste sie nicht mehr, warum sie so lange wach gelegen hatte.

KAPITEL 24

Reed rollte seinen Spezialstift in der Hand, während er auf das kleine Mikrofon blickte, das er auf dem Schreibtisch vor sich liegen hatte. Was zum Teufel machte er da nur?

Wechselte man mit so etwas die Seite und gehörte plötzlich zu den Bösen?

Eine kleine moralische Überschreitung und schon war man drüben bei denen, die für das falsche Team spielten?

Während dieses Falls hatte er ein Stück seiner Seele verkauft. Je mehr er über Lori und ihre reichen, einsamen Freundinnen erfuhr, desto mehr Gefühle seinerseits waren im Spiel. Wer hätte so was für möglich gehalten?

Mann, was war nur mit ihm los?

Er hatte von Anfang an gewusst, dass es keine gute Idee war, mit ihr zu schlafen. Aber er hatte es gewollt. Und jetzt konnte er nicht mehr anders. Er fühlte sich wie ein Drogenabhängiger. Er versuchte sich einzureden, dass er nur noch das eine Mal zu ihr fahren würde, die Wanze verstecken, nach einer Ausrede wieder abhauen. Aber sobald sie ihn dann mit diesem Blick ansah, den Rechtsanwaltsmodus abschaltete und sich in ein flirtendes Mädchen verwandelte, war es erneut um ihn geschehen.

Er wollte nicht weg von ihr.

Schon gar nicht, seit Ruslan hinter ihr her war.

Und Sasha. Hinter ihr und nun auch hinter ihm.

Es ging jetzt gar nicht mehr darum, Informationen aus Lori und ihren Freundinnen herauszubekommen, mit denen seine Auftraggeberin den Ruf des Gouverneurs schädigen konnte. Nein, jetzt ging es nur noch darum, herauszufinden, wie die Geheimnisse der vier Frauen auch weiterhin geheim blieben. Geheimnisse, die er selbst noch gar nicht alle kannte.

Er schloss die Augen und verfluchte das Universum.

* * *

Es gab eine Sache, die alle Politiker, ganz unabhängig davon, zu welcher Partei sie gehörten, sehr gut konnten. Nämlich Geld sammeln.

Im eng anliegenden schwarzen Cocktailkleid und in den teuren roten Schuhen, die Sam ihr zum Geburtstag geschenkt hatte, stand Lori mit Gabi und Hunter Blackwell zusammen, jeder hielt ein Weinglas in der Hand. Bei solchen Veranstaltungen waren sonst immer Sam und manchmal auch ihr Mann dabei. Doch jetzt reisten Sam und Blake gerade durch Europa. Deshalb waren an diesem Abend Gabi, die auch für Alliance arbeitete, und Lori gekommen, um Shannon beizustehen.

Paul Wentworth bereitete sich gerade auf seine zweite Amtszeit als Gouverneur vor und hoffte, dass sich die wohlhabenden Gäste an diesem Abend leicht von ihrem Geld trennen würden.

Er hatte Shannon gebeten zu kommen, damit er der ganzen Welt zeigen konnte, wie freundschaftlich das Verhältnis zwischen ihm und seiner Exfrau war.

»Es ist sicher nicht leicht für sie«, flüsterte Gabi, während sie Shannon dabei beobachtete, wie sie mit den Kollegen von Paul sprach.

»Sie hätte ja auch absagen können.«

»So was macht Shannon aber nicht«, entgegnete Gabi. »Fotografiert sie eigentlich noch?«

»Ich glaube nicht. Sie hat zwar immer noch das Studio und die Galerie, aber sie ist nie dort, soweit ich weiß.«

»Ich verstehe ja, dass man nach einer Scheidung Zeit braucht, um sich neu zu sortieren, aber irgendwann muss man auch wieder nach vorn blicken.«

Hunter mischte sich ins Gespräch. »Vielleicht braucht sie ein paar Blind Dates«, zischte er.

»Ich kann mir nicht vorstellen, dass ihr so etwas gerade fehlt«, meinte Gabi.

Hunter legte den Arm um die Taille seiner Frau und gab ihr einen Kuss auf den Kopf. »Männer lassen sich oft von schönen und erfolgreichen Frauen einschüchtern.« Er wurde noch leiser, damit die anderen Leute nichts mitbekamen. »Vielleicht bräuchtet ihr zu eurem Eheanbahnungsinstitut auch noch einen Datingservice.«

»Davon gibt es doch schon genügend im Internet«, fand Gabi.

Hunter ließ seine Blicke über die vielen Köpfe im Raum schweifen. »Ich kann mir nicht vorstellen, dass viele von denen hier auf Tinder sind, höchstens vielleicht die Kellner.«

Lori schaute sich die anderen Gäste an. Die Idee gefiel ihr. Wenn eine Alliance-Ehe beendet war, musste man die Frauen und manchmal auch die Männer erst langsam daran gewöhnen, dass sie nun wieder mit jemandem ausgehen konnten.

Lori blickte zu Hunter, der die Augenbrauen hochzog, um zu betonen, wie gut er seine Idee fand.

»Darum bist du auch so reich«, zog Lori ihn auf.

Er hob die Hände in die Luft. »Dabei will ich noch nicht mal eine Beteiligung.«

Shannon blickte sich gerade suchend um. Als sie Lori endlich entdeckte, warf Shannon ihr einen flehenden Blick zu.

Lori stellte sofort ihr Getränk ab. »Sieht aus, als würde ich gebraucht.«

Unterbrechen, höflich bleiben, aus der Situation rausholen.

Shannon stand zwischen drei Männern und einer Frau, die Lori alle nicht kannte.

Sie ging zielstrebig auf Shannon zu, legte die Hand auf ihren Arm. »Entschuldigen Sie die Unterbrechung. Shannon, du wolltest doch mit den Blackwells sprechen, bevor sie gehen, oder?«

Die Unterhaltung verebbte.

»Richtig. Vielen Dank. Tut mir leid.«

Einer der drei Männer, der etwas untersetzt war, wandte ein: »Mich würde aber trotzdem noch interessieren, wie Sie über …«

»Danke für die Unterhaltung«, rief Shannon im Gehen.

»Und danke für die Rettung«, zischte sie an Lori gewandt, kaum dass sie außer Hörweite waren.

»So schlimm?«

»Manche Leute verbreiten mehr Gerüchte als die Boulevardpresse.«

Bei Gabi und Hunter angelangt, machte Shannon eine Show daraus, Gabi zu umarmen und sich von Hunter ein Küsschen geben zu lassen.

»Wie geht es dir?«, erkundigte sich Gabi.

»Es geht schon. Manche von den Leuten hier habe ich vermisst.«

»Und was ist mit denen, die du nicht vermisst hast?«, wollte Hunter wissen.

Shannon schmunzelte. »Mit denen muss ich jetzt nicht mehr reden.«

»Es gibt immer Vorteile«, meinte Gabi.

Hunter hielt eine Kellnerin auf und nahm für Shannon ein gefülltes Weinglas vom Tablett. »Sag mal, warum bist du allein hier? Ich kenne viele Männer, die dich gerne begleiten würden.«

»Ich will aber nicht …«

»Und wenn es nur für die Show ist«, flüsterte er und zwinkerte ihr zu. »Das würde dem Gerede ein Ende setzen und dich würde niemand mit blöden Fragen belästigen.«

»Ich …« Shannon schielte zu ihrem Exmann. »Vielleicht nächstes Mal.«

Hunter lachte. »Dann wende dich ruhig an diese Ladys hier. Wenn du schließlich so weit bist, haben sie sicher ein paar Männer für dich in petto.« Daraufhin entschuldigte sich Hunter und ließ die drei Frauen allein zurück.

»Wie meint er das denn?«, fragte Shannon.

»Er versucht, noch mehr Arbeit für uns zu besorgen«, antwortete Gabi.

»Die Idee gefällt mir«, sagte Lori zu ihr.

»Welche Idee?«, wollte Shannon wissen.

»Einen Datingservice anzubieten.«

»Macht ihr das nicht eh schon?«

Lori zeigte mit ihrem Glas zu Shannon. »Du kennst doch die Antwort darauf.«

»Also, nicht für mich. Ich mag nicht mit irgendwem ausgehen.«

»Und wenn du heute Abend jemanden an deiner Seite gehabt hättest, der den neugierigen Leuten genau das gesagt hätte, was sie hören wollen?« Außerdem konnte das ein guter Weg sein, um herauszufinden, ob Paul vielleicht doch Gefühle für seine Exfrau hatte. Solange Shannon nicht wirklich ihr eigenes Leben weiterführte, würde sie nie herausfinden, ob Paul etwas für sie empfand. Wenn nicht, dann war es nun mal so. Falls aber doch, dann …

»Hmm.«

Lori grinste Shannon an.

»Achtung, Ladys. Da kommt er«, warnte Gabi.

Paul kam im perfekt sitzenden Maßanzug und glänzenden Schuhen zu ihnen herüber und stellte sich neben Shannon. »Danke, dass du gekommen bist«, sagte er zu ihr.

Shannon holte tief Luft, überwand sich offensichtlich zu einem Lächeln. »Hallo, Paul.«

Er blieb auf Distanz, wirkte zwar nicht unfreundlich, aber insgesamt etwas steif.

»Wie geht es dir?«

»Ganz gut, danke.«

Andere Gäste beobachteten neugierig das Geschehen, manche tuschelten.

»Würdest du mir das sagen, wenn es dir nicht gut ginge?«, fragte er leise.

»Es soll nicht länger deine Sorge sein, Paul«, sagte Shannon sanft.

Seine Kiefermuskeln spannten sich an, er raunte Shannon etwas zu, das nur sie hören konnte.

Ihr Lächeln verrutschte. Paul wandte sich um und ging.

Oh nein, hatte sie etwa feuchte Augen bekommen? »Mein Bruder sieht auch ganz gut aus, wenn er sich bemüht. Nächstes Mal kommen wir bewaffnet.«

Shannon versuchte, sich zusammenzunehmen.

»Nur noch ein paar Minuten, dann können wir gehen. Lass dir nichts anmerken«, riet Gabi.

»Es ist zwei Jahre her. Eigentlich sollte mir das doch egal sein.«

»Männer machen es einem nie leicht.«

»Und das von einer glücklich verheirateten Frau, die ihren Traum lebt.«

Gabi rollte mit den Augen. »Mein Mann macht mir mein Leben ganz sicher nicht leicht!«

»Möglich, aber er macht es lebenswert«, mischte sich Lori ein.

Gabi wurde rot.

Die Geräusche um sie herum deuteten an, dass man im Raum gerade wieder die Gesprächspartner wechselte.

Gabi hängte sich bei Shannon ein und zog sie weg.

»Ich treffe euch nachher wieder.« Lori wollte den Gouverneur zur Rede stellen, der ihre Freundin gerade verstimmt hatte. Während die beiden anderen zur Damentoilette gingen, machte Lori die Schultern breit und wollte sich zu ihm gesellen. Doch eine Frau versperrte ihr den Weg.

»Entschuldigung?«

Lori kannte sie nicht. Groß, dunkle Haare, hohe Wangenknochen, volle Lippen. »Tut mir leid, kennen wir uns?«

Die Frau blickte zu Boden. »Nein, entschuldigen Sie. Aber Sie sind doch Lori Cumberland, oder?«

»Richtig. Und wer sind Sie?«

»Ich heiße Susan Wilson.«

Automatisch guckte Lori, ob sie einen Ring trug. Wenn sie bei solchen Veranstaltungen angesprochen wurde, handelte es sich meistens um eine Empfehlung.

»Kann ich Ihnen helfen?«

»Vielleicht.« Sie senkte Kopf und Stimme. »Eine gute Freundin meint, dass Sie das könnten.«

»Möchten Sie sich scheiden lassen?«

»Nein.« Susan lächelte. »Ich brauche einen Mann.«

Zuerst dachte Lori, dass Hunter bereits Gerüchte über ihren angedachten Datingservice in die Welt gesetzt hatte und schon die ersten Kundinnen dafür akquirierte.

»Na ja …«

»Sie wissen schon, einen Ehemann auf Zeit. Man hat mir gesagt, dass Alliance dabei helfen könne.«

Lori verstand. »Ach so.«

»Stimmt das denn, was ich gehört habe?«

»Vielleicht. Aber ich bin nicht die richtige Ansprechpartnerin dafür. Haben Sie eine Visitenkarte? Ich kann veranlassen, dass jemand Sie anruft.«

Die Frau seufzte auf. »Ach, Gott sei Dank.« Mit langen roten Fingernägeln zog sie eine Visitenkarte aus der Handtasche und gab sie Lori.

Mit einfacher Schrift war der Name *Susan Wilson* aufgedruckt, dazu eine Telefonnummer.

»Sind Sie das?«

»Ja und nein. Ich muss das unter vier Augen erklären.« Susan blickte sich nervös um.

»Das verstehen Sie doch sicher.«

Lori lächelte höflich und steckte die Karte ein. »Selbstverständlich. Sie werden angerufen.«

Susan verabschiedete sich mit einem kurzen Nicken und ging.

Als Lori aufblickte, war Paul nicht mehr zu sehen.

Kapitel 25

Nach einer weiteren Woche ohne eine Spur von Ruslan und seinen Männern schickte Lori ihren Bodyguard heim.

»Neil wird das nicht gut finden«, versuchte Cooper, sie umzustimmen.

»Gut, dass Neils Meinung hier nicht gefragt ist. Es wäre ja was anderes, wenn Sie wegen mir keinen Job mehr hätten, aber ich weiß, dass das nicht der Fall ist.«

»Die Harrisons kommen in einer Woche zurück, ich könnte wenigstens bis dahin bleiben.«

Lori dachte schon, sie müsse Cooper vielleicht ein Lunchpaket packen und ihn rausschmeißen. »In einer Woche spreche ich mit Sam, oder früher, falls nötig. Also los, gehen Sie. Sie sind jung, da wartet doch sicher ein heißes Mädel irgendwo auf Sie, das sich freut, wenn Sie Zeit haben.«

Lori stand vom Schreibtisch auf und sah auf die Uhr. Die nächste Mandantin würde in fünf Minuten kommen. Sie hatte die Zeit extra so gewählt, dass sie Cooper zwischen zwei Terminen wegschickte, um eine Auseinandersetzung zu vermeiden.

Es klappte nicht.

»Nur weil es gerade ruhig ist, bedeutet das noch lange nicht, dass nicht doch irgendwas geplant ist.«

»Mag ja sein, aber wegen dieser einen blöden Drohung hat sich mein Leben schon genug auf den Kopf gestellt.«

Die Sprechanlage summte. »Ihr Neun-Uhr-Termin ist da.«

»Vielen Dank.«

»Lori.«

»Nein. Es ist zwar nett, dass Sie sich Sorgen machen, aber Sie werden hier nicht länger gebraucht. Ich bin ja entweder hier oder zu Hause oder bei Reed. Ich brauche weder einen Fahrer noch jemanden, der ständig neben mir ist, als wäre ich ein Staatsoberhaupt. Ich bin Scheidungsanwältin und habe ein paar reiche Mandanten. Das ist alles. Ruslan Petrov kann mir nicht wirklich was anhaben.« Zumindest hatte sie sich das in der letzten Woche versucht einzureden. Und als dann noch ihre Maniküristin ständig zu Cooper hinüberschielte, während sie Lori die Nägel machte, hatte es ihr endgültig gereicht.

Lori hätte nie mit einem reichen Mann verheiratet sein können. Reiche hatten so viele Probleme und mussten immer auf der Hut sein.

»Rufen Sie Neil an und tun Sie nicht mehr, als Sie tun müssen.«

Cooper hob sich ergebend die Hände. »Na gut, wie Sie wollen. Aber wenn sich etwas ändert, oder wenn Sie sich unsicher fühlen, dann rufen Sie mich sofort an!«

Lori grinste. »Das ist nett von Ihnen, Cooper. Jetzt fahren Sie zu Ihrer Freundin und holen nach, was Sie verpasst haben.«

Das kurze Aufleuchten in seinen Augen sagte ihr, dass sie genau ins Schwarze getroffen hatte.

Als Cooper hinausging, hatte er bereits das Handy am Ohr.

Sie drückte den Knopf der Gegensprechanlage: »Okay, Liana, schicken Sie Mrs Maghakian herein.«

Lori legte den Block bereit und wartete auf die neue Mandantin.

Sie erschien in einem dunkelblauen Hosenanzug, einfachen Pumps, die zu ihrer Pradatasche passten, und sie trug eine dunkle Sonnenbrille, die zusammen mit den langen Haaren einen Großteil des Gesichts bedeckte.

Lori ging um ihren Schreibtisch herum und streckte ihr die Hand entgegen.

Erst als sie direkt vor der Frau stand, bemerkte Lori, wie viel Make-up diese trug. »Mrs Maghakian, freut mich, Sie kennenzulernen.«

»Danke, dass Sie so kurzfristig einen Termin für mich gefunden haben.« Die Stimme der Frau klang genauso schwach, wie ihr Händedruck war.

»Darf ich Ihnen etwas zu trinken anbieten? Kaffee, Wasser?«

»Danke, Ihre Sekretärin hat mir schon etwas angeboten. Ich brauche nichts.«

»Bitte, nehmen Sie Platz. Wir können uns auch dort drüben unterhalten.« Lori zeigte auf die Sitzgruppe aus Couch und Sesseln, die sie im Büro hatte, um für eine entspanntere Atmosphäre zu sorgen. Schließlich war sie auch ein bisschen wie eine Therapeutin für ihre Mandanten. Viele davon – und dazu gehörte offensichtlich auch die Frau vor ihr – brauchten etwas Zeit, um sich zu öffnen und von den Eheproblemen zu erzählen. Es war doch etwas ganz anderes, wenn man nicht beim Eheberater, sondern beim Anwalt über die gescheiterte Ehe sprach.

Mrs Maghakian wählte die Couch.

Lori ließ ihr einen kurzen Moment, dann setzte sie sich dazu.

Die Frau saß ihr mit kerzengeradem Rücken gegenüber und vermied den direkten Blickkontakt. Lori dachte schon, sie werde gleich wieder zur Tür hinausstürzen.

Dann aber hob Mrs Maghakian die Sonnenbrille hoch und zeigte den wahren Grund für die dicke Make-up-Schicht. Die Farbe der blauen Flecke war zwar abgedeckt, doch die Schwellung und die geplatzten Adern konnte man mit Puder und Creme nicht wegschminken.

»Ich muss ihn verlassen, sonst bringt er mich noch um.«

Lori wurde kalt.

»Oder ich bringe *ihn* um«, sagte Mrs Maghakian und sah Lori dabei fest in die Augen.

* * *

Lori nahm stets Arbeit mit nach Hause. Es gehörte zu ihrem Job. Der Tag hatte eben nur eine begrenzte Anzahl an Stunden. Neben den Terminen mit Mandanten musste sie an manchen Tagen auch ins Gericht und da blieb der ganze zeitintensive Papierkram liegen. Zum Glück hatte sie die beste Rechtsassistentin, die man haben konnte. Sie sortierte vor, legte nach oben, um was sich Lori als Erstes kümmern musste, und nach unten, was warten konnte. Fälle wie der von Ana Maghakian machten Lori aufs Neue bewusst, warum sie das Gesetz zu ihrem Beruf gemacht hatte.

Den ganzen Tag lang musste Lori an Anas Geschichte denken. Eine Geschichte, die mit blauen Flecken am ganzen Körper erzählt wurde.

Vivian streckte um siebzehn Uhr den Kopf zur Tür herein. »Ich gehe jetzt.«

»Ich auch bald.«

»Ich habe die Unterlagen für den Charleston-Fall oben auf den Stapel gelegt. Sie haben morgen um acht einen Gerichtstermin in Van Nuys.«

»Alles klar, danke.« Lori nahm die fünf Zentimeter dicke Akte. Am Ende, wenn die Charlestons geschieden wurden, würden sich so viele Unterlagen angesammelt haben, dass man dafür fast einen kleinen Handwagen brauchte, um sie mitzunehmen. »Dann sehen wir uns am Nachmittag.«

Vivian winkte und ging, während Lori die Unterlagen für den nächsten Morgen und für den neuen Fall Maghakian gegen Maghakian zusammensuchte. Alles andere würde vorerst warten müssen.

Sie löschte das Licht im Büro und schloss die Tür ab. Dann erst sah sie Reed, der zeitschriftlesend in der Lobby saß, den Fuß auf das andere Bein gelegt.

»Was machst du denn hier?«

Reed senkte das Magazin und grinste. »Hallo, Frau Rechtsanwältin.«

»Reed?« Sie blickte sich um.

Er ging zwei Schritte auf sie zu, nahm ihr die Aktentasche aus der Hand. »Cooper hat mich angerufen.«

Mit zusammengekniffenen Augen schüttelte sie den Kopf. »Das hätte er doch gar nicht tun müssen.«

»Er hat mir gesagt, dass du ihn gefeuert hast.«

»Ich habe ihm nur zu verstehen gegeben, dass ich ihn nicht mehr brauche.«

»Weil Ruslan Petrov bis jetzt nichts gemacht hat. Ja, das habe ich schon gehört.«

»Du bist anderer Meinung.«

»Ist es dir schon mal in den Sinn gekommen, dass Ruslan vielleicht nur darauf wartet, bis du keine Lust mehr auf deinen

Bodyguard und die Überwachungskameras hast, und dann zuschlägt?«

Lori nahm ihm die Aktentasche wieder aus der Hand. »Jetzt fang du nicht auch noch damit an.« Sie ging zur Tür.

»Du weißt, dass ich recht habe.«

»Nein, ich weiß, dass *ich* recht habe. Trina macht ihr Haus in New York dicht und zieht nach Texas. Und Ruslan ist, soweit ich weiß, gerade in Deutschland.«

»Meinst du wirklich, dass er höchstpersönlich zu dir kommt? Der Typ ist schlauer.«

»Ach ja?« Lori war ein bisschen gereizt. »Woher willst du das wissen?«

Reed öffnete den Mund, schloss ihn jedoch schnell wieder.

»Eben. Ich komme allein klar, Reed.«

»Du bist aufgebracht.«

»Natürlich bin ich aufgebracht. Ich mag es nicht, wenn man mir sagt, wie ich mein Leben zu führen habe.«

»Auch nicht, wenn es sich um jemanden handelt, der dich sehr mag?«

Reed nahm ihr zum zweiten Mal die Tasche aus der Hand und kam näher. »Ich mag dich, Lori. Wenn du mich jetzt nicht auch feuerst, dann werde ich dafür sorgen, dass du sicher nach Hause kommst.«

»In getrennten Autos?«

Er hauchte ihr einen sanften Kuss auf die Lippen. »Ich habe mein Auto bei dir abgestellt und bin mit dem Taxi hergekommen.«

Wenn sich ein Mann in solchen Maßen darum bemühte, sie nach Hause zu bringen, konnte man eigentlich nicht mehr sauer auf ihn sein.

Er nickte Richtung Ausgang. »Komm, ich fahre, dann kannst du dich entspannen.«

»Ich bin entspannt!«, schnappte sie zurück.

Reed warf die Hände in die Luft. »Na gut, dann fahre ich, weil ich Angst um meine Ei…«

Sie blickte ihn scharf an.

»Ich meine, weil du sicher noch was zu arbeiten hast und du das auf der Fahrt nach Hause tun kannst«, sagte er schmunzelnd.

Ihr Blick wurde wieder milder.

»Ich ergebe mich.« Damit ging sie voraus, wartete, bis er nachkam, damit sie absperren konnte. Sie gab ihm den Autoschlüssel und lief schweigend neben ihm zum Aufzug.

Reed stellte sich dicht neben sie, als andere Leute in den Lift stiegen, aber er sagte nichts.

Lori war im selben Maße wütend und berührt. Und irgendwie auch erregt.

Er mochte sie sehr. Das hatte er fast so gesagt, wie ein Bekenntnis. Mit diesen paar Worten und der Tatsache, dass er ohne zu fragen einfach gekommen war, um den Bodyguard zu ersetzen, den sie gerade entlassen hatte, sagte er mehr, als je ein Mann vor ihm gesagt hatte.

Schweigend liefen sie über den Parkplatz.

Reed öffnete ihren Mercedes, Lori setzte sich auf den Beifahrersitz, legte den Gurt an und starrte aus dem Fenster.

Sie musste wirklich wieder die Kontrolle über ihr Leben zurückgewinnen. Das hatte sie sich zumindest an diesem Morgen vorgenommen. Cooper wegschicken, herausfinden, was Petrov wollte und den Spieß umdrehen, wenn sie wusste, wo er war. Kurz bevor Reed gekommen war, hatte sie herausgefunden, dass Ruslan in Deutschland war.

Reed setzte sich hinters Steuer und bog aus dem Parkplatz.

Da Lori so schweigsam war, sagte er auch lieber nichts.

Lori ertappte sich dabei, dass sie auf seine Hände starrte, während er lenkte. Große, fähige Hände. Sie wand sich in ihrem Sitz, atmete hörbar durch die Nase ein.

Aftershave. Ein Geruch, bei dem sie sich unwillkürlich über die Lippen leckte.

Weil er sich aufs Fahren konzentrierte, bekam er gar nicht mit, wie sie ungeduldig mit dem Fuß wippte und wünschte, er würde ein bisschen schneller fahren.

Dachte er wirklich, dass sie nicht in der Lage war, auf sich selbst aufzupassen? War das eine Machonummer, dachte er, sie sei ein kleines, dummes Ding?

Ich mag dich, Lori.

Es war kein Liebesgeständnis und auch kein Versprechen für die Zukunft. Aber immerhin war es mehr, als sie vor einer Stunde gehabt hatte.

Nach der letzten Ampel bog er in ihre Straße und in die Tiefgarage. Sie stiegen aus.

Reed holte noch ihre Tasche, dann fuhren sie mit dem Fahrstuhl schweigend zu ihrer Wohnung.

Es war still und dunkel.

Danny ist ausgegangen.

»Soll ich lieber wieder heimfahren?«, fragte er, nachdem er ihre Tasche auf dem Tisch im Flur abgestellt hatte.

Sie drehte sich zu ihm, drückte ihn gegen die geschlossene Tür und überfiel ihn mit einem Kuss.

Ein paar Sekunden lang war er so überrascht, dass er reglos verharrte. Dann erst küsste er sie zurück.

Mit jenen kräftigen Händen, die sie zuvor bewundert hatte, fuhr er in ihre Haare, zog ein bisschen daran, um den Kuss zu unterbrechen. Dann spürte sie seine Lippen an ihrem Hals, ihrem Schlüsselbein.

»Ich will dich.«

Er umfasste eine ihrer Brüste, drückte zu. »Hab ich gar nicht gemerkt.«

Lori griff durch seine Hose nach seinem Schwanz. »Du lügst.«

Reed stieß sie gegen die Tür, drückte seine Hüften gegen ihre.

Er packte ihr Bein und indem sie sich an der Tür festhielt, schlang sie nun beide Beine um seine Hüften.

Reed schob ihren Rock hoch, bis sie durch den Slip die kühlere Luft spürte.

Ihre Zungen rangen miteinander, die Wölbung in seiner Hose drückte gegen sie.

Sie hielt sich an seinem Nacken fest, zog ihn zu sich. »Jetzt.«

»Hier?«

Sie konnte nicht mehr sprechen und zog nur den Reißverschluss seiner Hose auf.

»Die Kameras«, erinnerte er sie.

»Mir egal.« Sie hatte nur einen einzigen Gedanken im Kopf. Reed, in ihr, genau hier und jetzt.

»Okay, Baby. Ich setze dich kurz ab.«

Sie hielt sich an ihm fest.

»Nur für einen Moment.«

Er half ihr, die Beine wieder auf den Boden zu stellen. Sie vergrub ihren Kopf an seinem Hals, ihre Zähne hinterließen einen Abdruck hinter seinem Ohr.

Reed zog sich die Hose aus, hob ihren Rock hoch. Statt ihren Slip zu entfernen, zog er ihn zur Seite und tauchte mit dem Finger in ihre feuchte Mitte. »Oh, Lori.«

Sie drückte sich gegen ihn. »Bitte, Reed.«

Er hob wieder ihr Bein, seine Erektion neckte sie bereits. »Hoffentlich schaffen wir das ohne Verletzung.«

Sie hielt sich an seinen Schultern fest, schwang das andere Bein um ihn und nahm seine Erektion in sich auf. »Oh ja.«

»Halt dich fest, Lori.«

Das tat sie und er übernahm den aktiven Part. Die Tiefe, der Winkel, die Tatsache, dass er sie nahm, an die Tür gedrückt, mit Kleidung, erfüllte alle sexuellen Wünsche auf einmal. Selbst der Gedanke, dass möglicherweise jemand vor den Überwachungsschirmen saß und zusah, erhöhte die Erregung.

Als sich die Muskeln in ihrem Inneren zusammenzogen, fluchte Reed leise.

Sie zog seinen Mund auf ihre Lippen und er stieß fester zu, schneller, bis es ihr den Atem verschlug. Sie war so kurz davor.

»Komm für mich«, stöhnte er in ihr Ohr.

Ihr Kopf fiel zurück, sie bog sich durch. »Jetzt, Reed, komm.«

Und das tat er, genau in diesem Moment. Zusammen erreichten sie den Gipfel, den sie gemeinsam erklommen hatten. Loris Körper zuckte und nahm mehr auf, als Reed ihr das letzte Mal gegeben hatte.

Lori war erschöpft. Ihr Bein wurde schlaff.

Reed nahm sie in die Arme, trug sie ins Schlafzimmer, legte sie aufs Bett.

»Jetzt fühle ich mich viel besser«, murmelte sie.

Er ließ sich neben sie niederplumpsen. »Du schaffst mich.«

Eine Stelle an ihrem Rücken tat weh. Wahrscheinlich wegen des Türgriffes, aber es spielte keine Rolle, sie würde es jederzeit wiederholen. »Das war unglaublich.«

»Außerhalb der Komfortzone?«, zog er sie auf.

»So weit außerhalb, dass ich mich selbst kaum wiedererkenne.«

»Mir gefällt diese Version von dir.«

Sie öffnete die Augen und sah, dass er sie anschaute. »Mir auch.«

»Nächstes Mal dauert es länger. Vielleicht nehme ich dich dann gegen die große Fensterscheibe gedrückt.«

»In der Nacht und unten scheinen die Lichter.«

Reed schüttelte den Kopf. »Nein, bei hellem Tageslicht, damit es jeder sehen kann.«

Oh Gott.

»Aha, Lori gefällt das.«

Mit den Fingernägeln fuhr sie seine Hüfte entlang und merkte, dass er zuckte. »Und dir gefällt das wohl auch.«

»Man könnte mich dazu überreden.«

»Überreden? Und was müsste ich dafür tun?«

Er drehte sich auf den Rücken. »Ich bin mir sicher, dass dir da schon was einfallen würde.«

Auf die Unterarme gestützt, öffnete sie ihre Bluse und warf sie dann fort.

Nicht nur seine Augen wurden groß, als er ihr zusah, wie sie nun auch den Rock auszog, dann den BH und den Slip.

Sie setzte sich auf ihn und übernahm die Führung.

* * *

Drei unglaubliche Orgasmen später ... Lori war wie besessen vom Sex und nutzte ihn für ihr Vergnügen. Nicht, dass er sich darüber beschwert hätte. Wenn er das als Lohn dafür bekam, dass er sie von der Arbeit abholte, bot er sich sehr gern auch weiterhin als Chauffeur an.

Lori lag neben ihm, den Arm über dem Kopf, völlig außer Atem.

»Gütiger Gott, das habe ich echt gebraucht.«

»Du hättest mich fast umgebracht«, scherzte er. Er sah an sich herab. »Ja, der macht schon schlapp.«

Lori kicherte. »Er verstarb nach einem glücklichen Leben.«

So gefiel sie ihm noch mehr als sonst, so entspannt und sorgenfrei. In den letzten zwei Monaten, seit er sie kannte, hatte er sie meist anders erlebt. Für eine Frau, die noch keine Kinder hatte, trug sie doch eine große Last mit sich herum.

»Warum warst du so gestresst?«

Sie seufzte. »Ich weiß nicht. Es hat sich alles aufgestaut. Kennst du das?«

Reed rollte sich zur Seite, zog das Laken hoch und ließ seine Hand auf ihrem flachen Bauch liegen. »Was Altes oder Neues?«

»Beides. Heute ist eine neue Mandantin gekommen. Das wird auch eine ziemlich unangenehme Angelegenheit.«

»Ach ja?«

»Ja. Sie ist sechsunddreißig, äußerst attraktiv. Zumindest unter all dem Make-up und ohne die blauen Flecke.«

Ein Muskel in seinem Arm zuckte. »Ihr Mann schlägt sie?«

Lori blickte ihn an, stieß langsam die Luft aus. »Schlagen ist untertrieben. Man muss eher *verprügeln* dazu sagen. Was für ein Mann macht so was?«

»Kein echter Mann.«

Sie rollte sich zur Seite, zog das Laken bis zur Brust. »Es ist schwierig. Am liebsten würde ich sie an der Hand nehmen und mit ihr zur Polizei gehen.«

»Will sie ihn nicht anzeigen?«

»Er übt sehr viel Macht über sie aus. Er ist so einer, der meint, er könne alles mit ihr machen. Sie muss aufpassen, wem sie was sagt.«

»Aber sie ist zu dir gekommen.«

Ein schmales Lächeln legte sich auf ihre Lippen. »Ich kenne ein paar Leute, die sie beschützen können, wenn sie sich von ihm trennt.«

Er konnte sich das kaum vorstellen.

»Sie will noch nicht einmal sein Geld. Sie will nur von ihm in Ruhe gelassen werden.« Lori schüttelte den Kopf. »Wie kann man acht Jahre lang der Boxsack für jemanden sein und nicht wollen, dass er teuer dafür bezahlt?«

»Wenn sie meine Schwester wäre, würde ich ihn fertigmachen.«

Lori blickte ihn sanft an. »Du bist ein guter Mann.«

»Nicht immer«, gestand er.

Sie dachte, er wolle nur bescheiden sein, und tätschelte seine Hand, die auf ihrer Hüfte lag. »Wie kann es sein, dass sie das nicht irgendwie geahnt hat, bevor sie ihn geheiratet hat? Wenn sie davor zu uns gekommen wäre, hätten wir so was noch rechtzeitig rausgefunden.«

»Wie meinst du das?«

Sie hörte seine Frage nicht, weil sie ihren fragmentarischen Gedanken zu Ende führte. »Aber was sage ich da? Natürlich gibt es nie eine Garantie. Schau dir Trina an. Da hat von uns auch keiner geahnt, dass Fedor so labil ist.«

Wahrscheinlich ergab in ihrem Kopf alles einen Sinn, aber er kam nicht mehr mit. »Warte mal, was willst du damit sagen? Gehört es denn zu deinem Job, dass du rausfindest, ob jemand Selbstmord begehen will?«

»Für Alliance schon.«

»Muss ich wissen, was Alliance ist?«

»Alliance ist die Agentur von Sam. Eine Heiratsvermittlung für wohlhabende Klienten, die eine Ehefrau suchen. Manchmal wird auch ein Mann gesucht, aber das kommt nicht oft vor.«

»Ist das eine Art Dating-Agentur?«

Lori blickte ihm direkt in die Augen. »Was ich dir jetzt sage, muss unter uns bleiben.«

Einen kurzen Moment wollte er ihr sagen, dass sie ihr Geheimnis lieber für sich behalten solle. Aber dann hätte er sagen müssen, warum. Der Heiligenschein, den sie über seinen

Kopf gezeichnet hatte, rutschte langsam unter die Gürtellinie. »Klar doch.«

»Es gibt da draußen Männer, die eine Ehefrau suchen. Nur für eine bestimmte Zeit.«

Das war also die Erklärung für die Bilder, die an seiner Wand hingen, und deren Verbindungslinien zwischen Lori und ihren Freundinnen. Und zu Samantha Harrison. »Du meinst, so wie der Mann von Trina?«

»Richtig. Fedor wollte seine Mutter beruhigen. Er wusste, dass sie im Sterben lag und er wollte sie glücklich machen.«

Endlich fiel es ihm wie Schuppen von den Augen. Was vorher verschwommen gewesen war, bekam plötzlich eine scharfe Kontur. »Und was hat Trina davon?«

»Einen Gehaltsscheck für ein Jahr ihres Lebens. Die Beziehung besteht nur auf dem Papier, das ist ganz klar. Es gibt keinen körperlichen Kontakt.«

»Und das funktioniert?«

»Meistens. Es gibt sogar Fälle, da wird aus der Ehe auf Zeit eine richtige.«

Er rollte sich auf den Rücken. »Und Shannon …«

Lori hustete. »Das weißt du nicht von mir.«

»Oh Gott, Avery auch?«

»Alle haben von der Ehe das bekommen, was sie wollten.«

»Außer Trina.«

Lori strich ihm eine Haarsträhne aus den Augen.

»Es war ja auch nicht geplant, dass sich Fedor das Leben nimmt. Und von Alice wusste auch keiner, dass sie alles ihrer Schwiegertochter vererben würde. Na ja, deshalb bin ich auch ein bisschen gestresster als sonst.«

Sein Herz klopfte schneller. »Wenn Ruslan Petrov das erfährt, dann kann er mit dieser Information was Schlimmes anstellen.«

»Ja, deshalb wollte Sam auch Bodyguards und Kameras. Aber ich glaube nicht, dass Petrov wirklich was macht. Er will nur einschüchtern.«

So eine Scheiße. Da saßen sie aber ganz schön tief in der Bredouille.

Geräusche waren zu hören. »Oha, da hat wohl jemand mitten im Flur seine Unterhose verloren.«

Lori versteckte den Kopf an Reeds Schulter. »Danny.«

Kapitel 26

Reed stützte sich mit beiden Händen an der Wand seines Büros ab. Lori verdiente gutes Geld, indem sie sich um die juristischen Angelegenheiten von Alliance kümmerte. Es ging um Verträge in Millionenhöhe, für die sie entsprechende Prozente bekam. Ohne Gerichtstermine, ohne großen Papierkram. Einfach einen Ehevertrag aufsetzen und ihn bei der Scheidung ausführen.

So eine Schwindelei.

Doch eigentlich war nichts davon illegal. Man konnte solche Geschäfte allerdings moralisch anzweifeln und das würde irgendwer bei Trina Petrov sicherlich auch tun, die durch das Ehearrangement mehr als dreihundertfünfzig Millionen Dollar reicher geworden war. Und klar, auch Paul Wentworths Glaubwürdigkeit würde man infrage stellen, wenn die Sache mit dem Ehegeschäft ans Licht käme.

Jetzt hatte er die Information, die seine Klientin brauchte. Zwar noch ohne Beweise, aber es war genug, um seinen Scheck abzuholen und den Fall zu beenden.

Und doch wusste Reed ganz genau, dass er ebenjene Information der Senatorin Knight *nicht* zukommen lassen würde. Sie würde nur das erfahren, was ohnehin jeder durch die Medien erfuhr. Lori Cumberland arbeitete mit den Reichen und Berühmten, sie war die Rechtsanwältin, die die Eheverträge aufsetzte und ausführte. War es eigentlich legal, wenn eine Anwältin beide Parteien vertrat? Er machte sich eine Notiz, um genau das zu recherchieren. Eigentlich war er sich ziemlich sicher, dass es rechtmäßig war, aber er fragte sich, ob es irgendwelche Schlupflöcher gab.

Ein Summen, das das Gerät auf seinem Schreibtisch von sich gab, sagte ihm, dass die Wanze, die er in Loris Haus versteckt hatte, Stimmen empfing.

Reed wollte es ausstellen. Schließlich hatte er bereits die Informationen, die er gesucht hatte.

»Ich gehe aber nicht«, hörte er Danny sagen.

Reed hielt über der Ausschalttaste inne.

»Du willst hierbleiben, um mich zu beschützen? Das ist zwar sehr nobel von dir und ich weiß es wirklich zu schätzen, aber es ist wirklich nicht nötig.«

»Bleib bei ihr, Danny«, murmelte Reed vor sich hin, als ob das, was er sagte, irgendwie den Weg in Dannys Gehirn finden würde.

»Du hast Cooper entlassen.«

»Ich habe ihn nicht entlassen!« Lori wurde lauter.

»Ich sehe ihn aber nicht hier.«

»Danny, geh mir nicht auf den Keks. Es geht auch ohne dich.«

»Ah, jetzt weiß ich. Ist es, weil ich einen Witz über Reeds Unterhose gemacht habe, die im Flur rumlag?«

»Oh Gott, musst du das erwähnen?«

Danny lachte. »Im Ernst, Schwesterherz, ich freue mich, dass du jetzt einen Freund hast. Vielleicht kannst du eine Krawatte an die Klinke hängen, wenn du Herrenbesuch hast. Wir finden schon einen Weg.«

Reed musste grinsen. *Sind wir jetzt wieder im College?*

»Das habe ich ja seit dem College nicht mehr gemacht.«

»Aber es hat gut funktioniert«, murmelte Reed vor sich hin.

»Es war ein super System«, meinte Danny.

»Du bist seit einem Monat hier. Du weißt, dass ich dich lieb habe, aber ich will nicht, dass wir uns irgendwann streiten.«

Man hörte Geräusche. Dannys Stimme kam nun von weiter weg.

Reed stellte das Mikrofon lauter.

»Und ich hab dich so lieb, dass ich gerade jetzt niemals gehen würde. Lieber riskiere ich, dass du sauer auf mich bist, solange ich weiß, dass ich mir um deine Sicherheit keine Sorgen machen muss.«

»Danny!«

»Ende der Diskussion, Frau Rechtsanwältin. Ich würde es mir ewig vorwerfen, wenn dir was passiert und ich war nicht hier.«

Reed trommelte nervös auf seinen Schreibtisch. »Ich hab gleich gewusst, dass ich dich mag, Junge.«

Nun war auch Loris Stimme weiter weg. »Du nervst echt.«

»Aber du liebst mich trotzdem«, rief Danny ihr hinterher.

* * *

Einmal im Monat trafen sich Sam und Lori, meistens in Malibu, um über aktuelle und zukünftige Klienten von Alliance zu sprechen.

Gerade hatten sie zehn Vermittlungen in verschiedenen Stadien laufen. Bei zweien wurde der Vertrag wahrscheinlich bald ungültig, weil aus der Ehe mit vorgegebenem Verfallsdatum eine echte Beziehung geworden war. Solange es kein Kind gab, hatte der Vertrag von Alliance noch Gültigkeit, falls einer der beiden die Ehe zum vereinbarten Zeitpunkt beenden wollte. Sie hatten für alle Eventualitäten eine Klausel eingebaut, inklusive Todesfall. Nur nicht für den speziellen Fall, der bei Trina eingetreten war. Auch darüber sprachen Sam und Lori, während sie auf Sams Terrasse mit Blick auf den Pazifik saßen und einen erstklassigen Sangiovese tranken.

»Ich finde es echt nicht gut, dass du Cooper gesagt hast, er soll sich verziehen.«

Lori rollte mit den Augen. »*Verziehen* gehört nicht zu meinem Wortschatz.«

»Aber du weißt, was ich meine.«

»Petrov hat mir nur was vorgespielt. Er treibt sich in München und in Prag rum, um da Geld an Land zu ziehen. Er ist überhaupt nicht hinter mir her.«

»Er ist gefährlich.«

»Ja, ja, ich weiß. Das habt ihr schon oft gesagt. Aber wenn, dann ist Trina diejenige, die einen Bodyguard braucht, nicht ich. Ich habe meine Überwachungskameras und Alarmanlage in der Wohnung. Mein Büro ist abgesichert. Bei mir passt alles.« Lori wechselte lieber schnell das Thema. »Trina hat übrigens Geld überwiesen.«

»Wie bitte?«

»Die Summe, die Fedor nach der Scheidung an uns hätte zahlen müssen.«

»Aber das hätte sie doch gar nicht tun müssen«, wunderte sich Sam.

Lori zuckte mit den Schultern. »Streng genommen haben wir ja unseren Job erledigt.«

»Fühlt sich für mich aber nicht so an.«

»Für mich auch nicht. Als ob an dem Geld Blut kleben würde.«

»Und dabei hat keiner von uns geschossen.«

»Ich mache mir immer noch Vorwürfe, dass wir nicht gemerkt haben, wie labil Fedor war.« Wie oft hatte Lori das schon gesagt?

Sam schenkte Wein nach. »Wir können das Geld ja aufheben und damit für ihre Sicherheit sorgen. Und wenn der Schwiegervater sie irgendwann in Ruhe lässt, können wir den Rest einer Organisation spenden, die sich mit dem Thema Suizid beschäftigt oder so.«

»Gute Idee.«

»Wie läuft es eigentlich so mit Avery als Nachbarin?«

»Ich sehe sie eigentlich nie. Sie ist öfter in Texas als in Los Angeles. Sie und Trina verstehen sich wirklich gut.«

»Darüber bin ich sehr froh. Ich habe übrigens auch von dem Drama auf der Veranstaltung von Wentworth gehört. Gabi hat erzählt, dass es unangenehm war.«

»Wir müssen wirklich irgendwas mit Shannon machen. Ein Date für sie finden, oder so.« Dann erzählte Lori von der Idee, einen exklusiven Datingservice aufzubauen.

»Du meinst, dass wir potenzielle Kunden genauso screenen, wie wir das bei den Alliance-Klienten machen?«

»Sonst würden wir uns von den unzähligen Dating-Apps ja nicht unterscheiden. Wenn eine Ehe beendet ist, können wir unseren Klientinnen kostenlosen Zugang zu unserem Datingservice anbieten. Damit sie zum Beispiel einen Begleiter dabei haben, wenn sie zu solchen Veranstaltungen gehen müssen wie der von Wentworth.«

»Nur um so zu tun, als hätte man jemanden kennengelernt?«

»Sie dürfen sich auch verlieben. Wir hätten dann mehr Klienten. Aber wir bräuchten auch mehr Angestellte. Niemand würde die Wahrheit über Alliance erfahren.«

»Die Idee gefällt mir, Lori.«

»Mir auch. Vielleicht liegt es daran, dass ich jetzt mit Reed Sex habe, aber ich finde, jeder Mensch braucht einen Spielgefährten.«

Sam lehnte sich zurück, der Wind blies ihr die nicht zu bändigenden roten Locken ins Gesicht. »Apropos, wie läuft es denn so mit Reed?«

»Sehr gut. Fast zu gut.«

»Wieso sagst du denn so was?«

»Wann hat *zu gut* denn bei mir mal länger angehalten?«

»Du meinst eher, wann hat mal irgendwas bei dir länger angehalten? Für mich bist du eh nur die One-Night-Stand-Anwältin.«

»Wie man es von einer Scheidungsanwältin eben erwartet.«

»Das sagst *du*. Ich freue mich, dass es für dich läuft.«

»Ich mich auch.«

Sams Haushälterin kam heraus. »Miss Cumberland, bleiben Sie zum Abendessen?«

Lori schüttelte den Kopf. »Leider nein, ich muss wieder los.«

»Bist du sicher?«, fragte Sam.

»Ich habe heute noch ein heißes Date.«

Lori stand auf und sammelte die Unterlagen ein.

»Nächste Woche gebe ich eine kleine Dinnerparty. Bring doch Reed mit!«

Lori überlegte, wie vielen Leuten ihres Freundeskreises sie Reed schon vorgestellt hatte. Es war sicher einen Versuch wert. Außerdem hatte er Sam ja bereits getroffen.

»Sag mir, wann und wo, und ich frage ihn.«

Sie schwang die Handtasche über die Schulter. »Ach übrigens, hast du oder hat Gabi schon Susan Wilson angerufen?«

Sam überlegte, wer gemeint war.

»Die Frau, die mich auf der Spendenveranstaltung von Wentworth angesprochen hat.«

»Ach, die. Gabi wollte sich darum kümmern.«

»Perfekt.« Sie verabschiedete sich mit einem Küsschen. »Wir telefonieren wieder.«

* * *

Lori wollte übers Wochenende wegfahren, aus der Stadt rauskommen. Sie hatte Reed gegenüber angedeutet, dass sie gern mal sehen würde, wo er wohnte. Aber er war nicht darauf eingegangen.

Noch nicht.

Wenn überhaupt jemals.

Der Graben, in den er sich manövriert hatte, wurde immer tiefer. Jetzt konnte er nicht mehr einfach so verschwinden.

Nicht, dass er das gewollt hätte.

Er konnte sein eigenes Spiegelbild kaum noch ertragen. Seine Mutter wäre nicht gerade stolz auf ihn gewesen, seine Schwester entsetzt.

Am schlimmsten würde der Moment sein, wenn er ihr alles gestand. Der Moment, in dem Lori erfuhr, warum er in ihrem Leben aufgetaucht war. Ihr Blick, ihr Gesichtsausdruck.

Und genau deshalb zögerte er das, was unvermeidlich war, immer weiter hinaus. Jeden Tag überlegte er, wie er sich aus dem Loch wieder befreien konnte.

Am liebsten hätte er sich selbst in den Hintern getreten, wenn das möglich gewesen wäre.

Manchmal wünschte er sich, er sei katholisch und könne einfach durch eine Beichte von all seinen Sünden befreit werden.

Er kratzte sich am Kopf, nahm seine Sporttasche und verließ die Wohnung. Normalerweise konnte er beim Autofahren gut nachdenken.

Heute nicht.

Er schrieb ihr, als er im Wendekreis vor ihrem Apartmentgebäude stand. Ich bin da.

Hab mich verspätet. Brauche noch fünf Minuten.

Er blieb eine Minute sitzen, dann stellte er doch den Motor aus. Er winkte dem Pförtner. »Ich hole Lori ab.«

Er wurde hineingelassen.

Reed grüßte im Vorbeigehen die Concierge und den Mann vom Sicherheitsdienst und schon war er im Aufzug.

An ihrer Wohnungstür klopfte er zweimal, Danny öffnete ihm. »Hallo Reed. Sie macht sich gerade fertig.«

Der Autoschlüssel baumelte an seinem Daumen. »Danke. Übrigens kommen wir heute Abend nicht zurück«, informierte er Danny.

»Ja, hat mir Lori schon gesagt.«

Reed nickte. Warum brauchte sie so lang?

»Magst du was trinken?«

»Nein, danke. Alles gut.« War es nicht. Er war nervös. Unruhig.

»Danny?« Lori tauchte in Jeans und engem T-Shirt auf.

Sie sah sexy aus. Unglaublich sexy. Er hatte sie noch nie in Jeans gesehen.

»Hey.« Sie gab ihm einen Kuss, während sein Hirn noch mit dem Anblick ihres knackigen Jeanshinterns beschäftigt war. »Ich wäre doch gleich runtergekommen.«

»Ein anständiger Mann holt seine Lady aber ab.«

Sie ging zurück in ihr Schlafzimmer. »Ich muss noch schnell meine Tasche holen.«

Ihre Hüften wackelten beim Gehen.

Mist, er saß echt in der Patsche.

Danny gab ihm einen Klaps auf den Arm. »Hey, das ist meine Schwester!«

Reed stützte die Arme in die Seiten. »Willst du mich verprügeln?«

Loris Bruder musste lachen.

»Nein, ich meine es ernst.«

Sie lachten, als Lori dazukam. »Habe ich was verpasst?«

Danny nahm Loris Koffer und drückte ihn Reed in die Hand. »Geht, Kinder. Viel Spaß und vergesst nicht«, er winkte zwischen beiden hin und her, »Kondome verwenden! Safer Sex und so.«

Lori ging hinaus und bevor Danny die Tür schloss, drehte sich Reed noch einmal um. »Also, du darfst ruhig zuhauen, wenn du willst.«

Danny drückte ihn raus und schlug ihm lachend die Tür vor der Nase zu.

* * *

Das Hotel lag nur zwei Stunden nördlich an der Küste von Santa Barbara. Während der Fahrt begannen sich ihre Nackenmuskeln zu entspannen. »Ich liebe ja die Stadt«, sagte sie unvermittelt, »aber ab und zu muss ich mal raus, sonst werde ich verrückt.«

»Hast du schon mal in Betracht gezogen, umzuziehen?«

Hatte sie das? Eigentlich nicht. »Das Stadtleben passt schon zu meinem Lebensstil.«

»In Santa Monica hättest du beides. Stadtleben und das Meer. Wenn einem der Trubel zu viel wird, fährt man einfach an den Strand.«

»Warum fahren wir dann nach Santa Barbara? Warum nimmst du mich nicht einfach mit zu dir nach Hause?«

»Ich bin zu schlampig.«

»Stimmt doch gar nicht.«

»Doch, doch, bin ich. Ich mache nie mein Bett und ich habe auch keine Putzfrau.«

Lori hatte schon eine. Aber nur, weil sie kaum zu Hause war und wenn doch, dann wollte sie in ihrer knappen Freizeit nicht auch noch den Staubsauger durch die Gegend schieben.

»Du hinterlässt aber nie ein Chaos in meinem Bad. Und du lässt auch nicht die Klobrille hochgeklappt.«

»Das haben mir meine Mutter und meine beiden Schwestern so eingedrillt.«

»Da haben sie alles richtig gemacht. Danny ist in der Beziehung furchtbar.«

Reed schielte zu ihr, sah dann wieder auf die Küstenstraße. »Ich bin froh, dass er länger bleibt.«

»Er nervt.«

»Aber du magst es.«

»Ich *toleriere* es. Aber bald muss er verschwinden, sonst kriegen wir uns noch in die Haare. Ich will ja auch nicht andauernd wegen seines Lebensstils meckern.«

»Dann mach das halt nicht.«

»Würde ich nicht, wenn er nicht bei mir wohnen würde. Aber wenn man selbst eher praktisch veranlagt ist und so viel Zeit mit einem Träumer verbringt, geht das nicht.«

»Dein Bruder ist ein anständiger Kerl.«

»Das will ich gar nicht abstreiten. Er kann keiner Fliege was zuleide tun. Er hält Frauen die Türe auf, er bedankt sich anständig, wenn der Kellner ihm das Essen bringt, und er macht alten Frauen Komplimente.«

»Klingt doch perfekt.« Reeds Stimme klang irgendwie anders.

»Er hat aber keine Arbeit. Er legt sich nur auf die faule Haut. Seine Zukunftsplanung sieht so aus, dass er sich überlegt, ob er sich Tacos leistet oder doch lieber was Billigeres von McDonalds holt. Das ist während der Studienzeit noch ganz lustig, aber jetzt? Er hat übrigens einen Studienabschluss als Ingenieur, aber er lebt in der falschen Zeit. Er hätte ein Hippie in den Sechzigerjahren sein sollen.«

»Nimmt er Drogen?«

»Er raucht höchstens mal Gras. Aber auch nicht oft. Zumindest nicht, seit er in Los Angeles ist.«

Reed nickte, während er die Spur wechselte, um ein langsames Auto zu überholen. »Aber ich sehe schon, du tust ihm gut.«

»Wie meinst du das?«

»Sieh dich doch an. Du bist erfolgreich, zielstrebig, hast dein Leben im Griff und du hast gute Freunde. Wenn du ihm weiter zeigst, wie gut du damit lebst, wird er das vielleicht auch für sich selbst wollen.«

So hatte sie es noch gar nicht betrachtet. »Dieses Mal ist er echt ein bisschen anders.«

»Dieses Mal?«

»Sonst ist er immer ein paar Wochen geblieben, hat im Gästezimmer oder auf der Couch gepennt, ist dann einfach von heute auf morgen wieder abgehauen und hat nur einen Zettel hinterlassen. *Bis Thanksgiving.* Diesmal nicht.«

»Weil er bis jetzt noch nicht wieder abgereist ist?«

»Weil er nicht darauf wartet, bis ihn das nächste Abenteuer weglockt.« Und er hatte sie auch nicht nach Geld gefragt. Er blieb einfach so. Na ja, er aß schon das, was sie kaufte, aber es war auch nicht so wie früher, als er ihr ständig den Kühlschrank leergefressen hatte.

»Er bleibt, weil er sich um dich sorgt, Lori.«

Sie wollte das abstreiten.

»Ist es denn so schwer zu glauben?«

»Dass er sich um mich sorgt? Er ist mein Bruder, da ist das normal.«

»Nur diesmal geht es wirklich um was.«

Er bekam einen Tunnelblick, als sie ihn anstarrte.

»Kommst du mir jetzt wieder mit diesem Mist von wegen, *du brauchst einen Bodyguard*?«

»Stimmt doch.«

»Lass uns das Thema wechseln. Ach, da fällt mir schon ein neues ein. Hast du schon mal eine Dating-App benutzt?«

»Nein.« Seine Antwort kam etwas zu schnell.

»Doch, hast du.«

Reed sah weiter auf die Straße.

»Das muss dir ja nicht peinlich sein, viele Leute verwenden so eine App.«

»Ein Freund hat mich gebeten, dass ich mich anmelde, weil er wissen wollte, ob seine Freundin ihn betrügt.«

»Und war das so?«

»Ja.«

Sie hielt inne. »Was hat er dann gemacht?«

»Er hat mit ihr Schluss gemacht.«

»Und als du angemeldet warst, hast du da für dich selbst auch geschaut?«

»Lori?«

»Ja?«

»Du brauchst einen Bodyguard.«

Sie stöhnte und zeigte zum Fenster raus. »Ach, guck mal, ein Einhorn.«

* * *

Wenn der Herbst begann, war das Wetter in Santa Barbara am besten. Tagsüber war es angenehm warm, am Abend noch nicht zu kalt.

Das Resort, in dem Reed ein Zimmer gebucht hatte, bot jede Annehmlichkeit, die sich ein Paar wünschen konnte. Im Freien standen runde Tische mit Blumengedecken, es wehte eine warme Meeresbrise, die Luft roch nach Salz und beruhigte Loris Nerven.

Sie spazierten die von Palmen gesäumten, verschlungenen Pfade entlang, an blühenden Bougainvilleen vorbei, bis sie an ihrer Suite mit Meeresblick angelangt waren. Sie gingen durch einen spanisch anmutenden Bogengang zur großen Holztür, hinter der ihre Luxusunterkunft lag.

»Wie schön«, rief Lori begeistert, als sie die Tasche aufs Bett fallen ließ und die große Balkontür öffnete. Sie trat hinaus, hielt sich am Geländer fest, schloss die Augen und genoss die Sonnenstrahlen im Gesicht.

Hinter ihr gab Reed dem Portier, der mit dem Gepäck geholfen hatte, etwas Trinkgeld.

Dann ging er zu ihr, umarmte sie von hinten und legte sein Kinn auf ihre Schulter. »Ab jetzt werde ich, immer wenn ich das Meer sehe, an dich denken.«

Bei diesen Worten kribbelte es in ihrem Bauch. Weil er damit ausdrückte, dass ihre Beziehung weiterging.

»Ich auch an dich.«

Sie spürte, wie seine Brust sich gegen ihren Rücken hob und senkte. »Manchmal wünschte ich, ich könnte einfach die Zeit anhalten.«

»Wie jetzt?«, fragte sie.

»Ja, genau in diesem Moment.«

Aber die Uhr tickte weiter. »Pool, Strand, Wellnessbereich? Was möchten Sie machen, Frau Anwältin?«

»Gehen wir in den Pool mit Meeresblick.«

»Perfekt, Meer, aber ohne den Sand.« Er gab ihr einen Kuss auf den Kopf.

Sie beobachtete ihn, als er hineinging. Irgendetwas war los mit ihm, aber er sagte nicht, was es war. Sie würde ihn fragen, wenn er es nicht von sich aus erzählte.

Sie schwammen im Pool, tankten Sonne und tranken fruchtige Cocktails mit Schirmchen. Sie diskutierten sogar friedlich über Politik. Anschließend verbrachten sie recht lange unter der Dusche und konzentrierten sich beim Einseifen auf die besonders angenehmen Stellen.

Als sie am Abend in dem Sterne-Restaurant des Resorts saßen, fühlte sich Lori, als hätte sie schon ein paar Tage Urlaub hinter sich. »Das habe ich dringend gebraucht«, sagte sie zum hundertsten Mal, seit sie angekommen waren.

»Man sollte jedes Wochenende einen kleinen Urlaub machen«, meinte Reed.

»Aber wann würde man dann einkaufen gehen und all die Dinge tun, die unter der Woche liegen bleiben?«

Sie tranken Wein, am Horizont ging langsam die Sonne unter. Gerade als sie etwas zu frösteln begann, stellte man auf der Terrasse Heizpilze auf. »Na gut, dann eben jedes zweite Wochenende?«

»Hätte ich nichts dagegen. Es sollte eigentlich ein Gesetz geben, das das vorschreibt. Stell dir vor, wie produktiv man wäre, wenn man sich am Wochenende wirklich freinehmen würde.«

Sie rundeten ihre perfekte Märchennacht mit Sex im Mondschein, der durch die offene Balkontür fiel, ab. Während sie in Reeds Armen lag, beschloss sie, dass das, was sie ihn fragen wollte, auch bis zum nächsten Morgen warten konnte. Vielleicht musste er sich einfach mal ausschlafen und war nach einer erholsamen Nacht wieder der Alte.

Kapitel 27

Den ganzen Abend lang hatte er sein Geständnis ablegen wollen. Diese kleine Reise hatte er geplant, damit sie nicht wegrennen konnte, sondern ihm zuhören musste. Damit sie die gesamte Geschichte erfuhr, wie sich alles zugetragen hatte. Und irgendwie musste er sie trotz der Misere, die er selbst zu verantworten hatte, davon überzeugen, dass er kein schlechter Kerl war.

Aber jetzt lag sie schlafend in seinen Armen, während er dem Meeresrauschen lauschte. Er würde es ihr am nächsten Morgen sagen.

Sein Körper sank immer schwerer in die Matratze, seine Gedanken verebbten.

Ein komisches Geräusch ließ ihn ein paar Stunden später, als die ersten Sonnenstrahlen den Himmel erhellten, hochschrecken. Noch halb im Schlaf merkte er, dass die Geräuschquelle sein Telefon war. Er hatte es auf lautlos gestellt, man hörte nur das Vibrieren auf dem Nachtschränkchen. Als es aufhörte, drehte er sich um und wollte sich wieder an den warmen Körper neben ihm schmiegen, als es erneut anfing. Er griff nach dem Handy, blickte aufs Display.

Noch konnte er gar nicht richtig sehen. Er musste die Augen zusammenkneifen, um etwas zu erkennen. Ein Bild. Als er scharf sah, bekam er plötzlich einen schnellen Puls. Es war ein Foto von der Pinnwand in seinem Büro, die doch eigentlich hinter der Weltkarte versteckt sein sollte. Er sah zu Lori, die immer noch fest schlief.

Ganz leise, damit er sie nicht weckte, stand er auf, zog sich seine Boxershorts an und ging hinaus. Draußen öffnete er erneut das Bild, um es ein zweites Mal zu betrachten. Es war eindeutig sein Büro, seine Notizen. Er sah auf die Handynummer, von der aus das Bild geschickt worden war. Eine amerikanische Nummer, die er nicht kannte.

Wer sind Sie?, schrieb er dem unbekannten Eindringling.

Wollen wir uns nicht duzen, Reed?

Er wartete, wusste nicht, wer gerade dieses komische Spiel mit ihm spielte. Hinter der Sache mit der Witwe steckt ja noch so viel mehr.

Sasha.

Ich fühle mich geschmeichelt. Ich melde mich wieder.

Er wartete gar nicht erst, ob sie ihm noch mal schreiben würde.

* * *

Die kalte Bettseite neben ihr ließ Lori aufwachen. Sie tastete nach Reed und als sie ihn nicht vorfand, öffnete sie die Augen und entdeckte ihn auf dem Balkon. Die Sonne ging gerade auf und er saß da und klopfte mit dem Handy aufs Bein.

Sie stützte den Kopf in die Hände und beobachtete ihn eine Weile, ohne etwas zu sagen.

Anscheinend spürte er ihre Blicke, denn er drehte plötzlich den Kopf zu ihr.

»Du bist ganz schön früh wach«, meinte sie.

»Habe ich dich geweckt?« Er klang so höflich. Und seltsam.

»Liegt wahrscheinlich daran, dass es hier so still ist.«

Behäbig stand er auf und kam ins Zimmer zurück. »Soll ich uns einen Kaffee bestellen?« Schon ging er zu dem Tisch, auf dem das Hoteltelefon stand.

»Jetzt noch nicht, danke.«

Er blieb mit dem Hörer in der Hand stehen.

»Was ist los, Reed?«, fragte sie schließlich.

Er ließ den Kopf hängen. »Ich will das jetzt gar nicht tun«, murmelte er.

Lori setzte sich auf. »Was tun?«

»Das hier«. Er sah sie an. »Dieses Gespräch führen.«

»Was denn, wir können doch über alles reden ...«

Er schüttelte den Kopf, setzte sich zu ihr auf die Bettkante und blickte zur Balkontür. »Ich kann den Gedanken nicht ertragen, dass du mich hassen wirst.«

Erschrocken setzte sie sich auf, zog die Decke über die Brust. »Aber warum sollte ich dich denn plötzlich hassen?« Sie suchte fieberhaft nach einem Grund. »Hast du eine andere? Wir haben nie darüber geredet, dass wir eine richtige Beziehung hätten ...«

»Nein, nichts dergleichen.« Immer noch vermied er ihren Blick.

»Was dann?«

Er holte tief Luft. »Ich war mal Polizist. Mit einundzwanzig habe ich damals die Ausbildung gemacht.«

»Okay. Aber warum ...« Warum sagte er das jetzt? »Hast du ein Verbrechen begangen und bist rausgeschmissen worden?« Selbst wenn, war er jetzt wohl ein anderer Mensch.

»Nein, nichts dergleichen. Ich bin freiwillig gegangen.« Er rieb sich das Kinn. Jetzt sah man deutlich die Narbe, die sie schon beim Kennenlernen bemerkt hatte. Später hatte sie sie nicht mehr wahrgenommen, ihn nie danach gefragt.

»Aber was hat das denn mit heute zu tun?« Sie zog die Knie an die Brust, umfasste sie mit den Armen.

Er schloss die Augen. »Ich habe dich nicht zufällig kennengelernt.«

Ihr Puls begann zu rasen, das Lächeln, um das sie sich weiterhin bemüht hatte, verschwand. »Ich war auf dem Schiff in Barcelona, weil ich dich und die Frauen, mit denen du gereist bist, verfolgt habe.«

Lori nahm den Blick von seinem Rücken, sie konnte ihn nicht mehr ansehen.

»Warum?«

»Meine Auftraggeberin bezahlt mich dafür, dass ich ihr Informationen liefere.«

»Bist du ein Privatdetektiv?«

Er nickte.

Sie ließ den Kopf gegen das Rückenteil des Bettes sinken. »Du wirst bezahlt, damit du mich verfolgst?«

»Ja, so in der Art.«

»So in der Art? Wer hat dir den Auftrag erteilt?«

Er wurde kleiner. »Das ist nicht wichtig.«

»Nicht wichtig? Hat dich etwa Petrov …«

»Nein! Er nicht.«

Aber wer? Und warum? Lori blickte an sich hinab. Sie lag nackt im Bett, nach einer der romantischsten Liebesnächte ihres Lebens. »Du hast mich verführt, um Informationen von mir zu bekommen?«

Er ging zu ihr, aber sie zuckte zusammen, wollte nicht von ihm berührt werden.

»Es ist alles anders gekommen, so habe ich das nicht geplant.«

Ihr klappte die Kinnlade herunter. »Und du meinst, weil du das nicht *geplant* hast, ist es okay?«

Ihre Nackenhärchen richteten sich auf, sie konnte kaum mehr atmen. Gerade war die Seifenblase, in der sie sich befunden hatte, zerplatzt.

»Das ist so weit weg davon, in irgendeiner Weise okay zu sein.«

Ihre Nasenflügel blähten sich. »Und hast du die Informationen bekommen, die du wolltest?«

Er gab keine Antwort, aber seine Augen verrieten ihn ohnehin.

»Oh Gott …« Sie merkte, dass sie hysterisch wurde. Dass sie den Verstand verlor. »Und waren diese Informationen so wertvoll, dass du es in Kauf genommen hast, dafür mit mir ins Bett zu steigen?«

»So war es doch gar nicht.« Wieder wollte er zu ihr.

Sie stand mit dem Laken auf und drückte ihn weg, damit sie es um sich schlingen konnte.

Gott, war sie dumm gewesen. Schließlich gab es im Leben keinen Zufall. War das nicht genau ihr Motto, wenn sie als Anwältin vors Gericht trat? Ihr Lebensmotto?

»Warum erzählst du mir das alles? Warum machst du nicht einfach Schluss und nimmst deinen nächsten Auftrag an?«

»Weil ich dich mag.«

Sie schüttelte den Kopf, zwang sich, keine Tränen aufkommen zu lassen. »Hör auf. Du hast kein Recht dazu, mir so etwas zu sagen«, rief sie aufgebracht. »Wer hat dir den Auftrag gegeben, Reed?«

»Es ist sicherer, wenn ich dir das nicht sage.«

Sie ging auf ihn zu, zeigte ihm die Stopphand. »Du hast jetzt auch kein Recht mehr, dich um meine Sicherheit zu sorgen.« Während sie mit der einen Hand das Laken festhielt, sammelte sie mit der anderen ihre Klamotten vom Boden auf.

»Hör mir doch bitte zu.«

Wieder wich sie zurück.

»Du wirst noch von einer anderen Person verfolgt, einer Frau.«

»Wie bitte?«

»Und ich glaube, sie arbeitet für Petrov. Du brauchst einen Bodyguard, Lori.«

Ihre Brust hob und senkte sich so schnell, dass sie Sternchen sah. »Wie lange weißt du das schon?«

Man konnte ihm ansehen, dass er ein schlechtes Gewissen hatte.

»Wie lange, Reed?«, fragte sie staccatomäßig.

»Seit Frankreich.«

Fast ließ sie das Laken fallen, während sie sich an den Kopf griff. »Seit Frankreich?« Jetzt hielt sie ihre Tränen nicht länger zurück.

»Es tut mir so leid, Lori. Aber bitte hör mir zu, ich kann alles erklären …«

Sie drehte sich um, stellte sich direkt vor ihn, straffte den Rücken. »Genug.« Mit einem Finger stieß sie ihn in die Brust, dann ballte sie die Hand zur Faust, hielt sie sich vor den Mund, um nicht zu schreien.

»Du warst erst ein Auftrag. Aber dann wurde aus dir …«

Sie unterbrach ihn. »Du kannst mich nur einmal zum Narren halten. Einmal und nie wieder.«

Sie ließ das Laken fallen, zog hastig ihre Kleidung an.

Während sie im Zimmer herumlief und den Rest ihrer Sachen zusammensuchte, versuchte Reed, sie zu besänftigen.

Immer mehr Tränen liefen ihre Wangen hinab.

»Ich bringe dich heim.«

Sie erwiderte nichts, sondern eilte schon zur Tür hinaus.

Die Dame von der Rezeption erschrak, als Lori auf sie zu gerannt kam. »Ich brauche einen Hotelwagen.«

»Sofort, Miss.«

»Er soll mich nach Los Angeles bringen.«

Die Frau war erstaunt. »Er ist aber nur für kürzere Fahrten gedacht …«

»Es ist ein Notfall.« Lori schwang die Handtasche auf den Tisch, zog fünf Hundertdollarscheine aus einem Geheimfach heraus und schob sie über den Tresen. Sie wandte sich um, ob Reed schon kam.

»Bitte schnell.«

Ohne ein weiteres Wort begleitete die Frau sie hinaus.

Als das Auto losfuhr, kam Reed angerannt und rief ihr hinterher.

Kapitel 28

Reeds erster Gedanke war, Danny anzurufen.

Aber er überlegte es sich anders und beschleunigte, um den schwarzen Wagen einzuholen, in dem Lori saß. Er hatte zum Auschecken und für den Valet-Service noch so lange gebraucht, dass Lori nun gute fünfzehn Minuten Vorsprung hatte.

Während der Fahrt rief er Cooper an. Es klingelte ein paarmal, bis er endlich abhob.

»Cooper.«

»Hier ist Reed. Sie müssen unbedingt bei Lori sein, wenn sie zu Hause ankommt.«

»Ist alles in Ordnung?« Cooper klang, als sei er gerade erst aufgewacht.

»Nein. Ich habe alles vermasselt. Sie kann gerade nicht klar denken.«

»Was ist denn …«

»Die Einzelheiten werden Sie sicher alle noch zu hören kriegen. Für jetzt reicht es, wenn Sie wissen, dass sie verfolgt wird. Petrov hat eine Frau auf sie angesetzt, die hinter ihr her ist. Sie ist ungefähr eins achtzig groß, sieht aus wie ein russischer Fernsehstar, inklusive Akzent. Obwohl sie mindestens zwei Sprachen oder wer weiß wie viele noch kann. Das heißt, sie kann sich wahrscheinlich gut verstellen.«

»Woher wissen Sie das alles?«

»Das ist jetzt nicht wichtig. Cooper, bitte fahren Sie einfach gleich zu Lori. Sie kommt in einer knappen Stunde nach Hause. Falls sie Sie nicht reinlässt, bleiben Sie im Foyer.«

Reed legte auf. An diesem Sonntag war nur wenig Verkehr.

Nach weiteren zwanzig Minuten entdeckte er endlich die schwarze Hotellimousine.

Er ging vom Gas, blieb ein paar Autos dahinter. Obwohl es eigentlich egal war, ob Lori merkte, dass er sie verfolgte oder nicht. Als sie in die Stadt fuhren, blieb er dicht an dem Wagen dran und missachtete sogar rote Ampeln, um Lori nicht zu verlieren.

Endlich bog der Fahrer in den Wendekreis vor ihrem Gebäude und öffnete ihr die Tür.

Lori hatte eine Sonnenbrille aufgesetzt, obwohl es bewölkt war.

Er hatte ihr stark zugesetzt.

Dann hob Lori den Kopf und schaute direkt auf sein Auto, das auf der anderen Seite der Straße geparkt hatte. Sie hielt einen kurzen Moment inne, reckte das Kinn und ging hinein.

Reed hielt immer noch das Lenkrad umklammert, seine Knöchel traten weiß hervor.

Er und niemand anders war an allem schuld. Und er brauchte ein Ventil für seine Frustration, wünschte sich, er sei ein Boxer. Er hätte im Boxring mit jemandem gekämpft und sich verprügeln lassen, so wie er es verdient hatte.

* * *

Sie hatte bis Ventura geweint. Dann hatte sie gemerkt, dass Reed hinter ihnen fuhr. Fast hätte sie den Fahrer gebeten, schneller zu fahren, aber was hätte das gebracht? Reed wusste ja, wo sie wohnte, wo sie arbeitete. Er wusste alles über sie, kannte alle ihre Geheimnisse.

Als sie endlich sicher in ihrer Wohnung war, knallte sie die Tür zu und schloss die Augen. Sie ließ sich an der Tür entlang auf den Boden gleiten, zog die Knie an die Brust und weinte.

Wie hatte sie nur so dumm sein können? Sie hatten sich auf einem Kreuzfahrtschiff an der Bar kennengelernt. Sie erinnerte sich an den ersten Blick, den ersten Flirt. Er hatte gesagt, dass er auf die Rechnung gesehen hatte, um ihre Kabinennummer zu erfahren und sie zu verfolgen. Ja, er hatte sogar Witze darüber gemacht.

Sie raufte sich die Haare, hielt sich den Kopf. Alles hatte sich normal angefühlt, als sei es ein Zufall gewesen.

Aber es war eine Lüge.

Alles.

»Lori?«

Sie blickte mit rot geweinten Augen auf, sah Danny vor sich stehen. Und Cooper.

»Was machen Sie denn hier?«, stammelte sie.

»Reed hat mich angerufen.«

Sie kniff die Augen zu, als ob das den Gedanken an ihn auslöschen könne. Dann stand sie auf, ließ Handtasche und Gepäck links liegen und stürmte ins Schlafzimmer.

Dort wischte sie sich die Tränen mit dem Handrücken fort. Sie roch ihn. Reeds Geruch war auf ihrer Haut.

»Verdammt noch mal.«

Eigentlich war es ihre Lieblingsbluse, eine teure aus Seide. Aber Lori riss sie sich vom Leib und stopfte sie im Bad, zusammen mit den restlichen Klamotten, die sie getragen hatte, in den Müll. Anschließend stellte sie sich so lange unter die heiße Dusche, bis kaltes Wasser kam. Die ganze Zeit dachte sie an alles, was passiert war, seit sie Reed kennengelernt hatte. Sie hatten sich in der Dusche geliebt, auf der Küchentheke, gegen die Eingangstür gedrückt. Nie wieder. Nie wieder würde sie es zulassen, dass ein Mann in ihre Privatsphäre eindrang. Die Klamotten loszuwerden, die sie getragen hatte, ging ja noch leicht, aber in eine andere Wohnung umzuziehen war leider keine Option.

Sie zog sich ein altes T-Shirt und eine Shorts an und kroch ins Bett. Zum Glück war die Wohnung seit Reeds letztem Besuch gereinigt worden. Ihr fiel ein, dass sie eigentlich ein paar Telefonate erledigen musste. Und dass sie Sam sagen musste, dass Alliance in Gefahr war. Sie mussten ihren Privatdetektiv anrufen, damit er herausfand, wer Reed Barlow wirklich war. Wenn es sich überhaupt um seinen echten Namen handelte. Hatte sie jemals etwas von ihm gesehen, auf dem sein Name gestanden hatte? Auf dem Schiff hatte er einen Ausweis mit Foto gehabt, aber sie hatte nie wirklich einen Blick darauf geworfen. Sie hatten immer alles auf ihre Kabinen schreiben lassen, keine Kreditkarten gebraucht. Wenn sie ausgegangen waren, hatte er bar gezahlt und nie einen Ausweis vorgelegt. Kein Kellner hatte ihn mit Mister Barlow angesprochen.

Sanftes Klopfen an der Tür riss sie aus ihren Gedanken.

»Lasst mich in Ruhe.«

»Ich bin's, Avery.«

Mit leisem Klicken ging die Tür auf. Ohne zu fragen, kam Avery herein und setzte sich auf die Bettkante.

Wieder kamen diese verdammten Tränen. »Er hat mich belogen.«

Avery umarmte Lori. »Lass deinen Tränen freien Lauf. Weinen hilft. Und später überlegen wir uns, wie wir es ihm heimzahlen können.«

Lori schluchzte weiter.

* * *

In einem biometrisch geschützten Safe unter dem Rücksitz von Reeds Jeep lag eine Pistole. Er holte sie heraus und steckte sie ins Halfter, bevor er seine Wohnung betrat.

Erst wollte er das Zusatzschloss, das er nach dem Einzug eingebaut hatte, aufsperren. Aber dann fiel ihm ein, dass es ihn selbst nur eine Minute kosten würde, dieses Schloss zu knacken. Er drehte am Türgriff. Wie erwartet, war offen. Sasha hatte ohnehin keinen Grund gehabt, ihre Spuren zu verwischen. Schließlich hatte sie mit dem Foto schon zugegeben, dass sie sich Zutritt zu seiner Wohnung verschafft hatte.

Trotzdem hielt er seine Waffe hoch, als er hineinging. Jetzt fühlte er sich wieder wie ein Polizist. Er stieß die Tür auf, wartete, sprang hinein. Niemand da. Dennoch bewegte er sich ganz langsam, suchte jeden Raum ab, jeden Schrank, unter dem Bett.

Nichts.

Er ging ins Wohnzimmer zurück, kickte mit dem Fuß die Tür zu und legte die Waffe auf der Theke der offenen Küche ab. Eigentlich sah alles so aus wie vorher, mit nur einem Unterschied.

Da stand eine Champagnerflasche und sie war offen. Daneben ein Sektglas mit Resten des Flascheninhalts.

Auf dem Glas warten rote Lippenstiftspuren.

Und dann lag außerdem noch ein billiges Handy da.

Sasha.

Die Frau war nicht nur in seine Wohnung eingedrungen. Sie hatte zudem noch den Champagner getrunken, den er extra für das Wochenende mit Lori besorgt, dann aber leider vergessen hatte. Sie hatte ihm die Nachricht von seiner Küche aus geschickt.

Er ließ das Glas und das Telefon unberührt, damit man nach Fingerabdrücken suchen konnte. Er hatte Freunde bei

302

der Spurensicherung, die ihm ohnehin noch ein paar Gefallen schuldeten.

In seinem Arbeitszimmer war die Weltkarte weggeklappt, die Pinnwand war zu sehen. Sasha hatte sich offensichtlich nicht die Mühe gemacht, den Rahmen nach dem Fotografieren wieder zu schließen.

Früher im Polizeidienst hatten sie auch solche Pinnwände benutzt und darauf alle Bilder und Notizen geheftet, die zu dem aufzuklärenden Fall gehörten. Die Informationen waren wie eine Landkarte, durch die er jedes Mal, wenn er davorstand, der Lösung des Falls ein Stückchen näherkam.

Es hatte damals gut funktioniert und es funktionierte auch heute noch.

Mit dem Unterschied, dass er nun allein war und bei ihm zu Hause die geheimen Informationen, die er herausgefunden hatte, offensichtlich nicht vor Fremden geschützt waren. Da hatte weder das billige Baumarktschloss noch sein grimmiger Nachbar etwas genutzt.

Reed nahm sich den Mülleimer, der neben dem Schreibtisch stand, und begann, seine Beweise zu vernichten.

Lektion gelernt.

Ein Papier nach dem anderen, das sich auf dem Pinboard befunden hatte, landete im Shredder, bis am Ende nichts mehr übrig war. Nur das, was er in seiner Erinnerung abgespeichert hatte und was man auf dem Foto sah. Es musste ja nicht noch jemand in Erfahrung bringen, was er alles herausgefunden hatte.

Als er fertig war, sah er sich im Zimmer um. Sie hatte sicher Wanzen versteckt. Zumindest hätte er das an ihrer Stelle gemacht.

Er ging ins Schlafzimmer, leerte die Sporttasche aus und stopfte Klamotten für ein paar Tage hinein.

Im Büro holte er aus einem Geheimfach Bargeld, einen neuen Reisepass, einen neuen Führerschein und eine Kreditkarte.

Abgesehen von dem Vergehen, gefälschte Dokumente zu besitzen, tat er nichts Kriminelles. Er reizte lediglich die legalen Grenzen etwas aus. Zumindest versuchte er sich das einzureden. Er wusste, wie man sich da draußen verhielt und er wusste auch, was er tun musste, um nicht aufzufallen.

Jetzt musste Reed Barlow verschwinden und alles, was in seiner Macht stand, tun, damit Lori nichts zustieß.

Er schnallte sich ein Schulterhalfter um, steckte weitere Munition ein. Er würde Jenkins anrufen, damit er das Weinglas und das Handy holte.

Aber er kam nur bis in den Flur. Dort standen zwei Männer, die aussahen, als wohnten sie im Fitnesscenter.

»Guten Morgen, Reed.« Der Mann, der ihn begrüßte, kaute Kaugummi und wirkte nicht unfreundlich.

»Kennen wir uns?« Er überlegte, wie schnell er seine Waffe zu ziehen vermochte und ob es sein konnte, dass die Männer vielleicht gar nicht bewaffnet waren.

Guter Witz.

»Sie haben heute Morgen meinen Angestellten angerufen«, sagte der zweite Mann sehr geschäftsmäßig.

Ach so, Cooper.

Sein Herzschlag beruhigte sich wieder ein bisschen. Es waren Loris Leute, nicht die von Petrov.

»Wo wollen Sie denn hin?«, fragte der Freundlichere von beiden.

»Meine Wohnung wird abgehört«, antwortete Reed.

Der Ernste nickte zur Tür.

Da er keine andere Wahl hatte, folgte Reed. Bei zwei gegen einen brauchte er es gar nicht erst zu versuchen. Außerdem wusste er ja, wie gut Cooper war und da konnte er davon ausgehen, dass die zwei ihm in nichts nachstanden. Er wollte nicht riskieren, mit einem Zementblock an den Füßen am Meeresboden versenkt zu werden.

In der Parkgarage nahm der Freundliche Reed die Tasche ab und warf sie auf die Rückbank eines Wagens mit getönten Fensterscheiben. Der andere streckte die Hände aus.

Reed hasste es, entwaffnet zu werden.

Er händigte seine Pistole aus.

Der Ernste sicherte sie und reichte sie dem Freundlichen.

Dann streckte er erneut die Hand aus.

»Scheiße.« Reed trat frustriert von einem Bein aufs andere, während er auch die nächste Waffe abgab.

Und wieder wackelte der Ernste mit dem Finger.

Daraufhin holte Reed eine noch kleinere Pistole hervor, die er am linken Bein versteckt trug.

Nach den drei Schusswaffen musste Reed am Ende auch noch sein Taschenmesser rausrücken.

Der Freundliche zwinkerte ihm aufmunternd zu und stieg schließlich auf der Fahrerseite ein. Der Ernste nahm neben Reed auf der Rückbank Platz.

»Wo fahren wir hin?«

»Zu einem Ort, an dem man uns, im Gegensatz zu Ihrer Wohnung, nicht abhört.«

KAPITEL 29

Als Lori endlich zu weinen aufhörte, brachte Avery sie zu sich in die Wohnung. Cooper kam natürlich mit. In der Zwischenzeit wurde Loris Apartment nach Wanzen abgesucht.

Dieses Mal fand man diejenigen, die Reed dort versteckt hatte.

Sam kam und brachte Essen und zwei Flaschen Wein.

Avery ließ Eiscreme und Schokolade liefern.

So saßen sie vor einem Berg Essen in Averys Wohnzimmer, im Hintergrund lief leise Musik.

Am schwierigsten war es für Lori, Sam in die Augen zu sehen. Lori hatte dem falschen Mann vertraut und nur deswegen stand jetzt alles, für das Sam so hart gearbeitet hatte, auf dem Spiel.

»Es tut mir so leid, Sam.«

Dem Anlass entsprechend in bequemer Yogahose und einem großen Sweatshirt gekleidet, setzte sich Sam in den Schneidersitz. »Schon gut. Das hast du jetzt oft genug gesagt, es reicht. Was Reed gemacht hat oder immer noch tut, ist doch nicht deine Schuld.«

»Ich habe ihm vertraut.«

»Wir haben ihm alle vertraut«, rief Avery, die in der Küche gerade Teller suchte. Ob es eher ein spätes Mittagessen oder doch ein frühes Abendessen war, konnte man nicht so genau sagen. Jedenfalls würden raue Mengen Alkohol folgen.

»Ich will nichts mehr davon hören, dass es dir leidtut. Keine Selbstvorwürfe mehr, ist das klar?« Sam verwendete jetzt ihre Mamastimme.

»Ist klar.« Leichter gesagt als getan.

Avery stellte die Teller auf den Couchtisch und öffnete die Schachteln, in denen sich scharfes thailändisches Essen befand.

»Was ist genau passiert?«, fragte Sam schließlich.

»Er ist mit mir in ein Resort nach Santa Barbara gefahren, um mir dort alles zu sagen.«

»So ein Arschloch«, murmelte Avery.

»Er macht überhaupt keine Datenverarbeitung. Außer man interpretiert Spionage als solche.«

»Ist Reed wirklich ein Spion?« Avery unterbrach das Verteilen der Nudeln.

»Angeblich war er mal Polizist. Und jetzt arbeitet er als Privatdetektiv.« Lori beobachtete Sams Reaktion.

»Cooper hat mal erwähnt, Reed würde gar nicht aussehen wie einer, der nur am Schreibtisch sitzt«, erzählte Sam mit einem Blick zu Cooper, der abseits stand und versuchte, so unscheinbar wie die Wand zu sein.

»Wir hätten auf ihn hören sollen. Reed ist nach Barcelona geschickt worden, um Informationen über mich einzuholen. Über uns.«

»Über Alliance.«

Lori nickte.

Avery teilte weiter das Essen aus. »Kein Wunder, dass er so ernst wirkte, als man Trina etwas in den Drink geschüttet hat.«

»Das war alles nur gespielt«, meinte Lori.

»Ich weiß nicht, er hat schon echt besorgt ausgesehen.«

»Er hat gesagt, dass uns jemand seit dem Aufenthalt in Frankreich verfolgt. Wahrscheinlich während der ganzen Zeit auf dem Schiff.«

»Dieser Miguel vielleicht? Denn der Typ ...«

»Nein, es ist wohl eine Frau«, antwortete Lori.

»Hat er dir den Namen gesagt?«, wollte Sam wissen.

»Nein. Er wollte auch nicht sagen, wer sein eigener Auftraggeber ist und warum er das macht.«

»Was hat er dir denn dann gesagt?«, fragte Sam.

»Nur, dass er bezahlt wird, um Informationen über uns herauszufinden. Und dass er glaubt, dass die Frau, die uns verfolgt, von Petrov angeheuert wurde. Dass ich immer noch in Gefahr bin.«

Lori blickte nun auch zu Cooper. Sie wusste genau, dass er zuhörte. Aber alle Informationen, die Lori hatte, würden dem Sicherheitsteam von Alliance sowieso zugetragen werden.

»Er weiß von Alliance, Sam.«

»Wer hat ihm alles erzählt?«, fragte Sam.

Gott, wenn sie gekonnt hätte, dann hätte sie das Bettgespräch nach dem Sex wieder zurückgenommen. »Ich habe von meiner neuen Mandantin erzählt, die von ihrem Mann geschlagen wird. Und dann ist mir rausgerutscht, dass wir so etwas vor der Hochzeit sicher herausgefunden hätten, wie verrückt er ist. Und so ist es irgendwie gekommen, dass wir über Trina geredet haben.«

»Ist ja nicht so, als hätten wir gar nicht über unser Leben gesprochen, als wir in Europa waren«, erinnerte Avery sie.

»Ich weiß. Aber an dem Abend, als es um Trina ging, hat er plötzlich ausgeschaut wie jemand, der einen Film guckt und endlich kapiert, worum es geht. Genau in dem Moment hätte ich eigentlich merken müssen, dass da etwas im Gange ist.«

»Was hast du über Trinas Ehe gesagt?«, fragte Sam.

»Nur, dass wir alle Hintergrundchecks gemacht haben und uns Fedors Labilität trotzdem durch die Lappen gegangen ist. Den Rest hat er sich dann selbst zusammengereimt«, sagte Lori zu Avery.

»Also, mir ist das total egal. Und Bernie sicher auch, selbst wenn es die ganze Welt erfährt.«

»Paul wäre das ganz und gar nicht egal«, meinte Sam.

Lori kniff die Augen zusammen. »Ich habe alles kaputtgemacht.«

»Hör auf, Lori. Er ist doch Privatdetektiv. Er hätte ohnehin gewusst, wie er die Information aus dir herauskitzeln kann.« Sam griff nach der zweiten Flasche Wein. »Jetzt fangen wir mal von vorne an. Überlegt beide, was Reed mitgehört hat, was er alles in Erfahrung gebracht hat. Ich muss wissen, welche Klienten in Gefahr sind.«

* * *

Statt in irgendeine dunkle, entlegene Lagerhalle zu fahren, bogen die zwei Herren mit ihm in die Einfahrt eines ganz normalen Hauses im Stadtteil Tarzana ein. Sie betraten es durch die Garage. Der Freundliche stellte den Alarm aus und machte Licht in der Küche.

Reed sah gleich auf den ersten Blick die Überwachungskamera an der Decke. Mit Sicherheit waren auch Mikrofone angebracht, um jedes Gespräch aufzuzeichnen. Es war die freundlichere Version eines Verhörraums. Er fragte sich sogar, ob es auch einen Doppelspiegel gab, hinter dem jemand saß und zusah.

Das Handy des Ernsten klingelte. Er ging zum Telefonieren ins Wohnzimmer.

»Setzen Sie sich«, sagte der Freundliche.

Reed hörte den anderen Mann nebenan telefonieren.

Der Freundliche öffnete den Kühlschrank, holte eine Limodose. »Ich würde Ihnen ja etwas anbieten, aber es handelt sich hier nicht um einen Freundschaftsbesuch.«

Reed schnaubte. »Ich dachte, Sie spielen den guten Bullen.«

»Ach, kommen Sie. Mein Kollege und ich, wir sind doch beide ganz nett. Wir haben Sie ja schließlich nicht gezwungen, mit uns mitzufahren.«

Der Ernste kam zurück, lehnte sich gegen die Theke und verschränkte die Arme vor der Brust. »Reed Barlow existiert nicht«, sagte er.

»Das tut er schon, er hat nur einen anderen Namen.«

Der Freundliche drehte einen Stuhl um und setzte sich verkehrt herum darauf. »Wie heißen Sie?«

Reed zögerte.

»Lassen Sie es mich für Sie einfacher machen.« Er streckte ihm die Hand entgegen. »Ich heiße Rick und dieser nette Typ hier ist Neil.«

Für ungefähr fünfzehn Sekunden schüttelten er und Rick sich die Hände auf eine Art und Weise, die bei anderen Menschen zu Knochenbrüchen geführt hätte. Reed hatte das starke Verlangen, seine Hand auszuschütteln, um die Blutzufuhr wieder anzukurbeln, aber er unterdrückte es.

Er wollte gerade etwas sagen, da meinte Neil: »Ich gebe Ihnen nur eine einzige Chance, mir Ihren richtigen Namen zu sagen.«

Sonst was?

»Lori hat ein Recht darauf, zu erfahren, wer sie reingelegt hat.«

Rick wusste schon, wie man unterhalb der Gürtellinie traf.

»Michael *Reed* Barnum.«

Neil sah zu einer Stelle, von der Reed annahm, dass sich dort eine Kamera befand.

»Für wen arbeiten Sie?«, fragte Rick.

»Setzt Alliance eigentlich auch Privatdetektive ein?«, fragte Reed zurück, obwohl er ganz genau wusste, dass das der Fall war.

»Alliance?« Rick stellte sich dumm.

»Egal. Aber wie würden Sie sich fühlen, wenn Ihre Privatdetektive vertrauliche Informationen über Sie ausplaudern würden?«

»Für welche Informationen werden Sie bezahlt?«

»Für dies und jenes.«

»Informationen über Lori?«

»Eigentlich hatte ich den Auftrag, hinter Shannon her zu sein, um irgendeinen Dreck über ihren Exmann in Erfahrung zu bringen.«

»Und wie ist es gekommen, dass plötzlich nicht mehr Shannon, sondern Lori in den Fokus gerückt ist?«

Reed antwortete nicht. Er war sich nicht sicher, ob er überhaupt eine Antwort auf diese Frage hatte.

Rick blickte zu Neil. »So kommen wir nicht weiter.«

»Ich weiß ja auch nichts von Ihnen beiden. Sie könnten genauso gut auch für Petrov arbeiten.«

Rick verlor sein Lächeln. »Dafür, dass er so was sagt, würde ich ihm am liebsten eine verpassen«, sagte er zu Neil.

Doch der zuckte nur mit den Schultern, als sei es ihm egal, ob Rick mit dieser Drohung Ernst machte oder nicht.

* * *

311

»Mich hatte es total erwischt.« Lori merkte selbst schon, dass sie lallte. »Ich meine, ich habe jetzt noch nicht nach Hochzeitskleidern geschaut, aber ich hatte schon fast angefangen, einen Ehevertrag aufzusetzen.«

»Wenn eine Anwältin so was sagt, muss es echt Liebe sein«, meinte Sam. Sie nippte nur an ihrem Wein, während Avery ohne Probleme mit Lori mithielt.

»Wie kann ich nur so dumm gewesen sein? Es waren so viele Zufälle. So viele gibt es ja gar nicht.«

»Liebe macht blind«, meinte Sam, die noch nüchtern und vernünftig war.

»Liebe ist scheiße. Lieber wechsle ich noch ans andere Ufer.«

Avery wich zurück. »Schau mich nicht so an, ich stehe auf Männer.«

Lori grinste schief. Dann klagte sie wieder: »Er ist nur mit mir ins Bett gehüpft, um an Informationen heranzukommen.«

Avery hob ihr Glas. »Hey, und ich habe so was für Fünfzigtausend gemacht.«

Lori blinzelte. »Alles Mistkerle.«

* * *

Neil blinzelte nicht einmal. Er war wie ein Roboter, fand Reed.

Erst als sein Handy läutete, regte er sich.

»Okay«, kam von seiner Seite der Unterhaltung. »Macht weiter.«

Er legte auf, starrte erneut Reed an. »Michael Reed Barnum, ehemaliger Polizist. Hat den Polizeidienst verlassen, als er und sein Partner, Luke Mallory, in einen Hinterhalt geraten sind.«

»Wir sind damals von unseren eigenen Leuten reingelegt worden. Danach habe ich dort niemandem mehr vertrauen können. Deshalb habe ich gekündigt.«

Rick und Neil wechselten Blicke.

»Es ist nicht lustig, wenn sich die eigenen Leute gegen einen stellen«, meinte Rick.

»Ich habe immer Polizist sein wollen. Deshalb lag es nahe, jetzt als Privatdetektiv zu arbeiten.«

»Wofür Sie auch die Lizenz erworben haben«, sagte Neil.

»Ehrlich währt am längsten.«

Neil sah ihn scharf an.

»Ich habe nur ein paar klitzekleine Flecken auf meiner weißen Weste.«

»Also gut. Irgendwer muss jetzt mal anfangen, dem anderen zu vertrauen, sonst können wir Lori nicht helfen«, sagte Rick zu Neil.

»Wie geht es ihr?«, wollte Reed wissen.

Rick gebot ihm mit einer Geste Einhalt und holte sein Telefon heraus. »Hey. Bist du bei ihnen?«

Er wartete. »Nein, er ist hier. Wir plaudern ein bisschen.« Rick lachte. »Vielleicht will er das selbst hören, warte mal.«

Rick reichte ihm das Handy.

Reed hielt es sich ans Ohr. Cooper sprach sehr leise. »Erinnern Sie mich daran, dass ich Ihnen eine verpasse, wenn ich Sie wiedersehe.«

»Da müssen Sie sich hinten anstellen.« Reed war sich sicher, dass es dafür noch mehr Interessenten gab.

»Ja, stimmt. Lori ist sauer. Und Sie wissen ja, wie es ist, wenn Frauen sauer sind.«

Reed hörte im Hintergrund Stimmen. Weibliche Stimmen.

»Wie geht es ihr denn?«

»Hören Sie selbst.«

Die Stimmen im Raum wurden lauter, anscheinend war er auf Lautsprecher gestellt worden.

Lori war betrunken. *»Mich hatte es total erwischt. Ich meine, ich habe jetzt noch nicht nach Hochzeitskleidern geschaut, aber ich hatte schon fast angefangen, einen Ehevertrag aufzusetzen.«*

»Wenn eine Anwältin so was sagt, muss es echt Liebe sein.« Reed erkannte die andere Stimme nicht.

»Wie kann ich nur so dumm gewesen sein? Es waren so viele Zufälle. So viele gibt es ja gar nicht.«

Immer, wenn Lori etwas sagte, zuckte er zusammen.

»Liebe macht blind.«

»Liebe ist scheiße. Lieber wechsle ich noch ans andere Ufer.«

Er schloss die Augen, hörte weiter zu, auch wenn er wusste, dass sie ihre Privatsphäre verdient gehabt hätte.

»Schau mich nicht so an, ich stehe auf Männer.«

»Er ist nur mit mir ins Bett gehüpft, um an Informationen heranzukommen.«

»Nein, bin ich nicht.«

Rick nahm ihm das Telefon wieder ab.

Ein paar Minuten lang konnte Reed nichts sagen. »Ich verrate nicht, wer mich beauftragt hat. Es sind ja auch nicht meine Auftraggeber, über die man sich Sorgen machen müsste.«

»Sondern?«, fragte Rick. In der nächsten Stunde sagte Reed alles, was er wusste, ohne den Namen der Senatorin preiszugeben. Er erzählte von Sasha, dass sie auf demselben Flug nach Texas gewesen sei und dass man sie im Auge behalten müsse.

»Es ist sicher nicht ihr richtiger Name. Ich habe versucht, an die Passagierliste der Kreuzfahrt heranzukommen, aber das hätte wahrscheinlich sowieso nicht viel gebracht.«

»Was haben Rogelio und Miguel damit zu tun?«

Reed zuckte mit den Achseln. »Wahrscheinlich war es nur Zufall. Sie sind echte Gauner. Ich habe einen zusätzlichen Tag in Barcelona eingelegt, um nach ihnen zu suchen. Ihre Namen waren nirgendwo zu finden.«

»Wohl auch falsche Namen.«

»Richtig. Es gibt kriminelle Verbände, deren Mitglieder oft solche Reisen unternehmen, um an die Passagiere der ersten Klasse heranzukommen, die teuren Schmuck und andere Wertsachen mit an Bord bringen. Es scheint gut zu funktionieren, denn nur wenige Verbrechen auf offener See werden strafrechtlich verfolgt. Ich nehme an, als Miguel und Rogelio an Bord gegangen sind, haben sie sich ganz gezielt die reichen, alleinstehenden Frauen ausgesucht.«

»Genauso, wie Sie das auch gemacht haben«, murmelte Rick.

»Meine Zielperson war Shannon und um sie ging es ja gar nicht direkt. Das habe ich schon gesagt.«

»Was heißt, dass Paul Wentworth die eigentliche Zielperson war.«

»Keine der Frauen hat über den Gouverneur geredet. Ich bin selbst darauf gekommen, dass er sich eine Braut auf Zeit gesucht hat«, versuchte Reed zu erklären. »Weder Lori noch Shannon haben mir das verraten.«

»Haben Sie es Ihrem Auftraggeber gesagt?«

»Nein.«

»Warum nicht?«

»Weil es Lori in Schwierigkeiten gebracht hätte.«

Rick und Neil wechselten wieder einen ihrer vielsagenden Blicke.

»Und inwiefern?«, fragte Rick.

»Sie vertritt bei diesen Hochzeiten beide Seiten. Das ist zwar nicht gegen das Gesetz, aber man könnte dadurch dem Ehegeschäft auf die Schliche kommen und die ganze Sache aufgrund moralischer Bedenken vor Gericht bringen. Ich habe mir nicht jeden Fall einzeln angesehen, denn ich weiß ja auch nur von den Ehen von Avery, Trina und Shannon … Zugegeben, ich habe da ein paar Dinge versucht, um an Loris Dateien zu kommen, aber es ist mir nicht gelungen. Ich muss Ihnen wohl nicht sagen, wie gut Ihr Sicherheitsservice ist. Und bevor Sie mich dafür verurteilen, will ich bemerken, dass mir diese Informationen egal gewesen wären. Ich hätte sie nicht verwendet, ich wollte nur herausfinden, ob Lori in Gefahr ist.«

»Sie ist nicht in Gefahr.«

»Vielleicht, aber ich habe nach Schlupflöchern gesucht, nach etwas, womit man sie vor Gericht bringen könnte.«

Wieder diese stummen Blicke.

»Und was haben Sie da gefunden?«

»Ich bin ja kein Jurist, aber was ihr zum Verhängnis werden könnte, ist das Timing. Wenn die Dokumente direkt nacheinander unterzeichnet wurden, könnte man behaupten, dass die zwei Parteien nicht genügend Zeit hatten, sie eingehend zu lesen oder prüfen zu lassen und dann könnte man die Vereinbarung anfechten. In einem Fall wie dem von Avery ist die Wahrscheinlichkeit, dass einer von beiden die Vereinbarung anficht, gering. Aber bei Trina ist das eine ganz andere Sache. Wer weiß, was Petrov mit dieser Information anstellen würde.«

Reed machte eine kurze Pause, dann setzte er nach: »Es ist ja so, dass alle Eheschließungen und Scheidungen im öffentlichen Register verzeichnet sind. Das könnte also auffliegen.«

»Und dann könnte jemand den entsprechenden Vertrag anfechten«, sagte Rick zu Neil.

»Ich kann mir vorstellen, dass jeder, der ein paar Millionen für eine arrangierte Ehe ausgibt, nicht wirklich will, dass das an die Öffentlichkeit gelangt.«

»Ich muss Blake anrufen«, sagte nun Neil, der sonst kaum seinen Mund aufmachte.

»Und ich muss diese Sasha finden«, sagte Reed. »Wenn sie für Petrov arbeitet und auch darauf kommt, wird sie versuchen, Beweise zu sammeln.«

Rick stand auf und schob den Stuhl an den Tisch zurück. »Ich komme mit.«

»Ich arbeite lieber allein.«

Rick deutete auf die eigene Brust. »Ich will bestimmt nicht Ihr Partner sein. Aber allein arbeiten werden Sie nicht.«

»Ich meine das ernst.«

Rick verlor für zwei Sekunden sein Lächeln. »Ich auch. Sie haben noch nicht ganz unser Vertrauen gewonnen. Und bis es so weit ist, bleiben wir zwei eng zusammen.«

»Ich habe Ihnen doch alles gesagt, was ich weiß.«

Neil ging hinaus und hatte schon wieder das Telefon ans Ohr geklemmt.

Rick öffnete die Küchenschublade, holte eine Pistole und ein Magazin heraus. Er überprüfte das Patronenlager, schien zufrieden zu sein und steckte die Waffe ins Halfter.

»Moment mal, waren Sie gar nicht bewaffnet?«

Rick zwinkerte ihm zu. »Warum hätte ich bewaffnet sein sollen?«

Reed blickte um die Ecke, sah auf Neils Rücken. »Sie waren beide nicht bewaffnet.«

Rick warf ihm eine seiner Pistolen zu, Reed fing sie auf.

»Sonst wäre es ja eine Straftat. Entführung.«

Gibts denn so was?

Rick gab Reed auch die anderen Waffen und die Munition zurück. »Woher wussten Sie, wo ich wohne?«, fragte Reed.

Neil blickte um die Ecke. »Wo haben Sie die Wanzen in Loris Haus versteckt?«

Er hätte gern gelogen.

Lori würde es sowieso erfahren und sogar auf die Entfernung so viel Hass versprühen, dass sie ihn damit umbringen konnte.

Mit zusammengebissenen Zähnen gestand er: »Auf der Küchentheke steht ein Drahtkorb mit Weinkorken.«

»Was noch?«

»Im Kofferraum ihres Autos ist ein Verfolgungsgerät. Sieht aus wie ein Kugelschreiber.«

Neil wandte sich um, sprach wieder drei Worte ins Telefon.

»Mannomann, Lori wird Sie so was von hassen.«

Reed stand auf. »Gehen wir jetzt endlich oder wollen Sie mir noch weiter erzählen, was für ein Arschloch ich bin?«

Kapitel 30

»Was machen wir hier?«

Reed hatte seinem ungebetenen Partner gesagt, er solle vor der Post halten. »Ich habe die Kreditkartennummer von Sasha herausbekommen. Die Karte wurde hierher geschickt.«

Rick blickte aus dem Fenster. »Warum meinen Sie, dass Sasha wiederkommt?«

»Vielleicht tut sie das nicht, aber bis sie die Karte wieder verwendet, ist es alles, was ich habe.«

»Wie oft haben Sie schon hier gesessen?«

»Immer, wenn ich nicht bei Lori war. Sonst hat mir ein Kollege ausgeholfen.«

»Ich habe gedacht, Sie wollen keinen Partner.«

»Ich habe ja auch *Kollege* gesagt, nicht Partner.«

»Und wie sicher sind Sie, dass diese Sasha für Petrov arbeitet?«

Bei dieser Frage begann seine Stirn zu jucken. »Sie weiß von Petrov. Und sie weiß, wer mein Auftraggeber ist.«

»Das heißt, sie ist gut in dem, was sie tut.«

»Ja.«

»Wann hören wir von Ihren Kontakten wegen der Fingerabdrücke?« Reed hatte ihm vom Weinglas und dem Handy erzählt.

»Es dauert einen Tag für den Abgleich mit der Datenbank. Aber dass die Karte hierher geschickt wurde, könnte bedeuten, dass sie vielleicht in der Nähe wohnt.«

»Das habe ich mir auch schon gedacht.«

Rick sah auf seine Armbanduhr, eine von der Sorte, die wasserdicht aussah und wahrscheinlich einen integrierten Kompass hatte. Und die so riesig war, dass man sie in der Not vielleicht auch noch als Powerriegel verzehren konnte.

»Sie sind wohl nicht gerade der Geduldigste, was?«

»Ich hasse herumsitzen, wenn ich auch etwas tun könnte.« Schon öffnete er die Autotür.

»Was haben Sie vor?«

Rick holte etwas aus dem Kofferraum. Dann zwinkerte er Reed zu und ging ins Postamt.

Zwanzig Minuten später kam er beschwingt zurück, setzte sich ans Steuer und startete den Motor.

»Wo fahren wir jetzt hin?«

»Holen wir uns etwas zu essen, ich habe Hunger.«

»Was haben Sie denn gerade gemacht?«

Rick wendete mitten auf der Straße und fuhr in die Richtung zurück, aus der sie gekommen waren. Er nahm sein Handy aus der Tasche und zeigte ihm den Bildschirm.

Reed musste lachen. »Sie haben tatsächlich in nur zwanzig Minuten eine Kamera installiert?«

»Nein, in zehn Minuten. Aber ich musste auch ein Postfach öffnen und da habe ich noch ein paar Minuten länger gebraucht.«

»Ihr Team ist echt gut.«

»Wir lieben halt unser Spielzeug«, meinte Rick.

»Wer kann das noch sehen?«

»Unser Hauptsitz.«

»Klingt, als wären Sie von der CIA.« Rick wand sich. »Nein, danke. Ich hasse Papierkram. In unserer Sicherheitsfirma gibt es keine Bürokratie.«

»Wie viele Kunden hat denn Ihr Sicherheitsdienst?«

Rick gluckste. »Warum? Suchen Sie einen neuen Job?«

Reed starrte aus dem Fenster. Draußen zog die Welt an ihm vorbei. Auf die Frage aber ging er nicht ein.

* * *

Lori war spät dran. Sie hatte einen schrecklichen Kater und war heilfroh, dass heute kein Gerichtstermin geplant war. Mit einer großen Sonnenbrille auf der Nase, die ihre blutunterlaufenen Augen verdeckte, kam Lori ins Büro.

Sie hatte sich vierundzwanzig Stunden lang in Selbstmitleid gebadet, den Kummer in Alkohol ertränkt und Berge an Kohlehydraten vernichtet. Jetzt war sie fest entschlossen, den Mann, der sich in ihr Leben gedrängt hatte, von sich zu stoßen.

»Ich brauche Kaffee«, sagte sie zur Begrüßung, als sie am Empfangstresen vorbeiging, hinter dem Liana saß. »Bitte heute nur Anrufe durchstellen, wenn es sich um einen Notfall handelt. Verschieben Sie alle Termine, sagen Sie, ich sei krank.«

»Ja, Sie sehen auch wirklich schlecht aus.«

»Sie haben Glück, dass ich Sie mag«, murmelte Lori, während sie in ihrem Büro verschwand.

Zwei große Tassen Kaffee später war Lori endlich in der Lage, die erste E-Mail des Tages zu lesen. Sie hatte mit Avery am Vorabend lange und intensiv über den männlichen Anteil der Menschheit gelästert. Sam hatte sich um sieben verabschiedet, um sich des Problems, das Reed verursacht hatte, anzunehmen. Sam hatte Lori geraten, sich erst mal zu beruhigen und die Sache ohne schlechtes Gewissen für einen Tag aufzuschieben. *Wir haben das alle schon mal durchgemacht. Nimm dir ein, zwei Tage frei, dann reißt du dich zusammen und gehst wieder zur Arbeit.*

»Lori?«, rief ihre Sekretärin, die gerade ins Büro gekommen war. »Sam ist dran. Soll sie lieber später wieder anrufen?«

Lori sah den blinkenden Knopf am Telefon. »Nein, passt schon, ich gehe ran.«

»Guten Morgen«, grüßte Lori.

»Wie gehts deinem Kopf?«

»Den Umständen entsprechend. Leider.«

»Du musst viel Wasser trinken.«

Selbst das Lachen tat weh. »Du rufst doch sicher nicht an, um mir Tipps zur Katerbewältigung zu geben, oder?«

»Stimmt. Hoffentlich konntest du deine Termine verlegen.«

»Ja, konnte ich.«

»Gut. Dann müssen wir uns mal die alten Akten ansehen. Es geht um den zeitlichen Rahmen zwischen Vorlage des Vertrags und Unterschrift beider Parteien.«

Lori machte sich Notizen. »Warum?«

»Man hat mir gesagt, dass man die Vereinbarungen anfechten könne, wenn Braut und Bräutigam innerhalb einer Woche oder weniger nach Vorlage der Vereinbarung unterzeichnet haben. Weil du beide Parteien vertrittst.«

»Das ist aber doch nicht immer so.«

»Ja, es betrifft nur die Fälle, wo du der einzige Anwalt für beide warst.«

Trotz des Nebels in ihrem Kopf konnte Lori den Zusammenhang verstehen und auch, dass man daraus ein Problem machen konnte, wenn man es darauf anlegte. »Seit wann bist du Rechtsassistentin?«

»Mir hat da jemand einen Tipp gegeben.«

»Wenn dieser Mensch mal einen Job sucht, gib mir Bescheid. Also gut, ich kümmere mich um die Sache. Hast du schon mit Shannon geredet?«

»Carter hat Paul angerufen und will sich mit ihm treffen.« Carter war der frühere Gouverneur von Kalifornien, bevor Paul das Amt übernahm. Durch seine Ehe mit Eliza, die heute die rechte Hand von Sam war, hatte Paul von Alliance erfahren.

»Gut, du sprichst mit Paul, ich rufe Shannon an.«

»Bis bald.«

Lori hinterließ Shannon eine Nachricht. Ihre Sekretärin wies sie an, Shannon durchzustellen, falls diese zurückrief.

In den nächsten drei Stunden suchte Lori Unterlagen zusammen und sortierte sie. In eine Kiste kamen alle riskanten Fälle, in eine andere legte sie die Unterlagen, in denen entweder der Zeitabstand zwischen den Unterschriften groß genug oder ein weiterer Anwalt involviert gewesen war.

* * *

Reed hatte vorgehabt, von der Bildfläche zu verschwinden und nach Sasha zu suchen. Aber jetzt, da er Neil und Rick an der Backe hatte, klappte der Plan nicht. Auch konnte er jetzt nicht mehr in Ruhe in seiner Wohnung im Internet recherchieren oder telefonieren. Rick und seine Leute hatten hundertprozentig Wanzen versteckt. Es geschah ihm ganz recht, dass man nun auch in seine Privatsphäre eindrang. Genauso sicher war er sich auch, dass sein Jeep mit einem Verfolgungsgerät ausgerüstet worden war. Es hielt Reed jedoch nicht davon ab, die Wanzen zu suchen und zu erfahren, wie gut diese Leute waren.

Als um sechs Uhr morgens sein Handy klingelte, hatte er gerade mal vier Stunden geschlafen. Aber eigentlich war er fast überrascht, dass man ihm so viel Zeit gelassen hatte.

Doch es war weder Rick noch Neil.

»Du bist ein Arschloch.« Avery.

Er rieb sich die Augen und setzte sich im Bett auf. »Ich weiß.«

»Man sollte dich kastrieren und nackt auf dem Marktplatz aufhängen, wo du dann ganz langsam von tausend Feuerameisen aufgefressen wirst.«

»Wow, da hast du anscheinend eine Weile drüber nachgedacht.« Dieses Bild würde er nicht mehr so schnell aus seinem Kopf löschen können.

»Du hast ihr das Herz gebrochen.«

Und dieses Bild verursachte ihm noch größere Schmerzen.

»Ich weiß.«

Avery zögerte kurz.

»Wir planen deinen Untergang.«

Er brauchte einen Kaffee. »Einen qualvollen, wie es klingt.«

»Genau, so wie du es verdienst.«

Einen Moment sagte sie nichts.

»Weißt du, was echt beschissen ist, Reed?«

Nein, aber das wirst du mir sicher gleich sagen. »Was denn?«

»Wir haben dich gemocht. Wir haben dich alle wirklich gemocht.«

In den Kaffee brauchte er außerdem einen Schuss Jack Daniels. In seinem Kopf hörte er die Stimme seiner Mutter. *Wenn es dir leidtut, dann sag es auch und danach versuchst du, es wiedergutzumachen.*

»Es tut mir leid.«

»Wirklich?« Sie klang nicht gerade überzeugt.

»Mehr, als du es dir vorstellen kannst.«

»Dann beweis es uns.«

Sie legte auf, ohne auf seine Antwort zu warten.

»Das werde ich.«

* * *

»Wie lange noch?« Mit dem starken Akzent klang bei Ruslan jedes Wort wie ein Befehl.

»Ich bin nah dran. Bis Ende der Woche liefere ich alles, was Sie brauchen.«

»Ich will eindeutige Beweise, meine Liebe. Keine Gerüchte, keine Spekulationen.«

»Ich bin dran. Die Köder sind ausgeworfen, jetzt warte ich, bis sie anbeißen. Das tun sie ganz sicher.«

Ruslan blickte in den kalten grauen Himmel von London. »Das sind Leute, bei denen man nur eine einzige Chance hat.«

»Das weiß ich.«

»Bis Ende der Woche.«

Er legte auf. Die schweren Wolken gaben nach und ließen die ersten Tropfen fallen.

»Geduld«, sagte er zu sich selbst. Er war so weit gekommen. Und er würde erst zuschlagen, wenn er die Garantie hatte, dass sein Plan auch funktionierte.

* * *

»Was haben wir alles?« Sam saß gegenüber von Lori, vor ihnen lag ein großer Stapel Unterlagen.

»Lass uns mit den wichtigsten beginnen.«

Sam drehte einen der Aktenordner um. »Von wem ist der hier?«

»Avery und Bernie. Unser erster Kontakt mit Avery war sechs Monate, bevor Bernie aufgetaucht ist. Wir haben den Ehevertrag entworfen, ihn Avery vorgestellt, ein paar Änderungen vorgenommen. Es gab keinen zweiten Rechtsanwalt. Avery hat zwei Wochen nach dem letzten Entwurf unterschrieben.«

»Und sie haben zwei Monate gebraucht, um die Hochzeit zu planen.«

»Richtig. Es gibt nichts, wodurch die Vereinbarung ungültig gemacht werden könnte. Als Nächstes geht es um Shannon und Paul.« Lori nahm einen anderen, viel dickeren Ordner. »Kein zweiter Rechtsanwalt, die Vereinbarung wurde nur fünf Tage, nachdem sie Shannon vorgelegt wurde, unterschrieben.«

»Ja, weil Shannons Familie sich in denselben Kreisen wie Paul bewegt. Deshalb hätten sich die beiden auch gut schon vorher gekannt und ineinander verliebt haben können.«

»Trotzdem. Der Fall könnte kritisch sein«, sagte Lori. »Wenn Shannon rechtlich gegen den Vertrag vorgehen wollte und behaupten würde, sie hätte nicht genügend Zeit gehabt, ihn vor der Unterschrift in Ruhe durchzulesen ...«

»Aber Shannon würde so etwas nicht tun.«

»Glaube ich ja auch nicht«, meinte Lori. »Aber *wenn*, dann hätten wir ein Problem. Besonders, weil es bei so einem Fall vor Gericht kein Sicherheitsnetz gäbe.«

Sam nahm diese Information zur Kenntnis, dann blickte sie auf den dritten Ordner »Trina und Fedor.«

»Ja. Nicht nur, dass wir die einzigen Vertreter waren – der Vertrag wurde auch innerhalb von drei Tagen unterzeichnet und die Hochzeit fand schon zwei Wochen später statt.«

»Heikel.«

»Besonders, wenn man bedenkt, dass derjenige, der bei der Scheidung gezahlt hat, nun tot ist und sich nicht mehr dazu äußern kann. Es könnte zu jahrelangen Verhandlungen kommen, falls Ruslans oder Alices Verwandte versuchen würden, das Testament von Alice anzufechten, auf der Grundlage, dass es sich um keine echte Ehe, sondern nur um ein Geschäft gehandelt hat.« Lori gefror das Blut in den Adern.

Sam presste die Lippen aufeinander. »Und was ist mit denen da?«

Lori versuchte zu grinsen. »Das sind alle anderen. Angefangen bei deiner Hochzeit mit Blake. Das sind die

Unterlagen von den Leuten, bei denen wir uns keine Sorgen machen müssen. Obwohl du und Blake ja innerhalb von drei Tagen nach Vertragsunterzeichnung geheiratet habt. Allerdings hattet ihr unterschiedliche Rechtsanwälte.«

Sam grinste schief. »Das heißt, bei denen passt alles.«

»Richtig. Und auf diesem Stapel sind die Fälle, wo ich zwar die einzige Anwältin war, die Vereinbarungen aber frühestens acht Tage nach Erstvorlage oder später unterschrieben wurden.«

»Das heißt, hier ist auch alles in Ordnung?«

»Ja.«

Sam klopfte auf einen dritten, recht hohen Stapel. »Und die?«

»Bei denen besteht ein Risiko. Aber das ist leicht zu beheben. Sie müssen neu unterzeichnet werden oder man muss in den aktuellen Vertrag einen kleinen Passus einfügen. Nachdem ich mir alles angeschaut habe, gibt es eine gute und eine schlechte Nachricht.«

»Lass hören.«

»Die gute Nachricht ist, dass Alliance nicht die Verantwortung übernehmen muss.«

»Wie soll das gehen?«, wunderte sich Sam.

Lori zeigte auf ihre Brust. »Ich. Ich bin diejenige, die sich verantworten muss. Wenn es eine Untersuchung gibt, muss ich die Kanzlei schließen ...«

»Auf gar keinen Fall.«

»Wir wollen nicht, dass Alliance auffliegt.«

»Wir werden alles wasserdicht machen.«

Lori deutete auf die Unterlagen. »Die Eheschließungen und Scheidungen sind alle im öffentlichen Register verzeichnet.«

Sam nahm einen Ordner vom Stapel. »Das Einzige, was hier öffentlich war, ist die Hochzeit.« Sie nahm ein paar von den anderen. »Das hier sind alles glückliche Ehen. Bei den anderen nehmen wir uns die neuesten Fälle zuerst vor. Wir lassen sie erneut unterschreiben.«

»Und die anderen?«, fragte Lori.

»Nichts. Hier werden wir nicht so tun, als hätten wir etwas Falsches gemacht. Haben wir ja auch nicht, nichts davon war illegal.«

»Bei Rechtsanwälten geht es immer nur um die moralische Fragwürdigkeit, wir brechen selten das Gesetz.« Und genau das war es, was Lori das Genick brechen konnte.

»Wir wissen, dass Petrov hinter Trina her ist. Wir müssen uns also vor allem auf diesen Fall konzentrieren und um jeden Preis verhindern, dass irgendwer die Wahrheit über Fedors und Trinas Ehe herausfindet. Carter trifft sich heute zum Mittagessen mit Paul.«

»Und Shannon hat ganz klar gesagt, dass sie nicht mehr Geld von Paul will.« Lori ging im Zimmer umher.

»Es wäre nur richtig, wenn ich das auf meine Kappe nehme, falls …«

»Setz dich, Lori. Es gibt kein *falls* …«

Lori war völlig aufgewühlt. Sam dagegen versuchte, weiterhin nüchtern und sachlich zu bleiben. Aber Lori konnte nur daran denken, dass das alles nicht passiert wäre, wenn sie Reed einfach nicht so nahe an sich herangelassen hätte.

KAPITEL 31

Reeds Hintern war schon fast am Stuhl festgewachsen, während er im Internet nach Bildern von der Kreuzfahrt suchte, in der Hoffnung, irgendwo Sasha darauf zu entdecken. Der Versuch, die Passagiernamen von dem Flug nach Texas herauszufinden, war reine Zeitverschwendung gewesen. Die Daten der Airline waren besser geschützt als das Gold in Fort Knox.

Lautes Klopfen an Reeds Haustür schüttelte ihn aus dem Koffeinkoma.

Er griff nach seiner Pistole und ging langsam zur Tür.

»Kannst sie wieder wegstecken, Reed.« Mittlerweile kannte er die Stimme von Rick sehr gut.

Er lockerte den Griff der Pistole und öffnete die Tür. »Was ist denn jetzt schon wieder?«

Rick trat in Reeds Apartment. »Hey, du musst mal wieder aufräumen. Frauen hassen Schlampigkeit.«

»Irgendwer hat immer was zu meckern.« Er öffnete die Tür ein bisschen weiter.

Rick machte sich nicht mal die Mühe einzutreten. »Komm.«

»Wohin fahren wir?«

»Sasha hat die Kreditkarte benutzt.«

Endlich ein Lichtblick für Reed. »Wurde aber auch Zeit.« Reed rannte durch die Wohnung, stellte den Computer aus, steckte Handy und Schlüssel ein und streifte sich die Jacke über, damit sein Pistolenhalfter bedeckt war.

»Wo fahren wir hin?«

»Zum Hotel Beverly Wilshire.«

»Was, sie hat in ein Hotel eingecheckt? Kann doch gar nicht sein, dass wir so viel Glück haben.«

»Sie hat an der Hotelbar einen Drink mit der Karte gezahlt.«

»Nur das?«, fragte Reed.

»Ja, nur ein Getränk. Um Mitternacht ist abgebucht worden«, sagte Rick.

»Das heißt, sie war gestern irgendwann dort.«

»Sie könnte auch jetzt noch da sein. Und weil du der Einzige bist, der weiß, wie sie aussieht, darfst du drei Mal raten, was du gleich tun wirst.«

»In der Hotelbar rumhocken?«

»Nein, das ist meine Aufgabe.« Rick lehnte sich zum Handschuhfach hinüber und holte einen Ohrhörer heraus. »Du bleibst gegenüber auf der anderen Straßenseite.«

»Und wenn sie das Hotel durch die Tiefgarage verlässt?«

Rick sah ihn an, als sei er verrückt. »Nenn mir eine Frau, die in Beverly Hills nicht auf dem Rodeo Drive zum Shopping gehen würde?«

»Vielleicht eine, die kein Geld hat?«

»Als ob das die Frauen abhalten würde.«

»Na gut.«

Während also Rick mit dem *Wall Street Journal* und einem Laptop als Geschäftsmann getarnt das noble Hotel betrat, blieb Reed auf der berühmtesten Straße von Amerika zurück. Fehlte nur noch ein Pappkarton, auf dem stand, dass er um Geld bettelte.

»Hörst du mich?«, drang Ricks Stimme durch den Ohrknopf.

»Ja, leider.«

»Ist nett hier. Vielleicht muss ich mal mit meiner Frau herkommen.«

»Bist du verheiratet?«

»Klar, mit der besten Frau, die es gibt. Also log dich mal ins Internet ein.«

Reed holte sein Handy heraus und schielte, während er tippte, stets mit einem Auge auf den Hoteleingang.

»Tipp mal Folgendes ein.« Rick nannte ihm eine Kombination aus Zahlen und Buchstaben, die wenig Sinn ergab. Sobald Reed *Enter* gedrückt hatte, war er auf einer gesicherten Seite.

»Ich soll jetzt ein Passwort eingeben.«

Rick lachte. »Eintausend in Ziffern und das Wort Feuerameisen, das F großgeschrieben.«

Und schon hatte Reed wieder das Bild von Averys Warnung vor Augen. »Sehr witzig.«

»Fanden wir auch.«

Mit dem Passwort konnte er nun sehen, was Rick mit der Kamera filmte. Reed sah die Hotelbar von innen.

Ein älteres Paar verließ das Hotel. Sie gehörten nicht zur verdächtigen Gruppe.

»Ich bewege jetzt die Kamera. Sag mir, wenn dir jemand bekannt vorkommt.«

Die Kamera bewegte sich durch den Raum. Keine bekannten Gesichter. »Nichts.«

»Okay. Lass die Seite offen, aber spar deinen Akku. Ich gebe Bescheid, wenn jemand Neues reinkommt.«

Jetzt musste Reed lachen. »Das heißt also, ich bleib hier in der Ecke stehen und du spielst in dem schicken Hotel verrückt und führst Selbstgespräche.«

»Ich bin groß. Wenn große Menschen verrückt wirken, ignorieren das die anderen Leute lieber.«

Da mochte er recht haben.

* * *

»Machen diese Geschäfte hier eigentlich nie zu?«, fragte Reed seinen ungewollten Partner durch das versteckte Mikrofon.

»Wenn du ein Geschäft hättest, in dem ein Paar Schuhe mehr als tausend Dollar kostet, würdest du wahrscheinlich auch nicht schließen, oder?«

»Es ist echt verrückt.«

Reed blickte den Rodeo Drive entlang. Er sah einen Laden, in dem Jimmy Choos ausgestellt waren.

Gerade kam eine Frau heraus, bepackt mit Tüten in beiden Händen. Anscheinend war es in manchen Kreisen nicht angebracht, nur ein einziges Paar Schuhe zu kaufen.

Da sah er plötzlich eine andere Frau. Olivfarbene Haut, dunkle Haare, große Sonnenbrille. Ihre Haltung war aufrecht, sie war ein bisschen größer als der Durchschnitt.

»Ich glaube, ich sehe sie.«

»Wo?«

»Sie geht gerade in einen Schuhladen.« Reed konnte nicht sofort die viel befahrene Straße überqueren.

»Bleib auf Abstand«, wies Rick ihn an.

»Ich bin doch kein Anfänger!« Jetzt ging Reed über die Straße und mischte sich unter die Leute.

Kurz darauf kam die Frau wieder aus dem Laden. Sie blickte nach links und rechts, dann setzte sie die Sonnenbrille auf.

Reed seufzte. »Fehlalarm, das ist nicht Sasha.«

* * *

»Wir setzen alles auf, denken an jedes mögliche Szenario, bevor Sie die Scheidung einreichen.«

Lori beobachtete Ana Maghakian, die nervös umherlief. »Und er wird nicht erfahren, dass ich hier bin?«

»Erst, wenn wir ihn informieren. Bis dahin sollten Sie aber schon das Haus verlassen haben.«

Und am besten hätte er dann auch schon ein Kontaktverbot. Aber das war unwahrscheinlich, denn seine Frau wollte ihn nicht anzeigen.

»Wenn ich meine Sachen wegbringe, merkt er das. Er ist ein Kontrollfreak.«

»Das ist meistens so bei Männern, die ihren Frauen gegenüber gewalttätig werden.«

»Ich muss ausziehen, wenn er weg ist.«

»Haben Sie Hausangestellte?«

»Ja.«

»Haben die an bestimmten Tagen frei?«

»Natürlich.«

»An welchen Tagen in der Woche ist es denn bei Ihnen am ruhigsten?«

»Am Dienstag hat meine Haushälterin frei und die Gärtner sind am Montag nicht da.«

»Was ist mit dem Koch oder Fahrer?« Lori nannte noch ein paar weitere mögliche Hausangestellte.

Mrs Maghakian beschrieb die Abläufe in ihrem Haus, während sich Lori Notizen machte.

Es fühlte sich fast an, als würden sie ein Verbrechen planen. Gleichzeitig war auch ihr eigenes Leben zu einer Art Seifenoper geworden.

»Gibt es irgendeinen sicheren Ort, an den Sie gehen können?«, fragte Lori.

»Ich habe Geld. Ich habe genug gespart für den entscheidenden Tag.«

Lori stützte sich auf die Ellbogen. »Ich spreche nicht von einem Hotel. Ich meine einen Ort, zu dem er keinen Zugang hat.«

»Was wäre denn sicherer als ein Hotel, bei dem es Zeugen und Überwachungskameras gibt?«

Lori legte den Stift ab. »Was glauben Sie, wie Ihr Mann reagieren wird, wenn er hört, dass Sie ihn verlassen und die Scheidung einreichen?«

Blanke Angst machte sich im Gesicht der Frau breit.

»Sie müssen in Sicherheit sein. Ich kenne Leute, die Ihnen helfen können.«

»Ich kann aber doch nicht in so eine Notunterkunft ziehen.«

»Sehe ich aus, als würde ich mit Notunterkünften arbeiten?« Lori hatte kein Problem, ihr Netzwerk anzuzapfen, wenn es darum ging, einer Frau wie Ana zu helfen.

Eine Stunde später, für die sie sicher mehr in Rechnung stellen konnte als eine Psychologin, hatte Lori ihrer Mandantin Mut gespendet. Ana hatte nun die Zuversicht, dass sie ihre momentane Lage mit Loris Hilfe überleben würde.

Lori tat es gut, sich auf etwas anderes zu konzentrieren als auf ihr eigenes Leben, auch wenn es vielleicht nicht gesund war, ihre gesamte Energie für eine einzige Mandantin aufzuwenden. Andererseits steckte Lori stets all ihre Kraft in die Kanzlei.

Am Ende des Tages, wenn sie allein im Bett lag und dem Schnarchen ihres Bruders zuhörte, half die ganze Ablenkung trotzdem nur wenig. Sie fühlte Reed immer noch, als sei er bei ihr. Das Bett roch nach ihm, ihr Kissen. Manche hätten gesagt, es sei alles nur Einbildung, aber Lori wusste, dass Reed eine Spur in ihrem Leben hinterlassen hatte, die sie nicht leugnen konnte.

* * *

Als es um sechs Uhr morgens klopfte, war Reed nicht sonderlich überrascht.

Verschlafen ging er zur Tür, öffnete und drehte dem Mann, der davorstand, sogleich den Rücken zu.

»Kaffee?«, fragte Rick.

»Ja, bitte.«

»Gut, dann zieh dich an.«

Zwanzig Minuten später parkten sie vor einem Kaffeehaus mit grün-weißem Logo.

Rick hatte das Auto abgestellt, blieb aber sitzen. Zehn Minuten lang saßen sie da und beobachteten den Eingang, der gegenüber auf der anderen Straßenseite lag. Schließlich fragte Reed: »Was machen wir hier?«

»Gestern hat unsere Freundin hier ihre Kreditkarte benutzt, während wir auf dem Rodeo Drive Räuber und Gendarm gespielt haben.«

Reed stöhnte. »Das ergibt doch überhaupt keinen Sinn. Für so was ist sie zu clever.«

»Wie meinst du das?«

»Sie ist in mein Apartment eingedrungen, ohne irgendwelche Spuren zu hinterlassen. Das Weinglas war sauber, das Handy nicht verfolgbar … Sie kann nicht so dumm sein.«

»Meinst du, es ist eine Falle?«, fragte Rick.

»Zumindest führt sie uns an der Nase herum. Die Frage ist nur, warum? Will sie uns ablenken?«

Statt einer Antwort zückte Rick sein Telefon und wählte eine Nummer.

»Ich bin's. Alles okay bei euch?«

Reed hörte eine männliche Stimme, konnte aber nicht verstehen, was gesagt wurde.

»Alarmstufe eins. Gib Neil Bescheid.« Er legte auf.

»Wer war das?«

»Cooper.«

»Er ist bei Lori, oder?«

Rick ließ sich mit der Antwort Zeit. »Ja.«

Reed blickte konzentriert aus dem Autofenster. »Wie geht es ihr?«

Wieder kam die Antwort nur zögerlich, wie ein langsames Metronom beim Klavierspiel.

»Sie verbringt sehr viel Zeit in der Kanzlei.«

»Gut. Arbeit ist gut.« Denn während sie arbeitete, weinte sie nicht wegen ihm.

Im Laufe der nächsten Stunden besuchten viele Kunden das Café. Reed hatte selbst nur einen Kaffee getrunken, seit er aus dem Bett geholt worden war.

»Das ist Zeitverschwendung«, stöhnte Rick irgendwann.

»Wie ich schon gesagt habe, sie verarscht uns. Lass uns mal reingehen und dann verschwinden wir von hier.«

Wieder telefonierte Rick, während Reed ausstieg, um sein Koffeinbedürfnis zu stillen.

Jetzt herrschte richtig viel Betrieb.

An den Tischen war zwar noch Platz, aber in der Schlange vor der Theke standen sechs Kunden. Statt sich ebenfalls anzustellen, ging Reed zur Toilette. Als er herauskam, warteten nur noch zwei Leute.

Da hörte er eine tiefe, sehr markante Stimme.

Er blieb im Gang stehen und spähte zu den Kunden hinüber.

Rote Haare, zierlich. Und eine samtene Stimme, mit der die Frau als Radiomoderatorin oder Fernsehsprecherin hätte arbeiten können.

Sam. Loris Partnerin.

Was zum Henker war hier los?

Er ging ein Stück den Gang Richtung Toiletten zurück und rief dabei Rick an.

Rick antwortete mit seiner Bestellung: »Normaler Kaffee, schwarz.«

»Sam ist hier.«

»Was?«

»Samantha.«

»Ich weiß, wer Sam ist. Was macht sie denn hier?«

»Keine Ahnung. Aber es wäre gut, das herauszufinden.«

Sam nahm in der hintersten Ecke Platz. Dort wartete bereits eine Frau, die ihm den Rücken zugewandt hatte. Es war nicht Sasha, so viel konnte er zumindest erkennen. Ihr Profil war dem von Sasha ähnlich, aber ansonsten war sie ein bisschen größer, die Haare waren heller. Und er hatte das Gefühl, sie schon einmal gesehen zu haben, aber er konnte sie nicht zuordnen.

Rick kam zur Tür herein und benahm sich wie ein Elefant im Porzellanladen.

»Mann, Mann, Mann, ich brauche dringend einen Kaffee«, sagte er so laut, dass sich alle Leute zu ihm umdrehten.

Inklusive Sam.

Rick grinste die Frau, die vor ihm stand, an und zwinkerte ihr zu.

Für einen kurzen Moment hatte er Blickkontakt mit Sam, dann berührte er seinen Kopf. »Ohne Kaffee kann ich einfach nicht klar denken.«

Nun war er an der Reihe.

»Was darf es für Sie sein?«

»Einen extra großen Dingsda-Kaffee oder wie auch immer der größte Becher hier heißt. Einfach nur einen normalen, ohne dieses süße Extrazeug. Meine Frau ist schon süß genug, da trinke ich meinen Kaffee lieber schwarz und bitter.«

Reed beobachtete, wie sich Sams Körpersprache veränderte. Anscheinend wollte sie nicht, dass ihre Gesprächspartnerin etwas über Ricks Anwesenheit erfuhr, sonst wäre sie sicher aufgestanden und hätte ihren Bekannten begrüßt.

»Unser Kaffee ist doch gar nicht bitter«, entgegnete der Barista.

»Na ja, ich lass ihn halt immer so lange im Auto stehen, bis er irgendwann kalt und bitter ist.«

Reed blieb weiter im Hintergrund verborgen, während Sam ihre Unterhaltung offenbar zu Ende brachte.

Sie wechselten noch ein paar Sätze, dann verabschiedete sich die unbekannte Frau und ging.

Als ob man einen Schalter betätigt hätte, änderte Rick sein Verhalten. Er ließ den Barista mit dem Kaffeebecher, den er gerade mit solcher Show bestellt hatte, einfach stehen. »Wer war das?«, wollte er von Sam wissen.

Reed kam aus seiner verborgenen Ecke zum Vorschein. Jetzt erst sah ihn auch Sam. Sie bekam Panik.

»Das war eine neue Klientin.«

»Für Alliance?«, fragte Reed.

Sam sah zwischen beiden hin und her. »Ja.«

Verdammt.

Rick rannte zur Tür und rief über die Schulter zurück: »Keine neuen Klienten mehr, Sam.«

Reed folgte ihm.

KAPITEL 32

»Sam ist auf Leitung zwei, sie sagt, es handle sich um einen Notfall.«

Lori drückte den Knopf der Telefonanlage. »Sam?«

»Hallo, man hat mich auf Warten gestellt, um ...« Das war der falsche Knopf.

Sie legte auf, nahm die nächste Leitung an. »Sam?«

»Lori?«

»Was ist los?« Ihr Herz klopfte schneller. Sam rief nicht einfach so um Hilfe. Sie sprach nur von einem *Notfall*, wenn es wirklich einen gab.

»Ich muss genau wissen, wie du Susan Wilson kennengelernt hast.«

»Die neue Klientin?«

»Sie ist keine Klientin. Ich habe ein Treffen mit ihr vereinbart, um ein Gefühl für sie zu bekommen. Bevor ich die Gelegenheit hatte, richtig mit ihr zu sprechen, sind Rick und Reed aufgekreuzt.«

Lori wurde schwindlig. »Reed? Was hat der denn mit ...«

»Ich weiß nicht genau. Sie sind gleich wieder rausgerannt. Die Frau ist offensichtlich nicht diejenige, die sie vorgibt zu sein. Bis auf Weiteres nehmen wir keine neuen Klienten an. Erzähl mir, wie ist diese Frau denn auf dich zugekommen?«

Als das Gespräch beendet war, eilte Lori in den Empfangsraum der Kanzlei.

Ihr stets dort herumsitzender Bodyguard blickte auf und wandte sich sogleich wieder seinem Buch zu.

»Cooper!«

Jetzt schreckte er hoch.

»In mein Büro. Sofort.«

Auch Liana machte ein verwundertes Gesicht.

Lori ging ins Büro zurück und wartete, bis Cooper die Tür hinter sich geschlossen hatte.

»Wo ist Reed?«

Cooper blickte sie stumm an.

»Ich weiß, dass er mit Rick unterwegs ist. Warum?«

»Dann sollten Sie diese Unterhaltung lieber mit Neil führen. Er ist der Chef.«

»Man kann keine *Unterhaltungen* mit Neil führen. Er sitzt schweigend da, hört zu, bis man fertig ist, und dann geht er.«

Cooper wollte anscheinend widersprechen.

»Cooper! Jetzt reden Sie endlich.«

Er fuhr sich durch die Haare. »Reed arbeitet jetzt mit dem Team zusammen, um diese Sasha zu finden.«

»Arbeitet mit dem Team?«

»Reed ist der Einzige, der weiß, wie Sasha aussieht.«

»Wir können ihm aber nicht trauen«, schrie sie fast.

»Na ja, so ganz stimmt das auch nicht.« Cooper versuchte, seine Worte sorgfältig zu wählen.

»Mann, ich lass mich nur einmal hinters Licht führen …«

»Schon, aber …«

»Kein aber. Er ist ein Lügner. Er hat Abhörwanzen in meiner Wohnung versteckt und ein Verfolgungsgerät in meinem Auto.« *Und er hat mir das Herz gebrochen.*

»Das hat er alles gemacht, da haben Sie recht. Andererseits …«
Er zögerte.

Lori ging zum Fenster, als ob sie dort eher zu klarem
Verstand käme.

»Neil und Rick meinen, dass man ihm vertrauen könne.«

»Diese Idioten.«

* * *

Sie war ihnen entwischt.

Reed rannte ihr hinterher, während Rick schon ins Auto
sprang. Sie kamen nicht einmal zwei Blöcke weiter, als sie schon
in der Menschenmenge verschwunden war.

Rick fuhr auf der stark befahrenen Straße langsam mit
offenem Fenster neben den geparkten Autos. »Siehst du was?«,
rief er.

»Nein.« Reed legte die Hände auf den Kopf und drehte sich
um die eigene Achse.

»War das diese Sasha?«

»Nein.«

Die Autos wollten an Rick vorbeifahren, hinter ihm wurde
gehupt und geflucht.

Schließlich gab Reed auf und stieg ein.

Ein paarmal fuhren sie noch um den Block.

»Das bedeutet also tatsächlich, dass Sasha uns zu dieser
Frau führen will.«

»Einer Frau, die nun unsere Gesichter kennt.«

Rick trommelte aufs Lenkrad. »Ich glaube, darum geht es
gar nicht. Eher darum, dass wir jetzt wissen, wie *sie* aussieht.«

»Und wenn sie so tut, als wäre sie eine Klientin von Alliance,
um an Insiderinformationen zu kommen …«

»Ganz genau«, meinte Rick. »Das habe ich mir auch
gedacht.«

»Das heißt, entweder will Sasha sie nicht als Konkurrentin haben oder …«

»Oder sie hilft uns.«

»Und wenn das der Fall ist, dann ist *das* die Frau, nach der wir gestern eigentlich hätten Ausschau halten müssen.«

Fluchend wendete Rick, obwohl das an dieser Stelle nicht erlaubt war, und fuhr zurück zum Hotel Beverly Wilshire.

Sie übergaben das Auto dem Parkservice und trennten sich in der Lobby.

»Du behältst die Aufzüge im Auge, ich gehe in die Tiefgarage.«

Reed blieb an der Wand stehen. Immer, wenn der Lift klingelte, beschleunigte sich sein Puls.

Nach zehn Minuten kam eine Textnachricht von Rick.

Nicht in der Tiefgarage. Jetzt suchen wir in den anderen Räumen.

Als die Zeiger seiner Armbanduhr immer weiter wanderten, wurde Reed allmählich klar, dass sie sie verpasst hatten.

Sein Handy klingelte.

Eine unbekannte Nummer.

»Hier ist Reed.«

»Sie ist längst weg.«

»Sasha.« Er drehte sich im Kreis, sah zu den Leuten in der Lobby. »Wer ist diese Frau?«

»Das ist nicht relevant. Ihr wisst jetzt, wie sie aussieht. Sie wird nicht zurückkommen.«

»Warum helfen Sie uns?«

»Sieh es als beruflichen Gefallen.«

»Einen, für den Sie im Gegenzug irgendwann mal etwas von uns wollen?« Er wusste, wie das funktionierte.

»Du bist klug. Jetzt entferne bitte diesen Neandertaler aus dem Hotel. Es sind noch mehr Leute im Spiel, als ihr wisst und das arme Mädel muss ja nicht gleich sterben, bloß weil sie ihren Job nicht erfüllt.«

»Was zum Teufel …«

Aufgelegt.

Reed ging nach draußen und suchte nach Sasha. Dann rief er Rick an. »Sie ist weg.«

»Hast du sie gesehen?«

»Nein. Treffen wir uns am Auto.«

Später, als sie wieder in dem Haus in Tarzana saßen und endlich den dringend benötigten Kaffee tranken, war Rick äußerst fröhlich.

»Warum bist du so gut gelaunt? Wir haben sie verloren. Beide Frauen.«

»Ich mag Effizienz. Und diese Sasha ist effizient und hat Integrität.«

»Das wissen wir doch gar nicht.«

»Doch. Du hast doch selbst gesagt, sie wäre nicht so dumm, die Kreditkarte in einer Bar oder einem Café zu verwenden. Sasha hat verhindert, dass Sam zu viel über Alliance verrät und dass jemand von außen eindringt, um Insiderinformationen zu erhalten und damit andere zu erpressen.«

»Oder Lori zu ruinieren«, ergänzte Reed.

»Ich glaube nicht, dass deine Sasha für oder mit Petrov arbeitet.«

»Ich bezweifle das mittlerweile auch.«

»Und trotzdem hat sie genügend Informationen, um uns zu erpressen.«

»Was sie nicht macht. Aber warum? Wer weiß, vielleicht wartet sie, um diese Informationen irgendwann zu verwenden, wenn sie es braucht?«, überlegte Reed laut.

»Wer hat etwas davon, wenn er bei Alliance eindringt?«, fragte Rick.

»Diese Frage können Sam und Lori vielleicht besser beantworten. Sie haben die Klientenliste.«

Als die Mikrowelle klingelte, stand Rick auf und holte die aufgewärmte Pizza. Er stellte sie auf den Tisch und legte Servietten dazu.

»Verrätst du uns jetzt endlich, für wen du arbeitest?«

Reed nahm sich in aller Seelenruhe ein Stück und wickelte genüsslich den geschmolzenen Käse um den Finger. »Du bist doch ein cleveres Bürschchen. Wer hat denn gewonnen, als Paul und Shannon geheiratet haben?«

»Paul. Und auf lange Frist gesehen auch Shannon.«

Reed biss in die Pizza. »Und wer hat verloren?«

»Senatorin Knight.« Jetzt verlor Rick sein immerwährendes Lächeln. Nachdenklich kaute er weiter. »Ich hasse Politik.«

»Sie wird einen anderen Privatdetektiv engagieren.«

Rick aß sein Stück mit wenigen Bissen und murmelte kauend: »Bis es soweit ist, werden die Mädels einen Weg finden, wie sie das, was die Knight herausfindet, irrelevant machen können.«

»Die Mädels?«

»Die Frauen von Alliance.«

»Lori und Sam?«

Rick gluckste und schluckte hinunter. »Klar«, sagte er.

* * *

Er wusste, dass sie ihn weder sehen noch hören wollte. Was aber nicht bedeutete, dass er nicht wenigstens einen kurzen Blick von ihr erhaschen konnte.

Nachdem er von Tarzana losgefahren war, machte er einen Umweg zu Loris Apartmenthaus und parkte ein Stück entfernt davon. Er war keine fünf Minuten da, als schon sein Handy klingelte.

»Ich muss sie einfach sehen«, sagte er, ohne zu gucken, wer anrief.

»Schau dir ein Foto von ihr an.« Es war Neil.

Er legte auf.

Fünf Minuten später klingelte es wieder.

»Lass mich in Ruhe.«

»Hör mal, du Stalker.« Jetzt war Rick dran. »Indem du ihr hinterherspionierst, kriegst du sie auch nicht zurück.«

»Ich fahre, sobald ich sie gesehen habe.«

»Du scheinst ganz schön verknallt zu sein.«

Reed stellte das Handy auf lautlos und warf es auf den Beifahrersitz.

Als ihr Auto beim Parkservice erschien, sprang Cooper, der gefahren war, heraus und blickte direkt in seine Richtung.

Und was willst du jetzt machen?

Im Gegensatz zu Cooper merkte Lori nicht, dass er etwas entfernt von ihr dastand und sie beobachtete.

Sie holte ihre Tasche aus dem Kofferraum und eine Kiste. Anscheinend hatte sie sich Arbeit mitgenommen. Der Portier half ihr.

Wenn er sich bemühte, konnte er ihren Duft einatmen.

Sie schmecken, wenn er die Augen schloss.

Sie ging ins Haus und ließ Reed mit einem Prickeln auf der Haut zurück, als hätte sie ihn berührt.

KAPITEL 33

»Ich hab es noch nicht.«

Petrov spielte mit einer kolumbianischen Zigarre.

»Das ist nicht die richtige Antwort«, sagte er in das Mikrofon des Telefons.

»Ich brauche mehr Zeit.«

»Du hast aber keine Zeit mehr.«

»Die Informationen über Alliance kommen aber doch alle von mir. Nur durch mich wissen Sie von dieser Anwältin!«

»Du meinst die Anwältin, die von lauter Sicherheitsleuten und Kameras umgeben ist. Die Anwältin, die es geschafft hat, in weniger als einer Woche eine Lücke nach der anderen zu schließen. Sie ist kein so leichtes Ziel, wie du behauptet hast.« Die Zigarre zerbrach zwischen seinen Fingern.

»Geben Sie mir noch eine Woche.«

»Belinda, weißt du, was ich mit Leuten mache, die mich enttäuschen?«

»Für so etwas braucht man mehr Zeit.«

»Du kriegst noch vier Tage.«

»Petrov …«

»Vier Tage.« Er legte auf und rief nach einem seiner Männer.

»Sie ist nutzlos. Beseitigt sie in drei Tagen oder früher, sobald sie den Kontakt hergestellt hat.«

Ein halbes Nicken, dann verließ der Leibwächter das Zimmer.

Petrov blickte auf die zerbrochene Zigarre in seiner Hand und zerbröselte sie mit der Faust.

* * *

Die ganze Woche steckte sie bis über beide Ohren in Arbeit. Sie machte spät Schluss, surfte noch nicht mal im Internet. Aber am Freitagabend wusste sie plötzlich nicht mehr, was sie noch tun sollte. Ihr fiel nichts ein, was ihr die Zeit vertreiben würde. So kam es, dass Lori – nachdem Sam ihr gut zugeredet hatte – mit Avery, Shannon und Cooper in den Privatjet der Harrisons stieg und für das Wochenende nach Texas flog. Trina holte sie am Flughafen ab.

Der Herbst hatte endlich Einzug gehalten, was das Klima in Texas etwas erträglicher machte.

Lori umarmte Trina zur Begrüßung. »Es wäre ja schon einfacher gewesen, wenn du zu uns gekommen wärst.«

»Aber nicht besser«, entgegnete Trina.

Auch Shannon umarmte die Freundin. »Du siehst super aus.«

»Texas bekommt mir. Wer hätte das gedacht?«

»Meine Damen?« Cooper lief neben ihnen, Trinas Leibwächter ging vorneweg.

Sie setzten sich in dem Kleinbus nach hinten und begannen, noch bevor sie losfuhren, zu plaudern.

»Wie läuft es mit dem Erdölgeschäft?«, erkundigte sich Shannon.

»Es gibt so viel zu lernen. Wie früher in der Schule, nur bekomme ich keine Noten.«

»Und die Cowboys?« War ja klar, dass Avery nach den Männern fragte.

»Die gibt es hier wie Sand am Meer.«

Avery veranstaltete einen kleinen Sitztanz.

Shannon lachte.

»Hör mir bloß mit den Männern auf«, verlangte Lori.

Cooper hatte das Gepäck verstaut und nahm auf der Beifahrerseite Platz.

»Ich hasse alles, was einen Penis hat.«

Carl, der am Steuer saß und nun das Flughafengelände verließ, räusperte sich.

»Das trifft natürlich nicht auf Anwesende zu«, erklärte Shannon.

»Wir haben kein Wort gehört, Ma'am.«

»Wie gehts dir mit dieser Sache?« Mit dem Wörtchen »Sache« meinte Trina das Fiasko rund um Reed.

»Reed ist eine Arschgeige«, verkündete Avery.

Trina schüttelte den Kopf. »Ich verstehe das nicht.«

»Man kann sich die Tatsachen nicht schönreden. Reed hat sich mit Absicht bei uns eingeschleust und geheime Informationen gesammelt, um sie gegen uns zu verwenden.«

Trina drehte sich mit besorgtem Gesichtsausdruck zu Avery.

»Schau nicht mich an. Sie guckt sich wahrscheinlich zu oft *Mission Impossible* an.«

»Sehe ich das etwa falsch?«, fragte Lori.

Shannon lehnte sich vom hintersten Sitz zu den anderen vor. »Aber er hat die Information nicht *verwendet*.«

»Verteidigst du ihn etwa auch noch? Du warst seine Zielperson.«

»Ich verteidige niemanden. Ich weise lediglich auf die Tatsachen hin. Du bist Rechtsanwältin, Tatsachen und Fakten sind doch genau dein Ding.«

»Und was ist mit der Tatsache, dass er mit mir geschlafen hat, um Informationen zu bekommen?«

Schweigen im Auto.

Trina, die sich bislang nicht daran beteiligt hatte, über Reed herzuziehen, meinte nun: »Er hat die Information tatsächlich nicht verwendet.«

»Aber darum geht es nicht!«, echauffierte sich Lori. »Auf welcher Seite bist du eigentlich?«

»Auf deiner«, sagte Trina schnell.

»Es zählt nur der First Wives Club«, zirpte Avery.

»Mädels-Power«, war Shannons Antwort.

Sie schwiegen wieder.

Dann meldete sich Cooper vom Beifahrersitz: »Also, ich wollte mal die Telefonnummer von einem Mädel rausbekommen und habe dafür ihre beste Freundin geküsst.«

»Und dann?«, fragte Carl.

»War ich mit der besten Freundin zusammen.«

Lori rollte mit den Augen. »Alle Männer sind Verräter.«

* * *

»Mir gefällt es nicht, dass es so ruhig ist.«

Reed musste zweimal gucken, weil er kaum glaubte, wer das gerade gesagt hatte.

Aber es war tatsächlich Neil.

»Sagt der Mann der tausend Worte«, scherzte Rick.

»Er heckt irgendwas aus.«

»Das waren jetzt schon zwei Sätze in weniger als einer Minute. Gehts dir nicht gut?«, fragte Reed mit ironischem Unterton.

Neil brachte ihn mit einem Blick zum Schweigen.

»Wir könnten jemanden zu ihm schicken.«

»Jemanden, der lieber sterben will? Petrov hält sich an keine Spielregeln«, meinte Reed.

»Da hat er recht, Neil.«

»Das heißt, wir bleiben hier tatenlos sitzen?«

»Loris spontane Wochenendreise könnte eine von vielen sein, um sich aus der Gefahrenzone zu entfernen.«

Reed blickte interessiert auf. »Wo … äh, wo ist sie hingefahren?« Gott, wie er es hasste, dass er nichts von ihrem Leben wusste.

Neil und Rick wechselten Blicke.

»Ja, schon gut. Wie geht es ihr?«

Wieder nur Körpersprache.

»Gibt es Neuigkeiten von Sasha?«, fragte Rick.

»Die Frau ist wie ein Nebel. Man fühlt sie in der Luft, aber man sieht sie nicht.« Und dass selbst Neils Leute trotz aller Kontakte und technischer Ausrüstung nicht in der Lage waren, Sasha zu finden, war für Reed nur ein schwacher Trost. Er wusste, dass sich die Männer nur deshalb mit ihm abgaben, weil Sasha die Möglichkeit hatte, ihn zu kontaktieren. »Auf eines kann man sich bei ihr verlassen. Sie ist der Nagel in Petrovs Rüstung. Wenn er von ihr erfährt, wird er sie entweder zu seinen Zwecken nutzen oder sie auslöschen.«

»Glaubst du, sie hat was gegen Petrov in der Hand?«, fragte Rick.

»Da bin ich mir nicht sicher, aber ich könnte mir gut vorstellen, dass sie die Informationen hat, die *er* braucht.«

Und egal was Reed von Sasha hielt, sie hatte es zumindest nicht verdient, zu sterben.

»Wahrscheinlich weiß sie das.«

»Deshalb auch dieser Nebel«, sagte Reed. »Obwohl ich sie unbedingt finden will, habe ich gleichzeitig Angst, dass das Petrov zu ihr führen würde. Mein Karma könnte es nicht verkraften, wenn mich noch eine weitere Frau hasst.«

Er war sich ziemlich sicher, dass Neil gerade den Anflug eines klitzekleinen Lächelns zeigte.

Es währte nur kurz.

Rick blickte auf seine Armbanduhr. »Musst du nicht gehen?«, fragte er Neil.

Dieser blickte auf die Uhr im Flur, murmelte etwas und rannte aus dem Haus.

»Da macht ihm wohl wer Feuer unter dem Hintern, was?«, fragte Reed.

»Seine Tochter hat heute Nachmittag eine Ballett-aufführung.« Rick deutete mit der Hand eine Höhe von einem knappen Meter über dem Boden an. »Süß. Gwen würde ihm die Hölle heiß machen, wenn er das verpasst.«

»Gwen?«, fragte Reed.

»Das ist seine Frau.« Rick stand auf. »Da muss ich übrigens gleich an meine denken. Und auch wenn deine Gesellschaft vielleicht ganz nett sein mag, so muss ich doch sagen, dass es da noch eine Person gibt, die viel hübscher ist und die dringend meine Zuneigung braucht.«

Reed war überrascht, dass ihn die beiden in dem Haus allein ließen. Selbst wenn alle Räume verkabelt waren und ihn irgendwer von irgendwo beobachtete. Bisher war er nur in den unteren Räumen gewesen. Jetzt nahm er sich die Zeit, sich oben umzublicken. Dort gab es ein Arbeitszimmer und zwei Schlafzimmer.

Im Flur hingen Schwarz-Weiß-Fotos. Er erkannte Sam auf einem. Ein Hochzeitsfoto. Auf einem anderen war sie wieder mit demselben Mann zu sehen. »Du bist also Blake«, sagte er zu dem Foto. Auf einem Bild war ein Schäferhund zwischen den vielen Fotos mit Menschen. Auf einem anderen erkannte er den früheren Gouverneur und seine Frau. Auch Neil war nicht zu übersehen. Aber diesen besonderen Gesichtsausdruck hatte Reed noch nie live bei ihm gesehen. Neben ihm stand eine

Blondine, die auch auf den Laufsteg gepasst hätte. »Respekt, Neil.«

Noch weitere Paare hingen an der Wand und ein paar Gruppenfotos. Reed entdeckte nun auch den Grund für Ricks schnelle Abreise.

Im Schlafzimmer hingen bunte Fotos, auf denen Kinder zu sehen waren. Ein paar von ihnen waren schon Teenager, andere noch kleine Babys. Sie konnten nicht von einer einzigen Familie sein. Dafür sahen die Gesichter zu unterschiedlich aus. Nein, es musste eine Sammlung von Freunden sein.

Reed setzte sich auf die Bettkante und versuchte herauszufinden, welches Kind zu wem gehörte. Wie bei den alten Postern, auf denen 3D-Bilder versteckt waren, begann alles zu verschwimmen, während er sich vorstellte, wie Loris Kinder einmal aussehen würden.

Dann wachte er auf.

Er rieb sich die müden Augen und machte sich auf den Heimweg. Bevor er ausstieg, rief er jemanden an, der ihn nicht zur Schnecke machen würde. Jemand, der ihm einen guten Rat geben konnte.

»Hallo.«

»Becca?«

»Das gibts doch nicht. Mein Bruder ruft an? Du rufst doch sonst nie an.« Seine Schwester redete, wie so oft, so schnell, dass er fast Zuckungen bekam. »Moment mal, ist alles in Ordnung? Du bist doch nicht krank, oder?«

»Mann, du klingst fast wie Mom.«

»Ist was mit Mom?«

»Kann ich nicht einfach nur anrufen, um Hallo zu sagen?«

Becca zögerte. »Nein. Außer, du hast dich stark verändert.«

Seine Schwester kannte ihn zu gut. »Ich brauche einen Rat.«

»O Gott, du bist also doch krank.«

»Ich bin nicht krank. Jetzt sei nicht so paranoid. Du bist meine ältere Schwester, ich brauche den Rat einer Frau. Mom würde mir sagen, dass ich perfekt bin. Aber wenn jemand weiß, dass ich das nicht bin, dann du.«

»Oha! Warte mal kurz.« Seine Schwester hielt das Telefon weg, er hörte die piepsige Stimme seines Neffen. »Nein, Schatz, es ist Onkel Reed. Hilf mal deiner kleinen Schwester, die Knete aufzuräumen. Bin wieder da, entschuldige.«

»Wie geht es den Kindern?«

»Super. Was du auch wissen würdest, wenn du ab und zu mal zu Besuch kämst.«

»Ich bin gerade keine gute Gesellschaft.«

»Aber sonst schon, was?«, scherzte sie. »Also, es geht um eine Frau?«

Reed erzählte von seiner gerade nicht vorhandenen Beziehung zu Lori und ließ dabei die unschönen Einzelheiten weg. Als ihm nichts weiter einfiel, sagte er als Letztes: »Und ich will sie zurück.«

Becca schwieg erst mal. Dann lachte sie. »Wow. Man kann es sich entweder verscherzen oder man kann das machen, was du gemacht hast.«

»Becca.«

»Schon gut, schon gut. Du musst die Karten neu mischen. Das heißt, du brauchst ihre Freunde auf deiner Seite, sonst erreichst du gar nichts.«

»Was ist mit ihrem Bruder?«

»Ach komm, wenn das jemand mir antun würde, wärest du der Erste, der den Mann auf dem Times Square aufhängt und steinigen lässt.«

Wieder fiel ihm Averys Drohung mit den Feuerameisen ein.

»Also gut, ihre Freundinnen.«

»Und wenn sie dir fünf Minuten gibt, dann musst du genau wissen, was du sagst. Sie klingt nicht wie eine, die dir eine zweite

Chance geben würde. Du hast nur einen einzigen Versuch. Das heißt, du musst genau wissen, was du sagst, damit sie bleibt und dich anhört.«

Das konnte er vielleicht hinbekommen. »Stimmt. Du hast recht.«

»Und noch was.«

»Was?«, fragte er.

»Blumen welken, Schokolade macht fett. Schmuck aber ist die Geste des reichen Mannes.«

»Ich bin kein reicher Mann.«

»Dann bedeutet es ja umso mehr. Entweder findet sie es gut oder ganz und gar nicht. Das siehst du dann schon.«

Reed grinste bei der Vorstellung, wie seine pragmatische Schwester in einem Kinderzimmer voller Spielknete und Keksen saß, während sie ihm kluge Ratschläge erteilte.

»Ich hab dich lieb, Becca.«

»Ich dich auch, Kleiner. Viel Glück.«

KAPITEL 34

Reed ging ans Telefon, ohne einen Blick auf die Nummer zu werfen. »Jetzt schuldest du mir gleich einen weiteren Gefallen, Reed.«

Die Gabel blieb auf dem halben Weg zum Mund stehen. »Was zum ...«

»Sie haben eine Geisel. Im Lagerhaus.« Sasha nannte eine Adresse, während er fieberhaft nach einem Stift suchte. Er schrieb auf seine Hand.

»Wen haben sie, etwa Lori?«

»Ihren Bruder. Den ihr alle überschätzt habt, weil ihr gedacht habt, dass er auf sich selbst aufpassen könnte.« Dem kurzen Moment der Erleichterung folgte Panik.

»Warum Danny? Er weiß doch gar nichts.«

»Er wird als Hebel benutzt. Verzweifelte Menschen tun verzweifelte Dinge. Beeil dich. Petrovs Männer sind schon auf dem Weg zu der Frau, die ihn festhält. Für Petrovs Leute ist er nur Nebensache, den erschießen sie, ohne mit der Wimper zu zucken. Bring Verstärkung. Ich würde für einen Job niemanden umbringen, das geht einen Schritt zu weit.«

355

»Wie viele Männer sind es?«

»Sie hat zwei und ich weiß, dass Petrov drei hat. Und diese Jungs essen wohl nichts außer Fleisch.«

»Halten Sie sich von ihnen fern.«

»Wie süß, du machst dir Sorgen um mich?«

Statt einer Antwort legte er auf.

Er ging zu der schlecht versteckten Kamera im Lüftungsschacht seiner Wohnung, starrte hinein und nannte die Adresse. »Keine Ahnung, wie gut ihr seid, aber jetzt könnt ihr zeigen, was ihr draufhabt. Sie haben Danny als Geisel.«

Schon war Reed fort.

Sein Telefon klingelte bereits, als er den Motor startete.

»Erzähl mir alles.«

»Sasha hat mir den Hinweis gegeben. Sie haben Danny.«

»Wer?«, fragte Neil.

»Wahrscheinlich die Frau, die Sam getroffen hat. Sie hat noch zwei Leute dabei. Und mindestens drei kommen, die wiederum hinter ihr her sind.«

»Und Danny?«, fragte Neil.

»Sie will, dass er am Leben bleibt, aber den anderen wird es egal sein, sobald die ersten Kugeln fliegen.«

»Wir sind auf dem Weg. Du hältst dich zurück.«

»Auf gar keinen Fall.« Wenn Loris Bruder etwas geschehen würde …

»Reed!«

»Du kannst sagen, was du willst.«

»Na gut, aber halt dich in Deckung.«

* * *

Lori und die anderen fühlten sich nach dem dreistündigen Flug wie durchgekocht. Aber das Wochenende war genau das gewesen, was sie gebraucht hatte. Freundinnen und gute Gespräche. Es hatte ihr dabei geholfen, auf andere Gedanken zu kommen.

Sie unterhielten sich gerade über die besten Serien auf Netflix, als Cooper nach einem kurzen Telefonat die Autobahn verließ.

Lori fiel es erst nicht auf. Sie hörte gerade Avery zu, die von einem Thriller schwärmte, der in den Zwanzigerjahren spielte und in dem es eine vierte Dimension gab.

»Der Typ lebt in den Wänden?«, fragte Shannon, die nichts kapierte.

»Nein, er lebt in einer anderen Dimension, die parallel zu unserer Welt verläuft. Aber es funktioniert so, dass er durch die Wände in die Welt vordringen kann.«

Nun merkte Lori, dass sie auf eine andere Autobahn auffuhren, und fragte sich, warum. »Bringen wir erst Shannon nach Hause?« Selbst wenn, war es trotzdem die falsche Richtung.

»Planänderung.« Cooper blickte in den Rückspiegel.

Lori folgte seinem Blick und bemerkte ein Auto, das dicht hinter ihnen fuhr.

»Werden wir verfolgt?«

»Sie gehören zu uns.«

Jetzt drehten sich auch Shannon und Avery um, um zu sehen, wovon geredet wurde.

»Warum?«

»Es hat einen Vorfall gegeben.«

Lori bekam eine Gänsehaut. »Was für einen Vorfall?«

»Ich weiß keine Einzelheiten. Ich bringe Sie erst mal in das Haus.«

»Was ist los?«, fragte Avery.

In Tarzana fuhren sie in die Garage des Hauses, in dem Lori in den ersten Jahren von Alliance so oft gewesen war. Viele

Angestellte hatten schon in diesem Haus gelebt. Von außen war es relativ unauffällig, aber es war mit allen möglichen Beobachtungskameras, Bewegungsmeldern und sonstigem Sicherheitsequipment ausgerüstet.

Cooper ging voran, stellte den Alarm aus und winkte sie hinein.

Ein Sichtschutz an den Fenstern verhinderte, dass man von draußen hineinsehen konnte. Die alten Fenster waren durch neue mit kugelsicherem Glas ersetzt worden. Das Haus war ein Projekt von Neil und seinem Team. Sie hatten es renoviert, die Wände mit Metall verstärkt, damit sie kugelsicher waren. In den letzten Jahren hatte es so viele Vorfälle gegeben, auch wenn es im Haus selbst nie zu einer Schießerei gekommen war, dass solche Sicherheitsvorkehrungen getroffen worden waren.

Cooper rannte die Treppe nach oben.

»Was ist los, Lori?«, fragte Avery wieder.

»Ich weiß es nicht.« Sie hatte ein schlechtes Gefühl.

»Was ist das hier für ein Haus?«

»Das ist der ursprüngliche Hauptsitz von Alliance. Sam hatte hier gewohnt, bevor sie Blake geheiratet hat. Eliza auch und Gwen, die Frau von Neil. Die meisten Angestellten haben hier mal zu irgendeinem Zeitpunkt gewohnt.«

Cooper polterte die Stufen wieder herunter. Er hatte ein großes, sehr bedrohlich aussehendes Gewehr dabei.

Avery ließ sich vor Schock aufs Sofa fallen. Shannon legte ihr beruhigend eine Hand auf die Schulter.

In Loris Hinterkopf läutete etwas.

»Lori, ist das dein Telefon?«

Sie besann sich und suchte in ihrer Tasche.

»Hallo?«

»Miss Cumberland.« Eine Stimme, die sie nicht kannte.

»Wer ist da dran?« Nach dieser Frage schauten alle zu ihr.

»Ich habe hier jemanden, der mit Ihnen sprechen möchte.«

Ihr wich die Luft aus der Lunge.

»Sag mal hallo …«

»Leck mich.«

»Danny?« Als sie die matte Stimme ihres Bruders hörte, gefror ihr das Blut in den Adern.

Sie hörte einen dumpfen Schlag.

»Danny!«

Cooper stellte sich neben sie. Er deutete ihr an, das Telefon so zu halten, dass er mithören konnte.

»Ja, ja. Ich habe Ihren kleinen Bruder. Das mit seiner Nase tut mir sehr leid.«

»Was wollen Sie?«

»Sie sind kooperativ, perfekt. Alles, was ich will, ist die Kopie von dem unterschriebenen Vertrag von letzter Woche, den Samantha vergessen hat, mir zu geben.«

»Ein Stück Papier.«

»Na ja und vielleicht auch noch eine Kopie von den Unterlagen von Katrina Petrov. Das wäre supi. Ich könnte mir vorstellen, dass nach diesem einen kleinen Mausklick das Gesicht ihres Bruders verschont bleibt.«

»Ich bin nicht in der Kanzlei.«

»Na los, fahren Sie schnell hin. Ich melde mich in genau dreißig Minuten.«

Dann war die Leitung tot.

Lori nahm ihre Handtasche, wollte sich Richtung Garage aufmachen.

Cooper hielt sie auf. »Wo wollen Sie hin?«

»In die Kanzlei. Ich muss in die Kanzlei.«

Er legte ihr beide Hände auf die Schultern. »Nein, Lori. Sie laufen in eine Falle.«

»Sie haben Danny.« Ihre Augen waren vor Schreck geweitet, ihr Gehirn nicht mehr in der Lage, einen vernünftigen Gedanken zu fassen.

»Und Danny ist dort, bis wir ihn herausholen. Nicht Sie.«

»Was sagen Sie da?« Sie versuchte ihm auszuweichen.

Jetzt stellte sich Avery vor sie. »Hey, Madame *Mission Impossible*. Schalte mal deinen Rechtsanwaltsverstand ein.«

Von draußen schienen Scheinwerfer herein. Ein Auto war in die Einfahrt gebogen.

Shannon ging zum Fenster und zog die Jalousien auseinander. »Sam kommt.«

Als Sam in der Tür erschien, rannte Lori um die anderen herum zu ihr.

»Sie haben Danny!«

Sam fasste Loris Gesicht mit beiden Händen. »Es ist schon jemand dort.«

Lori sah ihren Bruder vor sich, wie er lachte und Witze über ihre Truthahnstory an Thanksgiving machte. Ihr traten Tränen in die Augen. »Wie kann das sein?«

Sam zog Lori auf die Couch. »Reed hat einen Anruf bekommen.«

»Reed? Aber was hat er denn damit zu tun …«

»Neil und Rick sind auf dem Weg, Danny herauszuholen.«

»Das ist alles so schrecklich«, weinte sie.

Sam blickte auf. »Shannon, könntest du uns Kaffee machen? Avery, im Kühlschrank ist was zu essen.«

Beide verstanden sofort.

Sam rückte näher zu Lori. »Neil und Rick werden Danny herausholen.«

»Bist du sicher?«

»Sie haben noch nie versagt.«

»Und Reed … Wo ist er?«

Sam schwieg.

»Sam?«

»Er ist auch da, Lori. Er ist auf unserer Seite.«

Lori blickte zu Cooper, der am Fenster stand, das Gewehr baumelte an seiner Seite.

Oh Gott, bitte lass sie leben.

KAPITEL 35

Er sprang aus dem Jeep und rannte los.

Zwischen einer Kartonagenfabrik und dem Lager eines Modelabels lag das Depot einer Gartenbaufirma, in dem sich laut Sashas Angaben Danny befand. Es war Sonntag und am Wochenende wurde hier, weil sich die Gewerkschaften dafür eingesetzt hatten, nicht gearbeitet. Nur vereinzelt standen ein paar Autos herum, sonst war niemand da.

Reed fühlte wieder diesen Nebel von Sashas Nähe.

Er versuchte, in Deckung zu bleiben, während er von einem Gebäude zum nächsten huschte. Das Gartenbaulager war ein zweistöckiges Gebäude, das nur wenige Fenster unter dem Dachvorsprung hatte. Sie waren zu weit oben, man konnte nicht durch sie hindurchklettern.

Er ließ die Blicke über die Dächer schweifen, sah keine Bewegung.

Die große Lagertür stand ein paar Zentimeter offen. Hier hätte er, wäre er der Übeltäter gewesen, irgendwo einen Wachtposten positioniert. Deshalb suchte Reed nach einer anderen Möglichkeit. Die Nordseite des Gebäudes sah besser aus.

Er holte zwei kleine Haken aus der Geldbörse. Als das Schloss mit einem Klicken aufging, klang es wie das Entsichern einer Waffe. Er verharrte, hoffte, dass das Geräusch ihn nicht verraten hatte.

Ruhig weiteratmen.

Von drinnen hörte er Stimmen.

»Sag mal hallo …«

»Leck mich«, war Dannys Antwort.

Reed blickte an einer Palette vorbei, auf der Kisten mit Glasvasen standen. Dahinter sah er die Frau aus dem Starbucks. Sie stand vor Danny, der an einen Stuhl gefesselt war. Zwei Männer, die ungefähr die Größe zweier Babyelefanten hatten, standen daneben.

»Ja, ja … Ich habe Ihren kleinen Bruder. Das mit seiner Nase tut mir sehr leid.« Er hörte den britischen Akzent der Frau. Als ihm klar wurde, dass sie mit Lori sprach, rutschte ihm das Herz in die Hose.

Es kostete ihn große Überwindung, dass er nicht die Pistole auf die Frau richtete und abdrückte.

Er huschte zur nächsten Palettenreihe, spähte zum Gang bei den Fenstern. Sasha hatte gesagt, dass von Petrov noch drei Männer kämen.

Wo seid ihr?

»Sie sind kooperativ, perfekt. Alles, was ich will, ist die Kopie von dem unterschriebenen Vertrag von letzter Woche, den Samantha vergessen hat, mir zu geben.«

Als die Frau einen Schritt zurücktrat, hatte er den Blick frei auf Danny. Nur ein Auge war geöffnet, das andere zugeschwollen. Und die Nase musste ihm auch Schmerzen bereiten, so wie sie aussah.

»Na ja und vielleicht auch noch eine Kopie von den Unterlagen von Katrina Petrov. Das wäre supi. Ja, ich könnte mir vorstellen, dass nach diesem einen kleinen Mausklick das Gesicht ihres Bruders verschont bleibt.«

Die Frau war offensichtlich selbst in Bedrängnis.

»Na los, fahren Sie schnell hin. Ich melde mich in genau dreißig Minuten.«

Er nahm eine Bewegung am anderen Ende des Gebäudes wahr.

Scheiße.

Er versuchte, sich gegen die gestapelten Kisten zu drücken, doch dadurch bewegte er sie. Die Glasvasen klirrten.

Plötzlich war es ganz still.

Die Frau nickte in seine Richtung.

Reed wollte verschwinden, hielt jedoch mitten in der Bewegung inne. Er fühlte eine kalte Pistole an der Schläfe und ließ seine Waffe fallen.

»Beweg dich, du Arschloch.«

Zwei Dinge kamen ihm in den Sinn. Erstens, dass der Mann mit der Waffe nur um des Geldes willen dabei war, sonst wäre Reed schon tot gewesen. Und zweitens, dass Sasha nicht recht hatte, denn die vermeintliche neue Alliance-Klientin hatte mehr als zwei Männer dabei. Jetzt war nur noch die Frage, wo sich Petrovs Leute versteckten?

Der Mann mit der Knarre hatte eine genähte Lippenspalte und anscheinend hatte der Chirurg damals schlecht gesehen. Reed bekam einen Tritt in den Rücken, taumelte, dann war Dannys blutiges Gesicht direkt vor ihm. Wie auch die beiden anderen Männer und die nervöse Frau mit der Knarre.

»Schau an, wen haben wir denn da?«

»Reed?« Danny konnte wohl kaum scharf sehen, sein Blick war unstet.

»Wie süß. Du willst ihren kleinen Bruder retten.«

»Hexe.« Sobald Danny das Wort über die Lippen gekommen war, bekam er schon einen Hieb ins Gesicht.

Der Typ mit der Lippenspalte zuckte noch nicht einmal zusammen, als Blut auf seinen schicken Dreiteiler spritzte.

»Lass ihn frei«, forderte Reed.

»Warum sollte ich?«

»Es reicht doch eine Geisel.« Danny würde die bevorstehende Schießerei nur überleben, wenn er freikam.

»Doppelt genäht hält besser.«

Die Frau gab dem Mann neben Danny ein Zeichen und zusammen mit dem Typ mit der Lippenspalte packte er Reeds Hände.

Wenn man ihn jetzt fesselte, war er zum Tode verurteilt. Aber er war noch lange nicht bereit zu sterben.

Aus den Tiefen seines Gedächtnisses kam das, was er in der Polizeiausbildung gelernt hatte, wieder zurück. Mit einem Schwung drehte er sich weg, brachte beide Hände nach vorn, wodurch die Waffe seines Gegners in die Luft flog. Er fing sie auf und warf sich auf den Mann. Im selben Moment fielen die ersten Schüsse.

Der Mann neben ihm wurde nach hinten geschleudert.

Reed hatte jetzt nur noch eine Sache im Sinn. Danny retten.

Dieser saß exponiert wie eine Zielscheibe am Jahrmarktsschießstand. Und irgendwer würde treffen und seinen Preis dafür erhalten.

Loris Bruder war in seinem Delirium geistesgegenwärtig genug, um sich zusammen mit dem Stuhl, auf dem er gefesselt saß, auf den Boden zu werfen. Zwischen den Schüssen holte Reed die zweite Waffe, die er am Bein trug, und robbte zu Danny.

Eine Kugel traf und zersplitterte das Stuhlbein.

Gerade noch rechtzeitig rollte er sich nach links, als der Typ mit der genähten Lippe nach ihm trat. Ein Schuss fiel, noch bevor Reed seine Waffe abfeuern konnte. Als Reed aufblickte, sah er den Umriss einer Frau in eng anliegender schwarzer Kampfkleidung. Sie hauchte ihm vom Gang bei den Dachbalken einen Kuss zu.

Sasha.

Reed rollte sich aus der Schusslinie, richtete die Pistole auf die Brust seines Gegners und zuckte zusammen, als von hinten eine Kugel kam und den Mann traf.

Reed durchschnitt mit dem Taschenmesser eilig Dannys Fesseln. Dann zerrte er ihn hinter einen Stapel Kisten in Deckung. Danny war ohnmächtig, der Puls aber tastbar und kräftig. Wahrscheinlich hatte ihn der Aufprall, als der Stuhl auf den Boden fiel, schachmatt gesetzt.

Jetzt erst hatte Reed die Möglichkeit, nach oben zu sehen. Er erspähte zwei Männer, die vom Kopf bis zu den Zehen schwarz gekleidet waren.

Die Frau, die zuvor das Sagen gehabt hatte, lag mit offenen Augen in einer Blutlache. Tot.

Auch der Mann mit der Lippenspalte lag leblos am Boden. Die beiden anderen Männer, die Danny vorher verprügelt hatten, liefen zum Gebäudeeingang und feuerten immer noch Schüsse ab.

»Wir müssen hier weg«, versuchte Reed, Danny zu erklären.

Über ihnen wurde eine Kiste durchlöchert. Reed gab Danny eine leichte Ohrfeige. »Los, Junge, wach auf.«

Sein Kopf rollte zur Seite.

Reed griff unter Dannys Achseln, zog ihn hoch.

»Komm schon, wir müssen hier weg.«

Unter größter Kraftanstrengung brachte Reed ihn tatsächlich dazu, die Füße zu bewegen, obwohl Danny kaum ansprechbar war. Sie nahmen denselben Weg, den Reed gekommen war. Mittlerweile war auch die Schießerei dabei, sich von drinnen nach draußen zu verlagern. Zwei Männer in Anzügen gingen gerade rückwärts zum Haupttor, ihre Maschinengewehre ratterten.

Aus der Ferne ertönten Sirenen. Und schon flohen die Männer in den Anzügen wie Kakerlaken vor dem Sonnenlicht.

Als Reifen quietschten und die Schüsse aufhörten, sackte Reed draußen an der Wand des Gebäudes nieder. In seinem linken Arm verspürte er einen Schmerz. Sein Jackett wies ein perfektes Loch auf, etwas Warmes rann innen herunter. Er spannte den Bizeps an und fluchte. »Verdammte Scheiße.«

Plötzlich sah er aus dem Augenwinkel heraus eine Bewegung, jemand kam auf ihn zu und Danny lag bewusstlos neben ihm.

»Alles okay bei euch?« Der Mann trug eine Maske, die Stimme war durch eine darin integrierte Vorrichtung verzerrt, um die Identität des Sprechers zu verbergen.

Reed konnte es zwar nicht genau erkennen, doch der Statur des Mannes nach zu schließen, musste es Neil sein.

»Alles okay hier.«

Die Sirenen kamen näher.

»Los, verschwindet. Ich kümmere mich um die Polizei«, sagte Reed.

Der maskierte Mann winkte einem anderen. »Okay. Wir waren nie hier.«

Reed zeigte ihm den Daumen nach oben und schon waren sie verschwunden.

*** *** ***

Wie ein Tier in Gefangenschaft lief Lori im Zimmer auf und ab. Jede Minute kam ihr vor wie eine Stunde.

Als die dreißig Minuten vergangen waren, meinte sie, sie müsse explodieren.

Immer wieder blickte sie aufs Handy. Wenn es klingelte, dann würde sie der Frau, die ihren Bruder als Geisel festhielt, sagen müssen, dass sie die Papiere nicht bekäme. Aber nichts auf der Welt war es wert, dass ihr Bruder das Leben verlor.

Jetzt klingelte das Telefon. Alle zuckten zusammen.

Aber als Lori auf ihr Handy blickte, sah sie, dass es gar nicht ihres war.

»Hallo?« Sam war diejenige, die telefonierte.

Und nun stieß sie einen Seufzer aus, der klang, als würde man bei einer Kraftwerksturbine den Dampf ablassen. »Okay. Ja … mach ich.«

Sam hob das Kinn und begann zu lächeln. »Sie sind in Sicherheit.«

Avery berührte Loris Schulter.

Shannon sackte erleichtert zusammen.

»Reed ist bei Danny.«

»Wie geht es Danny?«

Sam lächelte weiter. »Sie sind am Leben.«

Was nicht hieß, dass sie nicht verletzt waren.

Lori nahm ihr Handy, sie wählte Reeds Nummer.

Mit den lauten Polizeisirenen im Hintergrund konnte sie ihn kaum verstehen.

»Lori?«

»Wie geht es Danny?« Sie wartete, dann schrie sie die Frage ein zweites Mal ins Telefon.

»Warte, ich kann dich nicht hören.«

Stimmen im Hintergrund.

»Sie bringen ihn ins Memorial-Krankenhaus. Aber es geht ihm gut, Lori. Du musst keine Angst haben.«

Er legte auf und Lori rannte zur Tür.

* * *

Reed klopfte auf die Tür des Krankenwagens, die gerade geschlossen worden war, nachdem man Danny eingeladen

368

hatte. Der Junge war übel zugerichtet. Aber immerhin hatte Danny ihn erkannt, was Reed die Zuversicht gab, dass er bald wieder auf die Beine käme.

Reeds Waffen und sein Ausweis lagen auf der Motorhaube des Polizeifahrzeugs.

An die zwanzig Fahrzeuge des Spezialeinsatzkommandos waren eingetroffen und sicher doppelt so viele Einsatzkräfte durchkämmten den Tatort.

Officer Chow nahm jedes Beweisstück einzeln hoch.

»Ehemaliger Polizist. Lizenz für das verdeckte Tragen von Waffen. Privatdetektiv, 38er Revolver.«

»Meine 9 mm ist noch irgendwo da drinnen«, erinnerte Reed ihn.

»Richtig. Und ich soll also glauben, dass Sie einen anonymen Anruf erhalten haben und daraufhin herkamen. Hier haben Sie den Bruder ihrer Freundin gefesselt vorgefunden, er wurde von einer Frau mit einer Waffe bedroht. Es handelt sich dabei um die Frau, die nun tot ist.«

»Der Bruder meiner Exfreundin. Und da waren noch mindestens drei Männer, die zu der Frau gehört haben.«

»Ja, der Mann, den Sie entwaffnet haben und der jetzt tot ist. Und zwei Männer sind geflohen.«

»Genau.«

»Und die anderen Leute?«

»Ich kann nur sagen, was ich gesehen habe. Es war wie in einem Film, alle hatten Anzüge an, waren schwer bewaffnet. Es gab eine Schießerei, die Frau wurde getroffen, da habe ich keine großen Fragen gestellt. Als ich Danny rausgebracht habe, waren schon die Sirenen zu hören, und alle sind wie Ratten davongelaufen.«

»Ich werde Ihre Aussage zu Protokoll nehmen müssen.«

»Ich kenne die Abläufe, Officer.«

»Und die hier wird vorerst konfisziert.« Er nahm Reeds Waffe.

»Damit wurde nicht geschossen.«

»Und mit der 9 mm?«

»Wenn kein anderer damit geschossen hat, dann ist sie auch nicht verwendet worden.«

Jetzt fiel der Blick des Polizisten auf Reeds Arm. »Sind Sie angeschossen worden?«

Da er den linken Arm kaum bewegen konnte, war das wohl der Fall. Als er die Jacke zur Seite schob, zuckte er vor Schmerz zusammen.

»Sie müssen auch ins Krankenhaus.«

Aber der Rettungswagen war schon fort. »Ich kann selbst fahren.«

Chow warf einen Blick über Reeds Schulter. »Ich glaube kaum. Außer sie haben noch irgendwo vier Ersatzreifen auf Lager.«

Erneut krümmte sich Reed, während er sich umdrehte. Irgendwer war wohl der Meinung gewesen, dass sein Wagen mit aufgeschlitzten Reifen und durchlöcherten Türen besser aussah.

Officer Chow rief einen anderen Polizisten, dann händigte er Reed seinen Ausweis wieder aus. Er sprach kurz mit seinem Kollegen und nickte zum Wagen. »Steigen Sie ein. Ich muss sowieso den anderen Zeugen befragen.«

* * *

»Miss Cumberland?«

Lori sprang im Wartezimmer von ihrem Sitz auf und folgte der Krankenschwester in die Räume der Notaufnahme.

»Wie geht es meinem Bruder?«

»Ganz gut. Er kommt gerade von der Computertomografie zurück.«

»Hat er irgendwelche Verletzungen?«

»Wir haben noch nicht alle Untersuchungsergebnisse.« Die Schwester schob den Vorhang des abgetrennten Krankenabteils zur Seite. Lori blieb mitten in der Bewegung stehen.

»Oh Gott, Danny.«

»Alles ist gut.« Ein blutiger Verband bedeckte sein Gesicht, an einer Seite hatte er Striemen und an einem Auge einen mächtigen Bluterguss. »Mir geht es besser, als es aussieht.«

Als er grinste, sah das so mitleiderregend aus, dass Lori wider Willen lachen musste. »Es tut mir so leid ...«

»Mach dir keine Sorgen. Die Schmerzmittel hier sind wie Drogen.«

Sie setzte sich neben ihn, nahm seine Hand. »Ich hab dich lieb.«

»Ich dich auch.«

»Es tut mir so leid.«

»Hör auf, es ist nicht deine Schuld.«

Sie legte ihre Wange auf seine Hand. »Ich dachte, sie würden dich umbringen.«

»Nein, schau.« Er bewegte seine Hand. »Nicht tot.«

Eine andere Schwester kam zu ihnen. »Ich muss jetzt Ihre Wunden säubern und einen neuen Verband für Ihre Nase anlegen.«

»Klingt nach großem Spaß«, scherzte Danny.

»Ma'am, möchten Sie vielleicht lieber draußen warten?«

»Willst du, dass ich bleibe, Danny?«

Er zog die geschwollene Augenbraue hoch. »Damit du noch mehr Schuldgefühle hast? Lieber nicht.«

Lori ging in den Flur zurück, lehnte sich dort gegen die Wand. Sie musste ihre Eltern anrufen, ihnen berichten, was passiert war.

Da hörte sie eine vertraute Stimme vom anderen Ende des Ganges.

Reed.

Er stand neben einem Polizisten in Uniform. Ein zweiter Mann in Zivil, der aber auch einen Polizeiausweis trug, stand daneben. Ein Pfleger deutete in ihre Richtung.

Jetzt entdeckte Reed sie.

Der Zivilpolizist kam auf sie zu. »Miss Cumberland?«

»Ja.«

Er blickte über ihre Schulter. »Ist Ihr Bruder da drin?«

»Ja, aber gerade wird er von einer Schwester versorgt.«

Lori sah, dass Reed nun zu einem Rollstuhl geführt wurde. Er blutete.

»Können Sie mir sagen, was pass…«

»Entschuldigung.« Sie rannte zu Reed, kniete sich neben ihn. »Bist du verletzt?«

Sein Blick war warm, seine Augen verschmolzen mit ihren. »Nur eine kleine Fleischwunde.«

Sie zupfte das Hemd zur Seite, um die Verletzung zu sehen, was ihm offensichtlich Schmerzen bereitete. »Wie geht es Danny?«

»Er macht schon wieder Witze.«

»Oh, das ist gut.« Reed beugte sich vor.

Lori wollte zurückweichen, aber er hielt ihren Arm fest und kam mit den Lippen nahe an ihr Ohr. »Beantworte ihre Fragen, aber sag nichts von Alliance oder von Neils Team.«

Sein Duft und seine Nähe ließen Tränen aufkommen. »Okay.« Als sie sein Gesicht berührte, schmiegte er sich in ihre Hand.

»Okay, Mr Barnum, jetzt kümmern wir uns mal um Sie.«

Lori stand auf, die Schwester brachte ihn weg.

* * *

Die Ärzte behielten Danny eine Nacht im Krankenhaus. Am nächsten Morgen wurde er in die Obhut von Krankenschwester

Lori und Krankenschwester Avery entlassen. Die beiden kümmerten sich so um ihn, dass er nicht einmal den kleinen Finger rühren musste.

Sam brachte ein kleines Versorgungspaket mit den neuesten Videospielen mit. Lori musste lachen, als sie es sah. »Er ist doch nicht mehr zwölf.«

»Meinst du etwa, das war meine Idee? Das war die von Rick.«

Und damit hatte er genau ins Schwarze getroffen, denn Danny freute sich darüber wie ein Fünfjähriger zu Weihnachten.

Avery versuchte, das System zum Laufen zu bringen, während Danny vom Bett aus Anweisungen gab. Lori und Sam ließen die beiden allein.

»Wie lief es mit der Polizei?«, erkundigte sich Sam.

»Sie wollten wissen, was ich alles weiß. Ich habe von dem Anruf erzählt und dass sie die Unterlagen von meinem verstorbenen Mandanten haben wollten. Und dass sie Danny hatten. Ich sagte, ich hätte Panik bekommen, zu viel Angst gehabt, um die Polizei zu rufen.«

»Das haben sie dir geglaubt.«

»Ich habe ja wirklich nie daran gedacht, die Polizei anzurufen. Es war also keine Lüge. Ich habe gesagt, dass ich eine Drohung von einem Familienmitglied eines Mandanten bekommen habe und dass ich deshalb vorsichtshalber einen Leibwächter engagiert habe.«

»Hat er gefragt, wer dieses Familienmitglied war?«

»Natürlich.«

»Und?«, fragte Sam.

»Ich habe mich auf meine Schweigepflicht berufen. Der Polizist hat mir noch mal deutlich gesagt, dass Leute ums Leben gekommen sind. Dass auch Danny hätte sterben können. Und Reed.« Lori ließ den Kopf hängen, Sam nahm ihre Hand.

»Ruslans Drohungen werden nicht ausreichen, um ihn in den Knast zu bringen. Wenn ich beweisen könnte, dass er hinter allem steckt, würde ich der Polizei die ganze Wahrheit sagen.«

»Aber die Polizei wird trotzdem versuchen, ihn zu kriegen.«

»Ich weiß nicht. Jedenfalls schien dem Polizisten meine Aussage zu reichen. Er hat noch eine Bemerkung darüber gemacht, dass mein Freund es als Privatdetektiv geschafft hat, meinen Bruder lebend rauszubringen, mit nur einem Streifschuss. Und das, ohne selbst zu schießen.«

Sam grinste. »Wir haben ja ein paar Freunde bei der Polizei. Die werden uns sagen, ob die Untersuchung fortgeführt oder eingestellt wird.«

»Wenn sie rauskriegen, dass Petrov mit diesem Vorfall zu tun hat, wird auch mein Name dabei auftauchen.«

»Und wenn das so ist, werden wir alles tun, um seinen Hintern festzunageln.«

Sam holte tief Luft.

»Ich bin so froh, dass es vorbei ist.«

»Ich auch. Wer hätte gedacht, dass arrangierte Hochzeiten zu so was führen?«

»Wir haben alle unsere Lektion gelernt.« Reeds Gesicht tauchte vor ihrem inneren Auge auf. Sie versuchte es fortzuschütteln.

»Und deshalb«, Sam machte eine Pause, »war Alliance ein gutes Beta-Programm.«

Lori kniff die Augen zusammen. »Ein was?«

»Eine Beta-Version. Sozusagen ein Test für eine neue Geschäftsrichtung.«

»Was für eine neue Geschäftsrichtung?«

»Eine exklusive Partnervermittlung. Eine, bei der die Leute nur *vielleicht* einen Ehevertrag brauchen.«

»Eine neue Richtung für Alliance?«

Sam grinste. »Wir können die Details später ausarbeiten. Vorerst setzen wir mit den Akquisitionen lieber eine Weile aus. So etwas darf einfach nie wieder vorkommen.«

»Wahrscheinlich ein cleverer Schachzug.«

Sam stand auf, ihre Absätze klapperten auf dem Dielenboden. »Rick wollte, dass ich dir noch etwas sage.«

»Was denn?«

»Ich soll dir sagen, dass sie eine ganze Woche lang mit Reed zusammengearbeitet haben, um diese Susan Wilson oder wie sie hieß zu finden.«

»Er hat sich schuldig gefühlt.«

»Und wie. Außerdem hat Rick gesagt, du sollst Reed eine zweite Chance geben.« Sam gab ihr einen Kuss auf die Wange.

»Sam?«

»Ja?«

»Danke für alles.«

Sie legte den Kopf schief. »Du hast doch am meisten durchgemacht. Du musst mir nicht danken.«

Da schallte plötzlich aus dem anderen Zimmer Gelächter von Danny und Avery durch die ganze Wohnung.

Kapitel 36

Zwei Wochen später

»Okay, hiermit eröffne ich die erste Hauptversammlung der First Wives.« Avery hätte so ein Hämmerchen gebraucht, wie Richter es hatten, um für Ruhe zu sorgen. Lori nahm sich vor, ihr eines zu kaufen, am besten mit Gravur.

»War nicht unsere erste offizielle Versammlung in Spanien?«, fragte Shannon.

»Na gut, dann ist es eben die zweite Versammlung«, gab Avery nach.

Sie saßen in Averys Wohnzimmer, es gab Wein und Käse. Trina war aus Texas gekommen und freute sich auf das Wochenende in Los Angeles.

Shannon schenkte ein. »Was steht auf der Tagesordnung?«

Trina musste lachen.

»Es gibt zwei sehr wichtige Punkte, die wir besprechen müssen. Beginnen wir mit den Statuten.«

Shannon beugte sich zu den anderen und tat, als würde sie flüstern, und doch konnte jeder hören, was sie sagte. »Mann, sie nimmt die Sache wirklich sehr ernst.«

»Ich lerne von Trina, sie ist hier unsere neue Expertin in Sachen Business.«

Trina prostete allen zu.

»Also, kommen wir zu den Regeln.«

»Wir haben Regeln?«, wollte Shannon wissen.

Avery rollte mit den Augen. »Wenn nicht anders erwähnt, ist alles, was hier besprochen wird, streng vertraulich.«

»Find ich gut«, tönte Lori.

Auch die beiden anderen nickten.

»Wir treffen uns einmal im Quartal.«

Trina kostete den Wein. »Also, wenn es immer so guten Wein gibt, dann versammeln wir uns lieber öfter.«

»Gut, treffen wir uns also jeden zweiten Monat«, beschloss Avery auf der Stelle und schrieb es auf.

»Der Ort unserer Zusammenkunft wird gewechselt. Mindestens einmal im Jahr planen wir gemeinsam ein langes Wochenende oder lieber gleich eine ganze Woche.«

»Ich habe übrigens anscheinend auch ein Haus in Costa Rica am Strand. Und eins in Deutschland«, informierte Trina die anderen.

Avery sah zu Lori. »Wer sagt denn solche Sachen?«

»Was meinst du mit *solche Sachen*?«

»*Ich habe übrigens anscheinend auch ein Haus in Costa Rica und eins in Deutschland!*«, äffte Avery Trina nach und lachte dabei.

Trina schmunzelte. »Tja, *ich* sage so etwas. Vielleicht werde ich das Haus in New York verkaufen.«

»Du musst aber noch ein Jahr warten«, warnte Lori und wollte Trina gleich auf irgendwelche juristischen Details hinweisen. Doch Avery gebot ihr Einhalt. »Während der Versammlung wird nicht über die Arbeit geredet.« Und schon hielt sie auch diese Regel schriftlich fest.

»Stimmen wir nicht über unsere Regeln ab?«, erkundigte sich Shannon.

»Ich bin dieses Jahr die Vorsitzende, ich bin also auch die Bestimmerin.«

Lori lehnte sich bequem zurück und zog die Beine an. »Dann müssen wir die Bestimmerin erst einstimmig wählen«, lachte sie.

»Nein, müssen wir nicht.« Auch Avery kicherte. Und trank mehr Wein.

»Warum?«

»Weil ich es so bestimme.«

Nun lachten alle.

»Jetzt sind es aber genug Regeln«, fand Shannon. »Was steht sonst noch auf der Tagesordnung?«

Avery legte den Stift nieder. »Lori hat uns in Spanien zusammengebracht, damit wir uns gegenseitig dabei helfen, herauszufinden, was wir nach der Scheidung tun wollen und wie es mit unserem Leben und den Männern weitergehen soll.«

»Genau.« Shannon klopfte Lori aufs Bein.

»Und jetzt ist es an uns, dass wir ihr den Gefallen zurückzahlen.«

Alle Augen richteten sich auf Lori.

Langsam entfernte sie das Glas von den Lippen. »Was? Bei mir passt alles, mit meinem Leben ist alles in Ordnung.«

Oh je. Da stand ihr doch hoffentlich nicht eine Intervention bevor.

»Wie geht es deinem Liebesleben?«, fragte Avery, obwohl sie die Antwort nur allzu gut wusste.

Lori kniff die Lippen zusammen. Reed, wie er im Rollstuhl saß, erschien vor ihrem inneren Auge.

»Sag schnell, an wen hast du gerade gedacht?«, fragte Avery.

Lori wusste nicht, was sie von diesem Spiel halten sollte. »An Reed. Aber wir wissen ja alle, wie das mit ihm ausgegangen ist.«

»Ich habe darüber nachgedacht«, meinte Shannon. »Ich finde, du solltest ihm eine zweite Chance geben.«

Lori blieb der Mund offen stehen.

»Finde ich auch«, flötete Trina.

»Ihm tut seine Arschlöchrigkeit auch aufrichtig leid«, setzte Avery nach.

»Woher willst du das denn wissen?«, fragte Lori.

Avery blickte alle nacheinander an. »Möglicherweise habe ich ein paarmal mit ihm geredet, seit er es sich mit dir verscherzt hat.«

»Du hast mit ihm geredet?«

Shannon hob ihr Glas. »Ich bekenne mich ebenfalls schuldig.«

»Oh Gott.«

Nun meldete sich auch Trina wie in der Schule, wich aber dabei lieber Loris Blick aus.

»Also echt, Leute. Er hat mich total verarscht. Uns alle.«

»Liebst du ihn?«, wollte nun Shannon wissen.

Lori wollte es abstreiten.

»Vermisst du ihn?«, kam Avery ihr zuvor.

Lori reckte das Kinn, antwortete aber nicht.

»Wärst du glücklicher, wenn er wieder in deinem Leben wäre?«

Lori blickte zu Trina, ihre Abwehrmauer begann zu bröckeln. »Die Frage ist irrelevant, er hat ja noch nicht mal versucht, mich anzurufen.«

»Würdest du ihm eine zweite Chance geben, wenn er dich darum bitten würde?«

»Das hängt ganz davon ab, was er sagt. Ein zweites Mal kann ich so etwas nicht noch mal durchmachen.«

»Wenn er dir ein zweites Mal wehtut, jagen wir ihn zum Stadttor hinaus«, scherzte Trina.

»Wir sind hier doch nicht in Texas.« Shannon schnitt sich ein Stück Käse ab und stand auf. »Aber ich befürworte diese Regel.«

Trina nahm ihr Glas und erhob sich ebenfalls.

Als Nächste kletterte Avery aus ihrem Stuhl und legte Stift und Papier nieder.

»Wo geht ihr hin?«

Avery deutete zur Eingangstür. »Nach draußen. Es hat geklopft. Hast du es auch gehört?«, wandte sie sich an Trina.

Zu dritt öffneten sie die Tür.

Reed.

Seine Haare waren zu lang, er hatte einen Dreitagebart. Was ihr Herz noch ein bisschen schneller schlagen ließ. Er trug Hemd, Anzughose und einen reumütigen Gesichtsausdruck.

Lori ließ fast ihr Glas fallen. Sie stellte es schnell nieder und wischte sich die feuchten Hände an der Jeans ab.

Avery ging an Reed vorbei. »Streng dich an«, zischte sie ihm zu.

Er nickte dankend und schloss die Tür hinter ihnen.

»Hast du das etwa alles so arrangiert?«

»Ich musste es einfach versuchen. Immer wenn ich meine Augen schließe, sehe ich dich vor mir. Ich höre deine Stimme, mindestens zehnmal am Tag. Wenn ich an der Ampel stehe, schaue ich Bilder von dir auf dem Handy an.«

Lori musste gegen ein Lächeln ankämpfen.

»Das ist nicht lustig, ich habe diese Woche deswegen schon zweimal einen Strafzettel bekommen.«

Jetzt musste sie lachen.

Er grinste sie schief an und ließ sich vor ihr auf die Knie fallen. Er umfasste ihre Beine, die Wärme seiner Hände ließ ihr den Atem stocken. »Ich habe einen großen Fehler gemacht,

Lori. Und der ist unverzeihlich, egal wie sehr ich versuche, die Dinge in meinem Kopf zurechtzurücken. Ich weiß, dass ich dich nicht verdient habe.« Als seine Stimme brüchig wurde, kamen ihr die Tränen.

Er nahm ihre Hände. »Aber ich liebe dich. Und ich könnte es keinen Tag mehr aushalten, wenn ich nicht wenigstens versuchen würde, dich zurückzugewinnen. Ich habe bei Avery angefangen, weil sie am meisten gegen mich war. Danach habe ich Trina angerufen und Shannon habe ich nur überzeugt, indem ich gelobt habe, meine erstgeborene Tochter nach ihr zu benennen.«

Lori musste trotz Tränen schmunzeln.

»Ich liebe dich. Und ich werde so leicht nicht aufgeben. Wenn du mich heute wegschickst, komme ich morgen wieder. Und übermorgen. Ich schicke dir Blumen und Briefe.« Er sah sie voller Gefühl an. »Wahrscheinlich komme ich als Stalker ins Gefängnis, aber das wäre es mir wert, wenn du mir eine Chance gibst. Bitte! Nur eine Chance.« Er küsste ihren Handrücken.

Sie strich ihm die Haare aus den Augen.

Er lehnte sich gegen ihre Hand, Lori beugte sich zu ihm.

Reed hielt die Luft an, dann fasste er mit beiden Händen ihren Kopf und besiegelte die zweite Chance mit einem innigen Kuss. Aber bald unterbrach Lori den Kuss, um zu sagen: »Aber nur eine einzige.«

Er küsste sie erneut.

Wieder wich sie zurück. »Und diesmal nichts als die Wahrheit.« Ihr Blick drang in seine Seele vor.

»Einverstanden.«

»Abgemacht.«

Er hob sie hoch, ihre Körper schmiegten sich aneinander. »Du wirst es nicht bereuen, Lori. Mit siebzig werden wir uns darum streiten, wer von uns beiden an Thanksgiving die Truthahnkeule bekommt.«

Sie verschluckte sich fast vor Lachen. »Bei einem Truthahn gibt es doch zwei Keulen.« Und ja, sie wollte mit ihm alt werden. Nun begannen ihr Tränen über die Wangen zu fließen.

»Was ist, meine Liebe?«

»Ich will so gern mit dir wegen der Truthahnkeule streiten«, schluchzte sie.

Reed zog sie in seine Arme und ließ sie weinen. »Dann werfen wir eine weg, damit nur noch eine übrig ist, um die wir uns streiten können.«

Sie weinte sein Hemd nass und krallte sich an ihm fest. »Dabei mag ich die Truthahnkeule gar nicht so gern.«

Reeds Brust begann zu wippen. Dann brach er in schallendes Gelächter aus. Er hob sie hoch und wirbelte sie im Kreis umher.

EPILOG

Reed zupfte an seiner Krawatte, zog sie einmal in die Schlaufe hinein, dann hinten durch und dann gab er auf. »Schatz?«

»Es ist doch nicht so schwer!«, rief Lori aus der Küche.

»Doch, ist es wohl«, murmelte er, während er sich den Schlips vom Hals riss, das Licht löschte und zu ihr hinüberging.

Als er sie sah, blieb er stehen. Lori sah in dem roten, schimmernden Kleid, an dem sich statt eines Rückenteils ein Zickzack aus Spaghettiträgern befand, so umwerfend aus, dass er sprachlos war. An ihren Ohrläppchen baumelten Diamantohrringe.

»Nein, es ist nicht schwer«, sagte sie und drehte sich zu ihm um. »Was ist?«

Er hielt immer noch die Luft an. »Du bist so unglaublich schön.«

Ihre Absätze klackerten, der Stoff umschmeichelte ihre Brüste. Mit ihren zarten Fingern nahm sie ihm die Krawatte ab. »Wie könnte ich dir und deinen Komplimenten nur widerstehen?«

Ihr Duft raubte ihm den Verstand.

»So, bitte schön.« Sie zog die Krawatte fest.

»Wie viele alleinstehende Männer kommen zu dieser Party?« Er umfasste ihre Taille, spielte mit den Trägern ihres Kleides, streichelte über ihre Haut.

Zur Weihnachtsfeier der Harrisons würden mehr Würdenträger kommen als ins Weiße Haus. Aber weder Reichtum noch Status machten ihm Sorgen, sondern vielmehr die Tatsache, dass sich die Männer ihre Hälse nach ihr verrenken würden.

»Nicht so viele. Die meisten Männer sind enge Freunde und Familienmitglieder von Sam und Blake und sind entweder verheiratet oder in festen Händen.«

Das beruhigte ihn etwas.

»Warum?«

»Der Höhlenmensch in mir kommt zum Vorschein.«

Sie sah an ihm hinab.

»Weib, du bist unersättlich. *Das* habe ich nicht gemeint.«

Sie strich seine Arme entlang, ließ ihre Hände zu seinen Schultern wandern. »Ach so. Was meinst du dann?«

Er zögerte.

»Nichts als die Wahrheit.« Diese Worte waren in den letzten drei Monaten zu ihrem gemeinsamen Mantra geworden. Er hatte lediglich um Gnade gefleht, als die Frage kam, ob sie in dem Kleid dick aussehe. *Auf so eine Frage gebe ich keine Antwort. Das ist eine Fangfrage der Frauen, die darf man niemals beantworten.* Sie wollte widersprechen, doch dann tat er einfach, was man als Mann immer tun sollte, wenn eine Frau einem diese Frage stellte. Er zog ihr das Kleid aus und zeigte ihr mit seinem eigenen Körper, wie das Kleid an ihr aussah. Deshalb stellte sie nun immer, wenn sie noch nicht zur Arbeit gehen wollte, diese Frage.

»Reed?«

»Ich will nicht, dass einer der Männer auf der Party heute denkt, du wärest noch nicht vergeben.«

»Ich bin doch vergeben.«

»Du weißt, was ich meine.«

Sie berührte seine Wange. »Reed, ich liebe *dich*. Ich bin vergeben, an *dich*.«

Er würde nie müde werden, sie das sagen zu hören.

Er nahm ihre Hand, küsste ihren nackten Ringfinger. »Ich will, dass jeder auf den ersten Blick sieht, dass du vergeben bist.«

Sie blickte auf die Stelle, die er geküsst hatte. »Oh.«

Und als ihr Strahlen noch größer wurde, wusste er ganz genau, wie vergeben er sie machen wollte.

Eine Stunde später beobachtete Reed sie vom anderen Ende des Raumes. Sie unterhielt sich gerade mit Neil und dessen Frau, Gwen. Kinder jeder Altersklasse liefen umher, alle waren schick gekleidet. Man hatte extra ein Zimmer für die Kinder hergerichtet und für den Abend Babysitter engagiert.

Rick kam und versperrte ihm nun die Sicht. »Frohe Weihnachten.«

Sie gaben sich die Hand und versuchten dabei, ihre Cocktails nicht zu verschütten.

»Wie läufts mit dem Training?«, fragte er Reed.

»Die machen mich ganz schön fertig.« Reed hatte seinen Job als Privatdetektiv an den Nagel gehängt, um das Team von Neil und Rick zu verstärken. Und dafür musste er seine Fähigkeiten, die er damals als Polizist erworben hatte, weiter ausbauen. Eine Woche lang wurde intensiv trainiert und alle paar Monate würde ein Auffrischungstraining stattfinden.

»Jeder Mann sollte ab und zu ein bisschen fertiggemacht werden.«

»Wenn es mir hilft, diese Frau da drüben zu beschützen, dann nehme ich alles in Kauf.«

»Apropos Frau, ich muss mal nach meiner suchen. Wir sehen uns am Montag.«

Als sich Reed auf den Weg zu Lori machte, klingelte sein Telefon. Er wollte es ignorieren, aber eine innere Stimme riet ihm, lieber ranzugehen.

»Hallo?«

»Frohe Weihnachten.«

Sasha.

Er verließ den lauten Raum und ging auf die Veranda mit Meeresblick, die mit Lichterketten geschmückt war.

»Sie sind verschwunden, bevor ich Ihnen danken konnte.«

»Wie süß.«

»Jedenfalls bin ich Ihnen etwas schuldig.«

»Die Schuldscheine stapeln sich schon. Ich dachte, vielleicht interessiert es dich, dass Petrov deiner Lady gar nichts antun wollte.«

»Ach, wirklich?«

»Ja, er hat nur die Frau beseitigen wollen, die hinter Lori her war. Man muss heutzutage echt aufpassen, für wen man arbeitet.«

Geräusche drangen heraus, Lori kam auf die Veranda.

»Wer hat Sie beauftragt?«

Sasha gab ein kehliges Lachen von sich. »Alice Petrov.«

»Sie machen Scherze.«

»Sie hat mir den Auftrag gegeben, bevor sie gestorben ist. Ich habe schon auf Trina aufgepasst, bevor sich ihr Mann umgebracht hat. Alice wollte, dass ich die Wahrheit über Trinas Ehe herausfinde. Und von Alices Exmann sollte ich diese Informationen fernhalten.«

»Warum erzählen Sie mir das jetzt alles?«

»Während ich die Wahrheit herausgefunden habe und vom Grabe aus bezahlt wurde, habe ich ein fähiges Sicherheitsteam entdeckt. Falls mir Petrov mal auf die Schliche kommt, brauche ich einen Gefallen von euch.«

Nun war Lori in Hörweite.

Reed hob die Hand, damit sie nichts sagte. »Da müssen Sie nicht zweimal fragen.«

»Gut. Jetzt bring deine Lady lieber wieder rein, sie sieht aus, als würde sie frieren.«

Reed sah, dass Lori zitterte, sie hatte die Arme um sich geschlungen.

»Ich hab mir übrigens gedacht, dass ich mal ein bisschen an meinem texanischen Akzent arbeite. Was meinst du?« Auf einmal klang sie nicht mehr wie eine Russin, sondern wie eine waschechte Texanerin.

»Wenn Sie unsere Hilfe brauchen, geben Sie Bescheid. Sie wissen ja, wie Sie uns finden können.«

»Ich zähle auf euch.«

Als Sasha aufgelegt hatte, zog er sein Jackett aus und legte es Lori über die Schultern. »Wer war das?«

»Sasha.«

»Echt?«

Er begleitete sie zurück. »Anscheinend hat Trinas Schwiegermutter selbst noch im Grabe weitergearbeitet.«

Lori blieb stehen.

»Sie hat Sasha angeheuert, damit eure Geheimnisse bewahrt werden.«

Lori blieb der Mund offen stehen. »Warum hat Sasha euch das jetzt gesagt?«

»Zu unserem Schutz. Beziehungsweise dem von Neils Team.«

Sie blieben unter einem der Heizstrahler auf der Veranda stehen, wo man sich in dieser frischen Dezembernacht aufwärmen konnte.

»Muss ich auf diese Frau, die dich ständig anruft, eifersüchtig sein?«

Reed musste lachen. »In meinem Leben hat nur eine Frau Platz.«

Sie hob seine linke Hand, küsste sie. »Gerade fühle ich mich wie eine Höhlenfrau.«

Seine Augen leuchteten auf, unter dem Jackett glitt seine Hand unter die Träger ihres Kleides. »Liegt das nicht außerhalb deiner Komfortzone?«

»Ich habe mal gehört, dass das Leben erst außerhalb der Komfortzone beginnt.«

Wie er diese Frau liebte. »Höhlenfrau … Das gefällt mir. Lass uns nächstes Jahr zu Halloween als Höhlenmenschen gehen.«

»Planst du schon das nächste Jahr?«

»Mein Schatz, ich plane die nächsten sechzig Jahre.«

Sie küsste ihn. »Ich liebe dich.«

Ohne seine Lippen von ihren zu nehmen, sagte er: »Und ich liebe dich noch mehr.«

Danksagung

Ich habe so vielen Leuten zu danken und nur wenig Platz dafür. Zu allererst möchte ich meinen Lesern danken. Ihr wart so verrückt, dass ihr sogar einen achten Wochentag von mir wolltet, damit ich die Serie »Eine Braut für jeden Tag« erweitere. Selbst mein Verleger hat gefragt, ob ich mir da nicht einen Trick überlegen könne. Aber es gibt eben nur sieben Wochentage, einen achten habe ich nicht gefunden. Dann kam der Vorschlag, ich solle noch eine Brautserie für die Feiertage schreiben. Erst wollte ich das machen, aber dann dachte ich mir, dass es diesmal um die geschiedenen Frauen gehen soll. Nachdem ich selbst in den letzten zwei Jahren mein eigenes Scheidungsdrama erlebt habe, wusste ich, dass ich dem Thema die nötige Tiefe verleihen könnte. Vielen Dank also, liebe Leser, dass ihr mehr wolltet. Und danke, Montlake, dass ihr meine Vision geteilt habt.

Nun möchte ich noch ein paar Namen erwähnen:

Ich danke dir, Jane Dystel, dass du immer für mich da bist – nicht nur als Agentin, sondern auch als sehr geschätzte Freundin. Du hast mir zur Seite gestanden, als ich mitten in der Scheidung steckte und mit Waldbränden und Überflutungen zu kämpfen hatte.

Großer Dank gilt auch allen Mitarbeitern von Montlake. Danke für euer Mitgefühl und für eure Nachsicht dafür, dass ich wegen der Vorfälle in meinem Privatleben nicht alle Abgabetermine pünktlich einhalten konnte. Kelli, meine Liebe, du bist für mich wie ein Fels in der Brandung.

Denise, aka Scheidungsanwältin der besonderen Klasse, vielen Dank, dass du dich um mich gekümmert hast und mir während dieses … äh, sagen wir, kleinen Problems, geholfen hast.

Dank gilt auch meiner unerwarteten Reisebegleitung, Cecilia. Deine Idee mit der Kreuzfahrt ist nun für immer schwarz auf weiß festgehalten. Das machen wir und werden eine tolle Zeit zusammen haben.

Und nun zurück zu Tracy Brogan.

Es gibt kaum etwas im Leben, das mehr Stress bereitet als eine Scheidung. Man weint und lacht und dann weint man wieder. Diese Achterbahn der Gefühle kann man dem Leser nur schwer beschreiben. Wenn man das durchgemacht hat, fühlt man sich, als hätte man auf einem Schlachtfeld gekämpft. Diejenigen, die einem dabei zur Seite stehen, sind wahre Freunde fürs Leben.

Du, Tracy, gehörst dazu. Es verbindet uns nicht nur unser Beruf, sondern auch unsere persönliche Reise durchs Leben. Eine geschiedene Liebesromanautorin klingt fast wie ein Oxymoron. Ich finde aber, es klingt nach einer starken Frau, die sich dagegen wehrt, ein unglückliches *glücklich bis ans Lebensende* zu leben. Auf das nächste Kapitel in unserem Leben! Ich hab dich lieb, meine Freundin. Komm, zeigen wir allen, wie stark wir sind.

Catherine

Zeitfracht Medien GmbH
Ferdinand-Jühlke-Straße 7
99095 Erfurt, Deutschland
produktsicherheit@kolibri360.de

Druck:
CPI Druckdienstleistungen GmbH
im Auftrag der
Zeitfracht Medien GmbH
Ein Unternehmen der Zeitfracht - Gruppe
Ferdinand-Jühlke-Str. 7
99095 Erfurt